海格摩尼亞
永恆森林
大迷宮
羅克洛斯海岸
布拉德洪
紅色山脈
卡納丁
東部林地
賽多拉斯
那吳勒臣
巴拉坦
戴哈帕
伊斯
盧斐曼海岸
南部大道

龍族的世界
Dragon Raja
北部林地
無盡溪谷
灰色山脈
細美那斯平原
賀坦特
修多恩嶺
拜索斯
修多恩河
雷諾斯
中部大道
中央林地
恩佩河
卡拉爾
伊拉姆斯
拜索斯恩佩
西部林地
褐色山脈
南部林地
藍色山脈
深淵魔域迷宮
傑彭
Map Illustration © Hong Yeon Ju

龍族

7

李榮道—著　邱敏文、鄭旻加—譯

龍族

7

大法師的輓歌

目錄

第13篇

大法師的輓歌

……因此，所謂我們這個時代的魔法，除了那些前輩所留下的成就之外，就只能看到一些沒有本領的無能後學者，在此種情況下，瑪那四散而不知該往何處，學術傳統潰散式微。雖然有無數的魔法書刊行，巫師卻寥寥無幾。巫師們身陷魔法書的迷宮裡，徘徊徬徨之後（當然，能在其中找到道路的巫師極為稀少），抬起疲憊的眼睛，沉緬於仰望那光榮的時代——大法師亨德列克與彩虹索羅奇的時代。大法師的名字如今與其說是巫師的名字，倒不如說已經變成其魔法曾經叱吒風雲過的時代之代名詞……

——摘自《在風雅高尚的肯頓市長馬雷斯・朱伯烈的資助下所出版，身為可信賴的拜索斯公民且任職肯頓史官之賢明的阿普西林克・多洛梅涅，告拜索斯國民既神祕又具價值的話語》一書，多洛梅涅著，七七〇年。第三十四冊三百三十頁。

01

「噓！安靜一點！」

「啊？咦，什麼事啊？」

我把杉森往旁邊拉，要他站在我躲著的建築物影子下。杉森迷迷糊糊地說道：

「怎麼一回事，修奇？」

「你看那裡。」

杉森看到我的手所指的地方後，很自然地就把聲音壓低了。

「嗯？哈斯勒和艾波琳？」

「是啊。別出聲！」

杉森現在也開始模仿起我來。我是指他模仿我隱身在棚屋的陰影之中，然後背部緊貼在牆上而且站得像具死屍的模樣。我和杉森如此肩並肩地站著，看艾波琳和哈斯勒。

我們今晚留宿的棚屋是梅德萊嶺1之4……號，我實在背不起來那個號碼。不管怎麼樣，那間棚屋是位在峭壁上面，而現在，哈斯勒和艾波琳正迎著月光，坐在峭壁最邊緣的地方。他們父女什麼話也不說，就只是低頭俯瞰峭壁下方。或許他們是很小聲在談話，不過，我卻聽不到他們的聲音。而杉森是我躲在這裡看他們的時候，他才走近的。

眼前是一片山脊與山峰的形影，它們以漆黑的夜空為背景，在遠處接受月光照射，如骨頭般蒼白地發亮著。呼嗚嗚嗚。吹往山嶺中的風掠過峭壁下方，呼出像嗚咽般的呻吟聲。冬夜裡的冬季山群，用冷冰冰這個詞是不足以形容它們給人的多重感觸的。濃密的雲朵飄浮著，一會兒遮蔽了月光，一會兒又讓月光顯露出來。而且這裡還吹著大風……或許會下雨也說不一定呢。

突然間，哈斯勒舉起了手臂。他好像是要摟抱艾波琳的肩膀吧。可是艾波琳愣怔地往旁邊稍微轉身，隨即，哈斯勒舉到一半的手臂就無力地垂了下來。我不禁焦急地咋舌，結果卻製造出很大的聲音，於是趕緊閉上嘴巴。呃呃！差點就咬到舌頭了。

杉森在旁邊和我一起看到那幅景象，他把身體傾斜倒向我，悄悄地說：

「喂，他們什麼時候開始……呃啊！」

「安、安靜一點啦！你到底怎麼了？」

杉森嚇得遮掩住他自己的嘴巴之後，用緊張的聲音說：

「什麼東西一直在敲我屁股……」

「是我啦。趕快把你的屁股從我面前移開！」

杉森嚇得趕緊閃開之後，說道：

「艾賽韓德？你從剛才就一直藏在這裡了嗎？」

艾賽韓德則帶著不滿的語氣在嘀嘀咕咕。此時，另一個聲音傳來。

「他已經在這裡待三十分鐘了。」

杉森一聽到溫柴的聲音，又被嚇了一跳，他回頭往我旁邊看。溫柴站在我旁邊的陰影下，微微露出牙齒笑了出來。

杉森難以置信地說道：

「咦？你也一直在這裡？這片陰影裡面，到底有幾個人藏在這裡啊？」

「這個嘛？我也不知道。我也是剛剛才知道艾賽韓德在這裡。」

杉森一聽到妮莉亞的答話，整個人都呆住說不出話了。咦？就連妮莉亞也一直在這裡嗎？我抬頭一看，棚屋的低矮屋頂——為了要抵擋山裡的強風而建造出大且厚實的平緩屋簷——從那裡可以看到一雙腳在前後搖晃著。呃，她一直坐在那上面嗎？

「各位，請不要講話。」

哎喲！是卡爾在小聲說話。我往旁邊一看，卡爾把手臂撐在棚屋的窗框上，正在看著外面。他一看到我，甚至立刻把手指頭直豎在嘴巴前面。我們這六個密探互相確認彼此的存在之後，這時才又再靜靜地觀察那對父女。嘎吱！

呃啊啊！我簡直快昏倒了。棚屋的門突然被打開，某個白色的東西忽地往前面跳了出來。那是一面迎著夜風而飛揚起來的白布之類的東西，而白布下面則是傑倫特的那雙腳。然後，那片白布用傑倫特的聲音說道：

「兩位！天氣這麼寒冷。你們兩位要講一些父女間的體己話是很好，但是請至少先蓋上這個再說吧！」

傑倫特走向哈斯勒和艾波琳，並且嘻嘻地笑著說道。他把手中拿著的被子遞給哈斯勒，可是哈斯勒卻沒有說什麼。傑倫特隨即聳了聳肩，把被子披在艾波琳的肩上。

站在我身旁的杉森發出了一聲簡直快斷氣的呼吸聲。我深深吸了一口氣，並且悄聲地說：

「杉森……是不是有什麼東西掉在你的腳邊啊？」

「嗯？」

「我是指我的心臟啦。」

「啊，剛才我踩到的就是那個啊？」

就在我們倆你來我往地說著這種胡謅的閒話時，艾波琳向傑倫特道謝。

「謝謝你，傑倫特。」

「不，別客氣。哈哈哈！你們一定有很多話要說吧。可是晚上很冷，請趕快進來吧。」

傑倫特如此說完之後，兩隻手臂環抱著就轉過身來。他一面顫抖著一面走來的時候，發現到我們幾個人貼在棚屋的邊牆上僵直地站著。傑倫特睜大他的眼睛。

「咦？你們在這裡做……？」

這一瞬間，我們每個人的動作簡直叫人看了哭笑不得。杉森像金魚嘴那樣吧嗒吧嗒地動著嘴巴，而且瘋狂似的左右搖著手；而艾賽韓德則是把兩隻手臂高舉著，一直搖個不停。溫柴直豎起他的眉毛，一面用雙手掩住嘴巴，一面發出嗯嗯的聲音；卡爾則是趕緊縮回窗戶裡面，結果摔了一跤，傳來砰的一聲以及他的呻吟聲。傑倫特用啼笑皆非的表情看了看我們，非常辛苦費力地接著說：

「……什麼呢？請告訴我吧，你們這些山嶺啊！」

呃！密探的守護者傑倫特滿懷著崇高的熱情，喊道：

「請告訴我，星星啊！風啊！你們到底在這裡做什麼啊！創世以後你們繼續存在於這裡，一定無言地用雙眼看見了許多事物吧。那麼現在請你們告訴我吧！哈哈哈！艾波琳小姐！真是個美好的夜晚，不是嗎？這是祈禱！這是信仰啊！」

艾波琳用呆愣的眼神回頭看了傑倫特，可是她還來不及說什麼，傑倫特就已經像是得了傷寒發燒過度的人，一面笑著一面走進棚屋。哇哈哈！砰！

就在那扇門發出關門聲的同時，六個密探的動作也僵在那裡。我們有好一陣子連呼吸聲都不敢發出來，只是呆站在那裡。幸好，艾波琳和哈斯勒都沒有察覺到什麼，他們又再回復到剛才的樣子。

「呵呃呃……我簡直快暈過去了。這樣下去不行。我們安靜地進去吧。」

我聽到杉森這番話，給了一個否定的回答。

「哈斯勒要是和艾波琳就這樣逃跑掉的話，我們該怎麼辦才好？」

「嗯？呃，這個嘛。哈斯勒要是想逃，他能往哪裡逃？」

卡爾又再從窗戶悄悄地伸出頭來，他聽到杉森這句話，露出一個很感興趣的表情。杉森看著在遠遠峭壁端的那對父女，然後拉著垂到前額的頭髮，說道：

「如果他們就這樣逃跑掉了，反而比較好。」

突然間，就只有夜的聲響填滿了棚屋四周圍。杉森這才發現所有人都在注意聽，他覺得有必要對自己的話多加解釋。

「嗯，艾波琳已經找到父親，哈斯勒則是找到了女兒，不是嗎？他們就這樣逃走，在沒有人知道的情況下，兩個人可以永遠幸福地生活……嗯，這樣一來就皆大歡喜了啊。」

「杉森，杉森你說得對，真是酷斃了！」

「是啊，我對此很煩惱呢！」

杉森用得意洋洋的聲音喃喃自語著。而一直在上面聽我們說話的妮莉亞則是輕輕地笑了幾聲，就把三叉戟伸到下面插在地面上，然後順著三叉戟滑了下來。真是厲害！妮莉亞背靠在窗戶旁邊，對著頭伸出窗外的卡爾耳邊悄悄地說道：

「難道不能明天一大早就和他們分道揚鑣嗎，卡爾叔叔？」

「妳是指哈斯勒先生和艾波琳小姐？」

「是的。嗯……我會拿出一些錢來，一筆足夠讓他們兩人重新出發的資金。哈斯勒是有名的劍士，所以到哪裡都應該會很安全。如果讓他們兩個人靜靜地離開，這樣很好，很好啊。」

「這個嘛，妮莉亞小姐，妳好像想錯了。對我而言，如果他們兩個人希望離開，我並沒有權力可以限制他們，不是嗎？哈斯勒又不是我們的俘虜，所以那是他們的自由。而且妮莉亞小姐妳說到要幫忙的事，這其實是妳的自由。」

妮莉亞聽到卡爾這番平靜陳述的話，露出了尷尬的表情。嗯。我現在仔細一想，哈斯勒可以說是處在一個很少有的狀況中。哈斯勒是涅克斯「丟下不管」的屬下。也就是說，他們已經脫離主從關係了，而我們好像也沒有權抓他。當然啦，如果要追究起來，哈斯勒是國王的敵人，因此就是我們的公敵……溫柴就很明確地指出了這一點。

「他是叛亂份子，不是嗎？」

從黑暗之中傳來溫柴的這句話，彷彿是吹向陰影的山風般。那是種低沉卻很凶猛可怕的聲音。卡爾面帶著思索的表情看了一眼他們兩人之後，說道：

「雖然說可以把盜賊綁在絞刑臺上，可是卻沒辦法把盜賊偷東西時用的錘子或撬棍等東西繩之以法，不是嗎？」

妮莉亞突然間咯咯笑了出來。她一定是想到了錘子被綁在絞刑臺上搖搖晃晃的模樣。可是，溫柴卻一點笑容也沒有，他說道：

「哈斯勒……並不是道具。他是以自由的意志來聽從涅克斯的話。」

「我們來問問看他吧。」

「咦？」

整棟棚屋是一間巨大的建築物，可是內部則是用好幾道牆壁橫隔成一間間。我們所使用的是旅行者們休息用的房間，裡面除了一些鋪有乾草的床鋪、小桌子和壁爐之外，並沒有什麼特別的家具。只有牆上幾個釘子和隔板可以掛或放行李，整間室內就只有這些東西了。

他們儲藏的乾草（冬季時要拿來當作養在棚屋裡的馬匹糧草）好像相當充分，所以那些騎警隊員們為我們鋪了新的乾草在床鋪上。吉西恩請他們不要因為他是王子而給予特別優待，但是騎警隊長說這是冬季出外的所有旅客們應該受到的待遇，使得吉西恩變得有些尷尬。

不管怎麼樣，蕾妮和艾波琳躺在讓吉西恩覺得尷尬的乾草上睡著了。她們選了一個最靠近壁爐的床鋪，互相緊貼著，表情疲憊地睡去。而妮莉亞則是盤坐在壁爐正前方，她抬頭看了一眼那兩個少女的臉之後，轉過頭去看坐在桌子前的哈斯勒。

哈斯勒正在用疲倦的眼神一直盯著艾波琳。而在桌子對面，卡爾坐在那裡，他看了一下哈斯勒，又再看了一下艾波琳。除了吉西恩跑去向騎警隊長詢問有關經過中部大道的難民動向，其他人有的懸腿坐在床邊，有的靠在牆上，我們全都看著坐在桌子前的兩個人。

卡爾開口說話了：

「哈斯勒先生，你和令嬡聊得愉快嗎？」

哈斯勒顯得有些難為情，但還是閉著嘴巴，卡爾先是搔了一下下巴，不久之後，他又再開口說話：

「剛才不久前，我看兩位進來的模樣，看起來好像非常感情融洽的樣子……」

剛才哈斯勒是摟著艾波琳的肩膀，艾波琳則是靠在哈斯勒的腰際，他們是這樣走進棚屋的。

那副模樣，照卡爾的說法，雖然可以用感情融洽來形容，可是艾波琳一走進棚屋就立刻默默無言地躺到床上去，哈斯勒也只是靜靜地看著女兒，然後坐到桌子前。從那時候到現在，這對父女都一直是那副姿勢。這樣算是感情融洽嗎？哈斯勒這一回還是一副嘴巴僵硬的樣子，使卡爾有些驚慌失措。我看到亞夫奈德突然微笑，轉頭一看，就看到傑倫特正在對卡爾打氣。傑倫特揮著手臂，用嘴形說著：「他很沉默寡言，所以你不要覺得洩氣！卡爾！這個人一定是需要人幫忙！你再試試看吧！」我看到他那副激動的臉孔，趕緊把嘴巴掩住，以防自己大笑出來。

或許是因為傑倫特在一旁打氣鼓舞了卡爾，不然就是因為卡爾想到其他該說的話，所以他開口說道：

「對了，哈斯勒先生，請問你打算以後怎麼辦？你的上司同時也是你的朋友喬那丹・亞夫奈德守備隊長告訴我……」

「隊長大人他是否無恙？」

哈斯勒突然冒出來的問話使得卡爾愣了一下。

「咦？啊，他很好。雖然他似乎很擔心你和令嬡。不管怎麼樣，他告訴我，他希望你和艾波琳小姐能找個可以平平安安過日子的地方，定居在那裡。他說你的不幸甚至不該是由你來承擔的事，你應該去重新找回太久沒有享受過的幸福。」

哈斯勒低下頭來，往左右搖晃了好幾下。雖然這是個緩慢小動作，卻是滿懷著絕望氣氛的沉重舉動。

哈斯勒過了一會兒之後，依舊低著頭，他這才說道：

「人是無法像故事情節那樣生活的。」

「這個嘛……『從此他們就過著幸福快樂的日子……』，這是我所喜歡的故事結局，而且我也認為這是可能的事。」

「你要我送給我女兒一個逃亡者的生活嗎？」

「……你曾經是叛亂份子，後半輩子可能都得過著逃避法網的生活吧。不，應該說我認為肯定會這樣。不過，你是很了不起的戰士，而且大陸西部還是和未開發的蠻荒之地沒有兩樣。我認為你如果逃到黃昏的故鄉去，就不用擔心被追捕了。」

「那麼我女兒的將來呢？」

「令嬡需要的是她的父親。就目前而言，能夠給艾波琳小姐的，應該沒有任何東西會比這個禮物還要來得重要。艾波琳小姐的將來是她的責任。而且等到需要煩惱將來的時候，應該已經過了許多年。時間會賜予人們『淡忘』這種禮物，這不管對誰都是一樣。哈斯勒先生你的事一定會漸漸被遺忘的。」

卡爾為了講這短短的幾句話，好像已經把所有力氣都用盡似的，又再度閉起了嘴巴。卡爾把手臂靠在桌子上，看了哈斯勒一會兒之後，他嘆了一口氣，背靠到椅子上。他一面把雙手交叉在胸前，一面說道：

「所以你打算怎麼辦呢？哈斯勒先生。」

哈斯勒不做回答，而妮莉亞的眼睛則是開始往上揚起。妮莉亞還是坐在壁爐前面鋪著的皮毛毯上，把雙腿收在膝蓋下，用這種姿勢說道：

「請問一下，你現在到底是在想什麼呢？你該不會是想幫涅克斯幫到底，助他叛亂成功之後飛黃騰達，讓艾波琳變成一位高貴的仕女。嗯，你如果這樣想的話，我勸你放棄這種想法。」

哈斯勒面帶著憂鬱的目光看著妮莉亞。妮莉亞把雙腿往左右放下來，把手放在膝蓋上，說道：

「除了你以外，其他人都很清楚，涅克斯現在已經無望了。那個笨蛋賈克他也很清楚這件事實，不是嗎？」

妮莉亞說到賈克的名字時，我感覺她的聲音裡好像有些顫抖。可是那股顫抖一出現就隨即消失不見了，妮莉亞繼續用清脆的聲音說道：

「而且艾波琳並不在乎是不是能當個高貴仕女。如果她一直待在哈修泰爾家，哼嗯，雖然內心裡會很不高興，但再怎麼說也是哈修泰爾家的小姐，應該會嫁給不錯的人家，甚至將來也會被稱為高貴仕女。可是艾波琳卻從那裡逃了出來，不是嗎？你是她的父親，就應該瞭解女兒的心才對啊！」

我覺得胸口被砰地刺穿了過去。從卡爾文雅的嘴裡是不會說出這種爽直的話，妮莉亞這番話讓我聽了非常爽快。哈斯勒毫無表情變化地看著妮莉亞，但他的眼睛卻稍微開始眨了起來。

妮莉亞突然間猛然站起來，走向床鋪。妮莉亞用一隻手指著躺在床上的艾波琳，而哈斯勒的臉上則彷彿像是看到蛇髮女怪似的，顯露出僵硬的恐懼感。妮莉亞指著在睡覺的艾波琳，說道：

「你的女兒，她在乎的，不是要一個時代風雲人物或者偉大叛亂份子之類的父親，她要的只是一個可以叫他爸爸的父親。你不懂我在說什麼嗎？」

哈斯勒的頭稍微左右搖晃了一下。他瞭解妮莉亞的意思。接著，妮莉亞就把雙手扠在腰際，說道：

「那麼，到底有什麼困難的地方？雖然你的臉孔有整容過，但是艾波琳認得這個爸爸。剛才你一開口說話，艾波琳就認出你了，這你還記得吧？這麼一來，連這個也不是問題了。你就躲藏到一個安靜的地方，讓自己的頭腦冷靜下來，做好你應盡的責任吧。做好艾波琳的父親所應盡的責！任！」

從妮莉亞的嘴裡所講出來的「責任」兩字，好像帶著形體浮在半空中。於是，有好一陣子都沒有任何人開口講話，就這樣經過了一段沉默的時間。

哈斯勒費力地開口說道：

「我是個早已放棄當父親的人。我因為被脅迫而逃走，因為那卑鄙的欲望而交出了我的兒女。」

「那麼你就改回來啊！」

妮莉亞的答話是在一眨眼間冒出來的。可是哈斯勒的答話卻變得更加緩慢。

「我知道妳的意思……可是我不能丟下主人不管。」

「請問你是指涅克斯・修利哲嗎？」

傑倫特突然插話進來，使原本想要大喊出來的妮莉亞閉上了她的嘴巴。哈斯勒用疲憊的眼神看了看傑倫特，而傑倫特則是歪著頭疑惑地說道：

「這個嘛，您現在是不是把自己誤認為是三百年前的哈修泰爾大人了？不管主人處在何種地步，都要一直把他當主人那般地追隨侍奉……是這個意思嗎？」

「請不要拿我和那個騎士笨蛋相比較！」

這是我認識哈斯勒以來，頭一次看到他這麼憤怒的模樣。他的聲音雖然很低沉，卻激烈到讓傑倫特的嘴巴一下子凍結住了。傑倫特張大嘴巴看著哈斯勒，而哈斯勒則是一副皺著眉頭的表情，盯著桌子看。

過了一會兒之後，卡爾小心翼翼地說道：

「可是就我所知，你的主人希望你離開他啊。」

「這我知道。可是忠誠是我的分內事，服從也是我的分內事。」

卡爾看著哈斯勒緊皺著的額頭，說道：

「為什麼要那樣追隨他呢？他和你約定好要達成你的願望，到底是什麼願望呢？」

哈斯勒忽然抬起頭來的時候，我看到他炯炯的目光，不禁深深吸了一口氣。他咬牙切齒地說道：

「就是哈修泰爾的敗亡。讓他的血一滴不剩地流光！完全毀滅！」

卡爾費了好久的時間才得以再度開口說話。哈斯勒的極端憤怒甚至影響到那位不知擔憂的矮人敲打者艾賽韓德，使他嚇得目瞪口呆，表情蒼白地偷瞄著哈斯勒。卡爾說道：

「我……如果我說我能理解你的憤怒，那根本是胡說八道。」

哈斯勒面帶炯炯有神的目光看著卡爾。卡爾一面迴避他的目光，一面用彆扭的聲音說道：

「我從亞夫奈德大人那邊……聽到有關你妻子的事。你會對哈修泰爾憎恨是很理所當然，極為當然的事。」

「你說這是當然的事，可是你居然無法理解從自己口中說出的話。你剛才說無法理解我的憤怒……」

「……是的。」

「要不要我告訴你，我是什麼樣的心情？」

哈斯勒突然怒視著床鋪。咦？他幹嘛突然這樣瞪著艾波琳和蕾妮……蕾妮？哈斯勒從椅子上站起來，指著蕾妮，用令人生畏的聲音說道：

「那個丫頭應該是哈修泰爾的女兒。對吧？」

在這一瞬間，妮莉亞臉色發青。她很快地跑到床鋪旁邊，擋住艾波琳和蕾妮。哈斯勒瞪了一眼妮莉亞之後，往前踏了一步，妮莉亞隨即嚇得臉色蒼白地抬頭看哈斯勒。她咬緊下唇，把兩隻手臂左右張開，哈斯勒的眼睛裡面隨即迸出了火花。就在這個時候——

「站住！」

溫柴從剛才就一直靠著牆壁，一動也不動地站著，他的身體部位好像只有嘴巴還活著似的傳出了說話聲。他靠站在牆邊的姿勢一點也沒有移動，只是面無表情地怒視著哈斯勒，並說道：

「你不要想輕舉妄動！」

哈斯勒像是看到很稀有的東西似的看著溫柴。

「我想這麼做的時候，你以為你能阻擋得了我嗎？」

可是溫柴仍舊還是那副面無表情的臉孔。他的臉上依然只有他的嘴巴在孤單地動著。

「我聽說你的綽號是『熱劍格蘭』。」

在他說話的那一刻，從嘴唇上浮現出一個凶惡且冷酷的微笑。

「北部的那些笨熊這樣稱呼你，我不見得會認同。」

哈斯勒噗哧笑了出來。他坐在桌子前，連看也不看溫柴一眼，說道：

「你的異想天開也未免太會挑時間了。因為，我現在根本沒有想要做什麼啊。」

是誰長吁了一口氣？如果不是亞夫奈德，那可能就是坐在他旁邊的杉森吧。我鬆了一口氣的長吁聲實在是太大聲了，才會聽不清楚其他人的長吁聲。哈斯勒一邊坐在桌前，一邊對卡爾說：

「我現在就連看到那個丫頭和我女兒躺在一起，也覺得無法忍受。」

「蕾、蕾妮小姐一點過錯也沒……」

從卡爾顫抖的嘴裡費力地吐出像是話語的聲音。哈斯勒並不回答，卡爾則是咬著嘴唇，大大地深呼吸。妮莉亞因為陷入到不像人類所散發出來的恐怖感之後，好不容易才解脫了，她開始抽泣著，而溫柴見到她那副模樣，皺了皺眉頭。就在亞夫奈德笨手笨腳地要安慰她的時候，哈斯勒說道：

「沒錯。只要是帶著哈修泰爾之名的人，我想要一個也不剩地全殺掉。只要一想到他對我家人所做的事，就對他家人憎恨至極，這並沒有什麼好奇怪的。」

「可是……可是你打算怎麼做？你的憎恨能夠毀壞的，也只是你自己的生命而已。你再怎麼企圖掙扎，也不能拿侯爵怎麼樣啊。而且就算是涅克斯，在現在的情況之下，也無法對付侯爵。你應該要想想現實才對，不是嗎？」

「我要是那時候有想到現實，就不會去參與叛亂了！」

卡爾的嘴巴都僵住了。哈斯勒像是在吐出火焰似的說道：

「我要讓哈修泰爾在我腳前結束他卑鄙的生命。我一定會這樣做。」

「你不能原諒他嗎？」

一個平靜的說話聲音突然傳來。我轉頭一看，在那裡，是從剛才就一直在笨拙地安慰妮莉亞的亞夫奈德。他還是只看著妮莉亞，不過，這句話確實是他說的。哈斯勒說道：

「要我原諒他？」

亞夫奈德稍微撫摸妮莉亞的肩膀，然後慢慢地站起身子。他靜靜地轉身看哈斯勒。他迎視哈斯勒激烈燃燒著的目光之後，稍微低下頭，用低沉的聲音說道：

「是的。」

「為什麼應該要原諒他？」

「我只接受過他人的原諒，不曾原諒過誰，所以無法正確地告訴您什麼……不過，人們為什麼說優比涅的秤桿是直的呢？」

亞夫奈德的平靜語氣使哈斯勒回到他原本的沉默寡言。亞夫奈德先是露出苦惱的表情，然後指著傑倫特，說道：

「你問看看傑倫特吧。」

「咦？咦？我嗎？」

所有人的目光全都聚集到他身上，傑倫特立即用慌張的語氣答道。亞夫奈德點了點頭，說道：「我不知道這會不會是你很不愉快的記憶，不過，涅克斯・修利哲曾經想把你殺死，你還記得吧？」

「呃，啊？對了！在大迷宮的時候，傑倫特差點就被涅克斯給殺死了。如果不是有神龍王，他應該早已經死了。傑倫特一面圓睜著眼睛，一面說道：

「啊，那件事啊……我當然是還記得嘍。因為那是一次很獨特、很難經歷到的經驗。哈哈。」

「我想也是。可是今天傍晚，你並沒有對他表示任何憤怒之意。」

這一次，和剛才變得不同的目光都集中到了傑倫特身上。傑倫特開始搔著後腦杓，亞夫奈德則是露出了微笑。

「你看起來像是原諒他了。」

「是……如果硬要這麼說的話，嗯，是這樣沒錯。」

「你怎麼有辦法做得到呢？我的意思是，他是曾經想殺死你的人啊。」

大家也覺得很神奇地看著傑倫特。傑倫特則是像傻瓜般笑了出來，說道：

「因為我原本就有崇高而且慈悲的品德？那個，艾賽韓德，別人說話的時候那樣笑，不太好吧。請你別這樣，好嗎？啊，謝謝。嗯，是，如果我說沒有必要特別去憎恨，這樣說行得通嗎？」

「祭司，請您解釋一下吧。」

亞夫奈德鄭重地說道。這使得傑倫特露出大受驚慌的表情。傑倫特又再胡亂搔著後腦杓，然後說道：

「嗯，那是因為我看到他改變之後的模樣。」

「他改變之後的模樣？」

「是的。雖然說神會保佑我們，但我們本身並不是神。我們是人，所以會犯錯、會造罪。可是我們知道我們會改變，不是嗎？我們雖然壽命很短，但事實上也算活得很長久。艾賽韓德！我剛才不是說請你不要那樣笑！呃，那麼長久的時間裡，有充分的時間可以改變，所以我們會互相原諒。這就是神與人的最大的差異點。」

「最大的差異點？」

「是的。神沒有辦法改變，但人類卻是可以改變的。」

房間裡面突然洋溢著一股平靜的感動。長生不死的神會羨慕我們嗎？無法做出改變的神會嚮往我們嗎？

「神是無限的，是不變的。如果會改變就不是神了。可是人卻會改變。而且我們在面對其他人的時候，必須記得對方是會懂得改變的人類。嗯，我這樣解釋，各位可以理解了吧？」

「當然可以理解。謝謝祭司。」

亞夫奈德仍然很鄭重地說道，傑倫特則是露出十分驚慌的表情，笑了出來。亞夫奈德又再看著哈斯勒。

哈斯勒帶著沉重的表情，一面看桌子，一面說道：

「你的意思是，你希望哈修泰爾會洗心革面。」

「很難嗎？」

哈斯勒慢慢地抬頭。他看了房間裡的每個人。除了溫柴以外，其他人全都被他炯炯的目光給看得不得不撇過頭去。

哈斯勒舉起雙手，慢慢地把頭髮往後掠，然後像隻掉到水裡的青蛙般顫抖著身體。

「就連我的主人也原諒你們了。」

哈斯勒聲音沙啞地如此說完之後，搖了搖頭。

「可是就連我的主人也無法原諒拜索斯和哈修泰爾啊。」

卡爾表情認真地問道：

「你的主人……為什麼這麼恨拜索斯和哈修泰爾，你可以告訴我們嗎？這和你主人所說的那八星有什麼關聯呢？」

「關聯？所有事情都是從八星和路坦尼歐的魔法之秋開始的！」

哈斯勒帶著冷靜的表情，開始講故事。

我們全都一個接著一個地被吸引進他的故事裡。

02

嗒嗒嗒嗒嗒。

亨德列克以驚人的氣勢奔下階梯。在這一刻，他雖然感覺有股誘惑想要不管這階梯，用空間傳送術直接下去，但他還是強忍著，只用兩條腿走到地下層。亨德列克想讓對方來擋他，因為這樣一來，他才能讓自己這次的侵襲變得正當。另一方面，他也想知道他們是不是真的能夠抵擋得了他——亨德列克。

地下室的陰濕冷空氣湧了上來，使他的嘴裡吐出白色的霧氣。亨德列克走完階梯之後，看到一扇巨大的鐵門。在鐵門的前方，站著兩名騎士——伊爾斯和賀滋里正在守衛著那扇門。

「站住，你是誰？」

伊爾斯和賀滋里迅速移動，衝向走下階梯的人，並且各自拔出了他們的劍。然而，入侵者只是靜靜地站著。於是，賀滋里把擱置在地板上的提燈往上提起。透過提燈的照射，出現的是亨德列克那張冷漠的臉孔，賀滋里不禁發出難以置信的呻吟聲。

「亨德列克大人？不，您怎麼會來這裡……」

亨德列克緊閉著嘴巴。伊爾斯和賀滋里擋在門前，顯而易見的，他們一定有事隱瞞他。亨德列克滿是壓抑的聲音從唇間吐出：

「你們兩位在做守門護衛的事，那麼，這扇門後面有什麼東西呢？」

賀滋里用驚慌的表情避開了亨德列克的視線。可是伊爾斯仍保持著用劍直指亨德列克心臟的姿勢，冷冷地說：

「請回去吧，亨德列克。」

「你得說出我一定要這麼做的三個理由才行。」

「我沒有心情和你開玩笑，而且情況也不容許我們這麼做。沒有人請你來這裡。請回去吧。」

亨德列克疾言厲色地說道：

「雖然沒有人要我來，可是也沒有人叫我不要來。不對，我應該修正這句話。如果有人敢叫我不要來，我就會除掉那個人。」

伊爾斯的劍尾端晃動了幾下。這並不是因為恐懼感所致，而是因為他下定決心時所自然流露出的高級劍術，藉著劍尾端巧妙晃動，來暈眩對方的目光。真不愧是訓練有素的戰士伊爾斯。現在他正打算要「殺死亨德列克」。

賀滋里看到這情況，帶著驚慌的語氣說道：

「亨德列克大人！雖然我們知道這樣做會讓您很不高興，但我們是奉了大王的命令，守在這裡不准任何人進去。大王應該不會連您也要阻擋，可是我們不能用自己的意思來解釋大王的命令吧。所以，請您一定得回去。」

賀滋里把手臂左右張開來，態度懇切而且和氣地說道。然而，亨德列克還是面帶一副冷酷的表情。

「正如剛才偉大的伊爾斯大人所說，我現在沒有心情開玩笑，而且情況也不容許我這麼做。我必須看看你們到底在裡面做什麼！你們是要把劍放回劍鞘裡再死，還是要把劍拿在手上受死？」

這番凶言惡語使賀滋里驚訝地張大嘴巴，也使伊爾斯凶悍地高喊著衝向他。

「呀啊啊！」

伊爾斯的劍以可怕的速度朝著亨德列克的心臟刺去。可是在下一刻，伊爾斯的劍卻不知消失到何處，而且他還因為失去重心，膝蓋猛然碰撞到地面上。

「嗚啊啊！」

賀滋里喊出難以區分出是尖叫聲還是用力出招的聲音，並且衝向亨德列克，可是在下一瞬間，他的身體卻在半空中停住了。然後下一秒，賀滋里就頭朝地下，往牆壁方向飛了過去。

「啊啊啊！」

砰！賀滋里撞擊到牆壁，連慘叫聲都還來不及喊出，就只是瞠目結舌地瞪著前方。可能是因為他咬到舌頭，所以從嘴裡流出了一條細細的血柱。剛才倒在地上的伊爾斯見狀，破口大罵著拔出匕首，想要去刺亨德列克，可是在下一瞬間，他卻叫出了像是肺腑被撕裂開的慘叫聲。

「呃呃啊啊啊！我、我的手臂！哇啊啊！」

伊爾斯連手肘也被燒得焦黑，他緊抓著手臂，翻滾到地上。而賀滋里看到這一幕，嘴裡含著血大叫，想要讓身體從牆上下來，可是他的身體被完全緊貼在牆上，根本動彈不得。亨德列克低頭看著伊爾斯，說道：

「我就讓你遵守騎士風範，聽從君主的命令到最後一刻吧。讓你和發誓同甘共苦的戰友在一起。」

亨德列克話一說完，便揮了揮手，伊爾斯接著就飛了起來。伊爾斯一邊胡亂蹬著，一邊騰空飛起來，然後就被嵌在賀滋里的對面牆壁上，他們所在的那兩面牆的中間，正是有鐵門的那面牆。兩名騎士彷彿就像是刻在門的左右邊的雕像。賀滋里一面喘氣一面想要說話，可是亨德列克不理會他們兩位騎士，逕自走向那扇門。亨德列克用雙手試著推了一下門，然後他躊躇了一下，說道：

「有魔法？」

亨德列克轉過頭去瞪著緊貼在牆上的伊爾斯。而伊爾斯則是不顧手臂被燒掉的痛苦，還嘻嘻笑著說：

「卑、卑鄙的……魔法，當然是有附著在，在門上嘍。咳呵！對於瘋狗，當然要用瘋狗來對付……」

亨德列克努力強忍住想要一次扭斷伊爾斯脖子的衝動。他緊握了一下拳頭之後，盯著那扇鐵門。他的嘴唇稍微動了幾下，沉甸甸的鐵門便立刻震動了起來。賀滋里的眼珠子簡直都快要迸出來似的，他驚訝地看著鐵門，數千磅重的鐵門彷彿像是草笛般不停抖動著。接著，門那裡就傳來了一陣強烈的爆炸聲。

轟隆隆隆！

「天啊……！」

緊貼在牆上的賀滋里發出呻吟聲。那扇鐵門到剛才不久前，都還橫擋在亨德列克面前，而現在，它竟然就像一張紙那樣被弄皺，而且亂七八糟地掉在地上。亨德列克就這樣長驅直入地進到裡面去了。

啪噠啪噠。

有火把零零星星地掛在牆上，投射出陰沉的火光。亨德列克帶著可怕的眼神，一直盯著前方不斷走去。他一邊走，影子就隨著他的腳步忽隱忽現，令人覺得眼花撩亂。

這是人類建造出來的地方。亨德列克環視周圍之後，更加確信是這樣。這並不是矮人所建造的，而是人類粗糙的技術。不過，雖然說是很粗糙，但這是和矮人的精緻華麗手法相較時的說法，事實上，這已經算是一座很壯觀的建築物了。然而，從什麼時候開始，人類有能力建造出如此雄偉的地下建築物呢？

不久之後，亨德列克的前方出現了三岔路。

通往正面的那條路上，有一名騎士站著。當兩人的距離縮減到十步左右時，對方便傳出生硬但不失冷靜的聲音。

「我就知道是你。賀滋里和伊爾斯呢？」

問他問題的人是萊恩伯克，他輕鬆地拄著一根看似很沉重的戰戟站在那裡。因為剛才亨德列克所引發出的騷動聲音，就算不是矮人，也能聽得十分清楚。亨德列克不做回答，繼續往前走去。萊恩伯克還是一動也不動地拄著戰戟，站在那裡瞪視正在接近他的亨德列克。兩個男人之間一片寂靜，只聽得到亨德列克低沉的腳步聲。

就在這時候——

「受死吧！」

一個像是火山爆發似的怪聲傳來，同時左邊通道上猛然飛來了一把戰斧。堪德里以平生最強的氣勢揮出了戰斧，用老鷹般銳利的眼神精確瞄準了亨德列克的頭部，揮砍過去。咻！

可是那把戰斧卻只是橫越空中，碰撞到牆壁，迸出猛烈的火花。堪德里一揮擊到牆壁，便感覺手腕一陣碎裂的痛苦，並且跪倒在地。而萊恩伯克則是趕緊舉起戰戟，追蹤如煙霧般消失不見的亨德列克。他的眼睛非常仔細地檢視整個通道，可是到處都看不到亨德列克的身影。此時，梅達洛為了要趕來扶住堪德里，從左邊拿著流星錘奔跑過來，他瞄了一眼萊恩伯克。萊恩伯克看到梅達洛的臉色發青。梅達洛尖叫著：

「萊恩伯克！」

萊恩伯克在這一瞬間才察覺到是怎麼回事，而且整個人感覺毛骨悚然。他喊出無意義的尖叫聲並且縱身一跳，但已經為時已晚，他發現縱身跳躍已是無任何作用了。俗話說：「在死亡的前一刻，整個人生會在眼前掠過。」那根本是胡說八道。砰！看來恐怕是連撞擊的感覺也無法感受得到吧。

萊恩伯克出乎自己意料地倒在地上了。地面是確實存在的，所以身體碰撞到地上當然非常痛。可是萊恩伯克迅速一個翻滾站起身子，他低矮地揮著戰戟，並且穩住身體的重心，狠狠注視著自己所站著的地方。在那裡，亨德列克正在慢慢地轉過身體。

「站住！」

萊恩伯克處在連自己說什麼都不知道的情況下，簡短有力地說道。亨德列克立即停下了腳步。與其說他是因為聽從這個命令句，倒不如說是因為這聲堅決的命令句，是一句毫無不安與疑慮，甚至一點也不顧有權命令者之權威的命令句。他似乎是因為這句十全十美的命令句，才產生這種反射作用。

亨德列克轉過頭去，就在此刻，堪德里一邊破口大罵，一邊丟出了戰斧。

「呃呀啊啊！」

然而，顫抖的手臂所丟出的戰斧，卻飛向離目標非常遠的地方。而亨德列克則是一動也不動地盯著堪德里。亨德列克的下巴一移動，梅達洛原本把流星錘舉到肩上的手臂便隨即僵住了。梅達洛臉色慘白地看著亨德列克，正想要說話，但是說不出任何話來。此時，萊恩伯克說道：

「你是周遊過許多地方的人，就連野蠻人的這一招，你當然也有機會學到。你這招是不是南方野蠻人所使出的那種眼神招數？」

「這叫做殺氣。」

「是嗎？真是令人驚訝。我以前一直以為，只有戰士們才會這種招數。」

「這是鍛鍊過精神層面的人才會的技術，我國的戰士當然很難做得到。不過，你打算要這樣繼續妨礙我嗎？」

「你請走吧。我們是無法阻擋得了你的。」

「那麼你們可以保證不會從後面攻擊我吧？」

萊恩伯克看到堪德里不顧一切想衝過去，臉上便浮現出不高興的表情。他一面呻吟著，一面阻擋住想要衝向前去的堪德里，並且冷靜地說：

「我們會秉持騎士精神，不會從後面攻擊。」

亨德列克還是皺著眉頭，只有嘴巴笑了出來。

「你們確實從一開始就不打算從後面攻擊我，你們只是要把我困在這種黑暗發臭的老鼠洞裡。」

梅達洛整個臉孔都皺在一起了。梅達洛是一個知道敬佩神聖、將騎士道昇華為近乎神聖的騎士，因此，亨德列克這番話對梅達洛而言，簡直是奇恥大辱。他聽了之後低下頭來。可是他的戰友卻把頭抬起。在亨德列克轉身的那一瞬間，堪德里口出穢言，並且甩開萊恩伯克的手臂，往前跑過去。

「亨德列……！」

可是尚未走完三步，堪德里就又再喊出慘叫聲，摔倒在地。砰！萊恩伯克喊出短短的一聲尖叫聲，可是亨德列克還是背對著他們，冷冰冰地說：

「堪德里並沒有死。堪德里身為騎士，現在應該是比死還更加痛苦不已吧。」

亨德列克就這樣消失在通道的黑暗之中，而堪德里則是捶打著地板，喊出夾雜著淚水的高喊聲。

「嘎啊啊！」

在他旁邊，萊恩伯克面帶沉痛的表情，茫然地望著亨德列克消失的那條通道。

亨德列克一直往前走去。

啪嗒，啪嗒，啪嗒。

堅定而同時帶著柔和的腳步聲響起。一個巨大的生物，即使巨大卻仍不失其敏捷與柔和的生物，牠特有的輕柔同時卻又沉重的腳步聲開始傳來。過了不久，亨德列克的前方半空中隨即出現一對紅色的眼睛。

紅眼睛在至少高度五肘的地方閃爍著。而在眼睛下面，則是傳出了細微的呼吸聲。而且有一股非常臭的味道撲鼻而來。隨即，那隻生物就喊出一陣快讓地下通道倒塌的怪聲。

「呱啊啊啊啊！」

這陣咆哮聲雖然只持續幾秒鐘，但是回聲卻一直迴盪在整個通道上，久久才停下來。那隻生物把黑色的兩隻手臂往左右張開，從張開的兩隻手上裡猛然冒出像匕首般的指甲。那些指甲刮著左右牆壁，迸出刺耳的摩擦聲音及火花。滋滋滋滋！

「呱啊啊啊啊！」

那隻生物立刻往前衝來。而亨德列克還是一逕向前直直走去。

啪啊啊！

通道上只剩下亨德列克一個人。和剛才不同的是，現在什麼東西也沒有了。亨德列克用始終如一的速度往前走去。

在他的正前方出現了一個裝飾華麗的拱門柱，而下面則是一扇很壯觀的門。亨德列克看著拱門的裝飾，搖了搖頭。人類，人類。就只有人類雕刻在上面。有一個拿著劍在咆哮的男子，以及被男子的手拉著的美女。還有踩死龍的戰士和壓制神的真理的賢者們。

亨德列克用力將門推開。那是一扇既沒有實際上鎖，也沒有用魔法鎖住的門。那扇門往左右開啟，發出一陣令人覺得不祥的碰撞響聲。因為是在密閉的地下室，所以那聲音簡直讓人震耳欲聾。

亨德列克以銳利的目光盯著房間裡面。

房間裡面的景象更是令人覺得啼笑皆非。四面的牆壁掛著華麗的壁氈。壁氈上畫著一些令人想像不到的華麗圖案。有挖掘土地的人類，征服大海的人類，在城塔上俯瞰大地的人類，奔跑於染血戰場上的人類，歌頌人類的人類，讚美人類的人類、人類、人類、人類、人類。

在所有裝飾和雕刻裡一定會出現的精靈、矮人、龍、妖精等，在這裡完全沒有發現到他們的蹤影。不對，有龍出現。但那頭龍是在青筋突起的戰士拳頭上，縮小到令人覺得可笑的程度，看起來簡直像是長有翅膀的小狗般。戰士一手抓著那頭龍的脖子，龍長長地伸出舌頭，癱在那裡。戰士對於自己抓著這頭驚人的戰利品，並沒有顯露出任何冰冷目光，而是看著前方在微笑著。而美女則是對那個戰士投以讚賞的眼神。

亨德列克覺得頭昏眼花地看了看房間正中央。有一個草綠色的祭壇。本來應該是藍色的綢緞，卻在火把火光下看起來像是不祥的草綠色。而在祭壇周圍，有三個人還有一名妖精。

站在祭壇前面的傑洛丁和查奈爾已經拔出劍來，站在那裡看著門的方向。然後，祭壇後面則是站著那一位答應完成亨德列克的夢想，買走了亨德列克的人生的人。亨德列克喊了他的名字。

「路坦尼歐。」

傑洛丁和查奈爾所期待聽到的稱謂，並沒有緊跟著被說出來，他們隨即露出驚慌的表情。他們立刻用憤怒的表情拿緊手上的劍。可是亨德列克根本不看他們的臉孔，他把目光從祭壇後面的男子——路坦尼歐‧拜索斯的臉上，轉移到坐在祭壇一角的妖精身上。

「達蘭妮安。」

達蘭妮安的臉龐非常憔悴。以前總是襯托她背後的發亮翅膀消失之後，她的臉上就失去笑容了。可是達蘭妮安還是對亨德列克費力擠出一絲微笑。

「你好，小亨。」

達蘭妮安閉上嘴巴一陣子之後，又再無力地笑著說道：

「我的魔法，竟然連你鞋子的鞋帶都無法拉得住。」

亨德列克無法看達蘭妮安的臉孔看得太久。他的目光轉移到祭壇後面，被破壞掉的寶石全都散落在那裡。

亨德列克往前踏了一步。在此同時，查奈爾乾咳了幾聲。查奈爾是很斯文的海格摩尼亞族，他從不把脅迫的話語或斥罵掛在嘴邊，他這樣已算是最大的脅迫了。亨德列克停下腳步注視查奈爾的那一瞬間，路坦尼歐開口說話了。

「把劍拿開，傑洛丁、查奈爾。」

查奈爾立刻順從地收起劍來。可是傑洛丁卻猶豫地說道：

「我……」

「把劍收起來。」

傑洛丁咬牙切齒。俗話說：「和巫師交手的時候，就連眨眼的時間也要分秒必爭。」可是現在竟然要他把劍收起來！不過，傑洛丁還是慢慢地把劍收到劍鞘裡。充滿榮譽感的他，臉上帶著自豪的表情。亨德列克又再開始往前走過去。

亨德列克在祭壇前面停住腳步。

祭壇上面散著寶石的碎片。那些原本發出輝煌光芒的寶石全都成了碎片，如今看起來比微不足道的小石頭還要不如。亨德列克慢慢地伸出手來撿起其中一塊碎片。

周圍的人各自用不同的神情，默默地望著在凝視碎片的亨德列克。查奈爾用恭敬同時不可捉摸的眼神，像是在欣賞亨德列克的動作似的看著他。傑洛丁則是看起來像深怕漏掉亨德列克的每個動作，而瞪大眼睛在注視著他；達蘭妮安用滿是同情心的濕潤眼睛抬頭看亨德列克，然後路坦尼歐……

他用疲憊但還是無法掩住興奮的微微顫抖聲，說道：

「亨德列克。」

「八星全部都毀了？」

亨德列克一面盯著碎片，一面說道。路坦尼歐緊閉著嘴巴，亨德列克隨即抬頭看路坦尼歐。

他慢慢地彎起手指頭，緊握住那塊碎片，又再說道：

「你們把八星全部都毀了嗎？」

「亨德列克。」

亨德列克猛然轉過頭去看達蘭妮安，而達蘭妮安則是淡淡地迎視他的目光。

「是妳？」

達蘭妮安只是用濕潤的眼睛抬頭看亨德列克，並不回答。亨德列克抑制住突然想變得狂暴的心情，並且按捺著想把位在祭壇上面的達蘭妮安抓起來的那股衝動，然後再度問她：

「是妳幫他們的嗎？」

達蘭妮安慢慢地點頭。

「是的，是我幫他們毀了八星。雖然和你相比，我算是個蹩腳的巫師，但再怎麼說，我也是個會使用瑪那力量的人。」

「妳怎麼會這麼做呢？」

達蘭妮安並沒有答話，一直望著她的亨德列克漸漸皺起眉毛。他忽然舉起了拳頭。

「怎麼會！呃呃！」

砰！亨德列克的拳頭打在達蘭妮安的正前方。傑洛丁被他的大喊聲給嚇得把手移到劍柄方向。傑洛丁緊抓住劍柄之後，才發現到查奈爾一動也不動地在看著自己。他一面漲紅著臉，一面放下劍柄。

亨德列克手撐著祭壇站在那裡，低著頭。他的頭髮垂到前面遮住了臉孔，但是他的肩膀卻微微地在顫抖著，這是所有人，以及妖精的眼睛所看得一清二楚的事。這是一個男人看到人生最重要的目標被徹底摧毀時的悲哀。達蘭妮安悲痛自己再也無法飛起來，不過，她還是用走的過去撫摸了亨德列克的拳頭。

達蘭妮安坐在亨德列克的拳頭前方，無力地將她的上半身擱在那顫抖的拳頭上面。亨德列克低頭看一眼趴在自己拳頭上的達蘭妮安，說道：

「妳怎麼會做這種事……」

達蘭妮安抬起小小的臉孔，仰望亨德列克暗沉的那張臉。他那張滿布陰影的臉實在非常地暗沉。達蘭妮安打了一個寒噤之後，對他說：

「我很清楚你想要那八星，小亨。你是多麼……」

「我剛才是問，妳為什麼要做這種事。」

這是一句無比冷淡的問話。達蘭妮安低下她的頭。

「呃嗚嗚！」

達蘭妮安突然間嗚嗚咽咽地抽泣著，又再趴到亨德列克的拳頭上。

「對不起，小亨。對不起。」

亨德列克一邊努力使自己的下巴不再顫抖，一邊用雙手捧起達蘭妮安。亨德列克併著兩隻手掌，讓達蘭妮安坐定在上面，並且靠到他自己胸前。傑洛丁和查奈爾面帶憂鬱的表情，看著他那副模樣，路坦尼歐則是轉過頭去不想看。

亨德列克看著在自己胸前抽泣著的妖精女王，他感受到胸口被撕裂的悲痛，說道：

「達蘭妮安，妳是妖精的女王啊。妖精族的命運都掌握在妳的……妳的手上啊。」

他差一點就說是掌握在「翅膀上」。亨德列克一面咬緊牙關，一面盡可能沉著地說話。

「妳已經失去許多力量了。光是對妳個人而言就已經是不幸，更何況是你們種族，這對你們整個種族更是個不幸。可是，為什麼妳要放棄掉可以讓你們種族繁榮的力量呢？」

達蘭妮安無法回答他。她在抽泣著，所以沒辦法回答。亨德列克感受到一股淒涼的感覺，他用手指尖溫柔地撫慰達蘭妮安的肩膀。然後，他抬頭看路坦尼歐。

「你怎麼會做這種事呢？」

路坦尼歐用僵硬的表情和亨德列克相對視。亨德列克又再問了一次：

「怎麼會做出這種事？你破壞八星的理由到底是什麼？為什麼要放棄了人類？」

「我不曾放棄過人類。」

「那麼，到底是為什麼？為什麼要破壞創造與新生、治癒惡勢力與圓滿欣喜、永遠賜予我們具有至高無上的發展和愛的力量，你為什麼要破壞這股力量！為什麼要阻止我們走向可以成為神的路啊！」

「八星也可能帶給我們恐懼和壓抑。神龍王是如何統治我們的，你難道忘了嗎？」

亨德列克的脖子暴出青筋地喊道：

「難道你會怕劍嗎？」

「我當然怕！」

「你說什麼？」

亨德列克看起來像是被當頭棒喝似的看著路坦尼歐，而路坦尼歐則是微微笑著說道：

「你沒有握過劍，所以當然不知道。劍士必須先從熟悉怕劍的感覺開始。這是為了防患未然、防止發生不可挽回的事，而必須怕劍。不知道怕劍的人就不是戰士了，只能算是個拿刀劍的人而已。我倒是要問你，你會不會怕瑪那？」

雖然亨德列克直挺挺地站在那裡，在他的精神層面上，則感覺像是膝蓋被踢了一腳。路坦尼歐，是他集結那些在龍的壓迫之下忘記明日意義而活下去的人類，最後終於把神龍王趕到北方去，是這個男子用了他的青春。他很難對抗得了這個人的那股威嚴。然而，亨德列克還是咬緊牙關，說道：

「雖然你說得沒錯，但是你卻對自己所說的話背信。劍士因為知道要怕劍而把劍佩在腰上！你竟然因為怕八星被濫用而破壞它們，這豈不是和怕劍而不佩劍的劍士沒有兩樣嗎？」

路坦尼歐突然間動了一下身體。他把屁股斜搭在祭壇上，變成一副輕鬆的姿勢。他用不緩不急的動作撥弄祭壇上散布的碎片，就像剛才不久前亨德列克的動作一樣，他撿起了其中一塊碎片。

路坦尼歐把碎片拿到眼前，一面注意觀看著，一面說道：

「因為八星的力量實在太可怕了。」

亨德列克緊閉著嘴巴不說話了。雖然達蘭妮安抓著他的胸口在抽泣時的小顫抖，一直刺激到他的神經，但是亨德列克強忍住，並且看著路坦尼歐繼續說話。

「為什麼我們應該要擁有那種力量？我們可以自己發展啊！以我們的力量，一定可以開拓出我們的明日。我擊退了神龍王，開啟了人類的明日，這並沒有靠八星的幫助啊！而且我的子孫們，還有人類的子孫們都必須自己開拓發展出人類的道路啊！不是靠八星的幫忙，而是靠他們的雙手……」

「胡說八道！」

路坦尼歐猛然抬起頭來。亨德列克像是在吐出某種堅硬的東西似的，一字一句用力地說道：

「靠人類的手？只是為了人類嗎？你想要強迫全世界接受這巨大的人類神殿嗎？」

亨德列克用一隻手捧著達蘭妮安，揮著另一隻手，指著周圍。路坦尼歐一直盯著亨德列克。

「在你那個小腦袋裡，居然想要這整個世界，你想把世界當成像是自己的玩具？你想要隨心所欲去丈量世界的尺寸？隨心所欲地秤量世界的重量？隨心所欲地標定世界的價值？靠你的力量？靠你的手？別開玩笑了！你好像認為是靠自己的手擊退神龍王、拯救人類，天啊，我從未看到如此異想天開的人！」

「亨德列克！」

「請你閉嘴聽我說！我不曾請求你回答我的話！」

路坦尼歐只好閉上了嘴巴。亨德列克像發瘋似的大吼大叫著：

「你到底拯救了什麼東西！你只不過是把位於世界最頂端位置的神龍王給除去罷了！只是除去頂點，又不是改變了下面的構造！而且一旦你自己打算登上那個位置，等於是什麼也沒有改變！那長久的戰爭以及所流的血，全都白費了！」

亨德列克又再指著散落在祭壇上面的碎片，喊道：

「你的所作所為都只是同一件事！你只不過會毀滅而已！消滅，殺死，除掉！你因為神龍王統治我們，而把神龍王驅離！八星會讓我們接近無限發展，可是你把它們都破壞掉了！破壞，破壞，破壞！你根本不懂得事物的生成與治癒。你只會消滅！你只是為了要將那些快把人窒息的現實永遠留下來！」

「亨德列克，你太激動了……」

亨德列克大口喘了一口氣，可是他都還沒有調勻呼吸，就插入了路坦尼歐的話中。

「優比涅是手持秤桿，並不是手持刀劍啊。優比涅對於更大的惡，會施予更大的善，祂並不會去消滅掉那股惡勢力啊！可是你卻只會毀滅而已。你這個連惡的價值也不知道的傻瓜！」

「亨德列克，你！」

「你這個天下無雙的大笨蛋！你是不是以為破壞八星，可以把可憐的八個種族永遠從危險中拯救出來？你以為八星會再落入像神龍王這類強者的手中，變成是壓迫他們的道具。因此，你一定以為這樣做會受到八個種族永遠的稱頌吧？這真的是你這個愚蠢頭腦才能想得到的！」

「亨德列克！你如果再講這種話，那我也無法再忍受下去了！」

「我會再繼續這樣講下去的，所以你自己判斷是不是應該要仔細聽而且忍下去！可是，我要警告你，忍下去會對你比較有利。你對神龍王所做的行為，我也可以用同樣的方式對你。不，應該更加容易才是！因為你並不是神龍王！」

路坦尼歐的臉上只是僵住而已，但是傑洛丁的臉孔卻已經變得蒼白了。路坦尼歐大王是因亨德列克的幫助，才好不容易得以將神龍王驅趕到北方。可是亨德列克恐怕只要動一根手指頭，就能除去路坦尼歐大王，佔有這個國家。傑洛丁又再一次開始慢慢地把手移向劍柄。一個像發瘋似的激動講話的巫師，無論他是多厲害的大法師，都應該會無法抵擋住戰士的攻擊。傑洛丁開始在預想一個很慘的結果。可是素有訓練的手和他的苦惱毫無關聯，在地下的昏暗之中像蛇般移動，緊握住劍柄。

亨德列克吼道：

「為什麼！為什麼要背叛我！」

路坦尼歐的臉皺了起來。他一隻手拄著祭壇，另一隻手按著額頭，並且用壓抑的聲音說道：

「這不是對你的背信啊。糾正朋友的過錯是友誼，放任不管才是背叛。你以前的想法太天真了。」

「是嗎？你是這樣認為的嗎？那麼為什麼以前都沒有指正我的錯誤呢？為什麼一直到神龍王被打倒、拜索斯建國，都放任不管，現在才要來指正我的錯誤呢？你是想要利用我？那麼那份友誼可真是好用啊！需要的時候就表現出來，不需要的時候就可以不表現出來，你我之間就是這種友誼嗎？」

路坦尼歐露出難過的表情。不管怎麼說，他對於利用亨德列克的這項指責，似乎是無話可說。

當時，研究過神龍王神祕統治的年輕巫師亨德列克發現了一件事。他發現到神在離開地面之前，賜予留在地面上種族最後的禮物，就是那八顆星。那雖然是以微弱的證據和在他思考跳躍之中所產生的一個假設，但是亨德列克以年輕人特有的大膽魯莽，深信自己的這個假設是對的。他認為這八星是神龍王統治支配的根據。神龍王雖然擁有強大的力量和令人恐懼的能力，但是能夠圓滿支配地面上的所有種族，並不是以牠個人的力量和恐怖所能達成的。八星才是牠統治支配的神祕之處。

年輕的理想主義者亨德列克簡直快發瘋了。因為他發現這八星是神的最後禮物，是留在地面上的種族們可以成為神的最後機會。只要有八星在手中，就可以讓所有種族發展到無法想像的繁榮、幸福和互相瞭解。只要有八星在手中，就連精靈和矮人，也會從此不再反目成仇。甚至連半獸人都可能成為人類的朋友！八星可以實現所有事情。因為它可以左右其種族的價值觀與明日。

然而，光是以他的力量，並無法從神龍王那裡搶奪到八星。不過，令人意外的，就在那個時候，他在中部大道的旅途中經歷了那次有名的會面，也就是一天之中遇到路坦尼歐三次。當時路坦尼歐是為了要去見後來被稱為八星騎士之中的烏塔克和查奈爾，而正往返於中部大道。第三次見面的時候，路坦尼歐開始對亨德列克推心置腹。

亨德列克對於支配與被支配的關係並沒有什麼概念。亨德列克與其說是因為支配，倒不如說是因為神龍王把可以讓其他種族互相瞭解、消弭仇恨、發展繁榮的力量作為自己的支配工具，因此憎恨神龍王。而路坦尼歐則是因為神龍王支配人類而憎恨神龍王。

雖然性質不同，但路坦尼歐和亨德列克所憎恨的對象卻都一樣，所以他們能夠攜手合作。路坦尼歐對亨德列克承諾八星的所有權，而亨德列克則是把擁有魔法第九級高手能力的自己，全部交給了路坦尼歐。可是路坦尼歐的承諾卻是假的。因為，路坦尼歐自從聽到亨德列克說了八星的事開始，他就一直想要破壞那東西。

沒錯。這是對友誼的背叛，以信賴作為利用的工具。路坦尼歐雖然內心沉痛，但卻一直不動聲色。反而，他還將八個騎士取名為「八星追尋者」，使亨德列克信任他。真是個徹頭徹尾的欺瞞騙局。

而且……是在經過了長久的時間，流血與苦痛的長久歲月。無數的英雄勝利與無數的英雄沒落。歷經了悲劇和更慘的悲劇，最後路坦尼歐擊退了神龍王，將人類從束縛中解放出來，實際促成了幾百年來首次不再是屬於龍的人類，以人類的身分頂天立地於這塊土地上。

這我們怎麼會不知道呢？

路坦尼歐用悲傷的眼神看著亨德列克。

「我不否認我利用了你！雖然我的想法和你的不同，但我並沒有說出來。可是我要再一次這樣呼喊你，我的朋友！」

亨德列克對路坦尼歐的呼喊所做出的回應，是投以像要殺人似的目光。路坦尼歐嚇得愣怔了一下。突然，路坦尼歐回想到在那荒涼的黑暗荒野裡和神龍王面對面打鬥時的景象。他感受到一股和當時相同的恐懼感。不對！路坦尼歐咬緊牙關，心想。是比當時還要更加恐怖！

「我的朋友。拜託。我從未希望人類在這個世界稱王。我只是希望我們全都可以靠自己的手站起來。在神龍王的統治下也很和平，魔法很發達，而且生活沒有不方便的地方。可是，那都是因為有神龍王這個嚴格的教師，才造就出假性的和平。不只是人類而已，是我們所有種族，都應該做個成熟的人。我們應該用自己的頭腦思考，靠自己的意志生活。所以我才會擊退統治我們的神龍王，讓人類以人類身分頂天立地於這個世界上啊。而且你看！」

路坦尼歐充滿激情地喊著：

「如今我們永遠都可以用我們的雙手來設計我們的未來了。精靈、矮人和半獸人不能夠支配統治我們，而我們也不能支配他們。再也沒有像神龍王那樣強大的敵人了。我們現在全都可以成為永遠的成人了啊！可是，還剩下一個敵人啊。那就是八星！」

路坦尼歐指著散落在祭壇上面的碎片，喊道：

「為什麼我們必須接受這種力量的支配！為什麼我們必須像小孩子那樣，被可疑且可怕的力量左右我們的未來！我們如果用自己的力量，不管大小，也是可以頂天立地於這個世界啊。為什麼我們還要抓著那種華麗的拐杖站著呢！」

路坦尼歐大大地深吸一口氣，鎮定住自己的激動之後，又再尖銳地說道：

「它們是比神龍王還要更加可怕的敵人啊！神龍王只是單純統治支配我們而已，可是它們卻可以讓我們變成任何東西！它們可以改變我們本身！可以使我們變成永遠是這世上的小孩啊！是我拯救了大家！」

亨德列克感覺自己簡直快暈過去了。

難道這就是巫師和戰士的差別嗎？要人類用自己的手來開拓命運，用自己的雙腿來走路？這真是啼笑皆非的幻想。不像話的幻想。這就是使用可怕瑪那力量的巫師和使劍的戰士的差別所在嗎？真是笨蛋！因為巫師運用的是瑪那，是用外部的強大力量，所以無法想像那種啼笑皆非的想法。可是戰士卻相信用自己手持的一把劍就可以改變自己。所以戰士當然會把劍當作是自己本身的力量。這簡直是個讓人啼笑皆非且唯我獨尊式的幻想。

所謂的刀劍，是被礦夫開採出來之後，被車夫搬運出來的礦石，然後被鐵匠製成劍，再被商人賣了之後給戰士拿在手中的東西。根本沒有所謂靠自己的手這回事！這真是無稽之談啊。簡直就是自戀到了可憎的地步，是不懂得瞭解他人、不懂他人存在價值的人在癡心妄想。靠自己的力量？那麼說來，那些為你流血的無數士兵的性命，又是怎麼一回事呢？

而且因為這個男子的那種嚴重的癡心妄想，關閉了可以決定所有生物未來的門，只相信自己的一個判斷，就將所有生命的希望打破。這個男子站在他的前方，正在口口聲聲問他為什麼不能瞭解他。

亨德列克覺得不想再說什麼話了。

卡爾的眼裡好像突然閃現出一道雷電閃光？原來是窗外一陣轟聲傳來的同時，閃出了一道雷電閃光。轟隆隆！

「嘎啊啊啊！」

妮莉亞立刻緊抱住她旁邊的溫柴。而一直忘神聽著哈斯勒在講故事的溫柴，一時無法防備妮莉亞的襲擊，整個人直接一屁股坐在地上。

「什、什麼呀？快放手！」

妮莉亞簡直就是死不放手，她緊黏著溫柴，所以溫柴怒吼著舉起了手臂。他一副要直接往妮莉亞的後腦杓打下去的樣子。

「呃，呃？」

亞夫奈德喊出倉皇的尖叫聲。可是溫柴還是舉著手臂，一動也不動地顫抖著手臂。妮莉亞睜大眼睛看著他的手臂，可是她的手卻依然繼續往溫柴的胸口鑽進去。溫柴坐在地板上，而妮莉亞則是趴在溫柴的膝上，如此互相望著彼此。突然間，我想到剛才聽到的故事裡的亨德列克和達蘭妮安。

溫柴低頭看了一眼緊抓住他胸口的妮莉亞，隨即搖了搖頭。轟轟！又打雷了，妮莉亞尖叫著，而且又再流下才剛停歇的眼淚。溫柴緊皺著眉頭，轉頭看我。可是他一開口，出現的卻是難以置信的為難聲音。

「可惡。這個女的，是不是很怕打雷啊？」

杉森撇過頭去咯咯笑了出來。我則是聳了聳肩，答道：

「她非常非常怕打雷。可是，你該不會是想打她吧？」

「他媽的！我打女人？我拜託你，你把她拉下來吧！」

這個嘛，這有可能嗎？果然，要從溫柴身上把妮莉亞拉下來可不是件容易的事。打雷的次數越來越頻繁，妮莉亞像發瘋似的緊抓著不放。如此一來，我總不能用對待男人的方法對待這個已經長大的姑娘吧？就連傑倫特也挽起衣袖動手幫忙，但終究還是不行。我只好舉起雙手投降了。

「溫柴，我沒有辦法了。」

「喂，喂！」

「我只能給你一個建議。你不要把她想成是女的，把她想成是一個可憐而且被嚇得失魂喪膽的人類吧。」

「他媽的……喂，亞夫奈德！難道沒有辦法可以讓這個女的睡著嗎？」

亞夫奈德聳了聳肩。

「今天我所記憶的魔法，在剛才白天的那場打鬥裡大概已經全用光了。而且，我也覺得修奇說得對。給予可憐的人幫助是人之常情，不是嗎？」

溫柴只好做出一副無力的表情，然後背靠在牆上。溫柴一放鬆身體的力量，妮莉亞就立刻更加緊抓著不放，而溫柴則是無奈地抬頭看天花板。艾賽韓德看到他那副模樣，嘻嘻笑著說：

「你放一隻手在她背上吧。你看她抖得那麼可憐。」

「……閉嘴，矮人。不關你的事。」

可是，溫柴卻愣怔了一下，然後把手放在妮莉亞的背上。原本想要大發脾氣的艾賽韓德看到這幅景象之後，笑了出來，而一直看著天花板的溫柴臉上則是開始泛紅起來。

卡爾很有禮貌地裝作一副沒看到的樣子，望著窗外。

「這是暴風雨嗎……在這個季節裡很少會下這種雨。不管怎麼樣，你可以繼續說下去嗎，哈斯勒先生？」

哈斯勒點了點頭。

亨德列克感覺到趴在自己胸前抽泣的達蘭妮安開始平靜下來。他用低沉的聲音說道：

「你真的……那樣想嗎？用自己的手，靠自己的力量來開拓未來？你真的如此確信嗎？」

路坦尼歐突然露出驚慌的表情。可是他立刻滿懷確信的表情，說道：

「沒錯，亨德列克。沒有錯！人類不需要神龍王的支配，不用八星幫助我們！」

「我真懷疑這句話真的是從一個接受巫師幫忙，才能取得王位的人嘴裡所說出來的。」

亨德列克的語氣雖然很平靜，但是路坦尼歐卻面如土色。他正想要說話，可是亨德列克用平靜但堅決的口吻繼續說道：

「你或許不知道，但我並不是在責怪你。我們應該要互相幫助。生存是要將自己投影在其他所有生存者身上，才能創造出自己。你好像以為世界上就只有一個你（這應該是只有愚昧的戰士們才不知道事實真相吧），所以你要用自己的腳走，靠你自己的手來成就，但是這是錯誤的。我並不是單數。連這個單純的事實都不知道的白癡傢伙！」

因為他平靜的語氣，所以最後加上的那句斥罵在稍後才出現了影響力。就連傑洛丁、查奈爾、路坦尼歐也都很慢才察覺到那句話是在罵人，以至於沒辦法及時火冒三丈。

「你一點也無法接納八星的存在。你瞭解那東西，而且那東西已交給你了，但是在同時，你卻不知道去接受那東西而把它們破壞掉。這樣的你會如何接受其他人類，我實在非常懷疑。」

路坦尼歐在想這句話的含義想了一陣子，所以他停頓了一下。可是亨德列克並不在意他。他無視於路坦尼歐的目光，對自己手上的達蘭妮安繼續說道：

「達蘭妮安，是妳破壞它們的。用一句南部野蠻人的話：結者解之。妳可以把它們再復原回來嗎？」

「亨德列克！」

路坦尼歐很大聲地說道。可是亨德列克眼睛眨也不眨一下。他甚至還對路坦尼歐嗤之以鼻，冷靜地說道：

「友誼已經不復存在了，拜索斯先生，請不要那樣叫我。我希望你叫我修利哲先生。」

03

「什麼！」

轟隆隆！雖然打雷聲非常大聲，然而，在聽到妮莉亞的嘶喊尖叫聲時，還是可以在這噪音之中，正確清楚地聽到卡爾這句充滿驚愕的話。在房間裡的人，除了說故事的哈斯勒和陷於錯亂狀態的妮莉亞，其他所有人都露出一副糊裡糊塗的表情。卡爾緊抓著桌角，對哈斯勒說道：

「修利哲，他姓修利哲？亨德列克的姓氏是修利哲……你的意思是，他的名字是亨德列克・修利哲？」

哈斯勒點了點頭。

「那麼說來，他和涅克斯・修利哲是……？」

「他們是同一家族的人。可是亨德列克並沒有結婚，因此，他並不是他們的直系祖先。當時是因為亨德列克立下功勳，所以他的父親得以獲封為伯爵，但這一直是不為人知的事實。世人只知道修利哲家族是開國功臣。修利哲家族在當時也是武人世家，亨德列克決定要當巫師的時候，就離開家族了。在這之後，他幾乎沒有再用修利哲這個姓氏。」

「是真的嗎？可是，涅克斯怎麼會知道這件事？不對，你到底是從哪裡得知這些事的？」

卡爾表情緊張地看著哈斯勒。而哈斯勒則是露出稍微不高興的表情，說道：
「慢慢聽我說，我會全部告訴你的。」
「啊，是。請繼續說吧。」

達蘭妮安搖了搖頭。她的小巧臉孔布滿淚痕，看起來更是令人心疼不已。亨德列克帶著滿是挫折的表情，又再看了一眼祭壇。他用抑鬱的聲音說道：
「我已經聽完了拜索斯先生的說詞。可是，達蘭妮安，妳為什麼要幫助他呢？是因為他讓妳相信了他的那些說詞嗎？那個人的華麗話語背後藏著黑暗的心機，難道妳不知道嗎？」
路坦尼歐一聽到他這旁若無人的語調，非常生氣。可是他還是強忍著，同時使眼色指示，要查奈爾和傑洛丁忍下來。亨德列克雖然知道他使眼色以及這三個人的動作，可是他並不在意他們。他平靜地舉起捧著達蘭妮安的手掌，靠近自己的臉。
達蘭妮安和亨德列克面對著面。她一邊擦拭眼角的淚水，一邊說：
「黑暗的心機？我不知道有那種事。我幫助他是……」
達蘭妮安突然正眼直視著亨德列克的眼睛，說道：
「是因為你的關係。」
亨德列克原本以為反正也不曉得會聽到什麼樣的答話，所以打算對她的任何回答都不表示訝異。可是，對他而言，這種答案也未免太令人意想不到了。亨德列克處於根本不知道自己在講什麼的狀態下，呆愣地應了一句：

「因為我的關係？」

「是的，小亨，是因為你的關係。因為你只對世上萬物關心，對你自己一點也不關心……你並沒有為你自己而活。還記得那天晚上的談話嗎？」

「那天晚上？」

達蘭妮安像是沒聽到亨德列克的這句反問，繼續接著說：

「那天晚上……你看起來像是要把自己奉獻給世界所有的萬物。」

亨德列克閉上嘴巴不說話，仔細聽達蘭妮安講話。

「我到現在都還一字不漏地記得你當時說過的話：『妳若是愛我，就該愛那個和國王一起實現偉大夢想的亨德列克，和路坦尼歐大王一起走過患難歲月的亨德列克，為求拜索斯軍隊戰勝不惜一命的亨德列克，全心全意首創魔法十級的亨德列克，為求殺死神龍王早已拋開生死的亨德列克，妳必須要愛這全部的我。』你是這麼說的。」

亨德列克從失去翅膀的妖精女王嘴裡聽到他自己說過的話，心中有股說不出的奇怪感覺。不過，他還是靜靜地說道：

「是的。我曾經那樣說過，那些話是我的信念。可是這為什麼和……」

達蘭妮安把頭低垂著，說道：

「我無法一次認識這麼多個你。」

亨德列克凝視著達蘭妮安的臉孔。現在她小巧的臉龐滿是悲傷，同時又顯露出一股具有挑釁意味的自尊心、矜持等。達蘭妮安她的小嘴唇稍微顫抖了一下之後，說道：

「實在是多到我無法想像得多。可是……這樣的你如果手中握有八星的話，會變成什麼樣子呢？」

「什麼意思？」

「你究竟會變成什麼樣子呢？為了促進世界萬物的繁榮，而奉獻出自己的你？即使是為了一個人類，也願意那樣分裂自己的你？你或許就會變成是妖精的亨德列克、精靈的亨德列克、矮人的亨德列克、半身人的亨德列克……甚至是半獸人的亨德列克吧。變成為無數個亨德列克之後，就會變得支離破碎。你曾經剝過菊花的花瓣嗎？一瓣一瓣地剝下來之後，最後會什麼都不剩。而你也是一樣。你分裂成太多個，分散之後就會什麼都不剩。一直到死為止，你可能都無法為自己而活。」

亨德列克好像可以理解達蘭妮安這番話，可是同時卻又覺得怎樣也無法理解。於是，他靜靜地期待達蘭妮安繼續說下去。

達蘭妮安搖了搖頭。

「小亨，沒有任何人、沒有任何種族要求你幫他們。高貴的精靈、自尊心很強的矮人，還有醜惡的半獸人都沒有……無論是哪一個種族都沒有要求你幫忙。可是為什麼你卻放棄自己，要去為他們努力呢？沒有了自己，就會沒有他人。可是你為什麼不為自己而活呢？」

亨德列克搖了搖頭。

「存在於他人之中的時候，就會有自己存在，這道理妳恐怕永遠無法瞭解的。」

達蘭妮安直盯著亨德列克的臉孔，然後露出有些悲傷的表情，搖了搖頭。

「你這樣說很矛盾。所謂的他人，就是因為有自己才會存在。你說錯了。而且……」

達蘭妮安突然剛毅地抬起頭來，說道：

「正如同熱愛樹木的園丁整理樹枝那般，友情和愛情是一股力量，甚至可以破壞掉對方錯誤之處。這是種美麗的破壞。所以我破壞了八星。」

亨德列克突然感受到一股無法忍受的衝動。不過，這實在是個極為原始而且殘酷的想法，連他自己也嚇了一大跳。他的心裡竟突然浮現出一個畫面，那是失去了翅膀、連逃都不能逃的達蘭妮安坐在他手心，然後他把手掌給合上了的模樣。

亨德列克深深地吸了一口氣。此時，達蘭妮安搖了搖頭。

「不對……是七顆星。因為龍之星還沒有被破壞掉。」

亨德列克的眼裡瞬間回復了生氣。亨德列克抬頭看路坦尼歐。

「龍之星沒有被破壞掉嗎？」

路坦尼歐皺著眉頭，迎視亨德列克的目光。亨德列克壓抑住想再催促的心情，沉著地說道：

「龍之星沒有被破壞掉，是真的嗎？」

路坦尼歐慢慢地點了點頭。

「是的，沒錯。龍之星被神龍王帶走了。那一天我受傷了，要不然我一定可以擊退牠，連那顆星也拿到手。可是我當時無法收拾牠，所以神龍王就帶著龍之星逃走了。」

亨德列克的表情非常高興。他突然間轉身。傑洛丁和查奈爾神情驚慌地追在他身後，而路坦尼歐則是簡短激動地說：

「你想要去哪裡？」

亨德列克不做回答。他把捧著達蘭妮安的雙手貼近胸口，走出地下祭壇室。就在他要跨出祭壇室的前一秒鐘，亨德列克停了一下腳步。他背對著路坦尼歐，說道：

「至少還有一個種族有希望。」

「你說什麼？難道——你！」

路坦尼歐繞過祭壇，想要跑過去。可是那一刻，亨德列克的袍子衣角因為他的轉身而猛然飄了起來。他轉身之後，正眼直視著他們。傑洛丁和查奈爾本想跑過來，結果他們的動作就這樣僵在那裡，和亨德列克的目光迎個正著。

「我可以猜得出你心裡在盤算什麼，拜索斯先生。」

他的語氣極為冷漠。路坦尼歐認識亨德列克以來，第一次看到他這種表情，因而驚慌不已。亨德列克的表情就像冰塊那般冷酷。

「人類的世界……我們無法像精靈或矮人那樣活得那麼久，既沒有精湛的技藝，也沒有特別勤奮。我們頂多只能花三、四十年的時間來達成某件事。所以我們具有驚人的生存能力和種族繁殖力。我們把上一代的事遺留給下一代，以此來和精靈或矮人的長壽相抗衡。我們可以說是永垂不朽……你們應該對這句話不陌生吧。因為這是你們常常掛在嘴邊的話。」

路坦尼歐有些驚愕。亨德列克開始冷淡地揭露出，就連路坦尼歐自己也沒能正確察覺到的內心之事。

「在我眼裡似乎已經都能預見得到。沒有了精靈之星，精靈們將會無法承受自己的協調特性，而沉淪於世界裡。沒有了矮人之星，矮人們將會無法承受自己的獨善其身特性，而與世界脫節。妖精們的女王既然已經失去翅膀了，就不會再有什麼問題……會回到原來的型態。」

亨德列克稍微喘了一口氣。在他的下巴下方，達蘭妮安正在睜大眼睛抬頭望著他。他努力試著將目光從達蘭妮安臉上轉移到別的地方，說道：

「半身人們將會無法承受自己的凡事小心特性，而被世人遺忘。至於半獸人呢？這個和我們最相似的兄弟種族，牠們搞不好可能會不再擁有想像力吧。牠們會是一個無法進步的種族。從現在起幾百年之內，整個大陸會變成人類的巢穴。如同那些掛毯上的圖畫般，會把世界當作是自己的玩具在把玩著。我好像已經聽到我們後代子孫在歌頌人類萬歲的詩歌了。可是呢——」

亨德列克的聲音像是隻述說不祥預言的烏鴉般尖聲銳氣，他喊著：

「我們會和其他種族一樣！我們已經永遠失去了修正自身缺點、弱點的機會。你和你的子孫將永遠被詛咒！我們將永遠是人類！不可能超越人類的界線了！而且，足以和我們相抗衡的其他種族將會全都從這大陸裡消失，所以我們永遠不可能發覺到自己的傲慢和錯誤。你造成了永遠的錯誤、永遠的失敗作品、永遠會犯錯的種族，我對於你的這番偉業敬佩不已。真是恭喜你了，拜索斯先生！」

路坦尼歐什麼話也說不出口，只是張大嘴巴看著亨德列克。他這個永遠固定在一個位置的人類，在看著永遠望向高處的人類。然而，亨德列克直接就轉身走了。他把失去翅膀的妖精女王捧在胸前，靜靜地安撫她的抽泣，然後，亨德列克離開了路坦尼歐。

傑倫特的長嘆聲像是一聲信號，把我從三百年前的世界拉回現實社會裡。我又回到暴風雨來臨前的梅德萊嶺，在那上面的棚屋裡的修奇・尼德法。

卡爾手肘撐在桌上，用雙手捧著臉頰。他彷彿像是把所有精神都集中於放在眼前的燭火。轟隆隆！雷電的聲音每次響起，房裡就會變得一片白亮，不久，就開始傳來了敲打屋頂的雨聲。唰——！

棚屋的屋頂是用稻草鋪蓋之後，在上面用繩索綁住，然後又再鋪蓋稻草，是用這種方式層層覆蓋所建成的厚實屋頂，所以屋裡原本給人一股幽靜的氣氛。可是現在，在猛烈的雨聲、打雷聲還有狂風作響聲之中，我感覺彷彿是身處在野外。

突然，我轉頭一看，妮莉亞趴在溫柴的膝蓋上，一副淚流滿面的模樣，不知是暈過去還是睡著了，總之她已經失去神志。而溫柴則仍然還是直盯著屋頂，不過，他的右手卻慢慢地在輕撫妮莉亞的背。他的動作和妮莉亞的呼吸是一樣的節奏，簡直令我看得都快打瞌睡了。

卡爾看著燭火，用喃喃自語的聲音說：

「所以，亨德列克就離開了路坦尼歐大王嗎？」

「是的。」

「然後呢？」

「他就離開那裡，往北方去了。為了要去找尋還存有機會的種族。」

哈斯勒像是在吟味他自己的話似的，停頓了一下，然後用平靜的語氣說著：

「他離開那裡，是為了去找尋一個種族……在所有種族註定具有不協調性的時候，一個唯一能夠脫離不協調性的種族。」

「所有種族的……不協調性。」

哈斯勒面帶憂鬱的表情看著卡爾。卡爾則是像在自言自語地說道：

「確實……沒錯。精靈個性善良且剛強又具有智慧，卻因為自己的協調特性，反而會變成什麼都不是的生命體……矮人很有耐心毅力而且行事果決，卻因為自己的獨斷獨行特性，所以只好與世界隔離，在山林裡面或者地底下獨自成群生活著……」

艾賽韓德的粗大眉毛動了幾下。可是他什麼話也沒說，只是開始拿出菸斗抽菸。卡爾仍然還是沒有把目光投向任何人，只像在對自己說話似的說著：

「而且……雖然我們……具有強大的繁殖能力，並擁有豐富的想像力，但是由於這樣的繁殖力和想像力，我們卻把所有事物都弄成是我們自己的。走過森林，就造出一條山中小徑；看到天空，就造出星座；燒了土地，就在來春時出現籬笆；行駛過的大海，就會變成一條航路。我們就是這樣唯我獨尊地存在著。」

艾賽韓德吐出了一道長長的菸霧。而一直坐在床鋪角落的傑倫特，則是反覆地唸著卡爾這番話。他這樣的喃喃自語聲，簡直有些讓人聽得厭煩。亞夫奈德直挺挺地站著低頭看卡爾，他僵硬臉孔好像想要說出什麼話，可是卻還是閉著嘴巴。

卡爾用一種聽起來甚至有些悠閒的語氣，對哈斯勒說：

「所以他才會去找大迷宮的神龍王啊。」

「是的。」

「然後呢？」

「我不知道仔細的情況，不過，神龍王好像也拒絕了亨德列克的提議。我在猜想，當時亨德列克雖然跟牠說，利用龍之星可以讓龍族成為完美無缺的種族，但是神龍王對於一個把自己趕下帝王位子的男人，自然是不想把可以決定龍之命運的寶石交給他。」

「你這樣的推論很合理。」

「是。在這過程之中，雖然聽說亨德列克做過一件有趣的事，但是無法確知是不是真的。不管怎麼樣，根據那個故事，亨德列克將龍之星分裂成好幾個，聽說他是認為這樣做可以把它們製成其他種族的星星。」

「永恆森林！」

難道又打雷了嗎？不對，是亞夫奈德發出像在慘叫的高喊聲。同時，坐在床鋪角落的傑倫特滑了一下，就一屁股坐到地上去。砰！可是傑倫特根本連想要喊痛都無法喊，只是表情糊裡糊塗地看了一下哈斯勒，又再看了一下亞夫奈德。

哈斯勒面帶疲憊的表情，搖了搖頭。

「或許也可以那樣想吧。可是所有事情都很不明確而且模糊。亨德列克是否真的是因為要把龍之星分裂成好幾個，而建造了永恆森林……這實在是不得而知的事。我無法確實地說些什麼。」

亞夫奈德雖然露出難掩其興奮的臉色，哈斯勒卻還是一副始終如一的沉著態度，說道：

「有一件事是可以確定的，那就是，在亨德列克從大迷宮出來的時候，解救了一群因為神龍王的恐怖力量而一直無法離開大迷宮的半獸人。那些半獸人被抓到那裡，像是神龍王的家畜般生活著，但是亨德列克認為牠們也和龍族一樣，是具有智性的生命，所以他不顧一切阻礙與暴力，讓牠們全都重獲自由。所以大陸上的半獸人才得以加倍增加。是有這樣的事在流傳著。」

轟隆隆！這一次，真的是在打雷。而且我的腦袋瓜裡也同樣受到雷電般的打擊。在閃電的白色餘光之中，我的腦海裡突然浮現出某些記憶。

「為什麼會死在通道上呢？通道不是個死亡的好場所呢。這一點放著先不談，經過這通道的其他半獸人也應該會看到牠才是，怎麼會放著不管呢？」

「咦？就是呢。嗯。會不會是發生了什麼戰鬥呢？」

「說不定是內鬨。可是奇怪，神龍王沒有理由容許這種事情啊？」

我想起在大迷宮裡到處散落的那些半獸人骸骨。那裡有劇烈打鬥過的痕跡。一定是亨德列克想要帶著半獸人出來的時候，分成贊成的一方和反對的一方。然後牠們雙方打鬥了起來，在地底下釀成了一場可怕的戰鬥，所以才會留下那樣的痕跡。

然後，又一道閃電打下，當世界變得白亮的時候，我的眼前浮現出在卡納丁的荒地裡，那隻戴著黑色頭盔的半獸人亞克敘喊叫的場面。

「吱吱！華倫查啊！還有半獸人之友，聖者亨德列克啊！這兩位在保佑我。」

原來是這麼一回事！所以在大迷宮裡，才會連個半獸人影子也找不到。因為牠們本來是由於神龍王的恐怖力量而被禁錮在那裡，結果靠亨德列克的幫助，而得以全部逃離。在這之後，牠們再也不願回到那可怕的地方……原來是這樣子啊！所以亞克敘那傢伙才會稱呼亨德列克為聖者、半獸人之友。

哈斯勒又再轉頭去看艾波琳。他對艾波琳投以濃濃的憂愁目光，並且說道：

「不管怎麼樣，七個種族失去了他們自己的星星，所以必須去熟悉對彼此期望的方法、彼此交流的方法。人類是最快的，然後是半身人、矮人，他們對其他種族敞開彼此的心房。」

「那精靈呢？」

哈斯勒原本想講下去，可是他看著卡爾的臉孔，對他說：

「請您講看看吧。」

卡爾表情憂鬱地迎視哈斯勒的目光。他嘆了一口氣，說道：

「精靈原本就很和諧，所以反而很難表現出自己。他們因為協調性很高，而難以把他人和自己劃分開來。因此，要他們向對方敞開心房、互相談話，這種事他們是很難接受的。」

「您說得很正確。」

「至於半獸人……半獸人因為暴力與憎恨，而和其他種族結下了梁子，是嗎？」

「是的，沒錯。那種關係反而可以說是一種強烈且快速的關係吧。正如同亨德列克說過的，半獸人說不定會成為人類的兄弟種族吧。」

「是嗎？」

哈斯勒像是從內心深處裡發出來的語氣，很斷然地說道：

「可是龍族卻是唯一還保有牠們星星的種族。其他種族都已經失去了星星，造成自身的不協調，縱然他們互相敞開心房，為了對方而多多少少犧牲了自己的自由，可是只有龍族，牠們擁有自己的星星，所以還保有某種程度的完整。就算只有龍族，而沒有其他種族的幫助，牠們仍然可以活下去。牠們是不與其他不完整種族溝通的種族。」

卡爾露出震驚的表情，低聲問道：

「所以才會有龍魂使？」

哈斯勒點了點頭。

「是的。正如同我主人所說，沒有矮人魂使，也沒有半獸人魂使，可是卻有龍魂使。因為，只有龍族還擁有自己的星星。所以我們這些不完整的人類和近乎完美的龍族溝通時，需要有龍魂使。」

04

砰砰砰！嘎吱嘎吱。

房門因為承受不了狂風的力量，猛然發出一陣嘎吱響聲。唰啊啊啊！在嘩然的雨聲傳來的同時，棚屋裡開始吹進狂風暴雨。放在桌子上的蠟燭當場就被風給吹熄了，只剩下壁爐的火光。而壁爐的火焰也因為大風的關係，搖晃得非常厲害，整個房間處在昏暗之中，可怕嚇人的影子狂亂舞動，簡直就如一場惡夢。

我趕緊跑過去抓住門扉，把它關上。哇！這風未免也太強勁了吧？我感覺吹向房門的風力彷彿像有好幾個人在推門。不對，我感覺到門像一個活生生的生物，一副想要反抗的樣子！我好不容易才把門給關上，可是在這麼短的時間內，就已經被風雨淋得全身濕透了。我背靠著門，在壁爐微弱的火光裡，我看到艾賽韓德把倒下去的蠟燭扶好，並利用菸斗重新點燃了蠟燭。房裡因而又再度變得明亮。

所有人都各自在嘀咕著，只有卡爾和哈斯勒，他們兩人還是和剛才一樣的姿勢坐在桌前。兩個人全都面帶著沉浸於自己苦惱之中的表情，對於周遭根本一點也不在意，只是一直望著桌子。

此時，我感覺推門的那股力量好像變得更加強勁了。呃，呃？這可不是開玩笑的！我應該把門閂起來才對。砰砰！咦？這風聲怎麼聽起來那麼像敲門聲呢？

「搞什麼啊！請快點開門！我簡直快凍僵了！」

我帶著慌張的表情，趕緊把門打開，迎面看到了吉西恩。不對，正確地說，我迎面看到的是一團黑黑的東西，用非常快的速度衝了進來，我猜可能是吉西恩。

「呃，呃啊啊啊！好冷啊。哈、哈啾！」

吉西恩是一個因為不喜歡就把王位繼承權給踢到一邊的頑固男子，而現在正如其作風，他用驚人的速度在門與壁爐之間畫出一條很直的直線，在一瞬間橫越過房間（請不要問我這兩件事有什麼關係。我也不知道啦！）。他奔跑的速度快到讓我懷疑他會不會跳進壁爐裡面。他跑過去之後，一屁股坐在壁爐前，那副模樣真是夠瞧的了。他全身濕淋淋的，而且還抱著兩隻手臂在不停發抖。從他的身上不斷滴下水滴，上顎和下顎一直猛烈碰撞，他環視了一下四周圍，這時候才發現到溫柴靠坐在牆上，讓昏睡著的妮莉亞趴在他的膝蓋上。吉西恩驚訝地睜大了眼睛。

「呃，咦？你們兩個看起來，哈啾！挺不錯的，溫柴。你們是什麼時候開始感情變得這麼好的？」

吉西恩看到溫柴的臉突然皺成一團，就露出疑惑的表情。我找來一條毛巾給吉西恩，告訴他妮莉亞很怕打雷的事。吉西恩點了點頭，說道：

「啊，是嗎？哈啾！那麼你好好地陪著這位淑、淑女吧，哈啾！真是的。」

吉西恩脫下濕淋淋的甲衣之後，連襯衫也脫下來擰乾。他用毛巾稍微擦拭身體之後，坐在壁爐前面，開始拎著襯衫烘乾。這時候他才察覺到都沒有人開口說話，露出訝異的表情。

「咦？各位是在談論什麼話題呢？該不是在說我的壞話吧？」

卡爾露出微笑，搖了搖頭。

「雖然你沒有聽到前面那一段故事，不過，我們還是會先繼續剛才的故事。以後我再慢慢告訴你，可以嗎？」

「咦？啊，都可以啊。卡爾您覺得怎麼做比較好，就那麼做吧。」

吉西恩很快地點頭。卡爾向吉西恩點頭示意之後，對哈斯勒說道：

「你可以繼續對我們說剛才那個故事嗎？我很好奇，你到底是怎麼會知道，這個沒有任何人知道的故事。」

哈斯勒帶著有些不耐煩的表情，說道：

「我是從希歐娜那裡聽到的。」

「希歐娜？那個吸血鬼？」

「是的。」

看來，哈斯勒見到房裡氣氛變得比較吵雜之後，好像就回復到他原來的個性，也就是沉默寡言。如果想讓他再像剛才那樣侃侃而談，恐怕很難了吧？卡爾很有耐心地對他說：

「希歐娜又是怎麼會得知這三百年前的故事，這你知道嗎？」

哈斯勒兩手交叉在胸前，摸了摸嘴唇之後，才開口說話。

「我不知道為什麼一定要繼續講下去。」

卡爾露出一個很吃力的表情，看了看哈斯勒。哈斯勒則是瞄了一下吉西恩，語氣殘忍地說道：

「對於我主人的憎恨，我已經解釋得夠充分了吧？路坦尼歐・拜索斯毀了所有自由種族的明日。他應該算是所有種族的公敵。」

「你說什麼？」

砰！傳來了一聲椅子落地的聲音，並且同時迸出了吉西恩的這句問話。吉西恩的聲音滿是驚愕，而且音調非常高，幾乎就和尖叫沒有兩樣。卡爾皺起眉頭看了一下哈斯勒之後，把目光轉向吉西恩身上。吉西恩仍然還是一隻手拎著襯衫，他從椅子上猛然站起來。

「你這個傢伙！你在說什麼？你這樣就像是個叛國份子在汙衊王室！」

哈斯勒用充滿敵意的眼神，瞪著吉西恩，說道：

「王子大人，如果說出真相是汙衊汙衊，那麼我現在就是在汙衊王室。」

吉西恩舉起手之後，才發現到自己還一直拎著襯衫。他用粗暴的動作把襯衫給扔掉，然後將手移到腰際的劍柄之後，他停下動作，並說道：

「什麼是你所謂的真相？你說路坦尼歐大王毀了自由種族的明日？你說他是所有種族的公敵？你是這麼說的，是吧？」

「是的……他甚至連人類的明日也毀了。」

「你說什麼？」

哈斯勒慢慢地開始從他的位子站起來。我很快地察看兩邊，然後我選擇那個胸口激烈起伏、無法好好呼吸的吉西恩那一邊。如果打鬥發生了，應該要先阻止吉西恩才行。我慢慢地站了起來。我望向杉森那邊，他的想法好像也和我一樣。他只移動瞳孔，使了一個眼神暗示：「阻止吉西恩。」我輕輕地點頭表示：「我知道了。」

哈斯勒現在昂然地站在那裡，直盯著吉西恩，他說道：

「他連人類的明日也毀了。就算其他所有種族都願意原諒他，但針對他甚至把同類的明日也毀了的這一點，路坦尼歐不可能會得到人類的原諒。王子大人。」

吉西恩的眼裡燃著熊熊怒火，他瞪著哈斯勒，迅速說道：

「你給我解釋清楚！」

「吉西恩，請坐下來吧。」

卡爾像是很焦急地用低沉聲音說道。可是吉西恩根本連聽也聽不進去。雖然哈斯勒身上什麼武器也沒有，可是他雙手交叉在胸前，帶著傲氣十足的態度，一面迎視吉西恩的目光，一面說道：

「因為他破壞了八星。」

「八星又算什麼啊！不就只是像寶石之類的昂貴石頭！」

「這寶石擁有可以把我們變成任何東西的力量。」

哈斯勒雖然很平心靜氣地答話，但是吉西恩聽了卻睜大眼睛，看著哈斯勒。他舔了好幾次嘴唇試著開口，才好不容易答道：

「可以變成任何東西？」

哈斯勒用一板一眼的語調，答道：

「那寶石可以讓永遠的不協調、永遠的自相矛盾、永遠反覆的悲劇全都被消弭掉。如果生命有限卻追求無限是我們不協調的地方，那它可以讓我們成為長生不死的生物。如果一定要成為一體才能活下去，卻分成男性和女性是我們自相矛盾的地方，那它甚至可以消除我們的性別。如果我們夢想成為神，但這卻是我們永遠無法達成的悲劇，那麼它甚至可以把我們變成神。」

「你在說什麼？」

吉西恩露出難以置信的表情。他原本要把手移向劍柄，但不知何時已經把右手垂到大腿了。真是好險！現在當場應該是不會發生械鬥的事情了。我稍微安心下來，但是吉西恩卻搖了搖頭，說道：

「你現在是要我去相信這種荒誕不經的話嗎？」
「你要是懂得去相信真相，就應該會相信我所說的話，王子大人。」
吉西恩突然瞪起眼睛。他正眼直視著哈斯勒，並說道：
「那寶石要是真如你所說的那樣莫名其妙的話，那麼那東西還是被毀掉比較好。路坦尼歐大王當時真是太明智了。」
哈斯勒也是一直盯著吉西恩。吉西恩現在則是面帶著平心靜氣的表情，說道：
「不對，不是被毀掉比較好，而是非得毀掉不可。為什麼我們必須成為不是我們的其他人呢？我不是那種不懂得寄望自己而希望成為別人的笨蛋。而且誰都不應該是那種笨蛋。」
哈斯勒長嘆了一口氣，在他長嘆的尾聲，連接著一句自言自語。
「血統的力量真是太可怕了。」
吉西恩微笑著坐回椅子上。他低頭看了一眼自己光溜溜的上半身，就撿起剛才丟在地上的襯衫，並說道：
「我知道有那種人。他根本沒有好好認清自己，連自己都不知愛惜的人對自己懷著不滿，希望成為別人。提到這種人，你可以問溫柴，他會告訴你有關他們同族之間流傳的趣聞軼事。」
溫柴仍然還是讓妮莉亞趴在膝上（萬一要是沒有人出來把妮莉亞帶走的話，溫柴鐵定會一直維持這種姿勢到明天天亮），一直盯著天花板，他聽了之後噗哧笑了一聲。吉西恩說的就是那個總是不滿、愛發牢騷的少年故事。不論是吉西恩的話，或者是哈斯勒的話，都很難去理解和判斷，但是不知為何，吉西恩這昂然且自信滿滿的態度好像更加吸引我。
可是哈斯勒好像還是不為所動。
「王子大人，我聽了你的話之後，也讓我突然想起某種人。」

吉西恩用疑惑的眼神看著哈斯勒。

「有一種人，他只關心他自己，用自己的力量行動和思考，不知道所謂的他人是何意義。那種人完全不知道他人究竟是什麼，不知道別人也會和自己一樣去思考和行動。因為這種人不懂得犧牲自己，所以對於別人的犧牲，也是無法理解，因此，他們會隨心所欲地要求別人犧牲。或許他們懂得用頭腦，但是他們一定不懂得用心。他們不知道別人也都和自己一樣珍惜家人，懂得愛……愛家人……」

哈斯勒講到最後就細聲地打住了。他用熱烈的眼神看著躺在床上的艾波琳。房裡的任何人，即使是端雅劍，也都無法打破這陣沉默。

哈斯勒沒有再說下去。他只是無力地看了看卡爾，然後說：

「您打算怎麼處置我？」

卡爾臉孔變得一副暗沉，他先看了一眼吉西恩之後，又再看了一眼哈斯勒。最後，卡爾又再看了看吉西恩，說道：

「我現在不是在詢問吉西恩，而是在詢問拜索斯殿下。對於叛國嫌疑犯，我們全都很熟悉的這位國王的敵人——格蘭・哈斯勒，您打算如何處置呢？」

吉西恩露出一副驚慌的表情。他低頭看襯衫，啪啪地抖了幾下之後，便往身上套了上去。他穿完襯衫之後，撫平衣服的皺摺，開始整理領子和袖子。卡爾靜靜地，但目光緊盯著吉西恩。

終於，吉西恩像在嘆氣似的開口說話了。

「剛才不久前，我已經拜託了這裡的騎警隊長，向他借用幾名隊員，明天早上押送哈斯勒前往首都。」

哈斯勒的臉色變得暗沉。可是，卡爾的表情卻毫無變化。他用始終如一的目光看著吉西恩，像是隨便帶過的語氣，說道：

「是嗎？」

「是的。叛國是……雖然我可以算是已經和皇宮絕緣的人了，但即使如此，我還是不能私下放過叛亂份子。」

卡爾慢慢地點頭。

「我知道了。可是如果是叛亂份子，那麼他的家人也應該有罪。艾波琳・哈斯勒小姐要怎麼辦才好？」

卡爾的表情看起來很泰然自若，他正在把吉西恩逼到一個進退兩難的窘境裡去。艾賽韓德悠閒地抽菸，而且偶爾還從菸斗上方對吉西恩投射出閃爍的目光。亞夫奈德則只是面帶憂鬱的表情；至於傑倫特呢，他乾脆顯露出自己的心情，懇切地看著吉西恩。

吉西恩環視周圍每一個人，然後長長地嘆了一口氣。

「她也是一樣……」

哈斯勒的眼睛閃爍了一下。我可以很明顯看到他放在桌上的拳頭突然出力握緊。卡爾說道：

「要把她押送回去嗎？」

「是的。」

「我知道了。」

卡爾用一副再也無話可說的語氣說道。所以，要吉西恩再講出話來，是相當困難的。他用含糊不清的聲音說道：

「可是，艾波琳小姐現在是哈修泰爾家的養女，所以，她和這件事毫無關係，這是任誰都看得出來的事。我，嗯，所以，我想要寫封信。」

「寫信？」

「是的。對於格蘭・哈斯勒和艾波琳・哈斯勒父女……嗯，我想要寫個陳情書之類的信。我要懇請尼西恩陛下不要治他們的罪，先查明他們本身的清白。」

卡爾露出了微笑。杉森雖然一副不滿意的表情，但是我點了點頭。好，王子大人。我深信你已經盡力在做了。既然如此，以後你最好不要再提已經和皇宮絕緣的這種謊言了。哼。你再怎麼樣，還是個王子啊！你今天早上在皇城河的模樣，我還記憶猶新呢！

哈斯勒用悲傷的眼神，又再看了一眼艾波琳。他從座位上靜靜地站起來，在所有人的目光注視下，慢慢地走向床鋪。他在床邊屈膝，伸手把覆蓋在艾波琳額上的頭髮撥開。

艾波琳喃喃地說了幾句夢話，一個翻身之後，把一隻手擱到被子外面。哈斯勒小心地伸出雙手，握住艾波琳的手。他彷彿是去抓一塊摸到就會留下手痕的純金塊那般，抓起了她的手，然後用兩隻手緊緊地握著。

他把艾波琳的手靠近自己的額頭。哈斯勒在床邊屈膝，把額頭靠著艾波琳的手，這股氣氛宛如祭司般虔敬，而在他旁邊坐著的傑倫特反而看起來像是劍士或酒鬼。可是，傑倫特在看著哈斯勒時的那種溫馨目光，卻又使人沒忘記他是個祭司。

哈斯勒緊握住艾波琳的手，頭也不回地說道：

「王子大人，對這個孩子……睜一隻眼閉一隻眼，不行嗎？」

吉西恩皺起眉頭看著哈斯勒的背影。背對燭光的哈斯勒，臉孔黑漆漆的。我們只看得到他寬大的背影被紅紅地映照出來。吉西恩用苦澀的表情說道：

「要是放了艾波琳，就會連你也放了。你只是做了身為涅克斯隨從該做的事，此外並未曾做過什麼壞事。可是法律之前人人平等，法律即使是對於女侍服侍的情誼也是一視同仁。」

哈斯勒並不做任何回答。他好像就這樣屈膝僵在那裡了。

風聲激烈地搖晃了整座山。雖然我們坐在這厚實牢固的棚屋裡，但感覺好像哪裡有風滲透進來，使燭火搖曳不已。

我靜靜地看著蠟燭。誰才是對的呢？

路坦尼歐大王和吉西恩，還有亨德列克和哈斯勒。誰才是對的呢？人類的不協調性。這個嘛……世界上應該不存在沒有不協調性的生物吧。就連遠離水就會死去的青蛙也是死在水裡的。嗯，牠離開水的話就只能待在溪谷附近而已。哪有十全十美的生物？只要能活著就好，不是嗎？然而……小孩子長大成人後，一段時間過後總是要變化才可以。如果永遠抱著自己的不協調性活著，那也是個問題啊。如果有人無視於儼然已經存在的時間，才是個大笨蛋。如果不能避開變化的話，進步和退化這兩者之中，當然是進步比較好吧。我們應該要當個神，不是嗎？

燭火不停地閃爍著。我想起了我爸對我說過的話。

「你說蠟燭會說話？」

「你瞧，它不是在動嘴巴了嗎？蠟燭閃爍就是在說話。」

「爸，你不要擔心，明天我會請卡爾來我們家的。因為卡爾對醫術也頗有鑽研……哎喲！」

「小子！你給我閉上嘴巴，這樣你才能聽得到。聽到蠟燭在講話。」

好，我來聽聽看吧。我閉上了嘴巴，就連從我鼻子呼出的呼吸聲，也好像變成是從很遠的地方傳來，可是事實上，在我最近的地方聽到的脈搏聲也開始變得很遙遠。我靜靜地直盯著燭火的火苗。

蠟燭就答話了。

「喂，你是賀坦特村的蠟燭匠候補人，是光的精工師。你先靜靜地觀賞我的姿態吧，然後你才能造得出像我這樣漂亮的光芒。你不記得賈克說過的那句話了嗎？生存就是要避開危險，不要隨便參與大人物的事。」

我的天啊。爸！你怎麼沒有告訴我，蠟燭會講一些愚蠢的話呢？這個笨蠟燭！你一定是在製造過程裡被摻了劣質蠟油，或者脂塊裡面摻雜有骨屑……要不然就是石蠟沒有完全融解，變成不均勻的狀態。喂，你給我聽好。你是燃燒自己發出光芒，所以，人類也應該要燃燒自己來成就自己，不是嗎？如果害怕燃燒，就會永遠無法發出光芒，你難道連這個蠟燭匠的玩笑也不知道嗎？呃。雖然這樣講對我爸有些抱歉，但是，我真的覺得和蠟燭講話好像水準低了一點。而傑倫特則是和神講話。

我轉頭看了一眼傑倫特。在他的臉上，雙眼被壁爐火光照得閃閃發亮。壁爐的火焰把他那張因為過著深山寺院生活而曬黑的臉泛成很特別的顏色。而且剛才不久前的談話好像使他的表情看起來更加複雜。傑倫特正在看著默默無言、屈膝跪著的哈斯勒背影。

吉西恩好像因為剛才烘乾的襯衫令他不舒服，擺動了一下身體，然後他摸了摸自己的臉龐，用故作高興的語氣說道：

「你或許不知道，溫柴原本也是間諜啊。連間諜都被赦免了，我想叛亂份子應該不需要特別擔心。」

他的用意是很好，可是吉西恩的這番話不但不能使哈斯勒安心，甚至還讓溫柴的臉都皺了起來。簡直比不說還糟糕嘛。

卡爾從剛才就一直靜靜地看著從艾賽韓德的菸斗裡飄上來的菸霧。他開口說道：

「哈斯勒先生。」

哈斯勒一動也不動。卡爾像是要再提高聲音似的挺胸，但後來還是只有靜靜地看著哈斯勒的背影。過了不久之後，哈斯勒站起身來。

他撫摸一下艾波琳的額頭之後，小心地把艾波琳的手放進被子裡。他的動作甚至令人覺得很嚴肅。爸爸！你看看這一幕！現在你還會不會每天早上用踢的叫我起床啊？我救了你之後，首先應該先把這一幕講給你聽才對。

哈斯勒又再坐到椅子上。卡爾一面看著他，一面說道：

「雖然你會覺得很煩，不過，既然都已經聽了，我希望能聽完剛才那個故事。」

哈斯勒只是默不作聲地盯著桌子。我稍微轉頭一看，看到杉森帶著無聊的表情扭動了一下身體，才好不容易忍住不打哈欠。卡爾說道：

「對於路坦尼歐大王的抉擇，現在我無法評斷什麼，畢竟這已經是過去的事。都已是三百年前的事了，對過去的事發怒似乎有點可笑。可是你怎麼會知道這件事知道得這麼清楚呢？你說你是從希歐娜那裡得知的，可是希歐娜又是怎麼會……」

「生命的所有希望被破壞之後——」

哈斯勒突然像是爆發似的開口說話了。艾賽韓德被突如其來的這句話給嚇得差點讓菸斗掉到地上，好不容易拿穩了，卻不幸把手指伸到菸斗內。他哭喪著臉，把手指頭含在嘴裡，而哈斯勒則是乾咳了幾聲之後，又再靜靜地接著說：

「生命的所有希望被破壞之後，就連最後剩下的唯一希望也拒絕了他的亨德列克，後來變得相當自暴自棄。聽說之後他突然專心致力於研究魔法。雖然理由不得而知，但是他連自己一手所建立起來的拜索斯也幾乎毫不關心，只埋頭於魔法研究。」

吉西恩把手肘放在膝蓋上，朝哈斯勒那邊躬著上半身。卡爾則是點頭說道：

「對啊，所以拜索斯建國初期，亨德列克幾乎很少在活動。如此重要的人物應當出現的事蹟卻全然沒有出現，所以至今有關於他的故事，可以說是傳說多過於紀錄。」

亞夫奈德點了點頭，並且小心翼翼地插嘴說道：

「是的。甚至在光之塔裡的紀錄，也不太會出現亨德列克的事。」

「是嗎？可能他因為埋首於魔法研究，所以才會對國事和公會的事都漠不關心吧。而且我大概可以猜得出理由。」

「您知道理由嗎？」

亞夫奈德用驚訝的語氣說道，而哈斯勒則是用懷疑的眼神看著卡爾。卡爾慢慢地一字一句地說出來。

「這雖然是我的想法，不過，他應該是想要創造出第十級魔法，來代替被破壞掉的八星吧。」

什麼？第十級魔法？

沒錯！原來如此。我彈了一下手指頭之後，亞夫奈德表情訝異地看了看我。對呀，卡爾說得對！這樣正好與所有情況相符合。根據伊露莉的說法，第十級魔法乃是創造世界。亨德列克原本想用八星造出一個所有生命體都是十全十美的世界，但是因為八星被破壞了，對！因為沒有了八星，所以他想要直接創造出一個所有生命體都可以是十全十美的世界！

「天啊，沒想到他是一個如此野心勃勃的男人！」

亞夫奈德一聽到我這聲感嘆，眼睛睜得更大了。

「呃？啊？修奇，什麼意思啊？第十級魔法？而且為什麼不是我，而是你在驚訝呢？我雖然我可能不太稱得上是巫師，可是我更確定你絕對不是巫師啊？」

「亞夫奈德你是巫師沒有錯，請不要如此謙虛。我並不是因為『第十級魔法』這幾個字在驚訝，我驚訝的是亨德列克心裡打的主意。」

「心裡打的主意？」

我聳了聳肩。因為這實在是很難解釋。亨德列克，嗯，也就是說，他想要隨心所欲地改變世界！他使神龍王捲起尾巴逃命……等等，龍要飛上天空的時候，到底有沒有捲起尾巴啊？不管怎麼樣，這個讓神龍王逃命的傢伙，果然保持其一貫作風，這個荒唐的男子竟然想私自成為神！

哈斯勒看了看卡爾。卡爾點頭說道：

「這事我以後再慢慢告訴各位。現在我想繼續聽你講的故事。」

哈斯勒直盯著卡爾的臉孔，然後點了點頭。

「好的。不管怎麼樣，他幾乎都沒有待在拜索斯恩佩，而是繼續過著周遊世界的生活。當然，他因為各種理由而在旅行途中隱藏了自己的真實身分。有時是用假名，有時則是用魔法改變自己的長相……在這過程之中，聽說他有遇到一些魔法修煉士，有時會指導他們，使他們在日後得以進入光之塔，相信這種故事各位都非常耳熟能詳吧。」

「這我知道。南部大道的索羅奇與亨德列克的相遇，就是非常有名的故事。」

亞夫奈德雖然剛才因為我沒解釋給他聽而一副不高興的表情，但是他一聽到自己大前輩的事，馬上興沖沖地附和哈斯勒和卡爾的談話。吉西恩把椅子反轉過來，將下巴搭在椅背上方，繼續聽他們的對話。

「可是他這個時候好像也去了遙遠的傑彭。」

一直盯著天花板的溫柴聽到這句話，便低下頭來。

「他曾經隨心所欲遊歷過全世界，所以這並沒有什麼好奇怪的。可是他好像也曾經進到位於傑彭與南部林地交界處的深淵魔域迷宮。」

「深淵魔域迷宮！」

一直含著手指頭的艾賽韓德突然站起來喊道。哈斯勒用冷淡的眼神看了一眼艾賽韓德，但是艾賽韓德難掩興奮地說道：

「他連深淵魔域迷宮都進去過！天啊！那麼說來，他算是連我們矮人也沒有一個能稱得上的兩大迷宮入侵者嘍！」

「兩大迷宮的入侵者？」

艾賽韓德簡直興奮到連鬍鬚都快全豎起來了，他說道：

「他連大迷宮也進去過，不是嗎？那麼他就是大迷宮和深淵魔域迷宮兩邊全都涉足過的人了啊！我的天啊。這簡直就是矮人的羞辱！連一個矮人都沒能做得到的事，人類竟然做到了！當然，他是大法師亨德列克，理應做得到，可是這還是太令人驚訝了！」

哈斯勒冷淡地笑了一下。

「是啊，敲打者。剛才不久前卡爾先生不是說過了嗎？我們人類可以把所有事物變成是我們的。從某方面而言，我們是世界上最可怕的種族。不管是什麼樣的迷宮、什麼樣的山頭、什麼樣的大海，都會不得不被人類的腳步所佔領。你以前即使是在馬匹上面都會不安，但是我們卻連天空也征服了。因為巫師們能夠在天上飛。」

「嗯——！」

艾賽韓德發出了一聲長長的呻吟聲，可是他並沒有說什麼，只是再坐回他的位子抽菸斗。他的樣子彷彿就像是聽到莫名其妙的話，連答話也不想的那種模樣。哈斯勒看了一下他那副模樣之後，又再看著桌子，並說道：

「而且實際上，亨德列克連深淵魔域迷宮也征服了。因為他遇到希歐娜正是因為這個緣故。」

卡爾用驚訝的語氣說道：

「你說希歐娜遇到了亨德列克？」

希歐娜？啊，等等。希歐娜是個吸血鬼。所以她的壽命應該可以說是無限。至少，只要作為她那可怕的生命泉源的血，能夠一直源源不絕，她就會永遠活著。對！這是有可能的！她和三百年前的人物相遇，這是有可能的事！然而這是否為真，卻令人覺得相當困惑。因為現在任意地和過去連結在一起，所以我的時間觀念都亂掉了。

「是啊。希歐娜原本就是個吸血鬼，不是嗎？深淵魔域迷宮可以說是個很適合她的地方。她這個怪物在那個地方，可以把那些膽敢挑戰深淵魔域迷宮的人類當作自己的祭品，來延續她不愉快的生命。」

令人驚訝的是，哈斯勒竟顯露出一股強烈的不滿。她不是曾經是他的同志嗎？

「她在那裡面過著不知外界生活的日子。像是神龍王統治整個世界之後被亨德列克和路坦尼歐放逐的這些事實，她也完全不知道。她一直待在空洞且只有一片黑暗的深淵魔域迷宮，是個悲慘的怪物。甚至連亨德列克進到那裡的時候，她也毫不猶豫就攻擊他了。」

「天啊……然後呢？」

「對於希歐娜而言，她遭逢到一件難以置信的事情——因為亨德列克簡簡單單地就把她給打敗了。」

亞夫奈德嘻嘻笑了出來。聽到大前輩的偉大事蹟好像令他十分高興的樣子。我微笑了一下，又再繼續傾聽哈斯勒的故事。

「可是亨德列克並沒有把她除掉。可能是因為同情她的悲慘，同情這個不知迷宮以外的世界，把自己以外的所有東西都當成是自己食物的悲慘怪物，理由我實在不得而知。因為就連希歐娜也對那部分的事講得很少。不管怎麼樣，希歐娜是經由亨德列克本人聽到有關他的故事。可能他們也有一起生活過吧，這我並不能確定。」

「是嗎？」

卡爾平靜地說道，可是亞夫奈德卻一副難掩激動的表情，說道：

「那麼說來，是，嗯，希歐娜可能是亨德列克的傳人！照這樣說來，彩虹的索羅奇並不是亨德列克的最後傳人，而希歐娜正是亨德列克的最後弟子嘍？」

卡爾歪著頭，看了一眼亞夫奈德。

「亞夫奈德先生。就你認為，希歐娜看起來像是具有亨德列克弟子般的實力嗎？」

亞夫奈德點了點頭，說道：

「是的……事實上，魔法使用者之中，很少有人像人類巫師般具有優秀實力。因為人類可以利用光之塔或者其他等等的方法，前輩會傳授知識給後學者，然後鍛鍊後學者。啊，和諧的精靈所傳承的魔法知識雖然也很了不起，但是吸血鬼呢？這個嘛……吸血鬼是向誰學習魔法的呢？希歐娜具有更熟練且高級的魔法實力，分明看起來就是不同於一般吸血鬼所能做到的。」

「是嗎？嗯，所以希歐娜才會知道這些事。然後希歐娜告訴你主人這些故事，是嗎？」

「是的。因為我總是在主人身旁，所以當時能夠一起聽到那些故事。」哈斯勒回答。

「原來如此……」

卡爾一點頭，哈斯勒便立刻起身。

「現在，我能告訴各位的都已經講完了，可以了嗎？那麼我現在想要去睡覺。明天是數年來頭一次可以和我女兒一起走路，所以我想先多休息。」

哈斯勒面無表情地瞄了一眼吉西恩。吉西恩雖然表情暗沉地看著哈斯勒，可是並沒有說什麼話。

哈斯勒的動作簡直可以用「投擲身體到床上」來形容，就這樣倒在床上睡著了。杉森看到他那副模樣，噗哧笑著說：

「看來他說了這麼多話，是一點也不合他的個性，他好像因此累壞了。」

杉森這番話並沒有人特別去傾聽，所以他聳了聳肩，也同樣躺到床上去睡覺。我注視了一下卡爾的臉孔。

卡爾一副沉於思索的表情。每次一打雷，他的臉孔就看起來像是個蒼白的亡魂，可是受到壁爐火光照耀的那半邊的臉，卻又完全相反，看起來像是在苦思如何讓世界變得溫馨的計畫。我不知不覺地說道：

「所以這個世界還是自己在運轉著。」

「嗯？你剛才說什麼，尼德法老弟？」

「真是可笑耶！不管亨德列克怎麼樣，路坦尼歐大王怎麼樣，到頭來，這個世界還是自己在運轉著，不是嗎？嗯，我突然有這種想法。」

吉西恩把搭在椅背上的頭轉向我這邊。卡爾則是微笑說道：

「你好像認為這兩位都把這個世界看得太過簡單了，是吧？」

「嗯……當然啦，亨德列克到現在還是非常大名鼎鼎的大法師，而路坦尼歐大王也還是一位無可挑剔的模範英雄。但是，我很難接受這兩個人打算將這個世界這樣那樣地的這類故事。」

「這個嘛，至少路坦尼歐大王把神龍王的世界，變成了自由種族們的世界，不是嗎？」

「卡爾，你這樣講好像是在裝模作樣，想考考自己的學生，可是請你不要說一些連自己都不相信的話。什麼是所謂神龍王的世界，什麼又是自由種族們的世界呢？」

卡爾不做回答，只是咧嘴笑了出來。吉西恩則是稍微搖了搖在椅背上方耍著走繩索雜技的頭，然後說道：

「修奇，你真的這樣認為嗎？世界既不是神龍王的世界，也不是自由種族們的世界？」

「世界就是世界。如果有人要說這個世界是他的世界還是什麼，我不會想去阻止他。可是那和我並沒有任何相關，只要不用那種主張來干擾我就行了。」

「我是我，你是你？這是你的想法嗎？」

「我不可能是你，而你不可能是我。你有聽過世界的數量和人類數量一樣多這句話嗎？亨德列克的世界？這個嘛……好像是有某些地方需要好好改善的世界吧。即使是受到八星的幫助也是如此。而路坦尼歐大王的世界？可能是靠自己的雙腳走就夠了的世界吧。可能是一個連幫助都不需要，就能夠活下去的世界吧。」

「……那你的世界是什麼？」

「我的世界嗎？這個嘛。我對大王的世界比較喜歡一點。」

「大王的世界？」

「是的。我比較喜歡世界是用自己的雙腳就能夠走出來的這個論調，如果是一個充滿極度不協調、活著即為痛苦的世界，那種世界根本嚐不到活著的滋味！而且，我又不是亨德列克那種大法師，所以找到八星之後，我恐怕也沒有能力改造這個世界吧。所以我比較希望這個世界只要適當努力，就可以靠自己的雙腳走出一條路來。」

卡爾從燭火處稍微轉頭，只有臉頰泛著紅光，根本看不到他的表情。可是我確定他隱約在微笑著。吉西恩正眼直視著我，並且說道：

「……這個世界的本來面貌怎麼樣，不論是不合理還是合理，不論是需要改善還是它本身是完美的，都與我無關，是這個意思嗎？比起這個世界的真實性，你自己更加重要，是嗎？」

「是的，對。我們把妖精女王的話換句話說吧？妖精女王說有自己才會有他人。我則是這樣說：『有自己才會有這個世界。』可是我現在實在是很想睡覺，因此，我想和這個世界斷絕，把自己送到睡魔的國家去。」

吉西恩突然舉起雙臂。他抬頭把手指交叉放在脖子後面，一面看著天花板，一面開始笑了起來。然後，吉西恩又再低下頭來看我，噗哧笑著說：

「是啊。好長的一天啊。而且這些疲憊人們的談話主題，實在太過沉重了。去休息吧。」

我應該要說謝謝嗎？我是因為自己想睡覺才去睡的。哈哈。

下了整夜的雨，已經變成毛毛細雨了。

近處的山群濕漉漉地閃爍著翠綠的顏色，而稍遠處的山群則是以青灰的色調，逐漸朦朧以至於消失。山麓與山麓之間瀰漫著晨霧的乳白色煙氣，在這之中，大地被深鎖著，完全看不清楚，好像只有山峰與山脊在晨霧上方浮動的樣子。

這雨是會讓人頭髮變得濕濕的那種雨絲。在深藍色的早晨空氣裡，細小到幾乎看不到的微細雨絲們若隱若現地滴落著。我轉頭去看了一下落在肩膀甲衣皮革上，然後彈濺起來的雨絲。

「昨晚……真是抱歉。」

「你跟她說，我已經忘了那回事。」

「他這麼說。」

「那個……你那時候一定很不高興吧，不過，你、你一直照顧我，真是謝謝你了。」

「你跟她說，我是不得已才那樣做的，並不是真心想那樣做。」

「他這麼說。」

「……你不要講得那麼傷感情。」

「你跟她說，我根本一點也不想特別去講感情。」

「可是，我也覺得你不需要講得那麼……我知道了啦！不要那樣瞪我。他這麼說，真是的。」

「一大早起床，很容易就會惹出可怕的狀況」，現在我已經能領悟到這句話的意思了。剛才我一早起床，伸了個懶腰就走出棚屋，只感覺到凝結在臉頰的雨絲溜進了衣服裡，根本感覺不到什麼危險。我所能感受到的，就只是一股濕潤的清香。我發現到溫柴坐在峭壁邊的岩石上面，輕輕地閉著眼睛，呈打坐的姿勢。那時我還是沒有發覺到自己正在一步步走向危機。溫柴簡直就是一副苦行僧坐在岩石上面的那種姿勢，坐在那裡冥想著，而我則只是坐到他身旁，和他一起俯瞰山巒與晨霧。啊，溫柴閉著眼睛，所以山巒與晨霧，以及像是溶於大氣之中的雨絲，只有我一個人在看。

可是此時門被打開，妮莉亞走了出來。妮莉亞一看到我和溫柴，愣怔了一下。然後她慢慢地走來，我在那個時候才感受到某種不安的感覺。

可是我卻漏失掉逃跑的機會。妮莉亞讓我在中間，她在距離溫柴稍遠處坐下來之後，就開口說話，而在岩石上打坐的溫柴則是眼睛睜也不睜地，開始冷淡地回話。然後……我為了幫他傳話，不得不裝出一副沒有感情之物的模樣。真是可惡。

好安靜的一個清晨。凝結在鬢髮上的細微雨絲不但清爽而且溫馨，而且在淡藍色的山嶺與丘陵周圍，有雲霧像夢境中的某種東西般不斷翻湧著。可是我竟然一面俯瞰這一幕景色，一面必須裝出無情物的樣子，未免也真是太可憐了吧。

妮莉亞又再用小心翼翼的語氣問道：

「你心情很不好嗎？」

溫柴不做回答，所以，我在不知不覺正要講出「他這麼說」的時候，趕緊遮住嘴巴。妮莉亞用奇怪的眼神看了我一眼。哎喲。呼。

溫柴仍然還是閉著眼睛，用僵直的姿勢坐著。妮莉亞則是緊閉起嘴巴，開始盯著溫柴。盯著看比較好，妮莉亞。因為我夾在妳和溫柴之間。

「你心情很惡劣嗎？」

妮莉亞尖聲地衝口而出。嗯。對，用「衝口而出」來形容，應該算是很正確的。溫柴依然只用比岩石還要像岩石的姿勢坐在那裡，不做任何回答。妮莉亞的聲音變得更加尖銳了。

「很厭惡嗎？覺得噁心作嘔嗎？」

哎喲，真是的！她這樣實在是太為難人了。

「妮莉亞，妳說的有點嚴重。難道溫柴……」

「你不要插嘴！」

「是……」

可惡！那麼，既然如此就不應該把我牽扯進來說話，把無辜的人夾在中間，卻不把他當人看，竟然用這種方式吵架。此時，岩石說話了。不對，是溫柴說話了。

「沒這回事。我只是不忍心而已。」

「他這麼說……不是啦！」

呃啊啊，我的天啊！我懷疑我耳朵所聽到的話，所以轉頭看了看妮莉亞。而我看到妮莉亞圓睜著眼睛，這時才對我耳朵的性能感到放心。嗯。雖然被砍掉了一截，但還是能夠聽得很清楚。不過，溫柴真的是這樣說的嗎？妮莉亞用非常驚訝的語氣，說道：

「你說什麼？嗯，那個，溫柴？」

溫柴還是緊閉著眼睛。他稍微動了一下嘴唇，動作小到令人懷疑他是不是真的有動嘴唇，他說道：

「我當時並沒有其他情感。而且我認為妳沒有必要那樣貶低自己。」

妮莉亞把手舉到胸前之後，又再放了下來。然後，妮莉亞緊握住雙手之後，又再把手舉起，盤旋在半空中。

「那個，那個，你現在是在跟我說話，對嗎？」

溫柴不做任何回答。妮莉亞則是把兩手合在嘴巴前面，開始緊握著手指頭。

「不忍心？那個，我那樣呆呆地，害怕打雷……看起來不會像個笨蛋嗎？」

溫柴突然睜開了眼睛。他猛然一轉頭，看著妮莉亞，並且冷淡地說道：

「我無法跟女人講話，妳會認為我是個笨蛋嗎？」

太過正眼直視著說話反而覺得很奇怪，不過，他確實是面向妮莉亞在講話。妮莉亞又再開始胡亂搖晃她的手。說不定再過一會兒之後，她甚至可能就會飛上清晨的天空裡了。

「嗯，嗯，沒有這回事，不，我不曾這樣想過。嗯……」

「我從來就不認為妳是笨蛋。」

妮莉亞看了一眼溫柴，就立刻從她坐的地方站了起來。

「謝謝！」

她的身體左右搖晃著，像是在煩惱應該直接走向溫柴，還是應該轉身。可是溫柴又再把頭轉回去，閉上眼睛。妮莉亞一看到他這副模樣之後，就直接轉身走了。急速的腳步聲就這樣離我們背後越來越遠。嗒嗒嗒嗒嗒。

接著背後傳來了一聲開門聲，同時也傳來了艾賽韓德的尖叫聲。

「呃啊！我的鼻子！」

「嘎哈哈哈！誰叫你站在門後面？好棒的早晨！嗯！」

「啊，啊！什麼呀！妳怎麼了？奇怪，妳是不是沒睡飽啊？怎麼一大早就把老矮人看成是人類美男子啊？」

「嘎哈哈哈！艾賽韓德的臉實在是太硬了。矮人就算老了也是這樣嘍！可是，你稍微修一下鬍鬚，好不好？親你的時候好癢哦！」

我轉頭一看，看到妮莉亞消失在門裡面的背影，以及艾賽韓德在摸著自己臉頰，露出難以置信表情的模樣。艾賽韓德帶著非常疑惑的表情，往門裡頭看了一眼，然後就立刻把視線轉向我。他舉起手來，在耳邊垂直地轉圓圈，並投以詢問的目光，我聳了聳肩。

此時，我看到峭壁另一頭的下坡路上，有一個人從雲霧之中走了上來。我眼睛全神貫注一看，原來雲霧之中出現的身影是我們認識的人。

「卡爾？」

「哦，你起得很早啊，尼德法老弟。」

卡爾手放背後，其中一隻手拿著一根樹枝，到處搖晃著，慢慢地走上來。我一眼就看到他肩膀部位都濕透了。溫柴一面睜開眼睛，一面回頭看。

「您回來了。散步還愉快嗎？」

「是的。可能因為是在山裡吧，早晨空氣真是舒服爽快啊。」

散步？啊，卡爾你也真是的。在旅行途中，幹嘛去散什麼步啊？而且竟然還是在這種下著毛毛細雨的山路裡散步！卡爾本想跟我說話，可是他看到艾賽韓德臉上露出啼笑皆非的表情。

「艾賽韓德先生？為什麼你一大早就一副那種表情呢？」

就在這時候，從棚屋裡面傳來了杉森困惑的呻吟聲，以及某種硬物碰撞的響聲，接著便傳來了蕾妮的驚慌尖叫聲。

「呃啊啊！妮莉亞姊姊！妳在做什麼啊！不要這樣啦！」

「快起床！懶覺蟲。太陽公公已經開始在做早晨散步了！嘎哈哈哈！」

她說謊。現在天空都是雲霧瀰漫著，而且還下著雨，應該連太陽都看不到。接著是傑倫特失神般的笑聲（『呃呵，呃呵呵呵！呃呵？』），同時亞夫奈德用驚人的氣勢推開艾賽韓德，奔跑出來。

卡爾驚慌失色地看了看溫柴，又看了看我，於是，我很快地轉頭一直盯著溫柴，所以也使得卡爾一直看著溫柴。隨即，溫柴乾咳了幾聲，又再開始望著遠山。從後面仍然傳出一些奇奇怪怪的噪音，就這樣，梅德萊嶺生氣勃勃的早晨開始了。這個世界是很幸福的。噗哈哈。

「她只有早上才這樣嗎？還是一整天都是那個樣子呢？」

梅德萊嶺1之4……幾號的騎警隊長卡穆伊・羅達把下巴撐在手上面坐著看溫柴，然後用手指著妮莉亞，如此說道。妮莉亞有時微笑，有時遮著嘴巴發出「吱吱吱！」如鋸子刮動聲般的笑聲，使得溫柴平靜的早餐大大地受到不良影響。杉森隨即很明白地答道：

「她只有早上才喜歡這樣子，隊長大人。」

「……我知道了。」

「吱吱吱！」

這一次，不是妮莉亞，而是蕾妮。蕾妮吃麵包吃到一半，就用雙手緊抓著麵包，為了忍住不笑而把下巴靠在胸前，一直不停抖動著。這個港口少女就這樣嘴裡咬著麵包，不停在抖動著。這樣一來，恐怕已經把我們一行人的格調都整個降低了。吉西恩雖然緊皺著眉頭，但還是面帶笑容對羅達隊長說：

「昨晚的暴風雨好像很大。」

羅達隊長點了點頭。他穿著藍色的背心配上褐色長褲，頭髮則是禿到腦頂，與其說是騎警隊長，倒不如說他長得像是一個好心的農夫。可是看起來很強健結實的胳臂，以及佩帶在腰際的寬劍身短劍，卻彷彿像是他身體一部分似的，完全都沒有令人奇怪的地方，看到就會覺得他確實應該是騎警隊長沒有錯。他一定是常年吹到山風，才會有眼角的那些皺紋，他稍微皺起眼角的皺紋，說道：

「是，王子大人。可是根據清晨出去巡邏的隊員們的報告，並沒有發生道路損毀之類的事。

他們擔心可能會有人遇難而認真地察看過，所以我想您可以安心。」

「是嗎？太好了。」

「是。不過，如同我昨晚也曾問過您的，請問您的目的地是哪裡呢？您說目的地是在褐色山脈裡面，雖然不知您在褐色山脈裡面有什麼事要辦，但如果是山脈裡的事，可以派遣我們隊員。我想他們應該是很有用的嚮導。」

隨即，艾賽韓德立刻把拿在手中的酒杯砰的一聲放下來，並說道：

「什麼呀，卡穆伊。你現在是故意裝作沒看到我，是嗎？我不是正在幫這幾位帶路嗎？」

嗯。在礦山工作的矮人們的敲打者艾賽韓德，會認識褐色山脈的騎警隊長，這當然是沒有什麼好奇怪的。羅達隊長笑著答道：

「艾賽韓德，如果是在地底下，我無論如何都會請你當嚮導。可是如果是在山頂上或者樹林裡，我是無論發生什麼事都不會考慮你的。如果你想在那種地方當嚮導，他們可能也會不情願，所以我甚至會以騎警應有的禮儀，忍痛考慮把你綁起來帶著走。」

「哈哈哈哈！」

傑倫特雖然看到艾賽韓德可怕的目光，但還是爆出了笑聲。艾賽韓德乾咳了幾聲之後，一邊摸著鬍鬚，一邊說：

「你不必擔心。因為在你綁我之前，我就會劈開你下巴，所以你大可不必考慮了。而且我也不會把你的王子大人拉到樹林裡，所以儘管放心吧。如果我們是要去地底下，你會要誰當帶路的人呀？」

羅達隊長歪著頭疑惑地問道：

「在地底下？呵呵。當然啦，要是在地底下，即使我的部下有十個人，我還是會比較信任你。可是各位是要到矮人的礦山去辦要事嗎？」

「在類似的地方啦。不過，也有可能是在正好相反的地方也說不一定。」

羅達隊長雖然歪著頭想，可是我們一行人一聽到艾賽韓德的這句話，不禁露出了苦笑。克拉德美索是有可能還睡在地底下。可是如果牠醒了，應該就會飛上天空。此時，杉森開口說道：

「可是，我們應該要想到這種情況才對，不是嗎？」

「什麼意思，費西佛老弟？」

「我指的是，萬一蕾妮不被接受的情況。我們應該要先策劃好某個預備方案，不是嗎？如果蕾妮不被接受，我覺得我們可能會變成是處在非常危險的處境吧。」

啊，啊？是這樣嗎？萬一蕾妮不被克拉德美索接受，克拉德美索就是和人類沒有任何關聯的龍，所以可能會隨意攻擊我們也說不一定吧？

蕾妮聽到杉森的話之後，嚇了一大跳，麵包還是咬在嘴裡，就這麼圓睜著眼睛。而傑倫特看到她那副模樣，湯匙都掉到桌上了，還一邊笑出來。亞夫奈德撿起湯匙遞給傑倫特，同時還用不安的表情看著卡爾。卡爾點了點頭。

「啊啊……這種擔憂當然也是有道理。可是往反方向來想，各位覺得如何？」

「往反方向？」

卡爾露出微笑，並且說道：

「萬一我們失敗的話，整個大陸反正都將變成地獄，不是嗎？」

我都起雞皮疙瘩了。雖然卡爾平心靜氣地說，但這可不是能夠平心靜氣聽進去的話啊！

「或許逃到某個荒地或深谷裡，可以苟延殘喘，但這是很難說的事。雖然我並非不想那樣存活下去，但那實在是有點悲慘。」

「沒錯。」

杉森沉重地點頭同意卡爾說的話。我現在才感受到那股從來就沒有好好體認的壓力，現在那股壓力彷彿施壓在我的後頸上。如果我們失敗了，生活在大陸的所有人就會死。即使不是所有人死亡，至少三百年來悠久傳承下來的國家就會被徹底破壞，文化、歷史、傳統，所有東西都會被消滅。除了性命之外，什麼都不剩。雖然留有性命，可是這簡直就……和那個涅克斯一樣。成就我們今日的所有祖先遺產會被破壞，我們雖然活著，卻成為不存在的人。那等於是回到三百年前神龍王的統治支配時代。

呼吸聲一個接著一個沉痛地傳來。難道是因為我的耳朵被砍掉一截的關係嗎？並不是的。那是從每個人的內心深處所傳來的嘆息聲。這件事並不是成功就好，失敗就再試一次。也不像做壞了的蠟燭那樣，全部搗毀之後可以再重新融化。如果失敗，就完蛋了。為什麼之前我都沒有想到這一點呢？吉西恩緊握著他的拳頭。

突然間，卡爾開玩笑似的擠了一下他的眼睛，說道：

「不過再怎麼說，還是活著比較好吧？」

杉森尷尬地笑了出來，而其他人也好不容易稍微展開笑容。艾賽韓德雙手交叉放在胸前，一邊看著桌子，一邊笑著，而傑倫特則是用他明亮的眼睛望著天花板在笑。只有羅達隊長，他被我們的這番荒謬對話給弄得呆愣住了，還是一副搞不清楚狀況的樣子。卡爾沉著地說道：

「對於龍的巢穴，我只有從書上讀到過。就我所知，大都是在很隱密的地方，裡面很寬廣，嗯……這是當然的。裡面當然應該要很寬廣。而且，據我所知，因為龍必須在裡面移動，所以並沒有很複雜的構造或岔路。」

亞夫奈德點了點頭，接著說道：

「是的，沒錯。而且聽說有些龍會把巨魔或食人魔，或者巨人當作奴隸，要牠們守護巢穴。但如果是進入睡眠期的龍，那些奴隸應該都會跑光，因此應該不會有什麼其他的妨礙。而且被龍抓起來關著的怪物數量也應該不多。所以會成問題的就只有克拉德美索而已。」

「這些先決條件不怎麼壞，但也不怎麼好。不管怎麼樣，我們接近巢穴之後，必須先仔細觀察周遭的情況，以謀求安全……除了這個消極的想法之外，別無他法了。費西佛老弟。我倒是想要向你問看看。因為我們之中除了你，應該沒有人曾經歷過和龍的戰鬥吧？」

吉西恩一副驚嚇的表情，說道：

「等等，那麼說來，杉森曾經和龍打鬥過嗎？」

杉森點了點頭。吉西恩面帶驚訝的表情，正想要說話的時候，羅達隊長一副再也無法忍住的語氣，插嘴說道：

「等等，請等一下。如果把我剛剛聽到的談話總括起來，那麼，我想王子大人您現在是要去找一條龍，做個屠龍者，對嗎？」

「屠龍者？這未免也太荒唐了。我雖然是路坦尼歐大王的後裔，但可沒有連他的神勇也繼承到。縱然我也像他一樣，有很好的夥伴們，但我不是要去當個屠龍者。」

吉西恩微笑著說道，使得我們一行人全都泛起了笑容（只除了三個人。因為妮莉亞仍然還是望著溫柴在嗤嗤地笑著，使溫柴一直面帶著不舒服的表情。最後則是蕾妮，她正露出害怕的表情環視著周圍）。

可是，羅達隊長還是用驚慌的語氣說道：

「那麼，我聽到的話到底是什麼意思呢？龍的巢穴，還有戰鬥？守護巢穴的巨魔和巨人？這些到底都是什麼意思？」

吉西恩隨即伸出手臂，指向正露出害怕表情的蕾妮。

「這一位小姐是龍魂使。我們是為了龍魂使的契約要去找克拉德美索。」

05

已經不再有雨滴落下來了，在銀灰色雲朵之間的縫隙裡，有稀稀疏疏的金黃色陽光照射下來，將遠山泛成一片金黃色。從高處往下望去，大氣層裡到處被一道道的光線區隔開來，充滿著神祕感。大地……看起來就像是帶有金黃色斑紋的黑色布匹。

在棚屋前面，我們的馬匹經過昨晚的充分休息之後，現在都噗嚕嚕地叫著，好像一副很想被綁到馬車上，盡情奔馳的樣子。我們站在馬車前面，正要和騎警隊員們、哈斯勒以及艾波琳道別。

「如果我要你不要擔心，可能會有點可笑，哈斯勒先生。」

哈斯勒並不回答，而卡爾則只是微笑了一下。在另一頭，吉西恩正在交代隊長在押送他們兩個重大罪犯到首都的途中，盡量不要讓他們有不便之處，這使得羅達隊長覺得有些啼笑皆非。吉西恩說道：

「我聽說騎警隊員皆非殘酷之人，因為你們是與山嶽湖水為伍的人。因此，我相信你們對於罪犯們不會加諸無謂的痛苦。而且我也希望你們能記得一點：這個少女並非犯人，而是犯人的女兒。」

「遵命。」

「謝謝你。還有，這份文件是吉西恩·拜索斯告發有關此犯人犯罪行為的訴狀，以及要求酌情減罪的陳情書。我希望它們全部直接呈交給陛下。」

「謹遵吩咐。」

「那麼，就拜託你們了。」

我看著艾波琳。哈斯勒和艾波琳站在兩名身材健壯的騎警隊員之間。艾波琳現在會是在想什麼呢？她因為不喜歡待在侯爵宅邸而逃出來，與父親相見了，偏偏父親卻是叛亂份子，所以現在她要和父親一起被押送到首都。她會不會正在想，自己做了錯誤的判斷呢？艾波琳滿臉僵硬，什麼話也不說。可是她緊抓住父親的手臂站在那裡，哈斯勒則是溫柔地摟著她的肩。突然間，我覺得在他們兩人身旁站著的騎警隊員們完全從視野裡消失不見了。我心裡感到一陣莫名的溫馨。

就在這時候，卡爾小心地走向妮莉亞。我看到他對妮莉亞不知耳語了些什麼。突然間，妮莉亞的表情變得很高興，她笑著走向哈斯勒。

「喂。綠色被子有三個人，翅膀在那下面。」

現在妮莉亞是在唸咒語嗎？她到底是在講什麼，怎麼我都聽不懂呢？哈斯勒一直盯著妮莉亞的臉。然後他轉過頭去，又再低頭看了一眼艾波琳。妮莉亞則是聳了聳肩，然後對兩位騎警隊員說：

「拜託兩位，有年幼的少女在，請不要走得太急促，謝謝你們。」

「咦？啊，是。」

兩位騎警隊員也和他們的隊長一樣地驚訝，然後他們點了點頭。妮莉亞微笑著，對艾波琳說：

「艾波琳，好不容易辛辛苦苦才見到父親，妳一定要緊跟在父親身旁哦！」艾波琳表情訝異地抬頭看妮莉亞，可是妮莉亞只是對她笑。道別完後，留下哈斯勒和艾波琳，我們全都上了馬車。

「呀啊！」

在杉森的號令聲響起的同時，御雷者長長地鳴叫了一聲。咩哦！然後馬車便順利出發了。嗒嗒，嗒嗒嗒。我們從峭壁上面沿著重回大路的那條陡坡路，小心翼翼地下去。

車頂上面仍然還是我、妮莉亞以及溫柴坐著。

溫柴又在雕刻木頭了。現在大致可以看得出來，那是馬或駱駝吧？不管怎麼樣，是那種看起來敏捷的四腳動物模樣。到底他在做什麼東西呢？妮莉亞一直緊盯著溫柴的手勢動作，但是溫柴根本沒有回頭看她一眼。

因為馬車搖晃，所以我專心注意抓緊繩索以防掉下去，然後對妮莉亞說：

「妮莉亞。哎喲，我的下巴呀。剛才妳說的那句話是什麼意思？」

想說句話還可真是辛苦啊！馬車正在走下一條非常陡峭的山路，不停地發出嘎吱響聲。妮莉亞只是一面看我，一面嘻嘻笑著。此時，馬車又再接回道路上，這才得以稍微坐得安穩一點。溫柴隨即說道：

「那好像是小偷的行話。」

妮莉亞拍了一下手心，並說道：

「沒錯沒錯。溫柴，你知道是什麼意思嘍？」

溫柴露出一個含糊的表情，突然往後看。我也跟著往後看，我看到離視野越來越遠的棚屋。棚屋孤單地立在路旁的峭壁上方，而在它旁邊，可以看到有幾個人影在那裡。可能是一些騎警隊員在俯視著我們吧。

突然，陽光橫越過空中，照耀了整個棚屋。由於雨淋而看起來黑漆漆的峭壁上方，濕漉的棚屋頂彷彿就像是金塊般閃閃發光著。

溫柴一面往後看，一面說道：

「在三人合抱的大松樹下……」

「咦？」

「在三人合抱的大松樹下，在那裡會有逃亡時需要用到的東西，好像是這個意思。」

「你說什麼？逃亡？」

吉西恩驚慌地說道。逃亡？啊？清晨的時候，卡爾說他去散步？咦？我看了一眼溫柴，用滿是疑惑的聲音說：

「那麼……溫柴你清晨的時候那樣坐在峭壁，是在把風嗎？」

溫柴微笑著，我用難以置信的心情看著坐在馬夫座位上的卡爾。吉西恩開始費力地編一些莫名其妙的話，不停嘟囔著，但卡爾只是看著前方，靜靜地笑著。哎喲，卡爾這個賊頭賊腦的傢伙！吉西恩甚至脖子都暴出青筋在嘟囔了，卡爾才一面看著前方，一面低聲地說：

「王室無法遏止哈修泰爾家族，而哈修泰爾家族則是欺壓哈斯勒家，哈斯勒家才會進了修利哲家而參與叛亂。王室竟想要將哈斯勒家治罪，賀坦特家只是代替王室來幫哈斯勒家，還有代哈修泰爾家族來給予小小的幫助。我無須再多說什麼了。」

吉西恩聽完之後閉上嘴巴。過了不久之後，他用死心的語氣說道：

「你留給他們什麼東西呢？」

「我沒有留下武器。我留下一些糧食和錢，還有一封信。」

「一封信？」

卡爾微笑著直接把他寫的內容給唸了出來。

「『這是最後的機會。你逃到無人認識的地方好好撫養艾波琳小姐吧。不要想再管涅克斯或哈修泰爾的事，去找回你自己的幸福吧。萬一再插手管那些事的話，即使是為了艾波琳小姐，我也會把你抓起來接受國法審判。因為，我相信與其讓艾波琳小姐不知道父親會死在哪裡，倒不如關在監獄裡，會對艾波琳小姐比較好。那麼，祝你幸福。』」

吉西恩搖了搖頭，笑著說：

「非常不錯的判決，卡爾。即使是到國王的法庭，也很難遇得到對犯人如此同情的事。真是了不起的判官。」

他這是在諷刺嗎？可是，吉西恩的臉上並沒有那種表情。卡爾有些尷尬地說道：

「我只是盡人事而已。」

「是啊。」

被雨水沾濕的樹葉和樹枝滴下了好幾滴雨珠。這片樹林非常大，橫亙道路的小溪就有好幾條，到處都看得到泥土崩塌的地方。雖然這是很難走的泥濘路，但因為還是早上，所以馬兒們都精神抖擻地走過去，車輪嘩啦涉過泥濘的地方時，也行駛得很順利。

「這一季下的雨可真多。嗯。」

妮莉亞趴在車頂上，一面低頭看車輪行經泥水坑時所形成的波紋，一面說道。而坐在馬夫座位的吉西恩則是用沉重的語氣說道：

「我很擔心難民們。」

妮莉亞轉頭瞄了一眼吉西恩，隨即又再看著道路，她像在自言自語般喃喃說道：

「拋棄家園而出走的難民之路原本就是很辛苦的。你沒有必要因為這種雨，而特別覺得更加感傷。」

「說得也是。妳說得對，妮莉亞小姐。」

一行人又都閉上嘴巴不說話了，馬車則是馬不停蹄地奔馳在雨珠滴答滴落的山路裡。卡爾露出一個無聊的表情，就把頭轉向馬車後面。

「愛因德夫先生！」

過了一會兒，艾賽韓德把頭伸出馬車窗戶。他露出因為車輪不斷滾動而頭暈目眩的表情，說道：

「怎麼了？」

「有聽到克拉德美索甦醒聲的那座礦山，精確地說需要多久時間才會抵達呢？」

「哦，那裡啊？嗯。在這裡很難跟你說清楚，我們經過妖精女王城堡的雷伯涅湖之後再說會比較好。那裡是人類不太行走的路，大致的位置呢，可以說是在褐色山脈往北邊再繞很多的地方，那座迦納罕達峰的西邊斜坡。」

吉西恩隨即點了點頭，說道：

「啊，您說的是矮人們通行的道路。我曾經路過那裡好幾次。簡直就像白天跑出來的蝙蝠般，不會認路……閉嘴！是，所以從中部大道要急忙往北部大道去的時候，那是一條很有用的路。」

「是嗎?那麼你也知道往礦山的路嗎?」

「不,因為我以前沒有必要去礦山。最重要的寶物是握在手中的端雅劍……亂說!別開玩笑了!嗯,不過,到那條路之前的路,我倒是可以帶路。」

「太好了。那麼就由你來帶路吧。」

艾賽韓德又再把頭塞回馬車裡,而吉西恩則是從杉森手中接過韁繩,開始駕駛馬車。馬兒們生氣勃勃地踩著步伐,終於越過了梅德萊嶺,開始走下坡路。接著在遠方樹林之間就有雷伯涅湖閃爍的形影映入眼簾。雖然像是一下子就能到達的距離,但因為是下坡路,而且加上下雨,所以道路狀況不是很好,吉西恩慢慢地讓馬車駛下山。我也因此能在梅德萊嶺上面盡情觀賞雷伯涅湖的美麗面貌。

我朝著下面大聲喊道:

「傑倫特!你要不要出來看?已經可以看到妖精女王城堡所在的那座雷伯涅湖了……」

「什麼!呃!」

傑倫特急忙想把頭伸出馬車外,結果卻被路旁伸展出來的樹枝給刮到頭了。從馬車裡面爆出了一陣開朗的笑聲。傑倫特則是用噙著淚水的眼睛往前看,他表情立刻變得很高興。

「呵!呵!那是湖,還是海呀?」

說得也是。雖然它是在山裡面,可是環顧四周,有時甚至會看到地平線。地平線和山峰一次盡入眼裡的地方,除了這裡以外,還會哪裡會有呢?我們馬車沿著那條往雷伯涅湖下去的緩慢彎路,一直駛下去,所以到達雷伯涅湖似乎得花不少的時間。

傑倫特先是環視了四周,便立刻開車門,從緩慢奔跑的馬車跳下來。

「嘿咻!哎呀。是泥巴路?」

他用兩手把袍子衣角緊抓起來，半滑半走，連蹦帶跳地跑著下泥濘路，妮莉亞和我則是在車頂看到他那副模樣，笑到都快跌下車去。就連溫柴也放下木塊，苦笑了出來。

在馬車裡面的人一聽到我們的笑聲，都紛紛伸出頭來。蕾妮一看到傑倫特把袍子衣角像翅膀般捲上來奔跑的模樣，就帶著啼笑皆非的表情，說道：

「啊，那個，讓他在山林裡面這樣獨自跑過去，沒關係嗎？」

妮莉亞一面忘情地笑著，一面答道：

「哈啊，哈啊。沒關係，沒關係。咯咯咯咯！這裡不會有怪物出現的，蕾妮小姐。」

「不會有怪物出現嗎？」

妮莉亞露出肚子痛的表情，一邊擦眼淚，一邊說：

「因為這裡是達蘭妮安的領土，怪物們是進不來的。」

「是嗎？那麼人類可以進來嗎？」

「是啊，人類……咦？」

妮莉亞突然露出驚慌的表情，此時我也猛然愣住了。哎呀！這地方不能那樣冒冒失失地奔跑，不是嗎？我又再轉頭去看傑倫特。傑倫特一副什麼都不知道的樣子，一直奔跑過去。可是這個地方是達蘭妮安的領土，所以進去之前必須先鄭重地求得允許，再靜靜地走過去……

「欽柏先生！快停下來！」

卡爾大聲高喊著。而就在這一瞬間，連續發生了一些事情，使我們個個都被嚇得失魂喪膽。

首先，是傑倫特聽到卡爾的高喊聲，嚇了一大跳，轉身過來，一不小心卻就這麼順著泥濘路，一路直直滑了下去。

「呃啊啊！」

他就這樣一直往湖的方向，順著陡坡溜了下去。我看到他的模樣，不禁大笑出來。

「噗哈哈！」

可是在此同時，吉西恩卻慌忙地緊急駕馬車過去。

「真是的，不可以掉下去啊！呀啊啊！喝啊！」

馬車緊急出發的同時，在我身體往後的短暫時間裡，我的腦袋裡突然有很多想法啪啪啪地佔據到我的腦子裡。吉西恩緊急出發馬車的理由是，在傑倫特進到達蘭妮安的領土之前，要趕緊抓住他……

然而，在這一瞬間，馬匹之間卻迸出了一道強光，使我腦袋一片空白。

「什、什麼呀！」

我感覺到眼睛一股刺痛，並且對於我在車頂的事實，打了一個冷顫，我的手因為不穩而搖晃著。

「呃啊啊！」

傳來了一陣杉森的高喊聲，同時馬兒們也開始尖叫出聲。

「嘻嘻嘻嘻嘻！」

馬車劇烈地晃動著，使得驚慌害怕的馬匹立刻激烈地出發。咕嚕嚕嚕嚕！傳來了小石子和泥土飛濺的聲音，馬車用驚人的速度開始奔馳了起來。雖然我的手搖晃著想抓住東西，但是卻什麼東西都沒抓到。我和溫柴往後面倒過去之後，背面碰撞到了一堆行李。喀的一聲，接著，原本趴在地上的妮莉亞就一直溜下去，把我們壓在上面。

「咳呃！妮莉亞！」

「啊，我沒關係。」

「可是我有關係！把妳的屁股拿開！」

我眼冒金星，在下意識中把妮莉亞推開。不過可能是因為力道有些過猛，妮莉亞就一直往前滾出去了。

「啊啊！修奇，你這傢伙！」

妮莉亞勉強抓住車頂邊緣，才沒有掉落下去。隆隆隆隆！馬車疾馳的聲音簡直震耳欲聾。我想要看看為何馬匹之間會迸出光芒，搖搖擺擺地想要站起來。可是身體陷在行李堆裡，四腳朝天，而且又是在疾馳的馬車車頂上，實在不容易起身。此時，突然傳來卡爾的尖叫聲：

「哎呀？馬匹怎麼會有六匹啊！」

因為這是六匹馬拉的大馬車，當然……等等！應該是五匹馬吧？此時，我看到溫柴彷彿像小貓般敏捷地滾動身子。他在空中以驚人的動作穩住身體，一邊膝蓋跪在車頂地板地上，一邊用雙手撐著地板，輕柔地保持住平衡。

「溫柴！幫我拉出來一下！」

可是溫柴看也不看我這邊，仍然還是用那種彎腰駝背的姿勢，一面看前面，一面用難以置信的聲音說道：

「御雷者……？」

可是在下一瞬間，溫柴急忙往旁邊一躍。他趴在車頂上，緊抓住馬夫座位那邊的邊緣，喊道：

「快停車！否則會把傑倫特給壓碎！」

「呃啊啊啊！」

吉西恩用力喊叫出聲音，馬車則是跟著猛烈搖動。接著還傳來了卡爾的高喊聲：

「不可以拉煞車桿！費西佛老弟！在這種速度拉煞車桿的話，馬車會翻車！」

「彎到旁邊去！彎到旁邊！傑倫特，快站起來！」

溫柴的高喊聲簡直大到令人耳鳴。可是馬兒們好像被這高喊聲給嚇到了，所以牠們更加激烈地馳騁。於是，幾乎快站起來的我，又再被塞進行李堆裡了。

「真是的，可惡！我以為學走路是在十六年前就畢業了！」

此時，車輪好像絆到了什麼東西，發出咚咚的聲音，同時馬車和我的身體一起騰浮了起來。

「呃啊啊，小鳥恐怕也會羨慕我們吧！」

幸好因為有激烈的衝撞力道，我的身體才得以從那堆行李裡脫離出來。我很快往前躍過身去，胸口卻感覺衝撞到了柔軟的東西。

「嘎啊！修奇，你這小子！喜歡我就說一聲啊！」

我壓到妮莉亞，和溫柴並肩趴在一起，而且在那一瞬間，進入我眼裡的景象實在是令我毛骨悚然不已。雖然妮莉亞在我胸口下方一直破口大罵，可是我連想閃開都沒辦法想。

整座湖簡直就像迸裂開了！

這個寬廣的雷伯涅湖，到處射出紅光直衝天際。那些紅光繼續不停地散發出來。雖然這是我曾經看過的場面，但仍被它的壯觀弄得無法閉上嘴巴。水面波濤洶湧，紅光則如同蘆葦般密密麻麻直射出來，令人眼花撩亂。此時，一直被壓在我下面的妮莉亞用害怕的語氣說道：

「馬……？」

我低頭俯瞰，簡直是太不可思議了。

真的有六匹馬！剛才不久前在馬匹之間的那頭公牛，不知跑到哪去了，取而代之的是一匹漂亮的馬，牠長得太像馬，像到反而令人懷疑牠是否是馬的程度。牠比流星還要高大，全身覆蓋著比黑夜鷹還更烏黑的毛，而且令人驚訝的，在牠頸後飄逸的馬鬃竟是閃亮的銀白色，宛如劃過夜空的銀色閃電……

「是御雷者？」

「御雷者！」

吉西恩喊出尖叫聲，使我確認了心中的疑問。馬兒們因為御雷者突然變身時所發出的光芒，以及從湖裡射出的紅光，好像變得非常恐慌，所以都以驚人的速度在奔馳著。咕嚕嚕嚕！而在馬匹前方，我看到傑倫特停止滑落了。傑倫特雖然努力試著想站起來，可是腳好像摔斷了，所以無法順利站起來，結果又再一臉跌進了泥沼裡。我一看左右方，左方是滿布著樹木的樹林，右方則是通往湖的陡坡。他媽的！根本沒有可讓馬車轉彎的路！

「德菲力啊！」

傑倫特跌坐在地上，大聲高喊了一聲，用雙手掩住他的臉。而坐在馬夫座位的杉森則是破口大罵，接著就拉起了煞車桿。咯吱吱吱！刺耳的聲音傳來，同時馬兒們都跟著顫動了起來。

「咿嘻嘻嘻！」

隨著車輪的停止轉動，馬兒們的身軀就被往後拉。其中有幾匹馬甚至還直接一屁股坐在地上。馬車像是快翻車般搖搖晃晃，不過，還是勉強沒有翻車。但因為原本馬車是處在非常猛烈奔馳的速度，所以即使車輪停止轉動，馬車還是繼續滑行在那條泥濘路上。因為馬車左右劇烈搖擺地滑行著，我沒有固定好的雙腿也左右猛烈地晃動。骨碌碌，骨碌碌！

「呃啊啊啊！」

我現在反倒希望自己還在妮莉亞上面。因為，什麼都抓不到的妮莉亞好像快跌出去了。我死命地抓著車頂邊緣，同時看著自己不忍看到的一幕。

傑倫特現在近在眼前。他還是用雙手遮著臉，僵直地躺在那裡。只有他的雙手映入我整個眼簾。

「不！」

我閉上眼睛，撇過頭去。那些馬直接越過了傑倫特的上面，馬車仍舊左右滑行，並且直接駛了過去。可惡，他媽的！此時，溫柴吐出一聲低沉的呻吟聲。

「天啊，傑倫特！」

傑倫特死了！我的牙齒一直打顫著，我費力地轉頭去看馬車後面。被淒慘輾過的屍體……怎麼沒看到？後面只有馬車滑行時刨開地面的可怕軌跡。我又再回過頭來，才發現到此時溫柴正在看著半空中。我隨著溫柴的視線轉頭去看，下一瞬間，我喊出一句在我想來也是很莫名其妙的話。

「傑倫特！你在那裡做什麼呢？」

傑倫特正飄浮在湖面上空。現在我才搞清楚你的真面目！原來你是隻鳥！哎呀，真是的！在溫柴和我用詫異的表情凝望之下，傑倫特大喊了一聲。

「嗚哦哦，太高了！」

傑倫特如此大喊著，並且開始拍著翅膀。不對，他不是在拍著翅膀，只不過是因為手臂一直揮動，使得袍子跟著飄揚起來。傑倫特「幸好」直接往湖面栽下去了，才證明他自己是人類。我怎麼反而因此比較安心了？

撲通！傑倫特剛好和射出的紅光呈相反方向，漂亮地潛下水去。我看到水花跟著激濺上來。砰咚！此時，左右搖擺滑行的馬車終於好像絆到東西了。砰隆！

「以後我再也不搭馬車了——！」

艾賽韓德的尖叫聲傳來的同時，馬車就這麼騰浮了起來。可是馬車和那些馬連接著，所以又再猛力被撞回地上，同時在原地轉了起來。那些馬都因為馬車的旋轉而歪斜著轉彎，馬車才剛開始轉，很快地就停止旋轉。可惡！既然如此，那幹嘛要開始轉嘛！

「呃啊啊啊！」

我就這樣和馬車脫離了。我只來得及說出這一句話——

「我覺得飛上天了！」

我感覺到掠過臉頰的猛烈強風。令人驚訝的是，時間好像變慢了，我反而感受到緩慢的感覺，並且體驗到飛行的經驗。我的身體像一隻鳥那樣柔軟且美麗地飛往那一道道的紅光（啊，後來我聽溫柴陳述他看到我飛行的經過，他說我是手腳亂踢，樣子難看地掉出去）。

「撲通！」

我感覺到耳朵嗡嗡作響的耳鳴聲，同時肩膀和肚子好像被人揍一拳似的疼痛。進到鼻子和嘴巴的水味道好像還不錯，但突然又覺得噁心。手指和腳尖都變得很燙，腳趾頭整個都凹陷下去了。水裡面怎麼會有這麼多星星呢？我的手腳好像有人在拉扯般，變得硬邦邦的，就連上面和下面也都分辨不出來了。可是，在下一刻，我感受到好像有人撫摸我的頭，同時，我的頭就伸出水面外了。

四周圍完全是一片奇幻的景象。在我的眼睛正下方，蕩漾著波浪，而且還有一道道紅光從四方發射出來，並且發出「劈滋！劈滋！」的怪聲，簡直令人頭暈目眩。

可是啊，有一個很嚴重的問題，就是我從出生到現在，還沒有進入過比小溪還大的水域，如今突然掉到這世界最大的山中湖泊裡，到底該怎麼辦才好？

「呃噗！嗚！救，命啊！」

雖然嘴巴可以閉起來，可是鼻子卻沒辦法。我因為湖水進到鼻子裡去，簡直快溺死了。波浪繼續上下浮動，我就這麼一直反覆看到水裡和水面外。頭上升到水面上的時候，看得到紅光，在水面下的時候，則是看到暗紫色的光，使我不禁覺得眼花撩亂。我因為快喘不過氣來，所以連話也沒辦法好好講出來。

蕾妮的聲音遠遠又細微地傳來。

「修奇——！快游泳！不要一直硬要把頭往水面外伸出來，別亂動！」

可惡！妳也換個立場想一下吧！換成是我在外面那樣喊，蕾妮妳來這裡待看看吧！

「嗚噗嗚！噗！咳咳！救命啊！我不會游泳！」

此時，有個人在我耳邊用親切卻也慌張的語氣對我說：

「你好像真的不會游泳。如果是在其他時候，不會游泳可能問題很大，可是現在應該不成什麼問題啊？」

我轉過頭去。嗯？我竟能轉頭？我轉頭一看，便看到傑倫特坐在水面上，從手裡散發出微光在治療自己的腳。咦？我仔細一看，我坐在水上，像是一個在哭鬧的小孩那樣踢著腳，揮著手臂。我表情訝異地看著傑倫特，而傑倫特也是面帶驚慌的表情望著我。就在傑倫特要說話的前一刻，我先丟出了一句尖銳的疑問句：

「人類原本就會浮在水上嗎？」

傑倫特帶著懷疑的語氣，答道：

「據我所知，人類是不會浮在水上的。可是知識和經驗即使再怎麼不同，這也實在是差太多了吧？」

我低頭看下面。我現在彷彿像是坐在草地上似的，平穩地坐在水面上。我不安地用手摸了摸水之後，手就浸到水裡，接著我被嚇得趕緊把手舉上來。真是奇怪耶？這明明是水啊！我又再小心翼翼地伸手進去，摸了一下趾間，可是同樣地，手觸摸的熟悉感從水裡傳來。可是我的身體卻坐在水上面。

「只要情況不錯就好，管它是什麼理由呢，是吧？」

「真是一句至理名言！好，不要管是什麼理由了。」

傑倫特嚴肅地宣示，對於這個不可能理解的情況，他不要追究是什麼理由。我轉過頭去，看了看停在湖邊的馬車。

馬車往一旁傾倒，杉森和吉西恩看了我們的情況之後，好像決定先管眼前看起來比較真實的問題，他們走向跌倒的馬匹，開始艱苦地解開那些馬。幸好，馬兒們被他們兩人解開之後，便立刻精神抖擻地站起來。有些馬在興奮之餘甚至還稍微跳躍了一下，雖然遠遠地看並不是看得很清楚，不過，好像沒有馬嚴重受傷。

在翻倒的馬車旁邊，妮莉亞摟著蕾妮站在那裡，在她們旁邊，則是卡爾四肢撐在地上，對我們投以難以置信的目光。溫柴透過窗戶正要把馬車裡的亞夫奈德給拉出來。亞夫奈德費力地爬出馬車之後，看到我們的模樣，整個人都僵住了。傑倫特和我一面看著張大嘴巴的亞夫奈德，一面嘻嘻笑了出來。接著，艾賽韓德一面摸著頭，一面露出他的身影，然後就立刻尖叫著：

「快看！那裡！那裡！」

我聳了聳肩，說道：

「請不要叫我們解釋原因！因為我們也不知道！」

艾賽韓德隨即拉著自己的鬍鬚，並說道：

「笨蛋！我是叫你看後面啦！」

後面？我和傑倫特互相望了望彼此之後，就轉頭看後面。

「呃啊啊，真是的！」

也不知道是哪來的膽量，反正傑倫特和我都趕緊站起來，死命地開始跑。我們並不是因為想到「既然都能夠在水上面坐了，難道不能在上面跑嗎？」這種合理的想法，而是一看到身後的景象，就不由自主地拔腿就跑。一排的浪濤，大到連眼睛都沒辦法一次看完全部的浪濤，正要席捲而來！

「呃啊啊，不！」

「不要過來！不要過來！」

傑倫特好像以為如果對浪濤說話，它就會聽得懂似的，如此一面喊著，一面奔跑離去。我也是喊出莫名其妙的一句話，就開始跑了。有一件事是可以確定的，那就是我們可以在水面上奔跑。然而，又有一件事實是可以確定的，那就是我們無論如何快跑，都不可能比那浪濤還要更快。

「停！」

有一個美麗的聲音傳來，這時我正在想著「我不行了。傑米妮，忘了我，去找一個好男人……」等等根本笑不出來的想法。我原本在跑步的動作就這樣僵住了，只有頭往後看。真是的，這豈不是和剛才不久前的動作一樣嗎？這一次，我也是在轉頭的時候先看到傑倫特的慌張臉孔，然後傑倫特和我一起看到背後的景象。

浪濤停下來了。

浪濤停在我們正後方，像一面牢固的牆那樣豎立著，高度大約二十肘。可是它表面上仍然有水繼續流動著。

而在浪濤的最上面，在白色泡沫的部分，有一個小斑點之類的東西。我把貼在臉上的濕頭髮撥開，又再直盯著那東西。此時，浪濤開始慢慢地變低了。傑倫特和我仍然還是無視於人類原本無法在水面上行走的事實，往後退了好幾步。

緩慢變低的浪濤，現在已經變成到我胸部的高度。現在呢，與其說是浪濤，倒像是有些大的水波，不對，應該是水柱吧？波浪已經變成這般大小。而在它尖端部分的物體也可以清楚看到了。原來那是一個小小的人形。看起來像是娃娃般……可是那東西是活的。即使我不說，也可以知道那是活的，然而那個形體像是要讓我們確定它是活的似的，開口說話了。

「我原本以為可以聽到謝謝之類的話呢，而不是這種充滿疑惑的目光。」

那是個美麗的女人聲音。而且我那時候才用眼睛看清楚，而且終於開始意會到她是誰了。那是個用水光之衣盛裝的美麗女人身影，可是身高不到我的手掌長。她映射出水光的頭髮瞬間吸引住了我的眼睛。這個小女人把浪濤當作是椅子般盤坐著，對我露出微笑。我問了當然可想而知的問題。

「達蘭妮安……哎呀！請問您是妖精女王嗎？」

對了，膝蓋！我說完了才在水面上屈膝跪下。這種感覺未免也太奇怪了吧。原本應該要有膝蓋著地的感覺，但可能因為是水的關係，所以感覺不到碰觸的回饋，而有撲通落水的感覺。我在驚嚇之餘，差一點就又再站起來，可是下一瞬間我發現自己沒有落水，才得以維持那個姿勢。傑倫特比我還要小心翼翼地跪下之後，那個小女人的聲音才從頭上傳來。

「沒錯。我是妖精之城雷伯涅的城主，也就是妖精女王達蘭妮安。」

果然沒有翅膀！可是我在這種令人驚愕的情況下，怎麼會浮現這種想法呀？

要我望著廣闊無邊的水平線是很困難的；可是一直望著下面會令人引發快掉下去的暈眩感，所以也很難一直看下面；要我抬頭去仰望妖精女王也很困難，如此一來，我根本就沒有一個方向可以隱藏視線。在這種情況下，會苦惱不知道該說什麼話是很正常的事。於是我無法開口，而達蘭妮安就先說話了。

「伊露莉在哪裡呢？」

我抬頭用尖銳的聲音反問道：

「妳是問我伊露莉在哪裡嗎？」

呃！我竟不知不覺說了一句出乎意料的話。達蘭妮安用驚訝的眼神低頭看我，並說道：

「是的。這句問話有這麼不妥當嗎？」

「啊，不是的。對不起，我太吃驚了，是，精神恍惚……請原諒我。」

「啊，是嗎？對不起。首先，我應該先問名字……彼此稍微認識之後再談話，是吧？」

「咦？咦？」

達蘭妮安對於我驚慌的反問句，好像沒聽到，只是一副專心沉於思索的表情。她歪著頭想了一下之後，又再說道：

「我的名字已經跟你說過了。達蘭妮安。這樣叫我就可以了。」

「啊，是。我是修奇・尼德法，賀坦特村的蠟燭匠候補人。啊，賀坦特是我們人類稱呼的一個村落名字，它是在中部大道要到西部林地，啊，西部林地也是我們人類所稱呼，是一部分的土地名字……」

妖精女王達蘭妮安並沒有讓我把對於人類所有歷史和地理知識全都搬出來講。她打斷我的胡言亂語，說道：

「不，我並不想知道這些。你叫修奇・尼德法？我叫你修奇就可以了吧？」

「是！謝謝！」

「是嗎？有什麼好感謝的呢？」

呃！我說錯話了。達蘭妮安用感興趣的表情低頭看著我，我一時不知所措，於是很快轉頭去瞪傑倫特。隨即，傑倫特就嚇得趕緊說道：

「我是傑倫特・欽柏！目前正在做德菲力的權杖之事。」

達蘭妮安立刻用擔憂的表情看傑倫特。

「是嗎？德菲力最近腳痛嗎？」

傑倫特露出一副不知是想哭還是要暈倒、很難辨別出來的模糊表情，抬頭看著達蘭妮安。而達蘭妮安則是歪著頭想了一下之後，又再說道：

「不、不，德菲力是神……腳痛好像是人類或半獸人、矮人才會有的情形，是吧？真是奇怪！」

「啊，我的意思是，那個，我是信奉德菲力的祭司。」

達蘭妮安仍然露出像是不瞭解的傻笑，說道：

「是嗎？啊，原來如此。我真搞糊塗了。這好像是賀加涅斯在主宰我們相識的樣子。」

好像是吧。要不然，會有什麼相識是在這樣怪誕的情形下發生的？如果說是「水面上的相識」，總覺得那應該是在船上發生的事。可是剛才好像連船的影子也沒看到吧。

周圍的那些紅光不知何時已經消失了，只看得到剛才不久前的騷動所留下的平靜波紋，以及在寬廣水面上稍微湧起的這一道看似怪異的波浪，還有它上面的達蘭妮安而已。達蘭妮安看著傑倫特，說道：

「射出紅光好像讓你們嚇到了。如果有人沒有經過允許就想闖進來，便會湧射出這種光芒。」

「啊？對不起！」

傑倫特像是五體投地似的……不對，是五體投水似的低下頭來。可是達蘭妮安根本不在意傑倫特的道歉，這一次，她看著我。

「我遠遠就看到你們接近了，而有些是我看過的臉孔。你們曾經和伊露莉一起經過這裡，是吧？」

「是，是的。啊，那時候您幫助過我們，真是十分感激。我們蒙受您莫大的恩惠。」

「嗯……因為我想問有關伊露莉的事，才會注意你們。於是才得以及時幫忙。」

「啊，真是太謝謝您了。」

達蘭妮安微笑了一下，說道：

「可是伊露莉到哪裡去呢？怎麼沒看到她？」

「咦？啊，伊露莉・謝蕾妮爾小姐和我們一起旅行，但是她因為自己有事要辦，所以現在不在我們身邊。我們也不曉得她在哪裡。」

「是嗎？我知道了。那麼沒事了。」

達蘭妮安如此說道，隨即，我和傑倫特就變得不知道該說什麼才好。我們同時抬頭看達蘭妮安，而達蘭妮安則是歪著頭，疑惑地說道：

「我是說你們可以走了。難道你們要繼續待在這裡嗎？」

「咦？啊，是。我們知道了。」

傑倫特如此說完之後就站了起來。可是這樣未免也太可惜了吧？和妖精女王見了面，卻竟然這樣就要道別了！我很想再多談一些，所以對達蘭妮安說：

「那個，非常感謝您救了我們，不知該如何報答您的恩惠。您有沒有什麼話要我們轉告伊露莉呢？伊露莉說過她會再來找我們。」

「是嗎？不是永遠分離了嗎？」

「咦？只是暫時分開而已啊？」

「她是這麼說嗎？」

「是的。」

「原來如此。」

達蘭妮安講完無法理解的話之後，變得一副苦惱的表情。傑倫特又再屈膝跪了下來，可是仍然抬頭望著盤坐在浪濤上、沉於思索的妖精女王。他露出一副幾近失神的表情。

過了一會兒之後，達蘭妮安點頭說道：

「要是再見到伊露莉，請轉告她，不要再做無謂的追尋。」

「無謂的追尋？」

達蘭妮安用驚訝的眼神低頭看我們。她如同拇指般大小的臉孔，竟能一個個的表情都很清楚，彷彿不是臉而像是用整個身體在做表情。難道妖精原本就會這樣？

「你們不知道嗎？你們不是和她在一起嗎？你不是說還會再會面？」

「咦？」

達蘭妮安像是看到非常罕見的東西似的看著我們，於是，突然間我覺得自己真的變成一個非常罕見的東西了。達蘭妮安用茫然的表情看了我們一眼之後，突然笑了出來。

「啊，對！她沒有跟你們說吧？呵呵呵。」

「咦？」

「是了。你們是人類，不是精靈，所以如果伊露莉不說，你們應該是不會知道的。」

不，事情不是這樣的！

「那個，可是伊露莉對於自己在追尋什麼，有稍微告訴我們一些。就我們所知，伊露莉……是在追尋亨德列克的行蹤。您是指這件事嗎？」

我實在很好奇亨德列克的名字被提到的時候，達蘭妮安的臉上表情會變成什麼樣子，最後我忍不住地小心抬頭看她。可是那名字被提到的時候，達蘭妮安的臉上並沒有任何表情變化。她的語氣甚至像是沒精打采的，說道：

「你知道這件事？是啊。我想說的就是要她停止追尋。」

「這、這個嘛，據我所知，她很努力在追尋他的行蹤。我要是轉告這番話給她聽，怕她會責怪我怎麼沒有問為什麼是無謂的追尋。可以請您告訴我理由嗎？」

「理由？理由。伊露莉應該不會對於我這麼說而覺得好奇。」

達蘭妮安輕輕地笑著說道，於是我紅著臉，說道：

「可是我……很好奇。」

「是嗎？這不關你的事，不是嗎？」

「咦？是。話雖如此，但也不是不令人好奇的事，不是嗎？嗯，在這種好奇之下就會產生關聯，然後甚至會產生關係。」

達蘭妮安一直盯著我瞧。那個小臉上的精巧眼睛、鼻子和嘴巴等五官是如此美麗又協調，這樣的臉蛋正在看著我，使我的臉不禁變得更加燥熱。達蘭妮安說道：

「你很像小亨。」

人在突然嚇了一大跳的時候，身體的一部分幸好不會像小貓那樣豎起毛來，也沒有像馬那樣聳起耳朵。雖然我嚇得心臟都快掉下來了，可是仍然平靜地回答她。這使我更加嚇了一大跳。

「什麼意思呢？」

「小亨也是這樣。他對任何事物都關心，插手去管和自己無關的所有種族之事。」

達蘭妮安仍然做出一副沒什麼了不起的表情，低頭看著我。在眼前大約三肘高的地方，身高半肘的妖精正坐在浪濤上低頭這樣看著我。

「可笑的男人啊。連自己都顧不了，還管別人的事。」

達蘭妮安甚至還一邊露出微笑，一邊這樣說道。我不知道該回答什麼。可惡。要是換成是卡爾掉在這裡，那就好了。此時，傑倫特說道：

「可是，對其他生命表達和對自己本身相同的關愛，這是值得受到稱讚的事啊。」

達蘭妮安緊盯著傑倫特。而傑倫特則是抬頭看她，並開朗地笑著說道：

「我不太清楚亨德列克的事，但我知道他雖然生為人類，卻不被這個事實所束縛。我們當然可以從一出生就存在的腳鐐裡解脫出來，針對這一點，我並不認為亨德列克的行為是很可笑的。我反倒給予很高的評價。」

妖精女王用憂鬱的表情對傑倫特說：

「野狼如果對羊存有同情心，會怎麼樣呢？」

「咦？」

「你回答看看。野狼如果對羊存有同情心，那麼，野狼會變成什麼樣子？」

達蘭妮安面無表情地問道。傑倫特露出苦惱的表情，過了一會兒之後，他無力地答道：

「野狼應該會餓……死吧。」

「嗯。螞蟻如果被蝴蝶的美麗翅膀給迷惑住，會變成什麼樣子？」

「應該會死掉。」

「沒錯。生活在地底下、以挖掘樹根為生的螻蛄，如果憧憬於連看都沒看過的花瓣之美，會變成什麼樣子？牠應該要從未看過花的，可是如果有人跟牠說，現在牠在挖掘的樹，在地上長著世上最美麗的花朵，於是牠開始想像花的模樣，對花產生憧憬，那麼會怎麼樣？」

傑倫特如今抬起頭來，直視達蘭妮安，說道：

「牠應該會死。」

「花甚至根本不知道這件事吧。」

「或許是吧。」

「對於野狼的情形、螞蟻的情形、螻蛄的情形，你會怎麼形容牠們？」

「我會說牠們很笨。」

傑倫特用沉著且自信滿滿的語調說道。達蘭妮安歪著頭想了一下之後，用全身露出好奇的表情，並且說道：「你不會去稱讚牠們嗎？」

「不。牠們那是愚蠢的情況。野狼生來就是以捕羊為生，而螞蟻則是拖蝴蝶來吃，還有，螻蛄牠生來就不用在意花，是以挖樹根為生。可是人類卻並非如此。」

「為什麼會這樣呢？人類有什麼不同的？」

「野狼生來就不會去同情羊。螞蟻、螻蛄也是如此。牠們原本就對自己的食物不帶感情。可是人類卻可以。」

此時，我插嘴說道：

「是的。隨著賀加涅斯如此打造，我們變得想和別人不同，可是優比涅的力量使得我們會去和別人溝通。我們同時受到優比涅與賀加涅斯兩者的關心。」

傑倫特笑著看了我一眼之後，又再轉頭面對達蘭妮安，用鄭重的語氣說道：

「我們原本就被創造成是那樣的個性。所以那並不是愚蠢的。」

達蘭妮安一直低頭看著。在波紋蕩漾的浪濤上，雖然一直湧出水珠，卻沒有一滴落到達蘭妮安身上。達蘭妮安伸出手去摸浪濤上的白色泡沫，然後又再說道：

「你們生來就擁有寬容的心嗎？」

「不。我們的心並不寬容。比起精靈或你們妖精，我們沒有見識而且內心狹窄。可是，我們會藉由和別人分享來擴大心胸。」

「所以……所以小亨才會對那種傻事覺得很滿足？」

傑倫特突然不知該回答什麼。於是我很快地點頭說道：

「是的。而且是到了把自己所有精力都投注下去的程度。」

突然間，達蘭妮安緊握住拳頭。

「胡說八道！」

隨著達蘭妮安的喊叫聲，水柱就開始動搖了起來。現在除了達蘭妮安坐著的部分，其他所有湖水都跳躍了起來。轟隆隆隆隆。湖水開始形成一個巨大的漩渦。我們趕緊站起來。

「他對我一點也不關心！」

達蘭妮安小而尖銳的喊叫聲像爆發似的響起。漩渦猛烈洶湧著，簡直就快衝向天際。在達蘭妮安和我們兩個所在的地方周圍，一個可怕的漩渦捲了上來，在周圍形成水壁。水聲簡直震耳欲聾。我覺得身體好像就快被直接捲入漩渦裡面，散成碎片。達蘭妮安現在直直站立在浪濤上，把拳頭往天空高舉，喊道：

「胡說八道！說謊！你們不是像精靈那樣會分享的種族！你們只是吞噬所有東西的火焰，只是燒盡花瓣、連雲都燻黑的瘋狂火花而已！你們把自己投射到這世上所有東西裡，藉此把世上所有東西都占為己有！」

轟隆隆隆！現在就連周圍的空氣也隨著漩渦開始轉了起來。傑倫特無法站穩，所以開始在扭轉。我用一隻手緊抓住他的肩膀。可是波浪動盪，我也很難站穩。達蘭妮安的頭髮全都往天空豎了起來，她的薄衣在旋風之中像快被撕裂般飄揚著。達蘭妮安尖叫出簡直讓人擔心她的小身軀會破裂掉的可怕喊叫聲。

「你們是會把所有東西都燒毀的火花！」

傑倫特舉起手來擋風，還一面用無奈的聲音喊著：

「不是的！」

湖的上空開始劈啪作響地迸出了火花。在漩渦中間看到的天空被閃電火光橫劈之後，又再直切開來。閃電火光每次分隔漩渦的尖端時，就有轟隆聲響起。轟！轟隆隆！整座湖好像就要吞噬掉周圍的山，衝向天際。

「不是的！我們是……呃呃！」

我正想要說話的時候，身體慢慢地飄浮了起來。旋風終究還是把我和傑倫特都席捲起來。我雖然知道除了水以外，什麼東西都沒有，但還是瘋狂地環顧四周，看看有沒有可以抓住的東西。此時，傑倫特緊抓住我的手臂，並氣喘吁吁地喊著：

「拜託！請不要這樣！我們……」

「是妳燒毀了亨德列克！」

傑倫特還沒把話說完之前，我就先大聲高喊了出來。我的高喊聲大到我懷疑是否真的是從自己嘴裡講出來的。就連周圍的漩渦聲音，就連閃電的轟隆聲，就連席捲而來的旋風聲，也都好像在瞬間變得安靜了。

我突然覺得手臂疼痛，轉頭一看，傑倫特緊抓住我的手臂，臉色蒼白地在看著我。可是我轉過頭去，直盯著達蘭妮安。

「你說什麼？」

達蘭妮安的頭髮仍然還是往上方飄揚，可是她垂下了雙臂。她的臉上浮現出訝異的表情。

「妳、妳……呼！是妳把亨德列克……燒毀了！亨德列克的……一生希望，那八星是妳破壞的！」

達蘭妮安突然用雙手掩住嘴巴，好像是想讓自己不要尖叫出來。她如此掩著自己的嘴巴，並且直盯著我的臉。

「妳給過亨德列克什麼呢？」

「啊啊啊！」

「妳給過，呼嗚嗚！給過什麼東西！妳曾經幫助過他嗎？曾經試著去瞭解他嗎？」

她因為掩住嘴巴，而無法答話。我又再一次高喊著：

「妳隨便評判亨德列克！隨便評判他的希望！讓他遭受挫折，不是嗎？」

達蘭妮安尖叫著跪在浪濤上。雖然我的腳飄浮著，在空中一副狼狽的模樣，但我又再吸了一口氣之後，喊道：

「啊啊！不要再說了！」

「妳認為他的戰鬥毫無用處，是吧？於是妳就任意把他交給神龍王！妳認為他的希望毫無意義，對吧？於是破壞了八星！」

「啊啊啊！啊啊啊啊啊！我不要聽！你閉嘴！」

達蘭妮安搖著頭，喊出淒切的尖叫聲。可是我並沒有停下來。

傑倫特踉蹌地想要堵住我的嘴巴，可是我根本不管他，繼續高喊著：

「妳以為妳是他的什麼！妳啊，可以說是想把亨德列克吞噬掉，不是嗎？讓亨德列克不能當亨德列克！妳想讓他成為妳的亨德列克，是吧！」

突然間，達蘭妮安抬起頭來。從她的小眼睛裡迸射出令人毛骨悚然的光芒，簡直就快灼燒到我的身體和眼睛。達蘭妮安瞪著我，說道：

「你問我，我是他的什麼？」

雖然我想張口說話，可是終究還是開不了口。我的身體像落葉般懸空著，四方不停旋轉著，天與地的位置變換好像一直持續著。每當閃電火光劈開天空時，世界就變成是白色，下一刻則是極度黑暗。純白色與黑色互相不停侵犯著彼此。在這混亂的世界之中，在中心的妖精女王則正在對我們投以殺氣騰騰的目光。

「為什麼我必須是他的什麼呢？」

「那……那麼……妳為什麼要讓他……那麼……難過？」

達蘭妮安嚇得臉色發青。

「我讓他難過？」

「妳破壞了……他的所有……不是嗎？」

「胡說八道！亨德列克並沒責怪我！他責怪的是路坦尼歐啊！」

這個笨蛋！這真的是從堂堂妖精族的女王嘴裡所說出來的話嗎？還是妖精族原本就是這副模樣？

「那是……因為他……愛妳……」

「你說什麼？」

「我不懂……他怎麼會……這麼地愛……即使方法錯了……但是他如此為了……為了自己……不得不愛……」

我實在是轉得太久了，平衡感全都消失了，只剩下嚴重的暈眩和隱約的眼前景象。可是我又再一次高喊出聲。我一定要解開這三百年來的誤會。雖然不是我的事，和我毫無關聯，可是我無法眼睜睜看著這麼深的誤會環節不管。這環節一定要解開。

「亨德列克他……瞭解……妳……一次也沒有……過問妳的……行為……也沒有責備，也沒有問妳用意……因為他……愛妳……」

我實在是撐太久了。這個世界如今開始變得昏暗遙遠。要是我醒了，會在湛藍的水中嗎？

06

「要不要用正統的矮人料理方式啊？」

是艾賽韓德的說話聲音。接著，傳來了妮莉亞的聲音：

「矮人都是怎樣做的呢？」

「不加其他調味料，只用鹽來調鹹淡，就直接烤了。而且不要烤得太酥脆，才會有咀嚼的口感。」

「我有點不放心耶！艾賽韓德你說的咀嚼口感，是到什麼樣的程度啊？」

從營火劈啪作響的聲音之中，傳來了亞夫奈德的說話聲：

「哈哈哈，我和他一起旅行過，所以知道那種味道。水準幾乎是和人類做壞了沒兩樣。」

「呼，乾脆我來做好了。為什麼偏偏我們之中的一流廚師們都不見了呢？」

「妳怎麼了？妮莉亞姊姊，妳怎麼沒有想到我啊？」

在蕾妮說話聲音傳來的那一瞬間，我嘴角輕輕地上揚了。因為妮莉亞她自己不會煮菜，當然就會以為別的女人不會煮菜嘍。哈哈哈。

「嗯？啊，對了！妳會煮菜，是吧？」

「當然嘍。嗯，我爸說我做的菜是世界上最好吃的，不過，那應該是因為他是我爸，才會那樣說吧。可是來我們店裡的客人也嚐過，並沒有人說難吃。」

「太好了。那麼就交給妳了。」

嗯。沒有我和傑倫特，我們一行人的最大問題好像就是廚師從缺。這可真傷腦筋。我突然覺得有一股莫大的使命感！此時，杉森說道：

「他們兩個人到底是怎麼一回事啊？雖然我不想說這種話，可是，他們該不會是已經溺死了吧？」

「杉森！拜託你不要講那種話！」

「呃，妮莉亞。因為……」

「亞夫奈德不是說過絕對沒有在湖裡了？一定是達蘭妮安把他們帶走了。一定是的！」

咦？這是什麼意思啊？這個時候，一陣腳步聲傳來，同時響起了吉西恩的疲憊聲音：

「杉森，我沒辦法了。」

「吉西恩。」

「換你去把卡爾勸過來吧。我的話他根本連聽都不聽。」

「可是，我去也不見得行得通。雖然卡爾看起來沒有很固執，其實他是個超級固執的人。」

啪地傳來了坐下的聲音。我轉頭睜眼一看，吉西恩一屁股坐在地上。營火把他的臉泛成暗紅色。而在他的對面，則是杉森和妮莉亞坐著，旁邊還有亞夫奈德和艾賽韓德。

我看到杉森轉頭眺望遠處。我隨著杉森的目光望去。遠遠地，可以看得到雷伯涅湖，以及微微彎腰坐在湖邊的人影。那是卡爾嗎？

月亮掛在天上，將湖面點綴成銀色。雖然月光不斷飛濺到卡爾的肩上，但是他卻坐在那裡一動也不動，看著那座黑色湖泊。從這裡只能看到他的背影。杉森嘆了一口氣之後，轉頭對亞夫奈德說：

「你確定他們沒有淹死吧？」

一直坐在營火旁的亞夫奈德帶著疲倦的表情，說道：

「是的。我已經觀察過整座湖了，可是都感受不到他們兩個人的蹤跡，可見他們並沒有在湖裡面。如果淹死了，縱然他們死了也應該會留下蹤跡才對。」

「是。」

「或許傑倫特的神力在他死亡的時候可能會變弱也說不一定。可是修奇的OPG，不管他是生是死，我都應該可以感受得到才對。然而我卻一點也感受不到OPG。啊，可能是因為我還沒有辦法感受到吧，可是我已經盡全力了。」

杉森搔了搔他的頭，答道：

「好，我知道了。那麼，結論應該是達蘭妮安把他們兩個帶走了！哼嗯。」

吉西恩又再看了一眼卡爾的背影，然後像在嘆息似的說道：

「可是妖精女王想要帶著他們多久呢……」

「她會送回來嗎？」

「這就不得而知了。」

此時，蕾妮用不安的聲音說道：

「被抓到妖精國度的人，那個……嗯……」

「聽說都是數十年後才會回來，妳是要說這個嗎？回來之後世界都變了，自己的小孩都已經是年邁的老公公了，是這種故事吧？」

「真的會這樣嗎？」

「我又沒被抓去過，我怎麼會知道？而且那種都是『從前從前』的故事，又不是『幾天以前』的故事。」

妮莉亞這番無力的答話，使蕾妮閉上了嘴巴。可是這幾個人怎麼對我視若無睹啊？他們在說什麼呀？我感覺啼笑皆非，正想要去抓杉森的肩膀，可是我的手卻直接穿過了他的肩膀，害我差點嚇得暈過去。

「咦！」

我低頭看了一眼自己的手。手依然還是手。而且杉森的肩膀也還是肩膀。我又再小心翼翼地想要去按住杉森的肩膀。我慢慢地伸出手來，雖然我伸手的時候甚至有股熟悉的感覺，可是指尖卻一點感覺也沒有。

「咦！」

我還一副要揍他的樣子，伸出了拳頭，可是拳頭卻只是穿過了杉森的身體，而且杉森好像沒有任何感覺的樣子。

我看了看妮莉亞。她正面看著我，可是她的視線焦點卻不在我身上。我走近她，在她的正前方喊著：

「妮莉亞！我要跟妳講一句我平常就想說的話：『妳是個大美女！』妳知道我平常有多愛說謊了吧？」

可是妮莉亞卻一動也不動，只是面帶著不安的表情。她甚至根本就沒有感覺到任何東西。她只是在和蕾妮講話，無力地在弄著食物的材料。

我突然一屁股坐在地上，說道：

「哦，天啊！亞夫奈德，真抱歉，你說錯了。我好像死了。嗯。不過情況沒有很糟啦。雖然沒有辦法和你們說話，但還是可以和活著的時候一樣，看著你們。嗯，我想能夠這樣我已經很感激了。我應該高興才對。」

我講完之後，才發覺自己在很可笑的情況下講出了很可笑的話。我不禁露出微笑。可是，好像不只我的魂魄在笑我自己，有另一個人也在取笑我。

「噗哈哈哈哈！修奇，你幹嘛不試看看那個長久以來一直很有效的方法呢？」

「你是說，打自己的耳光？」

我一邊說，一邊轉頭看，結果就看到傑倫特在吉西恩的背後捧腹大笑。傑倫特用捉弄人的表情伸出手來，對我說：

「要不要我幫你打啊？」

「不，謝了。我們沒死，是嗎？」

「就我所知，我們還活著。」

「你並沒有死。難道你無法感受出來嗎？」

另一個聲音緊接著傑倫特的話尾傳了過來。我稍微抬頭一看，達蘭妮安正坐在低矮的樹枝上。

她盤坐在樹枝上，輕輕地低頭看著我。那棵樹雖然沒有被營火的火光照射到，但達蘭妮安的樣子還是可以看得一清二楚。我環視了每一個同伴之後，看著達蘭妮安。

「嗯，雖然我沒死過，但也沒有感覺我是真的死了。那麼，這裡到底是什麼地方呢？」

達蘭妮安指著蕾妮，說道：「就是那邊那個丫頭說的，這裡是妖精的國度。」

「妖精的國度？可是怎麼和現實一模一樣呢？」

「一模一樣嗎？現實裡的人們感覺不到你的存在，不是嗎？」

「嗯，是啊。那麼，妖精國度究竟是什麼呢？」

達蘭妮安笑著說道：

「妖精國度就在現實國度旁邊。有時候也可以說它是距離現實最遠的國度。事實上，如果硬要用現實國度裡使用的距離來描述，觀念就會變得很奇怪了。可是你們的語言又全都是用在你們現實社會裡的，所以我無法解釋給你聽。」

「是嗎？」

「修奇！你看！」

我聽到傑倫特的高喊聲，於是轉頭看旁邊。接著，我就立刻笑得快跌倒下去。

「噗呵呵呃哇哈哈哈！」

吉西恩面帶著擔心我們的憂慮表情。營火的紅色火光使他的表情看起來更是苦惱不已。可是他的胸前卻突然冒出傑倫特的頭。傑倫特往吉西恩的胸口伸出頭來，正在對我嘻笑著，這一幕與其說是奇怪，倒不如說令人想爆笑出來。

傑倫特看到我一直捧腹大笑，就聳了聳肩，一邊裝出吉西恩的聲音，一邊說：

「這裡是妖精國度。是我們的鄰國，可是卻和我們的次元不同。妖精就如同我們可以行走於大地般，可以行走於次元之間。我聽說是這樣。」

「哈哈哈。實在是太難了，我實在是聽不懂。現實次元是什麼，不同次元又是什麼啊？我連次元是什麼都不懂呢。」

傑倫特看著蕾妮調味並高興點頭之後，他乾咳了幾聲，說道：

「哼嗯。你是希望我能解釋給你聽嗎？可是我也不太懂耶。」

我轉過頭去看達蘭妮安。

「對了，請問您為什麼能那樣盤坐在樹枝上呢？」

「呵呵，這很像是人類問的問題。我實在是很難解釋，只能跟你說，不要以眼睛所看到的來判斷一切。」

達蘭妮安如此說完之後，突然就以坐在樹枝上的那種姿勢，直接浮到半空中。可是她連翅膀都沒有，到底是怎麼做到的？啊，因為這裡是妖精國度！等等，那麼說來……

「我也可以飛嗎？」

「你試看看啊。」

「哇啊啊啊！」

什麼呀！什麼！就在我決心要往上飄浮的那一瞬間，雷伯涅湖就突然開始往下降了。接著突然間，我就浮到山頂上了。而且那也是暫時的，我一下就衝上去，連褐色山脈的山峰也變成了腳下的黑點。那就是中部大道嗎？即使是在晚上，還是可以看得到在山脈之中蜿蜒的山路。而且我還看到好幾處有火把在晃動著。好像是有人在夜裡沿著中部大道移動吧。過了一會兒之後，我看到中部林地有個地方像有無數的螢火閃爍聚集著，看起來像是拜索斯恩佩。

「哇啊啊啊啊！」

可是，所有山脈、江河還有大地卻又立刻全都變得很平坦，周圍的天空開始變成深紫色。令人驚訝的是，天空另一頭畫著一條藍色的線，在它上面有紅色雲霧和藍色雲霧混合聚集著。而在遠方東邊則是一條圓圓的漆黑地平線（咦？地平線竟然是圓的？），在它後面，太陽正要開始升起。在陽光迸射出來的那一瞬間，眼睛感覺很刺眼。這是怎麼一回事呀？晚上為什麼會有太陽升起呢？我往上一看，星星們散發出嚇人的強光。這根本不像在地上看到的那種星星。這些星星在深不可知的黑色天空裡，白皙地發光著。呃啊啊啊！我快撞到星星了！

「往相反方向！反過來！轉回去！」

咚。雖然沒有這種咚的一聲，可是在突然停止上升的時候，我覺得好像有聽到這種聲音。

「難道？不——會——吧——！」

哇啊啊啊！我開始快速地往地面衝下去，速度就和上來時的速度一樣快！真是快啊！我以超級快的速度掉落下去，並且又再看到拜索斯、中部林地、有火把火光聚集的中部大道，接著是雷伯涅湖。我看到正在吃晚餐的同伴們的腦袋瓜，以及在這些腦袋瓜之中，抬頭望著我的傑倫特他那張驚慌臉孔，在這一瞬間，我就鑽進地底下去了。

「嗚呀啊啊！」

我的頭八成要被撞破了！可是我卻沒有撞到任何地方，好像就直接進到水裡了，不對，應該說，我就像直接從空中加速度掉落似的，一下子就鑽進水裡了。我就好像突然蓋上被子那樣，周圍在霎時之間變得很黑。什麼光線也沒有，所以看不到四周圍，但有時還是會看到像泥塊或岩石的模糊影像。這個地方沒有任何光線照進來，怎麼會看得到那些東西呢？會不會是我以為自己有看到那些東西啊？不管怎樣，我知道在看著這些模糊影像時，自己正以驚人的快速度下降。

可是不久之後，我感覺周圍開始變成火紅色。我想並不是有火紅的東西，而是確實有某種光芒射出來。我嚇得趕緊閉眼睛，然後又再睜開眼睛看，可是卻只看到更強烈的紅光而已。而且我發覺在紅光之中，四周圍根本連岩石、泥土或任何東西都沒有。

「哦……我的媽呀！」

原來周圍全都是熔岩！

熔岩熊熊地燃燒著。這些熔岩往上竄升之後，又再往下沉落，而且還波濤洶湧。我覺得這箇直就是蔬菜被丟到滾開的湯裡面。我的四周圍全都是熊熊燃燒的熔岩湯，而我則是正要掉進火紅熔化又蠕動的熔岩之中。

黃色、紅色還有金色的熔岩液體像要爆炸似的晃動搖擺著。我咻地經過了一條噴射出來的黃色熔岩，然後是一大片看起來像金色斑點的花紋。可是周圍一下子又變成是紅色的色調，那種光線簡直快把我眼睛給燒毀了。到底我是降了多少距離啊？灼熱的熔岩現在幾乎是接近白色。啊啊！我不應該這樣漫無目的地掉落下去！於是，我又再拚命往上衝回去。

「往地面！往地面去吧！到地表上！」

在轉眼間，我就站上地表了。

我是用和掉落時不同的姿勢，把身體整個蜷縮著彎曲膝蓋，往下揮動手臂的姿勢，就突然站到地面上了。結果，我聽到從身旁傳來傑倫特被嚇到的尖叫聲，一時無法平衡，就直接滾到地上了。我在地上滾？等等。我現在不是鑽進地底下，而是在地上滾？

我表情驚慌地抬頭看上面，這才看到達蘭妮安的笑臉。達蘭妮安說道：

「你只要像平常那樣就可以了。你平常走路的時候，不會邊走邊想著地會陷下去吧？」

「像平常那樣？」

「是的。你只要像平常那樣走路就可以了。如果你想飛，就會飛起來；如果想鑽進地底下，不管多遠都可以進得去；如果想踏著地面走路，就會走在地面上。也就是說，只要按照平常那樣移動你的步伐就行了。德菲力的祭司因為沒有像你這樣想一些奇怪的想法，所以可以一直站在原地……」

「哇啊啊啊！」

接著傑倫特只留下尖叫聲，就往天上飛去了。

傑倫特讓我待站在原地的時間比我的還要久。在那段時間裡，我還因為一直聽到他的尖叫聲，覺得耳朵鼓膜都變得有些異狀了呢。可是等到熟悉了之後，傑倫特竟還開始秀起好玩的搞笑動作。

「修奇！你看！」

「我快頭昏眼花了。傑倫特，拜託……不要……」

他現在腰部以下埋在土裡，像是走在小溪裡一樣走著。他的想像力可真是豐富啊！雖然我也試著那樣做，卻每次都只能往地底下不停鑽進去，害怕之餘才又再往天上衝，如此反覆不已。那是因為我實在無法正確地想像出「把腰部一半埋在地裡，厚臉皮地行走」的動作。我是可以用講的講出來，卻無法在腦海裡想像出這所有的情況。於是，我決定像平常那樣行動，這才得以站立在地面上。

其實這也不是件容易的事。因為不論何時，每次當我想到可以鑽進地底下，我的身體就會失去現實感，直接沉進地底下。所以為了不讓這種想法浮現出來，我開始胡亂找話題談。

「妖精女王，請問您何時才會把我們送回去？」

我一面努力試著絕對不要去看旁邊（因為在我旁邊，傑倫特正把頭朝地面，反過來飄浮，在踏著半空中走路。看得我都快嘔吐了），一面問達蘭妮安。而達蘭妮安則是先靜靜地看著我，最後終於開口說道：

「你解釋給我聽吧。」

「解釋？」

「你說我毀了小亨?還說小亨是愛我的?你當時又不在那裡，怎麼能夠自信滿滿地這樣說呢，一定有某種理由吧?請你告訴我是什麼理由。」

我該說什麼好呢?我想了一下之後，轉過頭去。我看著傑倫特用躺臥的姿勢飄浮起來，再直接走向天空。然後我嘆了一口氣，說道：

「剛才，是我胡亂說話，真是對不起。」

「這不是我想要聽的答案。」

「是。嗯，我並不是亨德列克，但是一個人多多少少都可以猜得到別人內心的想法。雖然很難百分之百猜對，我們卻都是這樣活著的。」

「你們都是這樣活著的?你們是想要像精靈那樣嗎?」

「精靈?嗯，因為我們相互之間沒有天生註定的那種協調性，所以當然必須一邊猜想對方的心意，一邊努力試著達到協調。從『我如果罵他，他會不高興』的這種簡單道理……到更複雜的概念和思想分享，我們都必須努力試著去做。」

「所以說，你能夠猜得出小亨的心裡想法，是嗎?」

「我不知道該跟您怎麼說，不過，我和亨德列克一樣是人類，因此我或許可以這麼說：我比妖精女王您更加容易瞭解他。當然啦，他和我之間相隔三百年的時間，所以這絕不是件簡單的事。」

達蘭妮安平靜地看著我。我轉頭去看那些悶悶不樂地吃著晚餐的同伴。我看他們全都一副難以下嚥的模樣，看得我都心痛了。而卡爾則是無視於大夥呼喚的聲音，仍然只有看著水面，坐在那裡。

我走向卡爾那邊。

而在我身旁跟著的，則是傑倫特，他原本是把兩隻手臂水平舉起，浮到半空中之後一直轉圓圈，現在則直接一面轉圈一面跟著我走過去。呃。他這樣真像是隻蜻蜓！不對，我實在不知道該說他像什麼。因為根本沒有生物是一邊轉圈一邊飛的嘛。

我在卡爾面前蹲了下來。

卡爾他背對營火坐著，臉孔是一片黑漆漆的。他抱著雙腿，彎腰駝背地坐著，面帶冷淡僵硬的表情在看著湖水。他的眼睛像在睡覺似的瞇著，從湖面吹來的冷風使他的頭髮飄揚了起來。他的臉孔因為寒冷而臉色發青，只有嘴唇在動，不知在喃喃自語著什麼話。他是在說什麼呢？

傑倫特下到我身旁。他注意看卡爾的嘴唇，開始照著他的嘴形一個一個地唸出來。

「英嗡……喂哎，啊安……安。」

我用錯綜複雜的心情說道：

「請送他們回來。達蘭妮安。」

「啊，對，沒錯。啊嗯嗨哦……啊？啊嗯英英嗨哦者！」

「他們還活著吧？他們明明還活著！」

我覺得喉嚨一陣哽咽的感覺。此時，卡爾又再開口，傑倫特照著嘴形唸了出來：

「咿者……哦楊嗯，歪啊啊嗯……嗡喂哎？」

……我喉嚨哽咽的感覺霎時間想消失。真是受不了他！傑倫特用好奇的表情看我，而我則是做出不知道的表情。卡爾這句「妳這個臭娘們，快把他們送回來！」的自言自語，恐怕到死都會是我和卡爾兩人之間的祕密吧。

此時，達蘭妮安慢慢地飛到我頭頂上方。我突然忍不住了。

「您難道看不出來嗎？」

「什麼意思？」

「您難道猜不出來卡爾現在說的話，以及他的心情？」

達蘭妮安仍然浮在半空中，她看了一眼卡爾，又看了我一眼。她搖了搖頭，說道：

「他好像是在想念你們，而且盼望你們趕快回去。」

「沒錯！為什麼呢？」

達蘭妮安又再直盯著卡爾的臉孔。雖然我、傑倫特和妖精女王在看著他，可是卡爾全然感覺不到，只是坐在那裡朝向沒有答話的水面，發送出聽不到答案的問題。達蘭妮安一面看著他，一面說道：

「因為他愛你們嗎？」

「原來您看得出來。所以您也能猜得出別人的心中想法，不是嗎？」

達蘭妮安點了點頭。

「是啊，我是看得出來。可是又怎麼樣呢？」

「您沒有感覺到什麼變化嗎？」

「變化？」

「雖然這樣說有些可笑，不過，您心裡頭有沒有產生對卡爾的同情心？您會不會覺得應該要送我們回去呢？」

在看到達蘭妮安的表情那一瞬間，我真想乾脆用喊的。因為達蘭妮安竟然是一副實在聽不懂我在講什麼的表情。是啊，這就是妖精。現在我終於確定了。

「我很難聽懂你說的話。他明明對著空氣在說話，我為何一定要感受到他的那種心情呢？」

問題就是出在這一點！我並沒有回答，只是在心裡喊著這句話。就是因為這一點！是啊。她無法感受到亨德列克的熱切心情，所以才會無法瞭解他。不對，這並不是瞭不瞭解的問題，而是她無法感受到他熱切的心，無法心裡共同沸騰，無法產生那種小小的共鳴。她完全只想要用頭腦來瞭解亨德列克，所以才會始終無法瞭解他，甚至還妨礙他。

「可是亨德列克始終……努力試著瞭解您，用這種方式愛著您。」

傑倫特不由自主地說出這句話，使達蘭妮安有好一陣子都閉上嘴巴不說話。我看著傑倫特，他則是在半空中盤腿坐著，用右手背撐著下巴，說道：

「不對。他原本就愛世界萬物，自然也會愛您。這是種大愛啊。」

「什麼意思？你現在說的是什麼意思？」

「是啊，他是一個無法把自己當成單數的男人，當然就不會有那種幾乎是想佔為己有的欲望之愛。呼，呼呼，哈哈哈！這真是可笑的事啊！他竟然把無法給任何人的那種愛給了您，而您卻不知道！」

「你在說什麼呀！」

傑倫特帶著高興的表情看著達蘭妮安，說道：

「亨德列克曾經對您要求過什麼嗎？」

「什麼？」

「我是問您，亨德列克是否曾經對您要求過什麼？他曾經懇切要您去瞭解他嗎？或者他曾經要求您做個什麼樣的人嗎？他曾經要求您改變什麼嗎？」

達蘭妮安張著嘴巴，什麼話也沒說。傑倫特點了點頭，說道：

「我想應該是一次也沒有吧。我們通常所說的愛，其實是一種破壞，是積極破壞對方的行為。從這一點來看，您的話是對的。我們或許真的是搞破壞的火花吧。」

「破壞？」

「是的。就是不讓對方保持原來的面貌，不論如何都想盡辦法要讓對方變得愛自己。這樣並不是希望分享對方的快樂與欣喜，而是希望對方能高興和自己在一起，能喜歡和自己一起生活。這樣的愛，根本無法去瞭解對方所知的那一點點喜悅。由這一點看來，愛和憎恨幾乎是一樣的。不管怎麼樣，這種愛就是努力試著想改變對方。」

「我、我對於你說的話……」

傑倫特突然露出認真的表情，並說道：

「在人類的世界裡，最悲哀的戀愛是什麼，您知道嗎？」

「什麼？」

傑倫特嚴肅地說道：

「是單戀。」

呃。我真想爆笑出來，可是好像沒有人會和我一起笑。而傑倫特卻還是很認真地繼續說道：

「那麼，人類最可怕的病是什麼病，您知道嗎？」

「我、我……」

「是單相思病。」

我再也忍不住了。我猛然遮住嘴巴，轉過身去。在我一邊抖著身體，一邊笑得都擠出眼淚的這段時間裡，傑倫特也還是繼續嚴肅地說道：

「您知道為什麼會這樣嗎？因為單戀和單相思都無法改變對方，所以傷心之後又再傷心。這是很糟糕的問題。如果是單戀，其實只要去感受那股愛情就可以了。可是就因為無法影響到對方，所以就必須因為這樣而傷心痛苦，盼望對方也能來幫我、想我、愛我。但是這種期盼不會成真，因此最後就會出問題。如果個性壞的就會使壞，而如果想被同情的，可能真的就會得到同情吧。」

「到、到底是什麼意思……」

傑倫特突然把頭轉向旁邊，說道：

「您在這一點上，也和我們一樣。」

「你說什麼？」

「愛情好像所有種族都會有吧，說不定同樣也是有火花吧。您應該也是希望他會改變，對吧？」

「改變……？」

「您希望的不是愛世界萬物的亨德列克，而是為您而活的亨德列克。您無法承受他去愛全世界。事實上，有誰承受得了呢！不過，您卻希望他能隨妳所願地改變。以愛為名，您不允許他以原有的樣子存在，想要破壞他之後再重組。對嗎？」

達蘭妮安不做任何回答，只是表情蒼白地看著傑倫特。傑倫特則是點了點頭，繼續說著：

「您並不是按照他的樣子來改變您的愛，而是想要按照您的愛去改變他。至少，就我所聽到的，是這個樣子。」

達蘭妮安結結巴巴地說道：

「那麼、那麼你想說的，真正的……真正的愛是什麼呢？」

「應該要愛對方的原本面貌。」

「那麼說來……那麼說來，這和不關心對方有什麼差別呢？如果只是放任他不管，這和不關心有什麼兩樣！」

達蘭妮安的整個小身子因為憤怒而抖動著。可是，傑倫特淡淡地說：

「這兩種是很難區別的，我沒有信心可以明確區別兩者。這就好像我們很難區別神是愛我們還是不關心我們。所以我無法知道亨德列克對您是不關心還是包容，他甚至還讓您任意改變他。」

傑倫特攤開兩隻手臂，說道：

「可是您可以這樣想，亨德列克是一個能力足以把神龍王趕到北方的男人。這您應該很清楚吧，因為您有直接看到。這樣的人，為什麼會放任您一直妨礙他呢？」

「什麼？」

這一次，達蘭妮安整個身體都僵直住了。傑倫特冷靜地說：

「他的能力足以用簡單且輕鬆的方法遏止您，可是他並沒有那樣做。他為什麼會任由您為所欲為呢？因為這種錯誤，甚至讓亨德列克的一生目標都被破壞掉了，是徹骨之痛的錯誤啊！可是我聽說八星被破壞的那一天，他離開的時候都還鄭重地把您抱在胸口。」

達蘭妮安的身體開始搖晃了起來。傑倫特的表情變得有些擔憂，但卻沒有中斷他剛才講的話。

「我聽說那一天，亨德列克離開時捧著您走過路坦尼歐的身旁。那時候他說了什麼？之後又發生了什麼事呢？」

達蘭妮安再也無法穩穩立著。眼看著她就要往地面掉落了。我趕緊衝向前去，接住正在墜落的她。

我可以接得住她。因為這是一個想這麼做就可以做得到的世界。我跪下一邊膝蓋，用雙手捧住達蘭妮安。

達蘭妮安倒在我的手掌上，呻吟出聲。

「小亨……」

我的耳朵好像都紅了。我這樣豈不變成是亨德列克了嗎？我搖了搖頭，正想要說話的時候，我看到傑倫特把手指拿近嘴唇。「什麼話都別說。」

達蘭妮安正在流著眼淚。那小小的淚珠非常熱燙，使我嚇了一大跳。達蘭妮安哭著說：

「為何你什麼……話也不說呢？」

我靜靜地低頭看她。突然間，我感到一股奇怪的感覺。

怎麼一回事？

我正在走路。

左右邊都是石壁，每隔一段距離就有火把散發出橢圓形的光，照耀到石壁和地板上。即使有火把的火光在照射，還是覺得滿昏暗的。我感到一陣冰冷。

我聽到啪噠啪噠的腳步聲。好像就連地板也是石頭做的？我低頭看下面。咦？我的鞋子是怎麼一回事？還有我的衣服怎麼會這樣？我正穿著長長的袍子，手上捧著達蘭妮安，走在石頭做成的通道裡。

現在達蘭妮安坐在我的手掌上，可是她穿的衣服卻不一樣了。就在我要問她是怎麼一回事的這一瞬間，她抬頭看我的下巴，用顫抖的聲音說：

「為何你什麼話也不說？你是在生氣嗎？你很失望嗎？」

啪噠啪噠。只有腳步聲響徹整條空蕩的通道。達蘭妮安的輕細說話聲，好像被通道的空虛毫無痕跡地吞噬掉了。我繼續走著。

「請你說說話呀！」

達蘭妮安尖銳地喊道。此時我的嘴巴才開口說：

「回去城堡之後……」

咦？這並不是我的聲音啊？而且我幹嘛要這樣說呢？可是我的嘴巴還是繼續發出頭一次聽到的聲音，這聲音卻聽來好像有些熟悉。

「回去城堡之後，請妳盡妳所能，建造一個最強大的防護屏障。」

達蘭妮安張大嘴巴，費力地說道：

「你說什麼？」

天啊！我、我居然已經不是那個十七歲大，頭髮蓬亂的蠟燭匠了！我現在居然穿著袍子，用憂愁的眼神低頭看達蘭妮安。我這個人類的身體裡承載著令人難以置信的無限力量，我居然是大法師亨德列克！

「請妳盡最大的努力，建造出一個任何東西都穿透不過去的防護屏障。」

「這有什麼用意……？」

我可以感受得到！一股極大的挫折感、世界就快塌下來的虛脫感，還有背叛感。可是我怎麼會還沒有倒下去呢？友情破裂了，一生的努力變得無意義。可是我卻還沒有倒下，是因為我還一直繼續在走著。雖然想停下腳步放聲大哭，雖然想坐下來大聲吼叫，但我卻只是默默無言地走著。如果我是修奇・尼德法，鐵定沒辦法這樣子。然而，我是亨德列克，所以我繼續走著。

「這一次，我會靜靜地送妳走。」

「這一次？」

「可是下一次見到妳，我會把妳殺了。」

達蘭妮安用蒼白的臉孔抬頭看我。在這一瞬間，我也可以感受到亨德列克的殺意。那種殺意令感受到的人無法忍受，簡直快瘋掉。而且那是一種因為做不到而更加難受的殺意。對不能殺之人存有殺意和另一種感情，兩種感情摻合在一起，我覺得腦子裡簡直就快爆裂開來。

「你是說……？」

「嗯，如果妳想活命，就請妳建造出一個可以擋得住我、世界最強大的防護屏障，那種連瘋狂的龍也突破不了的防護屏障。我跟妳說，我會變得比瘋狂的龍還要來得更加可怕。至少以我現在的感受，就足以會讓我變成那副模樣。」

我沙啞的聲音並沒有讓通道發出響聲。那好像只是話語的碎塊、扔出來的碎片，可是卻已經讓達蘭妮安因恐懼而顫抖著。

突然間，達蘭妮安抬頭直視他，喊道：

「你現在殺了我吧！」

我低下頭看著斷絕了我所有希望，可是卻無法去恨的妖精女王。坐在我手掌上的達蘭妮安把兩個拳頭緊握著，一面舉起，一面喊道：

「現在殺了我！如果你覺得我很可恨，如果你覺得我很可惡，你就殺了我吧！為何不殺了我！」

我感覺眼前變得一片朦朧模糊，趕緊把頭抬起來。笨蛋妖精女王。妳以為我會殺了妳？妳以為我會痛恨妳？

達蘭妮安朝著我的下巴繼續大聲喊著：

「為什麼！為什麼不殺了我啊！你說你要在下一次殺我？現在就讓我死在你的手裡吧！既然無法死在你的愛裡，我就要死在你的憎恨裡。用你的手把我殺死吧！」

「不，現在我不會殺妳。」

「為什麼？你不是說你恨我恨到想把我殺了？」

「我做不到。現在的我無法殺妳。」

達蘭妮安突然變得安靜了。我稍微再走了幾步之後，感受到一股奇怪的感覺。這是殺氣？怎麼一回事？我低頭看，她的模樣簡直令人看了覺得害怕。

達蘭妮安一副蒼白沮喪的表情。她的小嘴唇發青，緊緊壓在她的嘴上。達蘭妮安慢慢舉起顫抖的手，指向我。這時間絕對不短，但我卻什麼話也說不出口。達蘭妮安的嘴巴費力地開口說道：

「你是為了妖精族吧？」

什麼？妳現在是在說什麼？

「如果我死了，我這個妖精女王死了的話，會帶給妖精族很嚴重的危害，嚴重的危害，是因為這樣嗎？所以你才不殺我，是吧？是因為這個緣故？」

因為達蘭妮安的身體不停在顫抖，所以連我的手掌也抖著。我吞了一口口水之後，才好不容易說出話來。

「妳說得也對。達蘭妮安，可是……」

「你不要管妖精這種種族了！」

什麼？這話真的是妳說的嗎？這真的是從妳這個妖精女王嘴裡說出來的話嗎？能夠在所有次元裡像自家後院般穿梭自如，甚至可以到神的次元隨意閒逛的妖精女王，這是妳所說的話嗎？

達蘭妮安瘋狂地搖頭，她的水色頭髮凶悍地飄散開來。她搖頭喊著：

「妖精這種種族，你就別管了！儘管隨你的意志去做！你想殺我嗎？就照你想做的去做啊！我會讓他們和我斷絕關係的。我會讓妖精們即使沒有我也可以活下去。現在安心了吧？你不用擔心什麼了吧？那麼你現在可以放心把我殺了！」

達蘭妮安如今跪在我手掌上，把兩隻手臂往左右張開，昂然挺胸，緊閉了兩眼。她傲然地抬高著下巴。從她微微顫抖的嘴唇裡，傳出了更加低沉的聲音：

「快殺了我。」

那是哭泣沙啞的聲音。妖精女王啊，達蘭妮安啊，妳所要求的，是我不可能做到的事啊！

「我做不到。」

達蘭妮安閉著眼睛，不斷搖頭。我原本想說話，但還是再繼續走著。隨即，達蘭妮安便睜開眼睛，說道：

「為什麼呢？為什麼不把我殺了呢？我毀壞了你的所有希望，等於是毀了你。你不是說恨我恨到想殺了我！」

我為何要妳去建造一個最強的防護屏障，難道妳不知道嗎？我是怕……說不定我，會讓自己的手沾到妳的血。我怕發生這種事，難道妳不知道嗎？

「呃呵，呵呃。你真是殘忍。你、你讓我對你乞求愛，如今就連我求你親手殺我，連這願望你也不肯聽嗎？為什麼呀！為什麼！」

「我無法這樣做。因為……」

我又再吞了一口口水。在我心深處，長久以來壓抑著的熱情好像在沸騰著。我吐出一股熱氣，說道：

「因為……我是……我……」

我突然感覺嘴巴僵住了。

怎麼了？到底是怎麼一回事？這毛骨悚然的感覺是？是殺氣！真是可惡！在哪裡呢？就在這一瞬間，傳來了一陣喧鬧的腳步聲。

「伊爾斯，快停下來！呃！」

「亨德列克！」

兩個人的高喊聲同時傳來。接著就看到在我眼前，伊爾斯正要衝過來，而在他背後的萊恩伯克跌倒了。萊恩伯克被賀滋里的手給扶了起來，同時高喊著：

「抓住伊爾斯！抓住他！」

「這個耍法術的！今天我一定要殺了你！」

伊爾斯尖劍直指著我，正要衝過來。在他身後的騎士們都慌張得想抓住他，但為時已晚。我讓達蘭妮安浮在空中。搖晃的火把火光使人眼花撩亂。可惡！現在如果送達蘭妮安出去，就會沒有時間擋住伊爾斯的劍。可是我的嘴巴還是忠實地講出了我的心情。

「到妖精之城去！」

「小亨！」

達蘭妮安留下尖叫聲，消失不見了。然後在下一刻，伊爾斯臉上就浮現了可怕的笑容。眼前淨是他的劍映著火光閃爍的模樣。可惡！

「妳曾經愛過嗎？」

「我已經遇到我愛的人了。」

「那麼請妳愛我的全部吧。」

「我只要愛現在這裡的亨德列克。」

「我幫助他是……是因為你的關係。」

「為何你什麼話也不說？」

「殺了我吧。」

「因為……我是……我……」

我蹲坐在湖邊的草地上。

耳邊傳來了啪啦啪啦的波浪沖擊聲。真是令人難以相信！山中竟然也可以聽到波濤聲！

在我手掌上的達蘭妮安現在站著在哭泣，而我也在流著眼淚。站在我身旁的傑倫特好像什麼都不知道的樣子。他只是站在那裡，不過，卻靜靜地笑著。

達蘭妮安不停顫抖著肩膀，頭垂下來，嗚咽著：

「為何……你什麼話也不說呢？」

達蘭妮安很傷心地抽泣著。我感到一股哽咽的感覺，低頭望著她。而她依然顫抖著肩膀，說道：

「你乾脆……殺了我吧，你……」

我費力地打開好像在燃燒的嘴唇。

「我做不到。因為……」

周圍好安靜。好像什麼都不存在了。存在的就只有我和達蘭妮安而已。達蘭妮安愣怔著把頭抬起來。

她正眼直視我的臉，舉起纖細的手，擦拭了一下眼淚，努力試著抬頭看清我的臉。而我的嘴唇就像火燒般熱燙。達蘭妮安的眼睛不知何時又再度噙滿了淚水，可是她根本沒有想到去擦拭，就這樣一直抬頭望著我。雖然她是在抬頭看著賀坦特領地的十七歲蠟燭匠候補人，但我卻已經不是我了。

「因為……我是……我……」

傑倫特默不作聲地低頭看我屈膝蹲在地上。達蘭妮安則是默默無言地抬頭看我。我在妖精國度裡屈膝，三百年前另一個人講到一半沒辦法講完，可是卻一定得講出來的話，雖然是我不敢代為講出來的話語，可是除了我以外，沒有人可以代為講出來了。

我很確信地說道：

「因為我……愛妳。」

07

一陣冷颼颼的風吹拂而過。我的頭髮被風吹起，弄得被砍掉的耳朵部位直發癢，心裡頭則是有股奇妙的感覺。

達蘭妮安正在流著眼淚，那眼淚簡直滾燙得快令我手掌灼燒了起來。我彷彿就像捧著一根蠟燭。一根熄滅了三百年之久的冰冷美麗蠟燭，如今正在燃燒著。那滾燙的蠟油燃燒了我的手掌，也燃燒了我的胸口。

「謝謝……謝謝……」

達蘭妮安困難地講出這兩句之後，繼續抽泣著。我聽到奇怪的聲音，轉頭一看，就看到傑倫特慌忙撇過頭去。他往後撇頭過去，不知喃喃地說了什麼，就直接飛上天空。他可真是厲害！竟然能夠這麼隨意就飛上夜空，不見人影了。

我又再低頭看手掌。

達蘭妮安在我的手掌上移動身子，扶著大拇指站了起來。她把我的拇指當成柱子般拄在那裡哭泣。雖然我喉嚨很燥熱，但還是勉強說道：

「我希望您能衷心接受……」

我無法再講下去，所以靜靜地舉起另一隻手，用手指尖慢慢撫摸她的水色髮絲。她愣了一下，不過立刻安靜地讓我繼續手的動作。這和三百年前的某隻手相比，當然無法比得上，可是我用很溫柔的動作撫摸她的頭髮，動作溫柔到就算亨德列克來到這裡看也不會生氣。

達蘭妮安轉身，背靠在我的拇指頭。我放下另一隻手，低頭看她。她就這麼抬頭望著天空。

「看來在你心裡也有小亨存在著。」

我沒有答話。而達蘭妮安也沒有等我答話，就繼續說道：

「小亨……想讓自己留在所有人的心裡，當然就會連你心裡也留有小亨。不，應該說你正如那位祭司所說的，原本人類就是如此，是吧。」

「好像是。」

「好，我知道了。」

達蘭妮安又再度閉上嘴巴不說話，只望著天空。過了一會兒之後，她用手背把眼淚擦乾，嘻嘻笑著說：

「真是的，我可真丟臉。你大概不相信我是妖精女王吧？」

「不，我相信妳是妖精女王。妳是……」

我該說這句話嗎？我很苦惱，但還是很快就下定決心。

「妳是亨德列克的達蘭妮安。」

達蘭妮安的頭稍微動了一下，正眼直視我的臉。她的臉上浮現出開朗的笑容，就連我也看得想跟著笑起來。

「呼呼。這是小亨說話的語氣。現在我可以清楚感受到，你心裡存在著的小亨。」

「我不知道該說什麼……謝謝。」

「你看看這座湖。」

達蘭妮安指著這座黑色的湖泊。我一面注意不要讓她掉下來，一面捧著她，走過卡爾身邊，朝著湖邊走去。

波浪沖擊著湖邊的沙子，這裡看起來就像是個沙灘。我慢慢走在被月亮映照得泛出藍光的沙子上。過了一會兒之後，我感覺腳踝浸到了水裡。

「很可笑吧？我建造了這座巨大的湖泊，是為了讓愛我的人不要傷害我。可是事實上，受傷難過的卻是小亨。而我則是一直逃避他。這座湖泊積壓了三百年來的誤會。不過你看，湖水還是這麼清澈蕩漾著呢！」

達蘭妮安直盯著湖面。我也手捧著她，只凝視著水面。突然間，達蘭妮安舉起手，說道：

「你看那裡。是我和小亨。」

達蘭妮安手指的，是映照在水面上的兩個月亮。一個是雪琳娜的滿月，另一個則是露米娜絲的新月。這兩個月亮在水波上蕩漾，看起來就像是在努力奔跑著。我歪著頭疑惑地看了一眼達蘭妮安，可是她卻只是看著湖面的月亮，說道：

「那個滿月是我，是什麼都不去分享、很飽滿，卻無法再接受任何東西的妖精女王。而那個新月看起來就像小亨，是什麼都分給別人，雖然一副可憐模樣，卻馬上又會再膨脹圓滿起來的小亨。」

「您……嗯。雖然我這樣說很可笑，可是，您接受我了。」

「因為你很特別。」

「這個嘛……可是，所有人都是很特別的啊。」

「是嗎？呼呼。人類啊，你這樣是站在人類的立場在說人類。你的意思是，你們全都是一體的，全都很特別，是嗎？」

達蘭妮安像在開玩笑似的說道，害得我有些尷尬地笑了出來。達蘭妮安轉頭環視我們每個同伴，然後她的目光停在卡爾身上。

卡爾正在展現他超級固執的本事。他仍然蜷縮著坐在那裡看湖面。達蘭妮安用手指嗒嗒地敲了敲下巴，說道：

「這個男子好像非常想念你們，殷切企盼再見到你們。要是我聽從了他的願望，放你們回去，他應該會很感激我吧。然後我感受到他的感激時，我應該會覺得很高興。這就是人類的方式，是吧？」

「好像是這樣……是的。」

「我知道了。你們回去吧。」

「啊，嗯，可是那個祭司飛走了，嗯，在他回來之前，我可以問您其他的事嗎？」

「你想知道什麼事啊？」

達蘭妮安輕輕地飛了起來，站在我眼前。呼。現在手臂終於可以放下來了！我悄悄地放下手臂，問道：

「我應該幫您轉告什麼話給伊露莉呢？」

「啊，你是指無謂的追尋。嗯。現在已經不再是無謂的追尋了，我想，我也應該要見見小亨才對。」

「是。可是剛才您為什麼說是無謂的追尋呢？」

達蘭妮安露出思索的表情，想了好一陣子。她沉於自己的深思之中，然後彷彿像在夢囈般，用無力的語氣說道：

「她決定向小亭學習第十級魔法，這你知道嗎？」

「是的，我知道。」

「可是，我不知道小亭是否真的有創造出第十級魔法。他要是有創造出來，又真的能夠使用嗎？」

「咦？」

達蘭妮安把手舉到自己的胸前，說道：

「我是個妖精。」

她當然是嘍。可是這和這件事有什麼關係呀？

「次元的界線對我而言並沒有什麼意義。就如同你們騎馬越過邊境，我是可以越過次元的。稍早之前你……看到了過去次元的我和小亭……還有我逃避到我記憶中的過去次元……」

達蘭妮安話還沒講完，我稍微轉移了我的視線。可是，到底什麼是次元啊？那是指時間嗎？然而看到我現在的情形，這又好像是跟空間有關。可是達蘭妮安並沒有解釋給我聽。

「萬一他已經創造了一個新的世界、新的次元，我應該可以到那裡去。」

「您可以到那裡去嗎？到亨德列克創造出來的世界去？」

「是啊。我當然可以去嘍。」

「那麼，您的意思是，您並沒有看到那種次元，是嗎？您是說，還沒有看到亨德列克創造出來的新世界？」

「是啊，我還沒有看到。而且只要我還存在，亨德列克就會陷於矛盾之中，所以要造出第十級魔法是不可……我好像始終都在妨礙他。」

達蘭妮安把頭轉過去。矛盾？原本就是為了從所有矛盾裡跳脫出來，才會想要創造出一個新世界，不是嗎？但她卻說這件事本身是矛盾的？

「嗯，抱歉，我無法理解您說的是什麼意思。」

達蘭妮安有好一陣子都閉上嘴巴不說話，然後才用沙啞的聲音說道：

「我可以行走於次元之間。要是小亨創造出了新世界，我也可以到那裡去。可是如果我去了那裡，因為我的存在，所以這個世界就會和那個世界相連接，最後就會變成不是全新的世界了。」

「是……啊？」

達蘭妮安微笑著說道：

「要講到讓你們聽懂實在有點困難，是吧？你們國家拜索斯是國王在當領袖，是吧？」

「咦？啊，是的。」

「而伊斯公國那裡呢？」

「嗯，伊爾斯大公是他們的君主。」

「伊爾斯因功受到路坦尼歐封侯，得以建造一個新的國家。但那算是新的國家嗎？因為有陸地連接，誰都可以到那個國家去，不是嗎？你們所謂的國家，嗯，就是這麼一回事。然而這只是你們之間定出來的講法而已。這樣就可以把伊斯公國說成是全新的世界嗎？要是把那條國境界線給清除掉，除了伊斯國的稅金會繳納給拜索斯國王，其他一切是不會有任何改變的。」

「啊，我懂了。您的意思是，這樣只是劃出界線而已，也就是說，就算劃出國境界線，其實還是同樣的人在同樣的一塊陸地上生活著，是嗎？所以這並不算是不同的世界嘍？」

「是啊。但是，小亨想要創造出來的，是一個全新的世界。我應該可以去到那裡。你懂我的意思了吧？」

「原來如此。我大概懂了。」

「我大概懂了」的意思，就是有一部分我還是不懂。呃呃。看來一定得把這事記清楚，然後講給別人聽，跟別人討論一下才行。

「那麼，妖精女王您認為亨德列克絕對沒有創造出第十級魔法，是嗎？」

「我認為是這樣。」

「可是伊露莉是很聰慧的精靈。雖然您說的是我死都搞不懂的事，可是伊露莉難道會沒有想到您說的那種矛盾嗎？我看伊露莉好像很確信有第十級魔法，而且一直在追尋他的蹤跡。」

「我不知道。小亨或許連那種矛盾也能克服，而創造出第十級魔法，也或許是創造了卻還沒有使用，所以我才會沒看過。萬一真的有創造出來的話，我或許就可以擺脫對於始終妨礙到小亨的那股罪惡感吧。可是，基於其他的理由，我還是反對創造出新世界。」

「為了什麼呢？」

達蘭妮安先是安靜了一陣子不回答。她一直盯著湖水，過了一會兒之後，還是不見她的嘴唇動，可是卻傳來了她的聲音。

「我不要精靈們全都離開這片土地。」

我閉上嘴巴不說話。達蘭妮安的這句話正是我的心聲！

為什麼，是為了什麼，那美麗的種族必須離開這片土地呢？地平線美麗的理由，是因為越過地平線之後有冒險。水平線美麗的理由，是因為越過水平線之後有未知。總之是因為有某種東西，它們才會美麗，假使越過之後沒有任何東西，那就沒有美麗的理由了。這片土地之所以會美麗的理由，雖然有好幾個，不過，其中佔了相當大的部分，是因為有精靈在。可是他們為何必須要丟下我們離開呢？

他們或許是有自己的理由吧。伊露莉曾解釋過，是因為他們自己無法再忍受下去。她說與其要他們留在這片土地上卻不幸福，倒不如在全新的世界裡找幸福。然而那會不會更加不幸呢？其他所有的種族們，不管怎麼樣，都還是會活下去，不是嗎？

難道亨德列克錯了嗎？

不論是不幸還是不協調，我們都還活著。無論如何，至少現在是如此。因為我不像亨德列克那樣，是擁有偉大智慧的賢者，所以我不知道未來會怎麼樣。真是的！看來我好像也是一介凡夫。

「我知道了。就這樣轉告伊露莉就可以了嗎？」

「是啊。」

「啊，我想問您一件事。請問里奇蒙是亨德列克嗎？」

「嗯？原來你還不懂我的意思啊！你不是剛才也感受到了嗎？」

感受到了？啊，對。我剛才曾經是把達蘭妮安捧在手裡的亨德列克，而且還浮現了當時的記憶。達蘭妮安三百年來都不曾見過亨德列克，所以誤會依然還是誤會。

「我知道了。伊露莉應該會自己找到這個答案吧。」

「里奇蒙那個人說他自己是亨德列克嗎？」

「啊，沒有。只是伊露莉這樣懷疑著。」

「是嗎？」

達蘭妮安回答之後，抬頭望著天空。我也隨著她的目光望向天空，隨即，在昏暗的夜空裡，我看到傑倫特用很酷的動作飛了過來。

「噗哈哈哈！」

他的右手臂往前伸直著，左手臂則是往旁邊直直伸著。他的右腿往後長長地伸著，左腿輕輕彎曲，用左腳勾住右邊膝蓋裡邊，就用這種姿勢飛了過來。看來他已經完全熟練了！傑倫特簡直可以說是像流星般飛過夜空。如果要他回去我們的世界，他會不會很捨不得啊？哈哈哈。

甚至在飛過我們頭頂上面時，傑倫特還劃出了一道優雅的弧線，一個後空翻之後，他直接把兩隻手臂往左右攤開，一邊膝蓋跪下，就這麼著地了。

「好帥的動作！」

嘖嘖嘖。可是就算我拍手，他大概也不會是高興的表情。他慌慌張張地對達蘭妮安說：

「嗯，如果您能盡速送我們回去，我們將會感激不盡。」

「啊？怎麼了，傑倫特？嗯，有什麼急事嗎？」

「哈修泰爾侯爵一行人好像追過來了。距離我們很近！」

「可惡！」

哎呀，我都忘了。我剛才看到中部大道有一些火把！有人在夜裡趕路。真是的，原來是侯爵他們！達蘭妮安歪著頭在疑惑著，但立刻很爽快地答應了。

「我知道了。你們好像有急事要辦。很高興認識你們，我會銘記在心的。你們現在是妖精的朋友了，這座湖泊隨時都歡迎你們來。無論何時，只要你們再回來這座湖泊，一定要再來看我。在你們需要幫助的時候，妖精族一定會鼎力相助。」

「啊，真是感激不盡，達蘭妮安。」

我和傑倫特並肩跪拜在達蘭妮安面前。達蘭妮安先是苦惱了一下，然後說道：

「修奇，託你的福……我好像開始喜歡站在別人的立場想事情了。是不是有人在追你們？」

「咦？啊，是的。」

「要不要我幫忙？」
「啊？如果可以的話，那我們真的會感激不盡！」
「是嗎？我知道了。我該怎麼幫你呢？」

我掩住杉森的眼睛之後，用讓人驚喜的語氣說道：
「你猜猜是誰呀？」
杉森即使眼睛被掩住了，還是不愧為吃東西高手，他用精準的動作把麵包塞進嘴裡，還一邊咀嚼，一邊用鬱卒的聲音說道：
「我沒有心情和你開玩笑，修奇。現在修奇他們都不知道……呃啊！」
杉森趕緊轉頭，妮莉亞則是連忙站起來，結果踢到了鍋子，害艾賽韓德都心疼得流眼淚了。我看艾賽韓德大概有三十秒鐘左右都在痛惜那個被踢倒的湯鍋，而不是在意我們兩個突然現身。亞夫奈德大聲歡呼了起來，不過，他的歡呼聲卻被卡爾從遠處傳來的尖叫聲給蓋了過去。
「呃啊啊！」
「卡爾？你沒事吧？」
吉西恩的驚慌問話都還沒講完，卡爾就又再站起來，用很驚人的速度跑過來。他跑到一半又跌倒了，試了好幾次才搖搖晃晃地站起來，不過，幸好卡爾總算順利地跑過來了，他抓著我的臉，左右搖晃著。
「尼德法老弟！尼德法老弟！真的是你嗎？」

我一面被卡爾的手左右一直搖晃著，一面喊著：

「你再這樣搖，我爸就會認不得我這張臉了……好暈哦！」

「沒錯！是尼德法老弟沒錯！太好了！哦，達蘭妮安！謝謝您！謝謝！」

卡爾緊緊抱住我，開始轉了起來。然後妮莉亞把我從卡爾手中搶了過去，她轉得比卡爾更加猛烈。傑倫特也是受到差不多的對待，所以大約有十分鐘左右，我們兩個都說不出話來，到處被拉來拉去擁抱。我甚至還以為就連馬兒們也要擁抱我們，後來，我好不容易才得以開始解釋事情的始末。

啊，就連解釋也不是件容易的事。傑倫特好像覺得我講的有很多地方需要再補充說明，每當他覺得有必要性時，就立刻插進話來。而且我們一行人有時會要我們再解釋清楚，或者要我們重講前面的部分。對於傑倫特在天上飛來飛去的那幅景象描述，我們讓艾賽韓德和蕾妮都驚訝地圓睜著眼睛。至於有關次元的部分，只有卡爾和亞夫奈德搖頭並且問了好幾句，其他人則都頻頻點頭，什麼問題也不問，由此看來，除了他們兩人以外，好像沒有人懂的樣子。而達蘭妮安和亨德列克的故事，則是讓妮莉亞和蕾妮的耳根都紅了，令她們聽得嘴唇都不禁微微張開。可是，最後傑倫特講的事卻使大夥兒都一下變得一副沉重的表情。

「這麼說來，侯爵正在接近我們！」

卡爾皺眉頭，煩惱地搔了搔下巴。吉西恩則是開口問我：

「你有沒有問妖精女王，是不是可以在這裡發生打鬥？」

「呃，這我沒有問她。可是我有請她幫我們，讓我們能逃過他們的追趕。」

「逃過追趕？哼嗯。傑倫特先生，敵人的兵力有多少呢？」

吉西恩好像已經把對方看成是「敵軍」了。因此我們自然也就變成了「我軍」。哼嗯。傑倫特用為難的表情說道：

「火把的數量是有十幾個，可是看起來不像是所有人都拿著火把。所以我靠近去看了一下。啊，正如我們剛才跟各位說的，在妖精的國度裡，即使是靠到身旁，現實裡的人也不會察覺到，所以我才得以靠過去觀察清楚。可真是有趣。」

靠到身旁之後如何如何的那一部分描述，除了卡爾和亞夫奈德之外，其他人又全都變得一副茫然的表情。他們果然是完全無法理解。傑倫特原本想要詳細描述，他靠到侯爵一行人的旁邊之後，做了什麼樣奇奇怪怪的鬼臉，鬧了什麼樣的笑話，可是他被我們異口同聲地制止，才勉強回到主題。

「帶頭的人，嗯，在一行人中間騎著馬匹，有護衛跟著，服裝看起來有些華麗，我認為他應該是領隊的人。那名男子的臉上表情很凌厲，頭髮是深褐色夾雜有白髮。」

吉西恩點了點頭。

「是哈修泰爾侯爵。他的頭髮與其說是褐色的，倒不如說是栗子色的。他果然親自來了！」

「原來如此。難怪我覺得那個人令我不禁打寒顫。除了他以外，其他都是看起來很健壯的戰士，全都騎著馬，有三十七名戰士。他們全都配備重武裝，武器都很精良。我看可以說是比伊露莉小姐的武器裝備還要更厲害。」

「真奇怪……聽說侯爵的傭兵全部是三十個人，不是嗎？而且昨天白天也有滿多人受了傷，為何會增加到三十七個人之多呢？」

溫柴一聽到吉西恩的這番話，噗哧笑了出來，他冷淡地說道：

「如果換作是我，我也不會到處張揚我有三十個以上的傭兵。」

「原來如此！是他私底下偷偷養的！這個混帳！」

吉西恩突然火冒三丈地說道。卡爾則是點頭說道：

「哼嗯。要是他打算偷偷培養傭兵，我看應該不只養了一、二十名，至少也應該備有一百名以上吧。啊，可能不到一千名，因為養那麼多的人是很難不被發現的。侯爵他有軍務方面的權限嗎？」

「不，他並沒有軍務方面的權限。因為他們是龍魂使的家族。」

「應該是沒有。嗯。」

此時，傑倫特說道：

「而且還有另外兩個人在……」

「另外兩個人？你的意思是，除了他們以外，還有人跟他們在一起？」

「是的，還有兩個人。他們兩個我們都認識。是涅克斯・修利哲和賈克。」

「真是的……糟糕！他們被抓起來了！」

傑倫特點了點頭，說道：

「是的。他們兩人全都一副狼狽不堪的樣子。」

「他們受傷很嚴重嗎？」

一直靜靜在聽著的妮莉亞突然問道。傑倫特則是搖頭說道：

「雖然他們的衣服和外表很狼狽，可是看他們的步伐，好像並沒有受到什麼傷。他們只是一直反抗那些催促他們前進的傭兵。聽說那個涅克斯是在家修行祭司，不是嗎？可能他已經自行治療過了。」

妮莉亞這才露出安心的表情。傑倫特繼續說道：

「可是，由他們兩人身上沾的血跡看來，好像有滿多人受傷的樣子。侯爵一行人雖然是三十七個人，但是馬的數量更多。跟在後面的馬車上裝的行李也非常多。」

卡爾用沉重的表情說道：

「照這種情況看來，原本在追我們的人不只三十七個，可是由於和我們以及昨天和涅克斯及賈克交戰之後，他們損失了很多人員，所以才會變成三十七個人，你的意思是這樣嗎？」

「是的，我認為是這樣。他們兩個人全都被牢牢捆綁著，武器和ＯＰＧ全都被搶走了。他們的其中一雙ＯＰＧ是侯爵在戴著，另一雙我並沒有看到。」

「哼嗯。你觀察得滿仔細的，真是太厲害了。」

「哈哈，沒什麼啦。因為我靠近到他們身旁去，很容易就可以觀察到這些事。」

卡爾點了點頭之後，一面看著吉西恩，一面說道：

「看來我們沒有必要和他們交戰了，是嗎？」

「是沒有必要。可惡。」

「那我們準備動身吧。」

我們匆忙吃完晚餐之後，收拾整理了一下。翻覆的馬車雖然可以再扶正，可是輪軸斷了，車輪也有兩個破裂開來，已經無法再使用了。所以我們決定解開馬匹，裝好行李之後用走的。因為如果今晚也奔馳的話，明天白天我們的馬一定會很疲累。

我從馬車上拿出行李，整理到一半轉過頭去，看到吉西恩正在撫摸御雷者的馬鬃。他用滿是關愛的眼神無言地撫著御雷者，而御雷者則是轉動牠巨大的頸子，磨蹭著吉西恩的頭。接著，便傳來了吉西恩的開朗笑聲。而就在我看著他們的時候，溫柴卻突然走近我。

「你看，修奇。」

「咦？」

溫柴沒有說什麼，只是把拿在手上的東西伸了出來。那是他一直在雕刻著的木雕，如今已經完成了。原來那是一匹蜷縮著的馬。我糊裡糊塗地接過去之後，用訝異的眼神抬頭看溫柴，而溫柴則是望著遠方，說道：

「我原本想雕一頭駱駝的，可是我改變了心意。」

我不知道這是什麼意思，手裡拿著那個馬雕像，抬頭看了看溫柴。溫柴稍微乾咳了幾聲之後，說道：

「我想刻出傑米妮，可是似乎不怎麼像。」

傑米妮？

我把木雕拿在手上，茫然地抬頭看他。然後我猛然轉頭去看御雷者。吉西恩仍然還是站在牠旁邊，愛撫著牠。突然間，我的眼裡有眼淚在打轉著，於是，我把御雷者看成是傑米妮，而把吉西恩的身影看作是我。

我沙啞地向溫柴道謝。真希望我的聲音不要那麼沙啞。

「謝謝你，溫柴。我一定會好好保存。」

溫柴又再乾咳了幾聲，轉身之後脫口而出：

「我真高興你回來了。你每次都坐在車頂上直盯著馬瞧，現在可別再這麼做了。」

啊……是啊！

我一直堅持坐在車頂上，原來就是因為這個原因啊！這是我自己也不知道的事實，溫柴卻用他尖銳的眼睛清楚地看了出來！他用他那雙銳利得可怕的眼睛看到的？哼。竟能發覺到連我自己也不知道的心事，真厲害，哎呀，真是不好意思。我有些尷尬地說了一句話：

「反正現在也已經沒有馬車了。」

溫柴噗哧笑了出來，又再走回那堆行李。我看著他的背影，看了好一陣子。突然我聽到一個奇怪的聲音，回頭一看，是卡爾雙手交叉在胸前，正在看著我。卡爾正想要說話的時候，我很快舉起手來，裝出一副堅持的表情，說道：

「拜託你，什麼話都別說。可以嗎？」

「啊，好，尼德法老弟。可是你不見的時候，我真的很焦急……」

「我不是請你什麼話都別說了嗎？」

「嗯。好。可是那個雕像……」

「卡——爾——！」

卡爾哈哈大笑了出來，我則是用生氣卻小心的動作，把馬雕像給收進行囊裡。要是有損傷就糟了。卡爾停止笑聲，他一面看著吉西恩和御雷者，一面說別的事。

「既然御雷者的詛咒被解除了，就代表里奇蒙死了，是吧？」

「啊，應該是哦！」

我在無心之下回答了卡爾的話，但是卻立刻感受到一股毛骨悚然的感覺。雖然我抬頭看向卡爾的臉，可是在他的臉上並沒有浮現出什麼表情。

「是伊露莉殺死的嗎？」

「這也是有可能的，尼德法老弟。要不然就是基果雷德把里奇蒙給殺了。」

「哼嗯。」

08

要是能發出「砰！砰！」的聲音，就酷斃了。可是，在亞夫奈德施了法術的空間裡，根本聽不到聲音。我們一定得這樣不讓人聽到嗎？

「當然沒有必要讓人聽到聲音，因為這樣就會洩露出我們所在的位置。」

「而且，既然要做，就乾脆讓他們突然看到我們，嚇他們一大跳，不是更好嗎？哈哈哈。」

比較高尚的理由和比較不高尚的理由，好像在攜手合作的樣子。不管怎麼樣，卡爾和傑倫特就這麼一面說著這些論調，一面在看我們做事。我又再次用力揮動艾賽韓德的斧頭，把它砍進樹木。雖然還是沒有任何聲音響起，但我可以確實感受到從斧頭傳來的撞擊力道。嗯。這種感覺可真是奇怪。

「要倒下來了！」

「哇，哇，哇！蕾妮！快點閃開！」

「我在這裡，妮莉亞姊姊。」

妮莉亞原本站在樹木要倒下的方向，雙手負在背後，抬頭看著樹木。她現在是一邊呼喊著，一邊走避。有這麼好玩嗎？只要我走到別棵樹，妮莉亞就會跑到那棵樹前開始晃來晃去。她一看到樹木要倒下來，就可笑地做出忐忑不安的模樣，在樹木倒下的那一瞬間迅速避開。然後，她還會在倒下的那棵樹木旁邊，用手放在胸前長長吁一口氣，然後又再輕快地跟著我。

「妳這樣我會分心，請不要這樣啦！」

「可是這樣很好玩耶！」

算了，我不想說了。不管怎麼樣，過了一會兒之後，我們搭乘過的那輛馬車就和數十根大樹幹堆在一起，使得湖邊的通道完全被封鎖了起來。等到我把大樹幹都堆疊起來之後，亞夫奈德也從馬車裡走了出來。

「都準備妥當了。」

亞夫奈德雖然一副疲憊的臉色，但卻是用高興的表情說道。而我的工作在此時也差不多接近尾聲。

「這樣夠了吧？」

卡爾用滿意的表情點了點頭，我則是把斧頭扛在肩上，繞著那堆大樹幹走下來。哼嗯。如果不是我們一行人有人戴著OPG，我看應該是沒有人會想到用大樹幹來擋路吧。在另一頭，杉森和吉西恩圍著一壺葡萄酒坐著，兩人露出覺得可惜的表情在不停嘀咕著。突然間，吉西恩好像抵擋不住突然湧上的興致，拿著酒杯，高高舉向夜空，便開始吟唱了起來。

臉蛋白皙的佳人在夜裡散步著。
被星星之歌感動得哭泣，轉頭一看，
追在背後的男子在呼喚佳人呢。
她害羞地轉身，卻掉了手帕。

掉落的手帕，漂浮在水波上。
露珠害怕陽光。
佳人往西邊慌忙逃避。
追著她的愛，掉了短劍。
只見手帕和短劍，
漂浮在湖上面。

好厲害啊，好厲害！他竟能以天上的兩個月亮和湖面的兩個月亮，做了很酷的聯想。雖然有些句子需要再修飾一下，可是能這樣聯想已經夠厲害了。然而我卻有話要說：

「你再這樣喝下去，我們就沒有東西可以灑到樹幹上了。」

我說完之後，也沒徵求允許或同意，就無情地拿走了酒壺，使得原本在幫吉西恩拍手的杉森變得一副哭喪的臉孔。我把眼睛一閉，就將葡萄酒給倒在樹幹堆裡了。哎喲，確實是很可惜。對了，矮人敲打者跑到哪去了？

「艾賽韓德呢？」

後來我們嚇唬艾賽韓德，說要丟下他一個人離開，他才不情願地走出馬車。亞夫奈德用不安的臉色看了看艾賽韓德，但艾賽韓德卻只是嘻嘻笑著。杉森喝完手裡拿著的酒，抹了一下嘴唇，說道：

「哈修泰爾他們一行人真可憐。」

他雖然是這麼說，可是臉上完全找不到同情的表情，話和表情根本完全不搭。艾賽韓德一直在嘻嘻笑個不停，然後他面帶著可惜的表情回頭看了看，說道：

「呵，真是的！要是時間再多一點，我應該就可以弄得更好。」

「啊，這樣已經夠了。應該是不用再勞您辛苦了。」

「是嗎？嘖。嗯？這是什麼味道啊？」

艾賽韓德接著就開始嘀咕，說怎麼可以把剩下的酒全都倒在那些大樹幹上，非常嚴厲抗議這件沒什麼大不了的事。過了一會兒之後，他才閉上嘴巴，而一行人也都閉嘴不說話，開始在湖邊走著。至於杉森和吉西恩，則因為把要灑掉的酒當成漱口般喝掉，結果喝得太多，走路走得搖搖晃晃的。

「嗯，哼嗯，嚕嚕嚕。」

我一面聽著杉森哼哼唧唧地哼歌，一面走在看得到天上和湖面星星閃爍的路上。這條路上有一股從樹葉之間傳出來的清淡夜香。我們這樣沿著湖邊走了一陣子之後，不知不覺就已經離開了湖邊，往山嶺爬上去。

在我們頭上，有一大片像是往夜空迸出去的黑色山頭影子。

因為有雪琳娜的滿月映照著，再加上是中部大道的關係，所以走夜路並不是件難事。一行人全都只發出安靜的呼吸聲，沿著山路往上走。突然間，溫柴說道：

「你們看那裡。」

我轉頭一看，湖泊已經是在腳底下很遠的地方了，而且有不少地方都被湖旁邊冒出來的一些山峰遮掩住。我們開始可以看得到遠處從梅德萊嶺正在往下移動的火把火光。吉西恩吐出一聲呻吟，說道：

「他們追趕的速度滿快的。如果是訓練過的人，還真讓人討厭……他們那些戰士好像都訓練有素。」

卡爾歪著頭，疑惑地問道：

「可是他們人這麼多，怎麼會沒被騎警發現呢？」

「因為他是侯爵，一定有辦法胡亂編造理由吧。」

「說得也是。好，蕾妮小姐，雖然會很累，可是只要再上去一點，就會有比較適合休息的地方。我們爬到那裡休息吧。」

「啊，呼，呼。是。」

蕾妮氣喘吁吁地答話，之後我們就又再默默無言地往上爬。我一面爬，偶爾回頭看，每次都看到火把正以很快的速度在接近著。他們真的滿快的。在夜裡能夠走這麼快，簡直可以說是速度驚人。

我聽到馬兒們的疲憊蹄聲，還有我們一行人默默無言的腳步聲。在山中的夜裡，所有聲音都會聽得特別清楚。御雷者一直在吸引著我的目光。牠的黑色身軀雖然一點也沒有反光，可是牠的馬鬃卻被月光照耀著，明亮地飄逸了起來。而就在蕾妮的呼吸聲變得更加大聲的時候，吉西恩要大夥兒停下來。

「我們在這裡休息吧。黎明之前在這裡暫時睡一下吧。」

我們停下來的地方距離雷伯涅湖大約三千肘遠。我們這樣在山中走夜路，可以算是速度非常快。當我們在離開山路稍遠的空地找了位置把馬綁好之後，雖然彼此沒有交談，可是大夥兒全都很有默契地去找了便於俯瞰湖泊的位置。哈哈哈。

我爬上了斜坡上突起的一塊岩石，坐了下來。我一佔好這個位置，就聽到一個睏倦的聲音。

「修奇，把我拉上去吧。」

是蕾妮的聲音。我伸出手，握住蕾妮的手，拉她上來。她坐到岩石上面之後，立刻就靠到我肩上，開始低頭看那下面的湖泊。其他人也全都靠坐在岩石或樹木邊上，而妮莉亞則是坐在樹枝上，往下俯視。

我和蕾妮所坐的地方是斜坡上突起的岩石，所以感覺就像是坐在半空中。四周圍都黑漆漆的，山群好像都消失在我們背後，彷彿就像是坐在星星之中了！因為現在的天氣比較接近冬天而不是秋天，所以聽不到草叢中的昆蟲鳴叫聲。可是半空中的自由演奏家——風，卻把樹葉和樹枝當作是樂器，正在奏出優美的夜響曲呢！嗚沙沙，嗚沙沙，嗚嗡嗡嗡。

突然間，我感覺肩膀有被壓的感覺，回頭一看，蕾妮打了一個小哈欠。

「妳是不是想睡了？」

蕾妮用袖子揉了揉眼睛，聲音非常沙啞地說道：

「嗯，可是我很想看，我不能睡！」

雷伯涅湖的湖面在周圍黑暗的山群之間，特別顯得閃閃發亮。在遠方湖泊對岸，一個接著一個往下移動的火把下到湖邊之後，就停住腳步。過了一會兒之後，全部的火把排成一列。

「他們這是在做什麼呀？」

「嗯，嘖。要進到湖畔之前，必須先向妖精女王徵求許可。妳睜大眼睛看吧！」

過了一陣子之後，在湖泊中間開始泛起了波紋。原本被月光照耀、像鏡子般閃爍的湖面，突然生起了巨大的波瀾。接著，在湖泊中央便開始射出一道紅光。

在黑暗的山中湖泊裡，朝著漆黑夜空射上去的紅光，簡直奇幻到令人看了覺得膽顫心驚。雖然我聽不到聲音，但是火把突然令人眼花撩亂地移動了起來，所以我能想像出他們的心情。在鄭重請求之下，卻還是出現了代表拒絕的紅光，他們鐵定非常驚慌失措吧？哈哈哈。蕾妮圓睜著眼睛，說道：

「哇啊……那個是？」

「那是代表不能通過的意思。達蘭妮安她在幫我們呢！」

「嗯。那麼剛才白天我們的情形呢？」

「我們的情形？我們嘛，因為有意外發生，根本連徵求她許可都還來不及，就胡亂闖了進去，所以當時才會出現拒絕的紅光。」

那些火把很沉重地移動著。過了一會兒之後，那道紅光才從光束底部開始變弱，直接消失到天上去，這時湖泊才又再恢復為黑色。那些人現在是在說些什麼呢？

「他們會怎麼做呢？」

「即使他是侯爵，大概也很難不服從達蘭妮安的意志。可是，我看他應該會再試一次。」

我聽到卡爾回答了吉西恩的問題。哼嗯。說得也是。

原本靜止的火把又再度開始移動了。哈修泰爾侯爵好像決意要試驗達蘭妮安的意志力有多強。火把又再次接近湖邊的路，隨即，整座湖就突然像爆炸似的動搖了。

啪啪啪啪啪！

湖裡射出的紅光就和白天看到的一樣，數百道的紅光湧射了上來。不久前靜靜射出的一道紅光可以說是神祕，而現在的這些紅光則可以說是很恐怖。湖面上出現了數百道波浪，浪花到處迸濺開來。湖泊翻騰的轟隆聲，甚至連我們所在的地方也聽得到。

接著，湖邊的樹林裡開始傳出像是小少女的尖叫聲。嘎啊嘎啊嘎啊！原來是小鳥們被爆裂聲和火光嚇到，全都從睡夢中驚醒，一齊飛上天空。無數的黑影往上飛去，看起來就像是整座樹林都飛上了天空。鳥兒們拚命地飛。

噗滋，噗滋，噗滋！一道道紅光直射出去，照耀著湖面，使湖色變得非常怪異。整個湖面被水平劃出一條條的紅線，於是乎，湖泊看起來就像架著烤肉鐵架。而且周圍的樹木都被照得通紅，看起來就像是重回秋天的樣子。

「哇嗚嗚嗚！」

在我右邊天空伸展出來的樹枝上，妮莉亞像一隻大貓頭鷹在鳴叫般，傳出了喊叫聲。而原本那些想進入湖邊道路的火把，現在卻都慌張地往後退。哈哈哈。那些火把非常快速地移動遠離之後，紅光立刻又開始逐漸消失了。接著，等到火把退到甚至比需要保持的距離還要遠之際，紅光才全部消退下去。那些火把在距離湖泊稍遠的地方聚攏，再度開始不安地晃動著。

侯爵現在會不會很憤恨啊？明明他都已經鄭重請求了，但還是不被達蘭妮安允許，想必一定覺得很鬱悶吧？他現在會是在跟部下們講什麼話呢？

除了聽到樹上傳來妮莉亞的嘻嘻笑聲，其他所有人都安靜無聲。大夥兒全都很好奇侯爵的下一步動作，都靜靜地俯瞰下面的動靜。蕾妮緊抓住我的手臂，用臉頰一直揉著我的肩膀。看來她好像很想睡了。

我覺得像是經過了很長的一段時間，但事實上，並沒有經過那麼久，那些火把中間，突然有一支火把總算開始靠近湖邊。距離這麼遠，我勉強只能看出它確實是在動。這是在幹嘛呢？卡爾低聲說道：

「或許是想再請求一次吧。」

其他的火把完全沒有動靜。侯爵的部下們面對被壓抑的恐懼和明確的忠誠義務，好像相信沒有必要在這兩者之間產生矛盾。他們該不會每個人都一邊發抖，一邊望著侯爵的背影吧？獨自移動的火把，如今已移動到湖岸邊有濕潤沙子的地方。那支火把在那裡停住不動。溫柴用低沉的聲音，確認了大夥兒心中猜疑的事。

「栗子色的髮際可以看到有一些白頭髮，還戴著OPG。看來那是侯爵。」

「啊啊啊？你看得到？」

「因為他拿著火把的關係。」

什麼嘛，我指的不是明暗的問題，而是指距離。哇！在這種距離之下，就連那些火把，我看起來都像閃爍不定的星光了，更何況是頭髮。其他人也都不禁發出了讚嘆的聲音，直到我們變得悄靜無聲為止，侯爵都還一直站在湖邊。不知他是在講什麼，好像講了很長的一段話。

侯爵講了很長的一段時間之後，突然間，他背後的火把開始移動了。怎麼一回事？火把又再停成一列，第二次嘗試走近湖邊的路。然而這一次的速度和之前跑近湖的速度，以及剛才不久前的速度相比，可以說是慢了非常多。他們真的有在移動步伐嗎？沒錯，是有在移動著。

我的眼睛很自然地看著湖泊。不過，湖面上並沒有任何動靜。剛才猛烈翻騰的波濤如今是靜悄悄的，飛上天空的小鳥們也不再激動，已經都飛回牠們的巢穴去了。四周圍只有一片寂靜。達蘭妮安並沒有任何動作。只有火把沿著湖邊不停在移動著。

蕾妮夾雜著哈欠，說道：

「啊哈（打哈欠～～）。達蘭妮安……好像靜下來了？」

「是啊。既沒有拒絕，也沒有許可。侯爵的部下們，心裡鐵定非常沉重。」

「嗯，嘖，侯爵應該也是吧。」

原本一直在緩慢移動的火把又停止前進了。靠站在岩石下面的艾賽韓德看到那些火把的移動稍微變得比較活躍，咯咯地笑了出來。

「好啊，趕快來啊！」

嗯。他怎麼這麼興奮啊！蕾妮現在身體坐直，看著下面。她一直想跑到岩石前端去看，害我必須一直注意她才行。

火把停止前進的地方正是我們放馬車的地方。他們看到這東西擋路，可能會很生氣吧？大夥兒全都一言不發地等待著。

接著，就出現了一幅比我們原先預想還要更加驚人的景象。

「砰砰砰！」

是爆炸聲。傳來了一陣幾乎快引起驚濤駭浪的爆炸聲。我的天啊！到底艾賽韓德是放了什麼樣的裝置啊？縱然我們身處在一片寂靜的山中，但是怎麼會在這麼遠的位置還能聽得到爆炸聲啊？就在我用驚訝的目光注視之下，不斷往上迸濺的火花已經竄升到數十肘的高度，飄散出濃密的煙霧。直衝天際的黑色煙霧夾帶著火焰，把夜空弄出奇怪的花色。煙霧和灰燼劃出了漂亮的弧線，飛了上去。湖邊的小鳥這下子真的被惹火了。小鳥們因為這陣騷動，不高興地再度飛上天空。嘎啊嘎啊！

紅色火柱甚至還長長地延伸到湖面上。亞夫奈德驚訝地說道：

「咦？爆炸威力怎麼會這麼強勁？艾賽韓德！」

「啊，這是矮人的花招啦。沒事，沒事。」

「不會有事嗎？這種可怕的爆發力……」

艾賽韓德用非常泰然自若的語氣，說道：

「我只是讓聲音聽起來很劇烈，應該不會有什麼傷亡啦！嗯，即使被火燒到，水就在旁邊不是嗎？沒事啦。不要擔心。」

「真是的，真的很安全嗎？」

艾賽韓德先是閉嘴不說話，然後才用相當唯我獨尊的語氣，說道：

「活著的人在面對死亡時，有誰會安全呢？嗯哈哈哈哈！」

「真是的……」

馬車周圍簡直就是亂得一塌糊塗。那些火把到處忙亂移動著，而且也隱約聽到東西跳進水裡的聲音。撲通，撲通。馬兒們的嘶鳴聲和人們的尖叫聲隨風微微地傳來。看吧，我堆疊的大樹幹堆少說也有超過十根之多。那麼多的大樹幹以及馬車著火之後，在湖邊造出了一面火牆屏障。轟隆隆隆！突然間，傳來了一陣整座山為之震動的聲音。好像是我堆放的大樹幹著火之後，傾倒滾動的聲音。

「哇哇哇哇哇！」

在妮莉亞的怪異高喊聲傳來的同時，這一次湖泊開始爆裂開來。達蘭妮安，謝謝您！那些火把紛紛驚慌地往後移開。這一次，湖裡不是射出光芒，而是湧出了一道道的水柱。湧上來的水柱被火光照得泛紅，形成一副難以言喻的怪異模樣。這些水柱在空中各自彎曲之後，就直接朝著侯爵一行人像箭矢般射出去。

溫柴發出了相當冷酷的笑聲。傑倫特則是焦急地問著：

「怎麼樣了？現在情勢怎麼樣了？」

嗯。沒想到祭司也這麼關心！溫柴噗哧笑著說：

「有些人被火燒到，有些人被爆炸聲嚇得跌倒在地，也有人被水柱射中飛了出去。我還看到有個笨蛋想用盾牌來擋呢！結果他就和那個盾牌一起飛出去了！」

溫柴冷靜地說完之後，才發現到大夥兒全都在注意聽他說。他回頭看大家，嗤之以鼻地說道：

「看來幸災樂禍好像是件很快樂的事。」

大夥兒乾咳了幾聲，同時撇過頭去。過了一陣子之後，那些火把撤離湖泊，快速奔逃，速度快到簡直可以一下子越過整座梅德萊嶺。火焰還在湖邊茫茫燃燒著，而達蘭妮安則是在最後，俐落地做了後續的整理。吼吼吼！

「什麼聲音啊？」

「是波濤！」

在湖的對岸，有一道巨大的波濤捲了起來。那道波濤壯觀到令人懷疑整座湖泊會不會朝著陸地席捲過來。波濤直接追著那些原本在奔逃的火把。哦，妖精女王啊，您好像沒有必要做到這種地步吧。那些奔逃的火把和靠近他們的波濤相較下來，簡直渺小到令人覺得很可憐。波濤凶猛地奔騰而去，然後強力沖擊到湖邊。轟隆隆！那一幕簡直就像猛獸在甩動下巴，從獵物的身上把肉撕裂下來。那道浪濤拍打了地面之後，侯爵一行人後半部分的幾名可憐士兵們，以及地面的一部分就被捲走了。轟隆聲使整座山為之震動，響了好一陣子才結束。

至於奔逃到梅德萊嶺半山腰的火把，則是開始到處竄逃，東奔西走。吉西恩一面看著這幅景象，一面用絕對不算親切的語氣說道：

「哼嗯。他們要是想再來追我們，得花很多時間才追得到了。」

坐在樹上的妮莉亞聽了之後，咯咯地笑出來。她一面笑著，一面直接抓了根樹枝，就溜了下來。卡爾轉頭向溫柴問道：

「他們的傷亡情況如何呢？」

「大約三分之一左右被火燒傷，三分之一左右被水打中，而且他們之中有不少人掉進了水裡。現在剩下的人正在救助落水的人。雖然有很多人負傷，但是好像沒有人死亡。落水不見蹤影的人應該是稱作失蹤者吧。」

「哼嗯。說不定也會有溺死者。」

傑倫特聳了聳肩，說道：

「雖然我這樣說好像有些殘酷，不過，這應該算是妖精女王所決定的事。因為她做了兩次之多的拒絕表示，可是他們還闖進來，所以達蘭妮安才會做出適當的處罰。」

「嗯。是。不過，溫柴先生，你有辦法確認涅克斯和賈克的行蹤嗎？」

溫柴一聽到卡爾的問話，就又再直盯著下面。他像是僵住似的俯瞰下面看了好一陣子，才咋舌說道：

「真笨。他們沒能逃走，還是被抓著。」

卡爾用鬆了一口氣的語氣，說道：

「啊，那麼，他們還很平安嘍。好！那麼各位，現在可以睡覺了。雖然無法祝福侯爵一行人也睡個好覺，不過，各位晚安。」

大家原本四處站著在觀看下面的情形，現在則是一窩蜂聚到睡覺的地方。我轉頭去看蕾妮。

「蕾妮？我們現在也下去……我看必須先叫醒妳才行嘍？」

嗯。港口的少女好像在這種爆炸聲、火花，以及激蕩的湖水轟隆聲之中，也能睡得著的樣子。可是，該怎麼辦才好？要我叫醒如此疲憊睡著的人，真是覺得歉疚不已。然而，從我耳邊卻突然傳來了一聲細細的說話聲。

「修奇。」

難道她沒有睡著嗎？還是她在夢囈呢？如果要知道是這兩者之中的哪一個，有個很簡單的確認方法：

「幹嘛？」

「星星好漂亮，是吧？」

「呃。星星本來就很漂亮啊！雖然說有妳的眼睛在看著，會更加美麗，可是，妳幹嘛突然說出這種理所當然的話呢？」

「……我不太講得出口，但，那真的是我父親嗎？」

「……妳就想成是吧。雖然我們沒有確認過。」

蕾妮把頭更用力壓過來。嘿！妳以為這樣我的肩膀就會痛了嗎？

「真的是我父親嗎，是不是？」

「雖然這是我的想法，不過說實在的，這事誰也無法確認。妳也知道，妳很小的時候就離開了妳父親，而侯爵連妳的臉都沒見過。啊，妳去問傑倫特說不定比較好。」

「我不想向神問有關個人的事。」

「是嗎？呃，可是神好像對我們個人的事很關心耶！」

「沒有其他的方法嗎？」

「其他的方法？這個嘛。啊，聽說是有個旅行者把妳帶到戴哈帕港，是吧？我看那個旅行者應該知道答案吧。此外就沒有其他人了。」

「聽說我媽媽已經死了？啊，是妮莉亞告訴我的。」

「是嗎？她還告訴妳什麼事？」

蕾妮先是不做回答，只是靜靜地低頭俯瞰下面。先前讓我們嚇破膽的火焰，正在燒著一整根的巨大樹幹，猛烈地跳著火舞。

一陣冷風吹來……是那種令人不由自主想去在意的風。蕾妮隨風送出了她的答話。

「她都告訴我了。全部都說了。」

「是嗎？」

「我覺得很奇怪。」

「什麼很奇怪？」

蕾妮依然還是把頭靠在我肩上，她指著下面，說道：

「在那裡，那一位，嗯，是我的父親吧？那麼我現在是和一群整我父親、讓我父親吃苦頭的人同一夥，而且還在這視野良好的地方俯視我父親被整的場面。這樣一來，我就算覺得心情很怪，也說得過去，不是嗎？」

呃。我都沒有用這個角度來想過。她說得對啊。

「對不起。」

「什麼事對不起？你沒有對不起我的事吧。」

「但我還是想說聲對不起。」

達蘭妮安，真是對不起。我當時真是大言不慚。其實我們人類好像終究還是沒辦法真正瞭解別人的心裡想法吧，所以才會有禮儀規範的這種調解方法存在。我自認為感受到的亨德列克，說不定也全都是我自己在胡思亂想。我怎麼可能成為亨德列克呢？

「妳不高興嗎？」

「我不知道。我是這樣想的，我父親就是在戴哈帕的那位，他才是我爸！」

「我贊同妳說的。」

「噗呼。謝謝。可是在那裡，那個追我們的人是我父親，事實上也沒錯啊。必須假裝不知道這事實嗎？這個嘛……這好像不是件容易的事，而且好像也不對。不是嗎？」

「沒錯。侯爵是妳父親的這件事實是很難忘掉的。至於對不對，就很難說了。」

「嗯？你的意思是，不把自己父親當父親是對的？」

「父親是……」

我講到一半停了下來，望著離我們很遠的那座雷伯涅湖。火焰蔓延到它水面上，使得湖周圍的山群變成一片昏暗。看到那些搖搖晃晃的火把，他們應該是在忙於救助落水的人以及治療負傷者吧。

「我把吉西恩當成是國王。」

「什麼意思呢？」

「我認為吉西恩是國王。當然啦，實際的國王是尼西恩陛下，雖然吉西恩並沒有穿著綢緞錦衣坐於王座之上，可是對我而言，吉西恩是國王。很難懂，是吧？」

「好難哦！」

「我也有同感。」

「什麼呀？」

「哈哈哈。是啊，我也覺得很難懂。哼嗯。可是呢，在我看來，吉西恩是國王，而且有國王的風範。我也不知道。或許是因為我不太認識尼西恩吧，不過，因為我無法把世界上所有的人都認識完，才找到可以當作是我的國王的人，所以我會繼續把吉西恩當成國王。我拜託妳，妳問我理由吧。」

「理由是什麼呢？」

「因為他在百姓面前知道捨棄自己。這個國家的百姓，不，也可以說成是他的朋友……不管怎麼樣，是他所愛的人們。處在極度危險的時候，不論何時，他都會和他的朋友們一起度過難關。他是會讓人看他背後的人。」

「讓人看他背後？」

「妳想想，如果要讓人看自己背後，必須怎麼做？沒錯，他必須站在大家的前面。他必須站在前面帶領大家，必須默默地抵擋住即將面臨的危險和不安。這就叫做讓人看他背後。而且背後根本沒有表情，因此根本沒辦法騙人。可是吉西恩卻隨時都會那樣做，而且更重要的一點是，他是不由自主就會那樣做。所以我把吉西恩當作是國王。」

蕾妮突然抬頭看著我的臉頰。怎麼一回事？我轉過頭來正眼直視著她，隨即，她就又再看著前方，說道：

「你現在該不會是在講，你要叛亂吧？」

「嗯？呃，呃，喂！我並沒有說我要背叛尼西恩、引發叛亂，推戴吉西恩為王。嗯，那種我根本連說起來都覺得頭痛的事，妳想我會去做？」

「不會吧？」

「當然不會！呃，我的意思是，這是只關係到我內心的事，不是關係到我生活的事。我的生活已經基本條件都夠了，所以不需要特別去苦惱什麼。就算我現在馬上結婚，也有自信可以養活老婆。」

「呵呵呵！傑米妮小姐可真幸福……」

我差點就從岩石上面摔了下來。嗚呃呃呃。

「啊！妮莉亞連這個也告訴妳了？」

「我不是說過了嗎，她什麼都告訴我了。」

「總之，我要妳不要胡思亂想。哼嗯。不管怎麼樣，我把吉西恩當作國王，是我自己心裡頭的事。這個，嗯，有點像是信仰吧？是為了心裡的安定而有信仰，並不是為了生活而有信仰，不是嗎？」

「哼嗯。外表看來，你是對尼西恩效忠的臣子，可是心裡卻把吉西恩當成是自己的國王，我說得對嗎？」

「完全正確。」

「那麼，你為何要跟我說這個呢？」

「如果妳想到了，就不要反過來問我。」

雖然我這麼說，可是蕾妮好像想確認她的想法。

「你的意思是，我沒有必要去煩惱，如何面對我實際的父親和我心裡的父親。」

「雖然沒有辦法不去煩惱，但時間定好、地方定好之後，就可以不必去煩惱了。我如果這樣問，妳會怎麼回答呢？趕快回答我，美麗的高貴仕女啊，可否允許我請問您，是哪一個家族的愛女？」

蕾妮笑了出來，那是一個很開朗的笑容。

「我是戴哈帕經營一家商號為鯨魚墳墓的餐飲業者，葛雷頓先生之女。」

「煩惱結束了沒？」

「目前是結束了。謝謝。」

「別客氣。所謂的『目前』這種流動性的時間單位，我希望這一次是很長的時間。」

「一定要很長才行！伊斯有一句諺語是這麼說的：『一個家裡頭不會有兩個小孩。』」

「什麼意思啊？」

「如果某人有了小孩，那個人就再也不是小孩了，而是會變成誰誰誰的父母。會用『喂，修奇的爸爸！』來叫那個人。」

「啊，是嗎？說得好像滿有道理的。那麼妳的意思是，妳要嫁人了？」

「哎呀，不是啦！我才不嫁人呢！我要一直是葛雷頓先生之女！所以剛才才會說我要很長的時間才行。」

「拜索斯有一句諺語是這麼說的：『雖然世上不可信的話很多，但是有三句話絕對不可信：老人現在該死了才對、商人做賠本生意，還有姑娘不出嫁。』」

「我是真的不嫁人啊！」

「沒有人叫妳嫁吧？」

「反正我就是不嫁！」

「可是我聽說，強烈的否定和肯定乃是一脈相通的，是鄰居關係，是十年前分離的雙胞胎兄弟哦！」

「修奇！」

「我知道，我知道了啦！拜託不要擰我，我的肉是很脆弱的……呃啊！」

我被擰了好一陣子，我說她累了，應該要趕快去睡覺，然後她才好不容易聽從我的建議。蕾妮彷彿忘記然後又再想起似的打了一個哈欠還伸了個懶腰。

「幫我一下，讓我下去。」

我抓住蕾妮的手，讓她下去。她站到地上之後拍了拍裙子，往上抬頭對我說：

「你不下來嗎？」

「啊，我要在這裡負責守夜才行。吉西恩和杉森好像都醉了。妳先去睡吧。」

蕾妮回頭看我們一行人都已鋪好睡覺位置躺了下來，然後她又再回頭往上看，對我說：

「可是上面很冷。而且真的有守夜的必要嗎？你就下來睡吧。」

「哈哈。沒關係。我要是想睡，會去叫醒溫柴或妮莉亞的。妳不要擔心，趕快去睡吧。」
「幹嘛這樣，你去睡不就好了。」
「我就是想在這裡，而且我也有事要想一下。別擔心，我並不打算在這裡凍死。而且今天又不會很冷。」
「……你要趕快下來哦！」
「嗯。」
蕾妮走向大夥兒睡覺的地方。先是傳來了蕾妮準備就寢的沙沙響聲，然後周圍就變得安靜無聲了。我坐在岩石上，把膝蓋抱在胸前。嗯。好像真的不算是很舒服。風好像非常冷颼颼的！呃呃呃。
好，稍微搖一搖頭，脖子也稍微轉動一下。啊，對了！
我俯視在湖泊對岸的那些火把的動靜。他們到現在都還在到處移動著。可能是在照顧傷患，所以甚至可以看到一個很大的營火被點燃了。距離這裡很遠。沒想到溫柴竟能看得到這麼遠的地方！
哈修泰爾侯爵是蕾妮的父親，蕾妮是葛雷頓的女兒。把這前後兩句話分開，拜索斯和伊斯遠遠相隔著的時候，是不成問題的。可是蕾妮回到拜索斯，讓她遠遠地看著侯爵，讓她認識到這兩句同時放在一起的話，問題就發生了。
我不知道我建議的到底對不對。
好了，曾經在達蘭妮安面前裝出一副很厲害樣子的修奇到哪去了？人類是什麼呀？哈哈哈。好，我來想一下。蕾妮她還沒有很明白的決定。綜括她的行為和她的話來看，就是這樣：「為何必須要打起來呢？他再怎麼說也是我父親啊」。是這樣一句話，可是在此蕾妮還沒有接受侯爵為她的父親。蕾妮所苦惱的，還處於「再怎麼說……」的水準。哼嗯。看起來是如此。

營火好像燒得很旺，連梅德萊嶺的一部分都被泛成了紅色。

至於涅克斯的父親呢？我突然想到這個問題。涅克斯的父親是誰呢？涅克斯是卡穆・修利哲的兒子，同時是羅內・修利哲的兒子。涅克斯雖然會分辨，可是好像從中產生了矛盾感。那麼，蕾妮會不會也是這樣呢？不管怎麼樣，現在是處於「再怎麼說……」的苦惱程度，如果她繼續抱著這份苦惱，不擴散開來的話，就可以讓她忘了苦惱，不是嗎？

嘖嘖嘖。我怎知蕾妮在想什麼呀！

「啪啪啪。」

什麼聲音？聽起來像是拍動翅膀的聲音，可是卻又有些不像。彷彿就像一隻不太飛得起來的小鳥。哎呀，會不會是一隻夜視力比較差的夜鳥？

「哈哈哈哈。」

夜視力比較差的夜鳥？這句話實在有些可笑。可是，可是為何我突然感覺不冷了？

這是怎麼一回事？

我眼前好像突然亮了起來。真是奇怪！現在是晚上，不是嗎？但這很重要嗎？嗯。當然不怎麼重要。這張臉孔是誰？她好漂亮，好美。不知何時，我眼前站著一個女人。

「你不覺得站起來比較好嗎？」

我知道，當然應該要站起來。可是，妳是……？妳是誰呢？

「請來岩石下面。」

她要我到岩石下面。好，我應該要下去。我幹嘛待在岩石上啊。趕快下去吧。

「請來這裡。我想近一點看你。」

這個女人什麼時候從岩石上面下來的？這是一個眼神很美的女人。她穿著一件簡直就快把夜空直接圍在身上的美麗黑衣。還有，她那張被月光照耀著的白皙臉孔，看起來就像月見草。真是漂亮的臉龐啊！

「你認為我很漂亮嗎？」

我點了點頭。我一面點頭，但還是沒辦法把目光從她的臉上移開。

「是嗎？你這麼認為嗎？那麼，請過來我這裡。」

啊啊，希歐娜。妳以前有這麼漂亮嗎？我感覺到腦海裡一片空白。而且喉頭被哽塞住，呼吸氣息變得十分熱燙。我的手指尖都沒感覺了。我現在正在走著嗎？她好漂亮，好美。

我不知不覺已經站在希歐娜面前了。希歐娜閃閃發光的眼睛正視著我。她的臉頰因月光而泛著藍色。狂風使她的頭髮飄揚了起來。臉上的陰影使她的臉孔看起來無限淒切且悲哀。她是在哭泣嗎？她是在擔心什麼事嗎？

「今晚美得令人覺得悲哀。」

她噙著眼淚的大眼睛變得無限透明。她孤單地合抱雙手，像是很冷的模樣，然後向我走近了一步。那是橫越過世界的一步。她的一步使月光灑落下來，敞開了一個世界。月光完全瘋狂了，竟然會如此地藍！從月光之中好像傳出了轟隆響聲。

「所有人都很孤單吧。」

沒錯。人生太長而且太孤單。但還是有讓生命忙碌的百萬種無用的事，需要去面對，讓人連笑的時間也沒有。然而我不是在妳前面了嗎？希歐娜。妳不要覺得孤單了。從我的嘴裡傳出了話語：

「請不要覺得孤單。因為我們是一體的。」

「真的嗎？你要接受我個人了嗎？」

「我早已經接受妳了。正如同亨德列克接受了達蘭妮安，如同亨德列克接受了妳。要不然……」

等等。這是什麼感覺？

希歐娜的眼睛突然變得細長。我說錯了什麼嗎？她的眼神像是在看一個惹了大禍但還未受處罰的人，她一直看著我。剛才還看起來蒼白但很溫柔的臉孔，如今卻變得很僵硬。我感覺自己犯了大錯。早知道我就乾脆全講完，再去求她原諒。

小時候，我曾有一次和傑米妮玩到一半，就吵了起來。我根本已經不記得是因為什麼事了。因為當時的對話好像都是前後矛盾、沒啥內容的吵架。我一氣之下，就朝著傑米妮的臉打了一拳。一個小孩子的拳頭根本不會很痛，可是傑米妮因為沒有料到會挨一拳，所以猛然號啕大哭了出來。害我嚇得也跟著哭了。我連安慰她也無法安慰，結果傑米妮眼睛青腫，一邊哇哇大哭一邊回她家去了。我則是哭到都從喉嚨發出鴨子般的聲音，也不知道自己是怎麼回到家的，就這樣回去家裡了。

那天晚上我連晚餐也不吃就睡了，一直惡夢連連。因為那時候，我變成是一個因為犯了不可犯的大錯，而躲在自己家裡害怕得哆嗦發抖的小孩子。在夢裡，我看到傑米妮她爸跑到領主大人的城堡裡。我雖然想逃跑，腳卻像是黏在地板上，動也動不了。隨即，我又看到一些火冒三丈的警備隊員，拿出準備用來抓阿姆塔特的可怕祕密武器，正要走過來。我在大路上一動也不動地站著，身體抖得都快散了，卻只能一直看著那個武器。不過我還是不知道那是什麼東西。我轉頭去看大路對面，在那裡有一個墳墓。墓碑上的名字是傑米妮・史麥塔格。我把傑米妮給殺死了。是我殺死的！我又再把頭轉回去，看到那個祕密武器還是在不停地滾過來，還看到那些氣到眼睛都快突出來的警備隊員的模樣。我殺死了傑米妮！

「傑米妮！」

在下一瞬間，我像要往後彈出去似的退了一步，才拔出巨劍。我拔得太快了，以致被瞬間湧到指尖的血給弄得手痛了起來。

「希歐娜！」

「第二個才是我的名字！」

09

希歐娜用憂鬱的聲音回答。我往後又再退了一步。我該不該喊叫呢？叫醒大家應該會比較好吧？可是希歐娜不僅沒有拔劍，而且好像根本不想拔劍。我驚慌了一下，直盯著她的臉。

我剛才怎麼會認為這張臉很美麗呢？她毫無血色的青色嘴唇，像是乾涸的河底般，到處龜裂。還有她的臉頰，像病人蒼白的臉頰。眼睛則是凹陷，散發出冷森森的目光。

「該死的小鬼。」

雖然希歐娜這麼說，然而她的語氣聽起來像是習慣性地講出這句話。這句話完全沒有傳達情緒的功能。希歐娜繼續用那種語氣說道：

「不要叫醒其他人。因為我不會傷害你們。」

我咕嘟吞了一口口水，看了一眼希歐娜。我很想說話，但是卻不知道到底該說什麼。我避開她那雙沒有焦點的眼睛，稍微低下頭來，說道：

「妳剛才對我做了什麼？」

「我有義務告訴你嗎？別傷腦筋了，反正你已經完蛋了。」

「那麼，我問妳，妳為什麼要來找我們？」

希歐娜突然轉身看著我們一行人。她忽然壓低聲音，說道：

「我希望能在遠一點的地方說。在不會被其他人發現的地方。」

「但我可不想這麼做。」

希歐娜用左手抓起圍著的黑斗篷衣角，把它翻到肩後。隨即，我便清楚看到她左腰佩帶的銳劍了。這是什麼意思？難道她是想脅迫我嗎？可是希歐娜只是垂下左手，低聲說著：

「我已經說過了，我不會傷害你。」

「打破約定是令人遺憾的事。可是令人遺憾的是，這種事常常發生。如果要這種事不要常常發生，就應該要用會讓人驚訝或難以置信的話，而不是用令人遺憾的話，是吧？」

「我沒有說過要跟你玩文字遊戲。小鬼！」

希歐娜突然用尖銳的聲音說道：

「只要我想要，現在當場就可以把你們全殺了！乖乖照我的話做，要不然——」

希歐娜突然高舉右手。他媽的！我距離他們太遠了！早知道就應該離他們近一點！雖然我想大聲用力喊著衝過去，但是希歐娜的動作更快。

嘩啊啊啊！

希歐娜舉起的那隻手掌上，出現了紅色的火焰球。這是什麼東西？是火球術嗎？我根本沒空思考，就用雙手掩住臉，上半身往前稍微彎了下來。可是怎麼都沒有聲音？我又再抬頭一看，希歐娜讓火球留在手掌上，說道：

「乖乖跟我走，不然我就立刻把這個丟過去。」

該死！我用力把巨劍插回劍鞘之後，兩手交叉放在胸前。

「好。這樣總行了吧？現在請妳把那個東西拿開。」

我太快答應了嗎？希歐娜稍微眨了眨眼睛，便噗哧笑著放下她的手。她把手一放下，火焰就消失得無影無蹤了。希歐娜直接轉身，說道：

「跟我來。不准耍花招。」

好，我跟妳走。妳要我在這黑漆漆的夜裡，跟在吸血鬼的背後，走進幽暗的森林，是這個意思吧？不過，我總覺得有股陰森森的感覺。

幸好，希歐娜在距離不很遠的地方就停下來了。所以，儘管說自己被抓起來了，可是那種無比陰森森的想像沒有持續很久就結束了，而且這個位置雖然距離我們一行人並不是很遠，卻是一個足以拿來安靜談話的距離。她真的不會對我們做什麼嗎？我的肩膀緊張得簡直只要一摸就會發出喀吱吱的斷裂聲。

希歐娜掀起斗篷，隨便坐在路旁的陡坡上。哼嗯。看來，在禮貌上，我不得不跟她面對面坐下來了。我在不會無禮但至少保持兩隻手臂的距離之下，和希歐娜面對面坐了下來。哦，可惡！我竟然在這無比詭異的夜裡，在無比詭異的山丘上，和無比詭異的吸血鬼相對而坐！明天早上，我頭部的七孔說不定就會變成九孔！因為脖上多了齒痕……等等。脖子是不是不算頭部啊？

就在我胡思亂想的時候，我漏聽了希歐娜的第一句話。

「什麼？」

希歐娜露出冷笑，說道（但為何我覺得她像是在咆哮呢？）：

「我說我只簡單說明來意。可是你再這樣下去，恐怕我沒辦法簡單說了。」

「啊，對不起。我注意聽就是了。」

「好。我要你幫我。」

「好，妳睡不著覺嗎？雖然我知道的催眠曲不多，但還是可以唱得不讓妳覺得心煩。」

「……不是這個。」

「是嗎？啊，如果妳難以啟齒，妳可以不用說。我知道了，我幫妳把風吧。趕快去解決之後再回來。在這種漆黑的夜裡，而且又是在山林裡面，幹嘛怕人偷看啊。妳是不是忍很久了？妳的臉色很不好哦！」

咻！銳劍很快地逼近我，可是我早就料到了！妳知道我已經揮過這巨劍多少次了？杉森式中段接招！鏘！

希歐娜表情驚慌地看了我一眼。我把巨劍上的銳劍往旁邊慢慢地推出去，並且說道：

「雖然妳難以站在我的立場想，可是請妳想想看，在這美麗的滿月夜裡，和吸血鬼對坐著，如果不講些笑話，我可能早就已經大吼大叫著逃跑掉了。妳知道嗎？」

在這裡，我應該用攪拌蠟油那一招來變招的。可是希歐娜在我還沒說完之前，就很快收回銳劍了。我們兩個全都一直待在原來坐著的位置上，沒有移動半步。希歐娜突然動了一下，把散亂的頭髮往後撥去，像是沒發生過任何事那般沉著，她說道：

「你進步滿多的。」

「因為我有不錯的同伴。」

「呼。不要再跟我說笑了，我要說我來的用意了。」

「我在聽。」

「我要你幫我。我要去救涅克斯。」

我想既然已經拔出了巨劍，就乾脆一直拿著。我一面試著讓放下巨劍的動作自然一點，一面用訝異的語氣說道：

「救涅克斯？我可以問妳為什麼嗎？」

「我沒有必要告訴你。」

「可是我覺得很奇怪。妳是以傑彭間諜的身分來幫助涅克斯引發叛變的，不是嗎？不過，涅克斯現在已經對妳沒有用了。妳不知道嗎？」

「所以呢？」

「嗯，我只是想要瞭解妳的立場。可是說實在的，我不太想去救涅克斯。我現在已經忘了他以前的事。我知道他有厭惡拜索斯的理由，雖然能理解，但是無法苟同，因此，我不想對涅克斯浪費感情。而且我也不會和他產生什麼新友誼。雖然我好像說得很無情，但是，我沒有理由去冒險救他啊！」

「你想要什麼，儘管開口。」

「妳說什麼？」

希歐娜用不耐煩的語氣，把她剛才講過的話又再重複一次。

「我是說，你想要什麼就儘管開口。我要是覺得自己可以做得到，我就做。」

「我們來定個契約？」

「好。」

「妳說說看妳的條件。」

「你去擾亂侯爵一行人，讓我可以乘機救出涅克斯。」

希歐娜和我的態度一模一樣，也就是說，我們說這幾句話，都沒有用任何修飾語、沒有用感情。滿好玩的！再這樣講下去，應該會很有趣！等著瞧吧。

「以妳的能力，可以簡簡單單救出涅克斯，不是嗎？」

「我無法一次抵擋三十個以上的戰士。」

「他們又不是全都醒著。而且剛才被我們這麼一搞，已經有不少人受傷了。妳到底有什麼理由？」

希歐娜現在對我投射出那種會令人引發可怕想像的眼神。哈啊。我應該不要再惹她了。我雖然希望盡量以不屈從的姿態來面對她，但卻不知不覺轉移視線，迴避她的目光。

「我在那裡無法使用我的力量。」

希歐娜用有些氣餒的語氣說道。這個人真的是希歐娜嗎？我又再轉頭看她。她不知何時已經轉頭去看遠處的雷伯涅湖。

「無法使用妳的力量？那裡是？……在達蘭妮安的領土上？」

「沒錯。」

「那就明天再去救吧？」

「明天就太晚了。」

「為什麼會太晚呢？」

突然間，希歐娜轉頭看我。她的臉上帶著像是微笑的表情。她在微笑？這代表什麼含義啊？

「你以為侯爵一行人是在追你們嗎？」

什麼呀？這話是什麼意思？

「你們當然是會那樣想。沒錯，你們想的也沒錯。因為侯爵要那個丫頭。侯爵可真的是有備而來啊！」

「沒錯，他很厲害。當然是啊！」

我用揶揄的態度附和她，隨即，她就皺起一邊眼睛，收起笑容。

「妳剛才說的是什麼意思呢？」

希歐娜突然很快地開始說著：

「到了明天，就連托爾曼・哈修泰爾也會抵達褐色山脈。我昨天和今天凌晨都在暗中觀察他們。他們正確地朝著矮人通路接近當中。明天，你們到達矮人通路的時候，就會遇到托爾曼・哈修泰爾，以及劍與破壞之神雷提的祭司。」

是嗎？是這樣嗎？可是這代表什麼含義呢？希歐娜發現到我的臉上只有茫然的表情，就露出奸邪的微笑，說道：

「你這個愚蠢的小鬼。侯爵是算準了克拉德美索的甦醒預定日，才會把托爾曼叫到這個地方來的。托爾曼和祭司早就從亞米昂斯修道院一起祕密出發了。他們早在三天前就離開了南部林地。」

「所以……他們是要來和克拉德美索訂定龍魂使的契約？這是侯爵的計畫嗎？」

「沒錯。你說對了。」

「是嗎？哼嗯。謝謝妳告訴我這個消息。可是，這有什麼關係呢？」

「什麼意思？」

「事實上，誰來當龍魂使都沒關係。也就是說，只要有龍魂使就可以了。只不過，我們希望盡量不是讓那無比可惡的哈修泰爾家族的人來當龍魂使。因為這樣一來會讓侯爵得逞。但是搞不好，會是那邊的人來當龍魂使，那我們也只好接受。因為我們的目的，是為了阻止克拉德美索在發狂的狀態下進入活動期。」

希歐娜皺起眉頭，看著我。

「哈修泰爾的人也沒關係？你的意思是說，即使他擁有克拉德美索的力量，也沒有關係？」

「嗯，是不怎麼好。可是比起發瘋的龍，再怎麼說也是人類比較容易抵擋吧。」

「比較容易抵擋？哈哈！」

希歐娜突然把頭往後仰。雖然她一副大笑的模樣，可是我卻沒有聽到笑聲。她有好一陣子都是這種姿勢，然後她聳動了一下肩膀，把髮絲撥上去之後，頭低下來。

「你這個無知的小鬼！」

「妳這樣認為嗎？妳知道怎麼做蠟燭嗎？」

「你給我閉嘴，小鬼。好，看你可憐，我就跟你說吧。你以為哈修泰爾侯爵很容易抵擋？」

「……妳已經準備好要嚇人了。那麼，現在請告訴我嚇人的話吧。」

「侯爵為什麼需要龍魂使？」

「咦？」

「侯爵自己就擁有龍魂使的資質，幹嘛要到處去找龍魂使？」

「那個啊，當然是為了要再造出龍魂使的血統嘍。」

「你真的很愚蠢！我是在說克拉德美索的事。你想想看，侯爵為了要把克拉德美索納入自己手中，做了什麼事？他去找已經失散十年以上的女兒，還讓原本有龍的托爾曼廢了契約。你難道不知道這些事？」

「我是知道……」

「他為何一定要這樣做呢？侯爵本身也是龍魂使。等等，難道你不知道這事嗎？」

什麼？呃，侯爵也是龍魂使？嗯，說得也是。曾經有一次，我們跑到侯爵的宅邸，要去偷涅克斯的文件。那時候，我很難為情地變裝為修琪莉亞，侯爵握到我的手，就察覺到我不是龍魂使。因為龍魂使可以辨認出龍魂使，所以說，侯爵是龍魂使！

「我知道。哈修泰爾侯爵當然也是龍魂使嘍。」

「原來你知道。可是為何侯爵自己不去當克拉德美索的龍魂使？」

「咦？」

雖然我已經準備要大吃一驚，但這句話實在是讓人太驚訝了，致使我的準備變得毫無用處！這真的是我以前從未想過的問題。侯爵也是龍魂使！所以為何他自己不去當克拉德美索的龍魂使呢？為何要找蕾妮，為何把托爾曼給叫來呢？為何要這樣呢？

希歐娜突然轉身，又再看了一眼雷伯涅湖，說道：

「我沒有時間跟你慢慢解釋了。總之，明天一到，這一行人就會多了雷提的祭司。這樣一來，我就根本無法侵入他們。所以機會就只在今晚而已。」

「……」

「喂，你有沒有在聽啊？」

「請等一下！妳剛才說的話讓我嚇了一大跳。我需要一點時間想一下！」

「什麼？」

「真是的。奇怪了，這麼簡單的問題，我以前卻沒有想到。呃呃嗯。妳說得沒錯。為何侯爵不想直接當克拉德美索的龍魂使呢？」

希歐娜不耐煩地用沙啞的聲音說道：

「喂！我沒有時間和你囉唆了。你要是不幫我，我就讓你們一行人享有在睡夢中死去的福氣。快答應我！」

可惡！這個怪物現在是在威脅我嗎？妳以為我會被妳這個吸血鬼的威脅給嚇到嗎？

「要怎麼幫妳才行？」

人活著應該要懂得圓融變通。呃呃呃。

哼。如今我的處境可真是糟透了！在這三更半夜裡，因為吸血鬼的逼迫，我竟然必須出來散步！

月亮們現在已經往西邊傾斜了，但是夜空依舊還是微微泛著藍色。剛才引發火勢讓我們嚇破膽的那輛馬車，以及那些大樹幹的火焰，如今都快熄滅了。不過，還是有一點火焰在燃燒著，這火焰變成我可以輕易注意到的明顯目標。

這裡如果是我們故鄉的沙凡溪谷，這種山路，我閉著眼睛都可以下得去。可是這裡距離我們故鄉超級遠，距離我們傑米妮也是超級遠……

砰咚！都是因為妳啦，傑米妮！哎喲，我的膝蓋好痛啊。

「不要出聲。你這個笨小鬼。」

妳這是在跟一個唯恐被侯爵一行人發現，連尖叫都無法叫，只能靜靜在心裡頭嘟囔的人所說的話嗎？

「妳再那樣叫我一次，我就叫妳笨吸血鬼。」

希歐娜對我嗤之以鼻，就又再繼續走下去。我一面揉著膝蓋，一面環視周圍。咦？沒想到我們已經走很遠了！可能因為是下坡路，所以走得很快。

山坡現在開始接到湖邊的平地，所以突然間，都沒有傾斜坡度了。我看了一下湖面閃爍的水光。達蘭妮安，今天在您的領土上引發了好幾次騷動，真是對不起您了。湖面被遠山的那些山峰所包圍著，在月光的映照之下白亮地閃爍著。

「快過來！」

希歐娜低聲地威嚇著。應該要讓這女人吃點苦頭才對。可惡！

剛才著火的馬車和那些大樹幹的餘燼還燃著煙霧。希歐娜停下腳步之後，對我說：

「好。從這裡開始，我們分開行動。」

「為什麼呢？妳不要再走進去嗎？」

希歐娜猛烈地呼了一口氣。看來她好像很生氣的樣子。

「你這個連放頭盔都不行的沒用腦袋瓜，再走過去就是達蘭妮安的領土了。難道你要我們在進去之前先徵求許可，然後讓光束射上天空，讓那些傢伙看到才甘心嗎？」

啊，是嗎？但那是妳才會那樣，我才不會有那種情形發生。我聳了聳肩之後，說道：

「妳的暗號是什麼？」

「沒有那種東西。你在心裡數到三百之後，就開始行動。」

「啊，問題是，我……」

「你是說，你一百之後就不會數了？」

咦？她怎麼知道我要講這個笑話？我驚訝地圓睜著眼睛，看了看她。她則是冷笑著，對我說：

「不要再講一些無聊的笑話，快點開始。」

「好，嗯，祝妳好運。」

「你自己才需要。」

希歐娜一說完話，就突然往天空直衝而去。過了一會兒之後，我就看到有一隻蝙蝠朝著侯爵一行人有火光照耀的那個方向飛走，然後我在心裡頭數數。

「一、二、四、七、二十九。可惡。一百二十九、三百。」

全數完了吧？那我稍微休息一下吧。我坐在地上，看著眼前像是一片銀色地毯的湖泊。

要是我能對我們一行人說點暗示的悄悄話，該有多好。可是希歐娜完全不允許。要我和她去救涅克斯？呃嗯，我心裡並不覺得很沉重，可是也不怎麼樂意。那個笨涅克斯幹嘛要去招惹哈修泰爾啊？他痛恨的是拜索斯王室，不是嗎？而且因為那股怨恨，他竟把所剩無幾的自己這樣胡搞！他是因為無法找到幸福，就想毀了自己來報仇嗎？簡直就是飛蛾撲火嘛。

哼。我現在仔細一想，他對拜索斯王室的那股怨恨，實在是有些莫名其妙。因為拜索斯背叛了他幾百年前的祖宗，他就因此產生怨恨，是吧？沒錯。因為亨德列克的全名是亨德列克・修利哲。

哎呀？

對了！我剛剛忘了問希歐娜！我應該問她亨德列克是誰才對。真是可惜！讓我想想看。那麼，希歐娜是要去救她老師的遠代子孫，是嗎？嗯。雖然這樣很符合事情的前因後果，然而可能性不高。她真的是因為師生關係的道義才這麼做嗎？

泰班曾經說過，對龍使用法術是招惹始祖的行為，所以他不喜歡這樣做。那麼說來，希歐娜是因為涅克斯是她老師的後代子孫，所以才想要去救他嘍？呃。如果想要讓這個假設聽起來很有道理，恐怕得不按常理，用跳躍思考的方式才行了。

數到三百的時間到了嗎？我從我坐的地方站起來。好，現在輪到我去問看看達蘭妮安是否還記得我們之間的友誼了。幾個小時前我才跟她道別的，她應該還記得我吧？

我慢慢地開始往湖邊走進去。

月色真美！我好像不是踩在沙子上，倒像是踩在銀粉上面。我轉頭看後面，走過的足跡帶著黑色的陰影，長長地連成了一線。湖面則是一片寧靜。

聽說如果沒有達蘭妮安的允許就進來，湖面會自動射出紅光。可是如果沒有任何變化，就是達蘭妮安正在看著我嘍？好，我來說一句話好了。我停下腳步，面向湖面說道：

「妖精女王達蘭妮安，不久前我才跟您道別，現在我又來了。感謝您記得我而且如此歡迎我。我這樣獨自一個人拖著疲乏的腿走來這裡，一定讓您覺得非常驚訝吧？不過，我拜託您，希望您不要有任何動作。」

湖水一動也不動的，只有偶爾傳來魚跳上來的撲通小聲音，同時，水面就盪出了小小的波紋，除此之外，整座湖泊非常地靜寂無聲。

「謝謝您。事實上，我是要找哈修泰爾侯爵辦點事情。因為我有緊急的事要跟侯爵講。可是我擔心在這當中可能會發生醜惡的事。雖然這是個不情之請，但請您保護我，可以嗎？」

剛才我是因為信任達蘭妮安和我之間的友誼，才會毫無顧忌地跟著希歐娜來。因為達蘭妮安曾說過我和傑倫特是妖精的朋友。

「如果您可以保護我，要怎麼表示出答應的意思呢？但是要用不被侯爵一行人發現的方法。」

我靜靜地等待了一下，忽然，我聽到有奇怪的聲音，往下面一看，有一道小波浪被沖到沙地上。可是等到波浪退回湖面之後，我便看到在濕潤的沙灘上寫了文字：

「我會幫你。不要擔心，快去吧，妖精的朋友啊。」

我高興地笑著，面向湖面低頭表示謝意。

「謝謝您，達蘭妮安。」

好！這下行了！那麼現在，只要把那件很緊急的事告訴侯爵，就行了吧？可是我並沒有走到侯爵一行人有營火照耀的地方，而是站在原地，打開雙腿，牢牢地定站著。

今晚真是寧靜啊！

「哈——修——泰——爾——侯——爵爵爵爵！」

侯——爵爵爵爵……侯——爵爵爵爵……回音真是酷斃了！哎喲，我的喉嚨啊，咳咳。我稍微咳嗽了一下之後，一面眼睛使力，一面盯著有營火的地方。果然，在營火旁邊，開始出現了一個個的小火把。這應該是在點燃火把。

「我——有——話——要——告——訴——你你你你！」

訴你你你你……訴你你你你……這回音真的好酷啊！不過，突然間，小鳥們的尖鳴聲傳來，把回音的尾音給抹消掉了。唉，好可惜哦！

嘎嘎嘎嘎！小鳥們如今像是真的無法再忍受心中的不滿似的，大吼大叫地吱吱喳喳著。嗯？這樣講好像有些奇怪。大吼大叫地吱吱喳喳？

「我要告訴你克拉德美索的祕密！」

我氣喘吁吁的，所以無法把話拉得很長了。於是，我決定改用短短的句子，有力地講出來。回音和小鳥們的尖鳴聲夾雜在一起，使得湖的周圍起了一陣大騷動。而且從我背後也開始從遠處傳來了騷動的聲音。雖然距離很遠，我不是聽得很清楚，但聽起來像是我們一行人被我的高喊聲給嚇得驚醒了過來。啊啊，真是的。他們一定還很累，我卻把他們給吵醒了。

「事實上克拉德美索是一頭龍！」

我大聲說出了非常驚人的事實，我真是以我的嘴巴為榮啊！可是達蘭妮安聽到我的話，會怎麼想呢？她會不會聽得一頭霧水啊？

「還有，賀坦特領地的石蠟一個是五分賽爾！用一根石蠟去把我們領主大人的地全買下來，甚至還會剩下四分賽爾！」

已經有很多火把被點著了，然後喧嚷了一陣子之後，他們就開始沿著山路走下來。而從我背後傳來的騷動聲也越來越大聲了。小鳥們現在都飛了起來，在空中盤旋著。

「如果這些都還不夠驚人！我告訴你一個可能會讓你嚇得跌倒的祕密！城外水車磨坊姑娘的真實姓名今天將在此公開！那個姑娘的名字是……」

「如果你說了，你這輩子就到此結束，杉森要我轉告的！」

呃。我聽到了溫柴的吼聲。溫柴雖然大聲吼了這番話，但好像想爆笑似的，聽起來是那種很怪異的吼聲。不過，這好像是我每天在扮的角色，今天居然角色對換了！

那些火把一邊躊躇著，一邊向這邊移動。雖然距離很遠，但還是比剛才在山頭上面看到的還要更近，所以火把看起來個個都很可怕嚇人。剛才原本看起來像是輕輕印在黑色山上的點，如今卻是呈火花的形狀，熊熊燃燒著。不過，那些傢伙當然不敢隨便進到這湖泊附近嘍。敢來就試看看！

「你這傢伙是誰啊！」

果然，他們離湖泊還有相當長的一段距離，就從火把方向傳來了高喊聲。對方大約有五、六個火把，雖然往下移到了山路中間路段，但是停下的位置離湖泊還有數十肘之遠，然後他們就開始高喊了。我噗哧笑了出來，朝著山路的中間路段喊了回去。

「不要明知故問！你們難道到現在都還不知道是在追誰，卻一直猛追過來嗎？」

火把那邊靜了片刻，好像是回答不出來的樣子。此時，從火把中間傳來了侯爵的聲音。

「修奇・尼德法！」

侯爵的高喊聲，像是一口氣擠出來的尖銳聲音，可以說是聽起來殺氣騰騰。儘管如此，在這寂靜的寬廣湖面上，還是只有高喊聲你來我往。

「今晚真是個美好的夜晚。侯爵老爺！」

確實沒錯。我把手扠在腰際站著，用愉快的心情看著那些火把。他們非常笨拙地在山頭喧嚷著，而我在達蘭妮安的保護之下，則是十分安全。在這種情況下，我即使擺出一副抬高鼻梁、盛氣凌人的態度，也應該不會有人說些什麼吧？

「笨蛋！你還不快點躲到暗處！難不成你想當箭靶嗎？」

溫柴的高喊聲音使我高抬的鼻梁尷尬地縮了回去。哎呀，我的媽呀！我怎麼沒想到這一點？我趕緊後退，從月光映照得到的地方往後退。真是的，仔細一想，我剛才站在還在冒火的那堆樹幹旁邊，等於是把自己的身影都顯露出來了。

在那些火把之中，有一支開始往下移動。他是想做什麼呢？此時，侯爵的聲音傳來，我便知道現在往下走的正是哈修泰爾侯爵。

「原來你們是受到達蘭妮安的保護啊！所以，在這湖泊裡面的笨妖精才不允許我們通行。傲慢種族們的同一黨人，你給我站在原地。我會一個人下去！」

看吧？他的嘴巴未免也太粗魯了。現在他對達蘭妮安說了些什麼話呀？

「喂！我希望在月光下見到的是絕世美女，不需要見一個或許明天早上就會到閻羅王那邊報到的中老年人！你不需要下來了！」

卡爾聽到我說的話，可能正在吐出呻吟聲。雖然我無法想像侯爵會是什麼樣的表情，可是那火把仍然還在向下移動著。天啊，他真的是一個人下來耶！難道，他是要來跟我談話嗎？很好。

我有無窮無盡的話可以說。我一面感受著一股辣呼呼的緊張感，一面昂首站著。此時，從我後方開始傳來了馬蹄聲。是我們一行人在奔跑下來嗎？

接著，侯爵就暫時停下腳步，就連那些在山路半山腰等著的侯爵部下們也開始喧譁了起來。可是，侯爵立刻用尖銳的聲音喊道：

「我並不想打鬥！而且我是一個人下去的！不管是湖泊的妖精，還是流浪乞丐王子，都不要亂吠，乖乖等著！」

什麼？哎喲？現在他真的在隨便胡言亂語了！就在侯爵叫喊的同時，從我背後傳來了杉森壓抑著的高喊聲：

「喂！你說話小心一點！呀啊！」

可是那個被叫做流浪乞丐王子的人卻沒有說任何話。會不會是因為他訝異到說不出話來，才會沒有開口？嗒喀嗒，嗒喀嗒！馬兒們走下斜坡路，發出不規則的馬蹄聲。可是我並沒有回頭看，仍然看著在接近我的侯爵。他到底在想什麼呢？這個大壞蛋現在可以說是摘下了面具，準備要露出他凶惡的真面目嗎？真是奇怪！以前這個傢伙即使很壞，但還是一直小心行動。可是現在怎麼變成這副模樣了？難道可以摘下面具的時機已經到了嗎？

咿嘻嘻嘻！哎喲，我嚇了一大跳！就在我脖子正後方突然傳來了馬鳴聲，害我驚慌了一下。接著，我的頭頂感覺到一股不舒服的打擊力道。

「你這小子！到底在想什麼啊！」

原來是杉森。我用極為鬱卒的表情回頭看了一眼杉森。可惡。我要怎麼解釋我是被逼的呢？

「你知不知道吟遊詩人活著的理由是什麼？」

「什麼？」

「在這世間有太多事是無法用單純的話來解釋。所以才會有歌的存在。」

「修奇……」

「好，好！可惡。我以後再慢慢解釋啦。而現在請你想一件事。」

我露出一個我所能露出的最認真的表情，並且用充滿信賴感的語氣，說道：

「杉森，你所認識的修奇，難道是個會做出莫名其妙之事的笨少年嗎？」

「當然是啊。」

「杉森，拜託！」

在杉森的旁邊，是吉西恩和溫柴。他們各自用很矯捷的動作從他們騎來的馬匹上跳下來。溫柴從馬匹跳下來之後，手上不知何時已經拿著劍。真是神奇！難道他是一邊下馬一邊拔劍的嗎？杉森也拔出長劍，並且用殺氣騰騰的語氣說道：

「現在眼前的情況緊急，所以我當然會等以後再聽你說。修奇・尼德法！可是雖然你說以後會解釋清楚，我卻會記得等一下要給你當頭棒喝。」

「好，好。我就是希望你這麼做。現在就請安靜別說了。」

吉西恩一抽出端雅劍，就聽到嗡的一聲，簡直就像連胸口也清亮了起來的聲音。他放下端雅劍，向我走過來。然後他皺起眉頭，瞄了我一眼，並且冷冷地說道：

「修奇・尼德法。」

「是，吉西恩。」

真希望我的答話不要帶有不安感，不要聽起來像是個犯了大錯的人的聲音。雖然我不覺得內疚，但面對那種表情，我還是不由得不安起來。吉西恩用僵硬的表情說道：

「以後我再聽你解釋這件糟糕事情的始末。可是有一件事，我現在當場就該謝你才對。」

「謝我？謝我什麼呢？」

吉西恩忽然轉頭去看山路的下方。原本躲在樹林的樹木，忽隱忽現才往下移動的那些火把，如今都下了山路，停在湖邊的路口。侯爵現在看到我們的人數增加了，會不會躊躇不前呢？

吉西恩一面盯著那些火把，一面說道：

「我是指這傢伙露出了馬腳。現在我可以公然地說，這傢伙再也不是尊崇拜索斯王室的人了。現在我一定要處罰這個傢伙。」

「我幫你。」

「嗯。」

我點頭之後，看了一眼侯爵。溫柴往我旁邊唰地走過來，他一言不發地用泰然自若的態度站著。我回頭看杉森，對他說：

「其他人都還在原來的地方嗎？」

杉森低聲喘了一口氣，說道：

「他們都在小心翼翼地下來。可是卡爾會看情況決定是不是繼續下來。我們沒有很多馬匹，如果下到這裡來，不容易脫逃。」

「啊，是嗎？」

「是啊。你這小子，我們應該要避免不必要的衝突吧？雖然他們剛才損傷了很多人，但還是很危險啊！我們為了不要發生流血的衝突，一直在逃，可是，你卻在這三更半夜裡跑出來找人打鬥？你這小子到底是有腦筋還是沒腦筋啊？你該不會是在夢遊吧？」

「我不是說過了，我是有理由的！」

「可惡，你的理由想必一定很偉大嘍，一定是的。」

杉森如此講完之後，對吉西恩說：

「他看起來好像不想下來。而修奇也安全無事，所以我們就退回去，是不是也沒關係？他們怕達蘭妮安，應該是不會追過來吧。」

吉西恩靜靜地看著前方，並且輕輕地搖了搖頭。

「他會這樣大膽下來……雖然是我們料想不到的事，而且令人驚訝，但是不管怎麼樣，機會就是機會。我們應該聽他講幾句才對。」

端雅劍真是安靜！在這令人緊張的氣氛下，就連端雅劍也閉嘴不說話了嗎？侯爵又再高喊著：

「我再說一次。我不想打鬥，我會一個人下去！請不要發動攻擊！」

「我們不會攻擊你，下來吧！」

吉西恩暴戾地喊了回去。可是走到湖盡頭的侯爵卻不想再前進，他喊道：

「你要不要以騎士的名譽發誓？」

「騎士的名譽對你而言是太奢望了！我以我的劍的名譽發誓！」

吉西恩的回答使我們強忍住笑聲。以端雅劍的名譽？他好像很會用這種泰然自若的表情說這種話。可是侯爵對吉西恩以劍的名譽發誓，卻好像有接受的意思。

「好，現在我要下去。你們在原地等我！」

後面那一句好像是在跟他部下喊的話。不管怎麼樣，他說完之後，過了一會兒，侯爵就又再開始走近我們。杉森突然回頭看溫柴。

「喂，你的眼力比較好，有沒有人偷偷跟著下來啊？」

「沒有。只有侯爵而已。」

「是嗎？嗯。只有侯爵而已。那他的膽量可真好。」

侯爵原本一直朝著我們這邊走過來，等到他眼前淨是一片湖水的時候，突然停下了腳步。他是想向達蘭妮安徵求許可嗎？可是，在下一刻所聽到的話卻讓我們驚愕不已。

「湖裡的達蘭妮安！如果您想再次射出紅光這種玩意兒，請放下這種念頭！這是人類之間的談話。所以請您想想自己的身分，靜靜別動！您既為妖精，就請不要插手管人類的事來保護這一黨人，使我和我的人不當地被阻擋無法通行，這樣我真不知道您是否還有體統在！」

我的天啊！看來這個人類已經完全瘋了！我們四個人的眼神很自然地望向湖面。

湖面開始動了起來。達蘭妮安是在生氣嗎？在這一瞬間，我聽到背後有嗒嗒聚攏過來的腳步聲。怎麼一回事？溫柴吐出了低沉的呻吟聲，說道：

「一群愚蠢的熊！居然敢聚到湖邊來！」

「什麼？」

一陣鳴響聲。是那種難以解釋的怪異鳴響聲。而且那是不會鳴響的東西在響著，也就是說，可能是城堡或山之類的巨大東西從底部開始鳴響的聲音。搖晃了！我的腳在不停搖晃著！而包圍雷伯涅湖的所有山群則全都在鳴響著。

轟隆隆隆隆隆！

我的上下顎碰撞著，簡直快碎裂開來。我感覺鼻孔都快被塞住難以呼吸。杉森喊出覺得難以置信的聲音，使我耳朵快爆炸開來。吉西恩則是一面看著湖面，一面遲疑地往後退，接著，他就跌倒在地了。他連想再爬起來都沒想，只是望著湖面。

「哦……我的天啊！」

深紅色的光線從整座湖泊升了起來！

整個湖面都散發出光芒。這並不是我們至今所看過的那種紅色光束。而是整座湖泊像鏡子反射陽光般，直徑數千肘的紅光就這麼直衝天際，簡直就像是火山爆發。湖的周圍在霎時間亮得跟大白天沒兩樣，我轉頭看旁邊，杉森的臉孔都變成了血色。不對，應該說，在我緊皺眉頭之間所看到的周圍所有東西，都熾烈得發出血光。

大地她今天好像決定要破壞掉她自己的一部分。從山群之中傳來了不祥的聲音。吱隆隆！吱隆隆！天啊，山會不會裂開來啊？形狀像是碗盤的湖泊周圍地形，使鳴響聲增強了數倍。吱隆隆！吱隆隆！而在湖裡，正在射出一道無法言喻的巨大光芒。

由於上下劇烈搖晃，我都暈得快吐了。杉森跪下膝蓋，把劍往上舉起，一直在喊著像是要求原諒的話。我只能稍微聽到類似「呃啊！我知道錯了！我不會再這樣做了！」的話，如果去細聽腦筋會變得很奇怪（杉森居然會如此！），而且周圍混亂的情況也讓人無法去細聽他的話。吉西恩則是把腳攤開坐在地上，一副狼狽的模樣。在熾烈的地上，他的背後拉長著一個無盡的影子。

此時，溫柴尖聲地說道：

「看中間！看中間！」

「中間？」

「仔細看！在光芒中間！是達蘭妮安！」

什麼？在光芒中間？可是這麼巨大的一片光芒，哪裡是中間啊？光芒直接穿越天空，整片夜空瘋狂似的泛著紅色。雖然我可能是有點誇張，但是這陣鳴響聲少說也已經響徹了整個拜索斯。而且這光芒，天啊！我看恐怕不是整個拜索斯，而是連傑彭和海格摩尼亞都可能看得到。現在大概在呼嚕呼嚕大睡的傑米妮應該是看不到，可是賀坦特的警備隊員們可能已經亂成一團了。這道令人暈眩的光線，看起來一定很像是刺穿過夜空的火焰劍吧。轟隆隆隆隆！

是達蘭妮安！

我可以看得到她。在一片血光之中，她飄浮在水面上三十肘的地方，正在走過來。不對，她並不是走向我們。她正走向侯爵。

她在紅光之中燃燒著更加火紅的光芒。聚合在她周圍、熾烈的巨大金光火焰，使我好不容易才認出是她，可是她的身子實在太小了，小到我無法看清楚。不過，她用始終如一的速度穿越過紅光，走向侯爵。

侯爵還是站在原地。原本他手持的火把已經掉到地上，但還在燃燒著。是他把火把丟掉的嗎？我看他的手移到劍柄，所以好像是。怪異的紅光使得湖的周圍像白晝般明亮，所以可以清楚看到他的模樣。他的衣服和全身都被泛成紅光。即使站到最深沉的夕陽之中，也應該不會比這還要更紅。

哈修泰爾直挺挺地站著，迎視著達蘭妮安的目光。達蘭妮安在距離侯爵稍遠的位置停住。從火中燃燒著另一種火。

「哈修泰爾，你要我別插手管嗎？」

這個是……天啊！這並不是達蘭妮安說出來的話。是整座湖，不對，是雷伯涅湖和它周圍的山群，整個全體在說話。周圍的所有東西、那多得可怕的湖水和紅光，還有樹木、岩石和泥土，還有雄偉的山脈，在向侯爵說話。

可是，侯爵是人類。

他是一個知道如何獨自面對這個世界的人類。對他而言，就連種族的名字也不需要。矮人是整個種族在岩石山中鑽洞。半身人是整個種族在造出美麗的庭園和開朗的笑容？人類則不需要那種東西。人類，人類知道如何以個人來面對這個世界。而侯爵則是知道如何以侯爵身分來面對這個世界。因為，他能夠把大自然牽引到自己的水準。可是達蘭妮安卻無法做到。侯爵很自然地流露出昂然的模樣，他很平靜地答道：

「沒錯。」

這等於是對世界的挑戰。這簡單的肯定句是踩踏著整個世界的人類所說出來的話。路坦尼歐大王啊，你該高興了吧！因為繼您之後三百年，破壞八星之後過了三百年，如今這麼悲壯、簡簡單單一句話，現在正在擊毀這個世界。

達蘭妮安說道：

「三百年來，我頭一次看到如此放肆的人！」

不過，這一句卻是達蘭妮安說出來的話。既不是湖所說出來，也不是山說出來的。達蘭妮安被侯爵牽引出她的本身來了。雖然她現在還是一副昂然的態度，但是和剛才不久前的她相比，看起來簡直可憐到令人流眼淚。就連迸射到天際的火花，如今也不再讓眼睛刺痛，不再感覺像要燒毀全身。那只是明亮的光芒而已。

「這裡是我的領土。你是說，我不可以在我領土上，做主人該做的事嗎？」

理論上，是可以的。但那只不過是種拙劣的理論。那也是人類的理論。是個人與個人的理論。從妖精女王的嘴裡說出來，聽來是無比可憐的理論。不過，達蘭妮安如此說了，給人感覺簡直就像是在耍賴似的。侯爵冷冷地答道：

「隨您的意思去想吧。反正我不在乎您的想法。」

現在就連理論也被摧毀了。達蘭妮安現在會不會捲起火焰，把侯爵給毀滅掉呢？要不然，如瀑布般的水柱會不會把他給淹沒掉呢？

達蘭妮安並沒有做出任何行動。只傳來了可以明確感受到在顫抖的聲音。

「你心裡也存在著小亨。」

吉西恩和杉森都站了起來。他們站起來之後，一言不發地看著達蘭妮安和侯爵。在這種場面下，實在是不想說什麼，所以他們什麼話也不說，真謝謝他們了。

就連山的鳴響聲、大地的鳴響聲也都沉靜了下來。一大片射上去的光芒依舊存在，但這東西現在已經沒有任何影響力了。如果硬要說有的話，就是很亮，可以讓人看清楚東西。我的天啊！剛才那象徵力量強大到令人恐懼的光芒，如今居然變成只能照明？卡爾，你說幾句話吧。到底這像話嗎？

「在你的心裡也有，躍然活現到令人難以喘息的小亨。」

雖然距離很遠，我還是可以看得出侯爵的表情。他面帶著些許訝異的表情，說道：

「小亨？妳是指亨德列克？」

「沒錯，人類。這個名字太過高貴，不該從你的嘴裡說出來。可是你的心裡卻存在著小亨。」

從侯爵的眼裡，瞬間閃過一個醜惡到令我全身疼痛的笑意。他用無比狡猾的聲音說道：

「妳是說，在我心裡存在著亨德列克，不，小亨？妳的意思是，妳從我身上感受到小亨，是吧？」

達蘭妮安點頭了嗎？我並沒有聽到回答的聲音，只有哈修泰爾侯爵的回答再度傳來：

「那麼，我以存在於我心裡的小亨之名命令妳，請從我面前讓開吧！而且請不要妨礙我！」

這個該死的混帳傢伙！現在這傢伙到底是在講些什麼呀？真是惡毒，不可言喻的惡毒！

達蘭妮安只是無言地低頭看侯爵。她的身體周圍依舊燃燒著深紅色火焰，可是從她身上卻感受不到憤怒。達蘭妮安！現在妳可以發火了！這個傢伙，可以當場，連留遺言的時間也不用給，妳大可把他給殺掉。這傢伙現在想要利用妳和亨德列克的關係來當作他的手段！

「我知道了。」

達蘭妮安開始往後退。哦哦，不行！

「不可以這樣做！」

我在不知不覺之中高喊了出來。

原本在一旁靜靜聽著的杉森，嚇得遮住耳朵。不過我沒空向他道歉，直接就往前跨出了一步，並說道：

「不可以這樣做！他不是亨德列克！如果認定這個傢伙心裡存在著亨德列克，就是侮辱了亨德列克！」

侯爵彷彿像條蛇般敏捷地轉頭，開始瞪著我。達蘭妮安的聲音細細地傳來。

「修奇，可是我可以感受得到。這是不由自主的。」

「不由自主？什麼，您在說什麼？」

「就像你跟我說的那樣。這就是你們，不是嗎？」

艾賽韓德是什麼時候下來的啊？好像有人用斧頭柄捶了我的腦袋瓜一下。

這是我們。達蘭妮安心裡的亨德列克、在我心裡的亨德列克，還有哈修泰爾心裡的亨德列克，全都是真的。進去過永恆森林的人，當然就連他的朋友也會忘記他。

「您還是不懂嗎？所謂的我，所謂的我並不是只有這個身體裡存在的東西。對其他人而言，其他所有的事物都有我。我要說的就是這個意思！我的意思是，這所有的事物都聚集起來的時候，才有我這個人。我們是這樣生存的。這就是人類！」

我對神龍王講過的話，一字不漏地浮現在腦海裡。所有的人真的都有亨德列克在裡面。這是無法否認的。

「達蘭妮安……！」

我的喉嚨好像哽咽住了。有人按住了我的肩膀。是誰呢？

「修奇。」

我轉頭一看，就看到吉西恩那張沉著的臉孔。

「你所說的，還有妖精女王和侯爵的談話，我全都難以理解，但我想要說一句話。」

「吉西恩。」

「讓妖精女王照她的意思去做吧。」

「讓妖精女王照她的意思……」

「是的。在我聽來，雖然我不知道這是否正確，不過，妖精女王好像從侯爵那種固執且信心十足的態度裡，想起了三百年前，那個為了自由誕生的所有生物，而不惜燃燒自己的大法師。她好像是看到了他的威風凜凜、他的信心十足，還有他的堅定意志……對嗎？啊，謝謝你，端雅。」

原來是端雅劍先答話了。我費力地吞了一口口水到哽咽的喉嚨，然後抬頭看吉西恩的紅臉孔。

「雖然對我而言，我很難聯想到，但是妖精女王如果說她如此感覺到，最好就不要反駁。修奇。」

「這樣對嗎？」

「對妖精女王而言，有什麼是對的呢？」

我又再次覺得後腦杓被敲了一下。沒錯。一定是艾賽韓德悄悄走了下來之後，蹦蹦跳跳地一直在打我的後腦杓。

對妖精女王而言，有什麼是對的呢？可以越過次元、可以越過國度的妖精女王，對她而言，什麼是對的呢？

「這就不得而知了。」

「沒錯。我們不能用我們的想法或觀念來強求她。」

「謝謝你，吉西恩。你真不愧是……」

我的國王。後面的話被我吞了下去，我把頭轉回去。吉西恩並沒有反問我。

達蘭妮安現在退到了湖的中心，侯爵還是直挺挺地站著，直盯著我們這邊。而侯爵的部下們則是慢慢地走下來，像是一條蛇爬下梅德萊嶺似的，形成一條火把的行列。

就連紅光，現在也變得越來越弱了，可是並沒有消失。達蘭妮安想要說什麼呢？令人感激的是，達蘭妮安立刻用響徹湖泊的那個聲音說道：

「要下來的那些人全都回去！」

原本在慢慢往下移動的那些火把，嚇得全都開始往上移動。達蘭妮安的聲音繼續接著傳來：

「在我的領土上使用暴力者，將永遠無法在人類世界裡找到他的蹤跡。我這是對兩邊所有人做的警告。把劍收起來！」

收起來！起來！起來！回音反覆不停地響著。吉西恩雖然一副不高興的表情，但還是以彬彬有禮的動作鄭重地把端雅劍收回劍鞘。隨著他的動作，我們也收回了各自的武器。所有人都是用鄭重的動作，所以幾乎聽不到鐵器碰撞的噹啷聲。

侯爵猛然轉頭看了一次湖泊，就開始走了過來。難道由於達蘭妮安在中間協調，使得這次談話變成一個完全非暴力的會談了嗎？溫柴帶著一副對這種會談沒興趣的表情，往旁邊走過去，選了一個適當的岩石坐下來。吉西恩則是直盯著正在接近我們的侯爵。這時候，我和杉森感覺自己似乎變得有些矮小，都往後退了一步。看來，吉西恩和侯爵好像應該要談一下才對。

10

從湖裡射出的光芒已完全消失不見了。一時間，眼前一片昏暗。我閉上雙眼一會兒之後，再睜開時，才再度看到稍早前被月光映照得泛著藍光的湖水，以及暗藍色的森林和山影。踏著月光走來的侯爵，停在大約離我們二十步的地方。

夜風長嘯。方才飛散而出的那群鳥好像又飛了回來，使得樹林裡有一陣些微的騷動。不久之後，四周一片寂靜，只聽得到侯爵的腳步聲，以及隱約的波濤聲在耳邊迴響。

侯爵可能因為周圍突然變暗的關係，所以把頭稍微向前一探，去看吉西恩的臉。在滿月的月光下，要認出對方的臉孔似乎並不是很難。果然，侯爵點了點頭，說道：

「是廢太子啊。」

他現在說話真的是隨便就脫口而出！吉西恩一時頓住，不過馬上就冷靜地回答道：

「沒錯，哈修泰爾。」

侯爵又點點頭，然後目光掃過在吉西恩身後的我們。他露出令人看了不悅的微笑，說道：

「看來你跑出宮外，順便還拉了一群人作伴。你帶著一群在身邊繞來繞去的嘍囉，居然還這麼會逃！」

這個混蛋！杉森的嘴裡發出了某種東西用力碰撞的聲音。吉西恩稍微喘了一口氣之後，用冷靜到無法再冷靜的聲音說道：

「你別把你自己的水準套在我身上。因為我的這些朋友們，和你那一群像小鴨在母鴨身邊繞來繞去的傭兵是不一樣的。」

哈哈！說得好，吉西恩。對偷偷摸摸培養傭兵的人講話，這番話真是再好不過的答話了。侯爵微微張開雙臂，陰險地笑著說：

「我很好奇，你為何要干涉皇宮的事呢？」

「你說什麼？」

「我是說，你為什麼要干涉王室和貴族的事呢？去插手管自己能力不及的事，是不智的。你還是多關心你那發臭的流浪生活吧，吉西恩。把精神放在比行程表和今晚的食物還要來得更難的問題上，到底是為什麼呢？逃避者就要過得像個逃避者才對呀，幹嘛要干涉這世間的事務呢？你難道連禮節都不懂嗎？」

「我……我並沒有逃避皇宮和王室的事。那裡是我內心深處的故鄉。」

侯爵一隻手扠在腰上，笑著說道：

「哈哈哈。看來你對於自己在房間裡釘釘子然後逃出宮外的這件事，似乎感到很自豪的樣子。你這副模樣，比起那種把玩具藏在自以為最安全的地方，然後一大早就跑出家門的流鼻涕小孩還更好笑。」

「對於一個看著主人食物卻只能吞口水的下人而言，你好像說得太多了。」

看來面對哈修泰爾的惡言相向，吉西恩也在構思著如何以其人之道還治其人之身。哈修泰爾對這個暗示叛亂者的隱喻，扯開了大嘴說道：

「主人？你說的主人是什麼東西，我完全也無法理解。難道你指的，是大法師靠魔法把戲所建立出來的拜索斯王室嗎？還是指那個由一堆流浪者、山賊和北方野蠻人所創建，像老鼠小洞的國家呢？」

「如果說拜索斯是個老鼠小洞的話，那在老鼠小洞裡活蹦亂跳了三百年，吃老鼠的米長大的刺蝟，又怎麼說呢？」

雙方表面上看來都很沉著，可是兩人都還沒有說出彼此真正要說的話，只是不斷地用毒辣的話語，你來我往互不相讓，他們內心裡應該是非常激動吧。侯爵張口說道：

「我不想和你囉唆這麼多。還我女兒來。」

吉西恩抬起下巴說道：

「在這之前，你要先承認你的罪行。」

「我的罪行？」

「你這個完全置拜索斯王室恩惠於不顧，忘恩負義的傢伙！你對國王的警備隊員和其家族犯下了無法洗刷的罪行，還私底下放走了國王的龍！並且還暗中培植明令禁止的大規模兵力！」

吉西恩一條一條地列出哈修泰爾的罪行，音量也漸漸地提高。但是相對於侯爵的毫無反應，吉西恩嘶吼的話聽起來像是在月夜下的狗吠聲。哈修泰爾雙手交叉在胸前，說道：

「還有嗎？可能你還沒想到吧，我不久前才犯下了冒瀆王室的罪行呢。」

「你這個混蛋的罪行豈止這些！然而現在數出來的罪行就足以判你三次的絞刑，拜索斯王室將會以此來懲戒你！」

「這樣是不夠的！」

這是誰的聲音？這不正是涅克斯的聲音嗎？

希歐娜！她辦到了！侯爵和我們一行人都很快地轉過頭去。靈幻駿馬高高地飄浮在夜空星光中。兩匹靈幻駿馬分別由涅克斯和希歐娜騎著，而且我還看到了賈克。

「哈哈哈！妳辦到了啊！」

杉森一聽到我的笑聲，眼睛瞪得圓滾滾地。他雖然看著我，卻是溫柴搶先開口說道：

「難道這是你製造騷動，讓希歐娜去救人的聲東擊西戰術？」

「是的！沒錯。」

溫柴嘻嘻一笑，說道：

「你這個乳臭未乾的小鬼……隨便和敵國間諜聯手合作，可是行不通的啊。」

「我是被逼的！她威脅我，說如果不合作的話，就把還在沉睡中的你們全都殺了！」

此刻杉森驚訝地張大嘴巴。溫柴噗哧一笑，然後又再抬頭往上看，說道：

「那就沒有辦法了。我知道了。」

侯爵見狀一面咬牙切齒，一面轉過頭去。在梅德萊嶺上的那些火把光芒，正在慌張失措地晃動著。可能他們是現在才知道涅克斯脫逃的事吧。飄浮在半空中的靈幻駿馬，離湖泊的邊界還有一段相當遠的距離。希歐娜是真的沒辦法靠近湖泊附近，還是因為她小心行事的關係呢？涅克斯的聲音有些喘不過氣來，不過他還是尖銳地喊道：

「拜索斯王室給我退下！我要向這個老奸巨猾的人討債！」

吉西恩訝異地抬頭看著上方，說道：

「涅克斯・修利哲！你要討的債是什麼東西？別五十步笑百步了，禿鷹和野狗不是同夥的嗎？我真不懂，一樣都是背叛者，你們之間怎麼會有互相憎恨的理由呢？」

涅克斯沒有回答。此時侯爵說道：

「回來吧，涅克斯。」

「給我閉嘴！你這個骯髒的傢伙！」

侯爵搖了搖頭。他的表情像是老師面對著一個惹是生非的學生。

「你這個涉世未深的小伙子。你難道不知道你是怎麼樣被生下來的嗎？隨心所欲像個小孩子般的行為，已經讓你支離破碎了，你難道還要反抗我到底嗎？」

什麼？呃，咦？這又是什麼話啊？涅克斯發了瘋似的吼叫聲，響徹了整潭湖水。

「你連狗都不如！你不要動不動就張開你那張臭嘴！」

杉森訝異地說道：

「野狗和禿鷹會打架，泰半是為了一塊腐壞的肉。但是現在好像有比壞掉的肉還更複雜的問題存在著？」

「謝了。你下次也幫我把話都講完吧。」

杉森嘟起嘴巴，開始觀察侯爵。這到底是什麼樣的對話呢？我們大家都達成了一個共識，那就是什麼話也別說，靜觀其變就是。就在我們都閉上了嘴巴後，侯爵又再用一種反倒聽來有些親切的穩健語氣，說道：

「涅克斯，你還記得的。當你再也看不見世上的曙光、差點沒命的時候，是誰救你的？分裂後的你，大概也沒法說你腦袋裡這件事已不復記憶了吧。如果你沒忘記的話，應該是不會說出這種話來的。你倒是回答看看，是誰救過你。」

「混蛋！是誰害死我父親的！」

怎麼回事？是在說卡穆・修利哲之死嗎？侯爵搖了搖頭。他說道：

「事情不是那樣的。」

「是你這傢伙害死我的父親！」

「事情不是那樣的，涅克斯。那件事即使我當時不說，也一定會成為眾所周知的事實。卡穆雖然是你的父親，但他只不過是個選擇了令自己無法承受的愛情，是個心智瘋狂的人而已啊。他逾越了不能逾越的事，不是嗎？他是個奪兄之妻、破壞人倫、罔顧兄弟之情的人啊。他是罪有應得才死的啊。」

侯爵他說「即使我當時不說」？等一下，剛才侯爵是那樣說的嗎？吉西恩呻吟道：

「那麼說的話……是侯爵把偷情那件事……」

原來是侯爵去向羅內・修利哲告發的！

天啊，原來是這麼一回事！原來是哈修泰爾侯爵知道了亞曼嘉・修利哲和卡穆・修利哲間的戀情，於是向羅內・修利哲告密！所以羅內・修利哲才會殺了卡穆。涅克斯放聲嘶喊著：

「你騙人！是你嫉妒我父親！」

「涅克斯！」

「因為哈修泰爾家族沒有任何人可以成為克拉德美索的龍魂使，而你因為我父親卡穆・修利哲成為克拉德美索的龍魂使，所以嫉妒他！然後為了奪回克拉德美索，就害死了我父親！你這個暗地裡打著鬼算盤，還裝出一副假紳士模樣的傢伙，別再用你那滿口的仁義道德來唬人了！」

怎麼會這樣……我連話都說不出來了……杉森，有沒有什麼話可以暢快地形容現在目前的這個狀況呢？但是連杉森也驚訝地張大嘴巴，只是聽著他們的對話。反而是溫柴緊皺著眉頭，說道：

「Kjaeri, Talkomana ziishinu vohai...」

「什麼意思呢？」

溫柴似乎沒聽到我問的話。他只是用銳利的眼神看著在互相辱罵的這兩個人。這簡直就像野狗和禿鷹在爭吵！這個時候，哈修泰爾侯爵又再喊道：

「你要說就直說，別跟我耍嘴皮子！看來你是真的什麼都不記得了！」

「什麼？」

「羅內・修利哲殺了自己的弟弟，他連自己的夫人也打算殺掉時，是我救了她，所以你才得以出世。沒有我的話，你怎麼可能會活在這個世界上！還有，你說我嫉妒卡穆・修利哲？你說的是那個救了亞曼嘉，也把你救起來的我嗎？」

「哈哈哈哈！」

涅克斯開始咯咯笑了起來。如果他像發了瘋似的發火，或是張口結舌地愣在那邊，都還說得過去，但是為什麼他要咯咯笑呢？涅克斯停止了笑聲，說道：

「是這樣的嗎？真的是這樣嗎？」

「確實是這樣！」

「你是說，你救了我母親？」

「所以你才活了下來，不是嗎！」

「狡猾的狐狸掉到自己的詭計裡了。你這個瘋子，我對這件事可是記得一清二楚！那時候的情況，我母親早就告訴過我了！」

哈修泰爾侯爵沒有回答，他只是一直瞪著涅克斯。我聽到涅克斯斷斷續續的說話聲。

「怎麼不說話了？要不要我直接說出來？你可以救得到我母親，是因為你就在旁邊！就是你，眼睜睜地看我父親被他哥哥殺死，然後才去救我母親。我說得沒錯吧！」

哈修泰爾侯爵什麼話也沒回答。他只是皺著眉頭，一直望著天空。涅克斯長長地嘶喊著：

「要不要我來說明原因？」

「沒那個必要。」

「哈哈哈！我以前一直很好奇！我是說你為何救了我母親的事。在知道那件事之後，我想了很久很久。」

「……別再說了。」

「結果你這傢伙收養的龍魂使小孩，給了我一個很好的提示。然後再聽到哈斯勒的轉述後，我已經完完全全地瞭解了！」

「我叫你別再說了！」

「你要創造龍魂使血統！」

創造血統？龍魂使的血統？咦，這就是哈修泰爾侯爵惡名昭彰的罪行啊。這已經不是第一次知道的事了，為何要再提呢？

侯爵不耐煩地說道：

「你到底想說什麼？」

不知不覺間，斜照著的月亮在涅克斯的背後閃爍著。涅克斯現在看起來像是一頭看到月亮之後咆叫的野狼。他像是在長長地悲鳴，但卻笑著喊道：

「哈哈哈哈！為了得到迪特律希，就殺了他母親，就跟你為了得到我，就殺了我父親是一樣的意思吧？你為了得到卡穆・修利哲這個當代最佳的龍魂使血統，所以才這麼做！不是嗎？」

艾賽韓德。算我拜託你，可不可以不要在後面一直敲我腦袋呢？但是我卻看不到艾賽韓德。真是的。那麼，為何我的頭會這麼痛啊。太陽穴像是被誰按著不放，簡直就像在額頭中央長出了一棵松樹。似乎有很多樹根鑽進腦袋裡去……我怎麼胡思亂想起來了。

杉森強忍住一直想拔劍的動作，不停顫抖著他的手。他大概是想拔起劍，刺向侯爵吧！這和我心裡想做的一樣，所以我知道，杉森。若不是達蘭妮安的警告，我早就當場讓侯爵下跪，用高興的心情在侯爵的背上刻上他所有罪狀了。侯爵這個惡毒的人類！他把人當成什麼來對待啊！

杉森終於忍不住喊道：

「侯爵！他說的是事實嗎！」

侯爵沒有回答。他仍然還是仰著頭，看著在夜空中的涅克斯。他不回答是什麼意思啊？吉西恩用喉嚨沙啞的聲音，很吃力地說道：

「我要更正剛才說過的話才行。判你絞刑實在是對你太好了。」

抬頭望著天空的侯爵，頭部突然移動了。他不耐煩地瞪著吉西恩。他那種眼神不像是人類的眼神，而是像一頭野獸在怒視的眼神。他雖然嘴角上揚，卻不是在笑。

「乞丐與流浪漢的王子，斗膽請問您是在判我的罪嗎？」

令人訝異的是，吉西恩並沒有生氣。

「對。我是一個不折不扣、不夠資格來使優比涅的秤臺平衡之人。」

吉西恩的聲音很低沉平穩，但那只是像潰決前的河堤的那種堅定。我可以深深地感受到在那種聲音下，蠢蠢欲動的巨大力量。吉西恩說道：

「但我是拜索斯。而且，現在信奉的是禿鷹與光榮之神亞色斯。」

侯爵雖然變得一副啼笑皆非的表情，不過他還是向後退了一步……他用尖銳的語氣說道：

「你在胡說些什麼！難道你跟你妹妹一樣是在家修行祭司嗎？你怎麼可以直接信奉亞色斯！你怎麼可以把神放在你這種體內流著汙水，而不是流著血，擁有拜索斯之名的人身上呢！不要胡說八道了！」

「我的體內流著汗水，而不是血？」
吉西恩拿起了劍。溫柴快步跑去，向吉西恩說道：
「你發過誓。還有別忘了達蘭妮安的警告。」
「呃啊啊！」
吉西恩大聲一喊，但是沒有拔出劍來。哈修泰爾聲音低沉地說道：
「呵呵呵。堅守你的誓言吧，亞色斯的騎士，堅守亞色斯的光榮吧。」
吉西恩脖子都暴出青筋了，他一言不發地看著哈修泰爾。真是的，那傢伙簡直就是利用「自己是在毫無防備的狀態下山」這一點來保命嘛。這時飄浮在半空中的涅克斯，說了一句大快人心的話：
「哈哈。我可沒有發過誓的記憶。」
侯爵一下子又變得慌張了起來，向後退了幾步。他一面跌跌撞撞地後退，一面看著上空。涅克斯冷笑著說道：
「妳是叫希歐娜嗎？妳說妳是我的同伴，是吧？如果說妳救了我的命，那現在也把我的意志救回來呀。幫我把那個垃圾給毀了！」
但是希歐娜什麼話也沒回答。涅克斯忍不住大叫：
「妳在做什麼啊！」
這個時候希歐娜才低聲地回答，那是一個勉強才能聽到的聲音。
「涅克斯，我沒辦法接近那座湖泊。那裡是妖精女王的領土呀。」
「混蛋！去取得她的允許不就成了！」
「你是無法理解的。反正我不能接近達蘭妮安的領土，而且……很抱歉，因為這是我的計畫，我沒辦法幫你。」

「妳、妳的計畫？」

希歐娜不再多做說明。她簡短地唸了幾句，兩匹靈幻駿馬就無聲無息，連踩踏的蹄聲也沒聽見，就向後轉過去。涅克斯開始咒罵：

「真是的！如果妳不幫我，就讓我下來！不需要妳幫忙了，妳讓我下來！」

但是希歐娜連聽也不聽。她毅然決然地將靈幻駿馬掉頭，開始朝擋住了天空的山的方向飛去。涅克斯不斷地高聲尖叫著，他們就這麼完全消失在山後了。

我們茫然地看著他們的背影，直到溫柴說了一句短而有力的話，我們才清醒過來。

「哼！他走掉了！」

啊，涅克斯確實是走了！可是我把頭低下來，才知道溫柴說的不是涅克斯。哈修泰爾不知在何時已離開湖邊，回頭往山上走了。溫柴突然用充滿殺氣的眼光看著吉西恩，低聲地喃喃說道：

「要不要去追他？」

吉西恩沒有回答，他只是用非常憤怒的眼神看著山嶺。就在杉森用惋惜的表情看著吉西恩和侯爵的同時，侯爵就已經走在很高的山路上了。太遲了。現在追過去，除了和侯爵的部下正面衝突外，又還能做什麼呢？吉西恩直接指出了這個想當然耳的事實。

「不必了。我們回去吧。」

吉西恩說完話的同時，將身子向後轉了過去。他直接往御雷者的方向走去，走到一半卻突然看著湖泊。他面向湖泊的方向說道：

「感謝您今晚多次對我們鼎力相助，妖精女王。謝謝您幫我們擋下侯爵，幫了修奇。願妖精女王之名永遠光榮常在。」

吉西恩說完後，以沉重的動作騎上了御雷者。然後我便向著湖水說道：

「謝謝您。亨德列克的達蘭妮安。」

我沒有什麼話要再說了。我也往後退了一步。一直在旁觀看的杉森，一臉尷尬的表情，左思右想了一會兒之後，說道：

「是的，謝謝您！」

杉森說完後就退到後面。溫柴什麼話也沒說。我騎上杉森騎的馬，坐在他背後，開始往我們一行人的方向走回去。

我一面坐在杉森的背後登上山路，一面往後瞧。從湖水中四射出的紅色光芒已消失無蹤，不留痕跡，雷伯涅湖水就只是一潭籠罩在靜謐夜晚下的山中之湖罷了。我看著深黑寧靜的湖面上波光粼粼，一點也不像在不久前才發生了一陣大騷動。但是一上了山路，就看得見侯爵一行人在急忙收拾的模樣。看來他們熄了點燃的營火而改成拿火把了。他們想立刻追趕我們嗎？但是不一會兒，火把隊伍卻開始往梅德萊嶺山上爬。

「侯爵要回去了呢？」

杉森聽到我說的話，於是讓流星停了下來，轉過去看後面。這個時候，吉西恩說道：

「看來他們是因為妖精女王，沒辦法走湖邊的路，只好繞過湖水迂迴而行的樣子。雖然很花時間，可是也沒辦法。」

「啊，這樣啊。」

也就是說，他們還是要追我們追到底嘍。但是繞這麼一大圈，是沒法很快就追上來的。我們可以稍微喘口氣，慢慢來了。

可以喘口氣慢慢來？誰說過這句話的？

首先發難的是杉森。杉森完全忽視理性的對話，高尚又有品味的手段，就開始掐我的手腳。然後我一邊被杉森掐手腳，一邊聽著卡爾斯文的責備，這真是一個在精神健康層面上相當有害的經驗。真是的，在青少年脆弱的心裡，正是青春飛揚，若在這個時候在心裡留下了人生的汙點，那該怎麼辦呢！（呃，雞皮疙瘩掉滿地了。）

「我是被逼的……呃啊啊！」

「就算是這樣，我不認為你對於自己這種獨斷的行為，還有什麼特別可辯解的話，尼德法老弟。當然，現在去想像你當時身處的那種情況，在面對如此令人不悅和倉皇的情況下，還能同時以冷靜的頭腦和充分的思慮來處理諸多的困難，這一點我是肯定的。可是，就算是這樣，你的決定和之後隨之而來一連串驚世駭俗、嚇人的事件中，若是追究起來，雖然許多危險的要素沒有真正發生，但卻是充分地存在的這一點看來，我認為你的決定在許多角度上有待批評。」

拜託不要講一長串又臭又長的文章，好嗎！會把人家搞得精神錯亂耶。而且卡爾的話說得越長，杉森就欺負我越久啊！

「呵嗯，真是的。這傢伙！你做事真沒訣竅！怎麼可以把其他人都叫醒呢？」

天呀，連艾賽韓德都這樣。沒人站在我這邊了！

「不要再講了，卡爾、艾賽韓德。修奇也是在脅迫下才做出這種事。而且也沒發生什麼糟糕的事，就算了吧。」

亞夫奈德！亞夫奈德！如果一回到我工作的地方，我會給你準備最高品質的十箱蠟燭當作禮物！但是卡爾卻無情地搖搖頭。他說道：

「也不想想看，我們一行人晚上時才好不容易才拉開了和侯爵的距離。可是尼德法老弟卻不把大家的辛苦當一回事，犯下這種無知的罪。」

「那是因為被逼迫，不是嗎？現在就原諒他吧。」

「嗯……好吧。費西佛老弟？現在快放了尼德法老弟吧。」

杉森馬上用濃厚的鼻音，有些呼吸困難地說道：

「聽到了沒？放手啊，這小子！我叫你別把手指頭塞到我鼻孔裡！」

我怎麼可能會是不做任何反抗的人呢？嗯。我一邊放開了剛才掐住不放的杉森鼻子，一邊喊道：「那也叫杉森放開我的耳朵！就只剩下一隻耳朵了，這樣弄，耳朵的形狀不是會變得很怪嗎！」

「可以讓你變得更有個性呢。」

「我要再插進去了哦！」

過了一會兒，好不容易讓兩位賀坦特領地的男子漢停止了一場必死之爭的決鬥，而且還下了重誓，要重回我們兩人原本的友誼關係。一直在默默地觀看這一幕的賀坦特村第三位男子漢，一面嘆氣，一面向魔法劍王子說道：

「不管怎麼說，也是多虧了尼德法老弟，我們才知道了許多事實，這也是不容否認的啊。」

「是呀，沒錯。」

吉西恩慎重地點了點頭，卡爾望著我說道：

「哼嗯。也就是說，托爾曼・哈修泰爾和雷提的祭司們已經來到這個地方了。而且明天就會遇見他們了，是嗎？」

「是的，希歐娜是這麼說的。」

「好。既然侯爵已經露出真面目了，我們絕對不能將克拉德美索交給他。現在我們的目標有兩個。首先，讓克拉德美索在不發瘋的情形下，找到牠的龍魂使。但是同時也要阻止和侯爵有關係的人當上龍魂使。」

卡爾整理出思緒後，回頭看了一下蕾妮。蕾妮委屈地將頭垂靠在併攏的膝蓋上。卡爾萬分困難地吐出了一句話。

「蕾妮小姐。」

「是。」

「到目前為止的談話……妳有沒有特別想再聽我解釋的？」

「沒有。我沒有特別想聽的。」

蕾妮看起來似乎不想說任何話的樣子。是因為親生父親的言語和行為，而受到了莫大打擊的關係嗎？卡爾點點頭說道：

「好吧。那麼妳可以如同往常一樣，相信我們，幫助我們嗎？」

蕾妮好像一時間保留了這個回答。她突然稍微抬起了頭，環視著坐在周圍的我們。蕾妮的眼神最後停在假裝故意什麼都不知道，彼此用手肘推擠對方身側的我和杉森身上。她嘟起了嘴，嘆了一小口氣道：

「呼！」

那是什麼意思？啊！因為我分了心，結果就被杉森連續戳了兩下大腿！嘿，我又快速地向杉森側面連續戳了三下。但是杉森只是發出低沉的呻吟聲，連頭也不回就連續向我戳了四下！可惡！

「哈修泰爾侯爵和我沒有任何關係。是各位拜託我，帶我來這裡的。還有我說過的話一定會辦到。」

蕾妮用最快速度說完了話。妮莉亞聽了蕾妮說的話，嘻嘻笑了出來，摟著蕾妮的肩膀說道：

「我以妳為榮，蕾妮。」

「妮莉亞姊姊。」

啊……我們怎麼沒辦法像她們那樣友愛呢。為什麼我和杉森無法彼此包容呢？多麼可惜呀。好，一定要改過來才行。我們要彼此包容才行。不過得在我先狠狠戳了杉森五下之後再開始。結果杉森再也無法忍受，開始過來掐住我的脖子，然後我開始抓住他的腿。卡爾俯視著在地上滾來滾去的我們，然後嘆了一口氣，說道：

「那麼，我看大家都累了，先睡吧。侯爵一行人必須繞過湖泊，那要花多少時間呢？」

「大概要晚個一天。原本是會晚兩天，但那些士兵們訓練有素，恐怕是用四隻腳走路，加倍的速度……對不起。給我閉嘴！」

「啊，是的。那沒有必要擔心他們追上我們了。大家好好休息吧。但是明天要盡早出發。托爾曼・哈修泰爾和雷提的祭司們和我們碰到面的話，恐怕不是件好事，我們還是盡量避開他們吧。」

傑倫特滿臉疑惑地說道：

「那個……可是，褐色山脈雖然很寬廣，但我們能一直避開他們嗎？是不是該想個什麼對策？」

「啊，欽柏先生，如果我們成功的話，他們就會逃掉的。」

「什麼？啊……是啊！」

沒錯，我們成功的話，蕾妮就是克拉德美索的龍魂使了。那麼哈修泰爾侯爵和托爾曼他們所有人都要趕忙逃跑了。哈哈哈！被壓在杉森的下面的我也這麼想著，便笑了出來，結果杉森就全力展開那更頑固和冷酷的攻擊。天呀！你這天下無雙的大壞蛋！我再也不能忍受了。

「呃啊啊啊！停，停，癢死了，嘿，嗚嘻嘻嘻！呃咯咯咯！」

卡爾和吉西恩兩個人坐在一起。

我是在做夢嗎？不是呀。因為不知怎地肚子餓了。這個理由雖有點勉強，反正我在睡覺時翻了個身，張開眼一看，卡爾坐在稍微遠一點的地方，在他旁邊的則是歪著頭看他的吉西恩。我又再度要進入夢鄉時，吉西恩說話了。

「大法師想要的是什麼呢？」

他把端雅劍放在一旁，兩手微張向著營火取暖。卡爾撿起一根柴火，丟入火堆中，說道：

「你不知道嗎？他希望所有種族可以脫離自身的不協調性。」

「可是，今晚我們和妖精女王以及哈修泰爾談過之後，我有一股莫名異常的感覺。」

我睡了一下又再次醒了過來。吉西恩的話讓我很好奇。我輕輕閉上眼，緩息了一下呼吸聲，聽他們兩人的對話。卡爾冷靜地說道：

「是什麼感覺？」

「我在想，種族的不協調性指的究竟是什麼。我今天晚上見到了哈修泰爾和妖精女王，也看到了兩人的對立態度。卡爾你也見到了吧？」

「是的。」

「我看到了達蘭妮安向後退的模樣。啊，你距離太遠聽不到他們講話的內容吧。」

「不，愛因德夫先生都轉告給我聽了。愛因德夫先生擁有矮人超強的聽力啊。」

「是嗎。那麼卡爾應該也聽到了，達蘭妮安那個莫名其妙的後退理由了嗎？」

「是的。」

吉西恩坐的位子好像不太舒適，於是他稍微動了一下身子，說道：

「你的想法如何？我只看過亨德列克的肖像圖，然後再從這裡一點、那裡一點地聽來一些小道消息，才大略推測到這位大法師偉大形象中的一部分。但是我真的無法理解達蘭妮安會從哈修泰爾那裡感受到亨德列克的氣息。」

「我也……和你一樣。我和你一樣都是人類，要我們去揣測妖精女王為何會有那種感受，是有些超乎我們的能力。」

「是的。但那也不是我對那件事想說的話。我想說的是，這會不會是妖精的不協調性。」

「妖精的不協調性？」

「說不協調好像太過強烈，改為特點，你認為如何？總而言之，那就是我們和妖精女王間的差異吧？那種差異就是妖精女王可以越過國度、越過次元，我們卻除了感覺得到拜索斯和伊斯的差異外，其他什麼也感受不到。對嗎？」

「那樣想也是沒錯的。」

「是的。也就是說，她是活在一個宏觀的世界之中，所以她對於我們人類，很難去區分一個個微觀下的個體。但她把哈修泰爾和亨德列克混為一談，不會很可笑嗎？」

「這個嘛……」

「你好像不同意我的看法嘍？」

吉西恩說完，卡爾微微一笑，說道：

「我剛才在想，亨德列克是不是微觀下的生物體，吉西恩。」

「他不是人類嗎？」

「雖然說他是人類，但是從他想把世界重新組合的龐大野心、想成為神這樣近乎荒謬的想像力，還有可以把神龍王驅逐掉的那種衝勁看來，我認為他是很厲害的人類。從這點看來，即使出發點不同，但哈修泰爾侯爵也和亨德列克一樣，不是嗎？」

「你說什麼？」

我裹在毛毯裡的腳，腳尾端的腳趾頭都抽筋了。天啊。卡——爾！你到底在說些什麼？卡爾一邊看著營火，一邊說道：

「現在如果能喝杯茶該多好，但是明早要早點出發，最好不要打開行李。」

「卡爾，那個……」

「我只是站在妖精女王的立場來看。剛才討論亨德列克時，你還記得我說過他的那些特徵嗎？現在要不要換成哈修泰爾來討論看看？」

「什麼？」

「他想要隨心所欲延長神龍王所定下的龍魂使期限，那種無限的野心，收集龍魂使的血統，創造新種族……是呀，我要說那是個全新的種族。若說是依血統而延續下來的話，那樣稱呼也無妨吧。製造出全新的種族，龍魂使，他那種簡直到了荒謬程度的想像力，還有毫不猶疑去奪取他人幸福的衝勁。」

「卡爾……！」

「所以，妖精女王說她從哈修泰爾身上感受到亨德列克的氣息，我也不覺得奇怪。極端的兩邊是互通的，這句老掉牙的話大概可以說明這種情況吧。亨德列克和哈修泰爾雖然站在兩個離得遠遠的極端上，反而因此可以感受到相似的部分。」

「我有點懂了，但是這樣說行得通嗎？」

「在妖精女王的眼中看來，是這樣沒錯。從一個和我們編製出的倫理毫無關係的妖精女王眼中看來……」

吉西恩現在不說任何一句話了。卡爾，你這番話真的是打破常理的話。真是的。看來我要做一場惡夢了。

當我意識再次從這個世界慢慢抽身而出時，耳邊傳來了卡爾細微的說話聲：

「謝蕾妮爾小姐正在尋找亨德列克吧，因為她認為亨德列克沒有死。但是我現在無法贊同她了。大法師已經死了。」

「什麼？不會吧，你說的是什麼意思？」

比起吉西恩慌張的聲音，卡爾回答的聲音，聽起來顯得索然無味。卡爾說：

「卡納丁的安提哥爾市長曾說過，路坦尼歐大王和亨德列克的故事是我國最重要的根基，同時也是驕傲。事實上，大王並不是一個人類，而是代表這整個國家，大法師則是代表了我們的精神。我也是一直這樣以為的。但現在不是這樣了。」

「卡爾？」

「大法師已死，只有人類的亨德列克存在。雖然他去追尋八星，但他不過是個不協調的人類罷了。和大王是一樣的。現在對我來說，代表我們的精神和我們的傳說的大法師，其意義已經不再存在了。關於那些我聽說過的所有故事和傳說，只不過是這長久時間以來，一直流傳不斷的輓歌罷了。我們只是不斷地在複誦大法師的輓歌，根本就不曾有一刻真正去瞭解過他。但是我好像到現在才真的瞭解並敬愛他。現在我只要閉上眼睛，就可以看見曾經活在三百年前的人類——亨德列克。」

第14篇

沒有正確答案的選擇

……但是因為龍魂使所表現出的曖昧模糊態度，許多人都將龍與龍魂使的關係錯認為主僕關係。龍魂使如此模糊的態度造成日後他們本身以及拜索斯的災難——褐色山脈的克拉德美索之龍魂使殺害事件。原本想赴湯蹈火解救拜索斯的拜索斯真正恩人哈修泰爾侯爵，三百年的歲月期間傳承龍魂使之家族的領導者，就因為有這連他也不重視的唯一一件事實……

——摘自《在風雅高尚的肯頓市長馬雷斯・朱伯烈的資助下所出版，身為可信賴的拜索斯公民且任職肯頓史官之賢明的阿普西林克・多洛梅涅，告拜索斯國民既神祕又具價值的話語》一書，多洛梅涅著，七七〇年。第三冊五百二十七頁。

01

我的胸口簡直熱得快燃燒起來了。

不行，不可以用嘴巴來喘氣，必須用鼻子來呼氣才行。然而，山裡吹來的風像冰塊般，鼻子早已經快被凍僵了。現在如果用力呼出鼻子的熱氣，恐怕會彈出更多冰塊。我感覺到持續不斷有冷空氣跑進去的喉嚨裡，已經有股血味。真是的。這山風可真是強勁啊！

我們現在正在走一條沿著峭壁旁邊突出來的窄路。

路的一邊是往上高聳的峭壁，另一邊則是往下直削下去的懸崖。而遠方則是峰巒、岩石、樹林，還有雲海。總之，在高山裡看得到的景物，都多采多姿地呈現在我們眼前。

「因為旁邊有風吹過來，所以人應該不會接近懸崖邊，因此不必擔心會掉下去……」的這種看法，我現在確定這是很可笑的想法。因為我如果不振作精神，就會感覺到快被強勁的風給吸走，而直接衝向懸崖的方向。所以我必須在走的時候一手緊貼著岩石壁，而且不去管手掌會不會被磨破。因為手掌磨破也比掉下去要好得多。

我的手臂一直持續舉著，由於寒冷和疲累，感覺手臂都凍僵了。我一步一步往前踏，把累得往下垂的手費力地舉起來，按住岩石。如今與其說是用意志或力量，倒不如說是用習慣性動作在走路。我們能夠走到現在，是因為沒有停下，所以才能一直走著。

「太陽才是盡頭。」

艾賽韓德在前面直挺挺地走著，突然沒頭沒腦地說道。

「我每天攀登的山頭都比這山還要更高。」

他的聲音相當沙啞。我噗哧笑了一下，又再把蕾妮托穩。蕾妮看我把她托高，就把沒力氣的身體給整個靠了過來，在我耳邊無力地說道：

「對不起，修奇。」

「沒關係。比起拉馬，我覺得背妳走美觀多了，而且心情也會很好。啊，糟糕。被妳知道我心裡在盤算什麼了！」

「修奇……」

「不過，繩索會不會讓妳很痛啊？」

「不會，不會痛。一點也不痛啊。」

我是利用繩索和斗篷把蕾妮背在背上，因為走山路一定得用到雙手，所以我想出這種方法來。就像媽媽背小孩所使用的襁褓，我適當地利用斗篷和繩索，把蕾妮綁到我肩上和腰部。所以，背包就背在胸前，巨劍則是像手杖般拄著。蕾妮雖然說她不痛，但是我感覺到綁著她身體的繩索一直弄痛我的肩膀和腰部。事實上，我仍有戴著ＯＰＧ，可是卻依然覺得肩上很沉重。不過，我並沒有再說話，只是再往前走。

在我後面的，是拉著馬匹攀爬褐色山脈的人在跟著，他們累到連話都快講不出來了。就連馬兒們也累得快講不出話。啊，馬原本就不會講話吧？馬兒們因流汗而全身覆蓋著白色泡沫，牠們氣喘吁吁地攀爬著。除了御雷者以外，所有馬匹都嘴角吐出白沫，這一點吉西恩確實應該感到驕傲才對。馬兒們都太疲憊了，要不然是可以讓蕾妮坐在馬上的，也因此託牠們的福，我當起蕾妮的馬兒來了。

事實上，路況並非很糟。雖然旁邊吹拂的風很強，而陡直的峭壁讓人簡直頭暈目眩，可是，不管怎麼樣，這條路本身是平坦的緩坡。而且艾賽韓德說他是考慮我們一行人，才走最容易走的路。雖然沒有看到陡坡或溪流，但是我們卻得一面冷得發抖，一面無止境地走緩坡，這卻是個問題。

眾人這樣走著，已經是第六個小時了。我們是為了不要遇上托爾曼・哈修泰爾和雷提的祭司，所以在黎明時分就已經出發了。一大清早走路並不會怎麼困難。行李都由六匹馬來分擔馱負，所以只有身體吃力地在走著。可是早晨太陽升起的時刻，艾賽韓德卻突然離開道路，往山邊的方向走。我們費力走了一處沒有路的地方，在溪谷和山坡之間跌跌撞撞地走了一段時間。接著，太陽完全升起的時候，就發現到我們已經爬到往左邊低頭看可以看到中部大道的位置。杉森呵呵笑著說道：

「那是中部大道嗎？哇啊，我們在它很高的上方耶！」

「哼嗯。這地方可以說是接到矮人通行路的捷徑。如果是走中部大道，就太花時間了。」

「啊，是嗎？那麼今天就可以走到矮人的礦山嗎？」

「最慢中午可以抵達。我們在這裡隨便填飽肚子之後，再出發吧。」

「好。」

我們就在可以俯瞰到中部大道的地方，因為找不到柴薪，所以連火也沒起，就吃著冷冷的早餐。這時候，溫柴突然細細地眯起眼睛，說道：

「我看到中部大道那邊有人！」

我往下一看，果然，可以看到有小小的紅斑點在緩慢移動。在這一片全是灰色、褐色或草綠色的土地上，一眼就可以看得到紅色的衣服。可是溫柴卻連他們的衣服模樣和臉孔都大致看得到。

「有一個看起來是小孩子，大約十五、六歲。他穿著輕便的甲衣，沒有什麼武器裝備。而其餘的人則全都披著紅色的袍子。真是罕見。他們全都頭髮削得很短，非常短。」

卡爾皺起眉頭說道：

「是劍與破壞之神雷提的祭司，原來是托爾曼一行人。嗯哼，人數有多少呢？」

「……三十個人，加上托爾曼是三十一個人。」

「嗯。他們現在正朝著哪一個方向呢？」

「和我們同一方向。」

隨即，艾賽韓德就高興地撫摸他的鬍鬚，說道：

「行了！那些傢伙不知道這條捷徑，所以他們會往更西邊走一點之後，才能接到那條進入迦納罕達峰的矮人通行路。我們會領先他們大約……八或九個小時。」

「太好了。也就是說，我們現在已經領先了，是嗎？我聽得整個人精神都來了！」

我一這麼說，艾賽韓德就突然露出奇怪的微笑。他一看到我露出糊裡糊塗的表情，就立刻說道：

「兩個小時之後，看你是不是還能這樣說。」

然後，不用說兩個小時，就連一個小時都還沒到，所有人就必須從馬匹上把行李拿下來背在肩上才行。因為馬兒們走在陡峭的山路，已經非常辛苦了。又再過五個小時之後，我在褐色山脈的樹木生長界線附近，背上背負著已經完全累壞了的蕾妮，走著峭壁旁邊的路。

人。」

艾賽韓德像是不累似的，精神抖擻地揮著手臂，說道：

「修奇，你真的是意志很剛強！就人類而言，你真的是滿不錯的。我指的是，你還背了一個人。」

「如果我看起來很可憐，那你來替我背吧？」

「真的可以嗎？」

「如果您覺得一定要把蕾妮的腳拖在地上，感受自己的矮人氣概……」

蕾妮靜靜聽著我和艾賽韓德在開玩笑，用無力的聲音說道：

「對不起，修奇，我太……重了，是吧？」

「不會啦，沒這回事。蕾妮妳很輕。妳應該要長胖一點才能嫁人。」

「我說過……我不嫁人！」

「不是的。現在不是嫁不嫁人的問題，而是嫁不出去的機率很高的問題吧。妳要再長胖一點，稍微有肉一點才會有人愛吧？我怎麼覺得像是背了根柴棍在背上……」

「修奇——！」

「哦，哦！不可以。妳不要拉！真是的，不要拉我耳朵！我們是在峭壁旁邊！重心不穩就會掉下去啊！」

「嘎啊啊！修奇！你不要搖！嘎啊啊！嘎！」

「蕾妮，拜託！不、不要遮到我眼睛！」

由於我們提供這種奇奇怪怪的搞笑事，其他人全都大笑了出來，大夥的笑聲往山峰之間遠遠地傳了開來。過了一會兒之後，我們在寂靜之中爬上了迦納罕達峰。

我根本記不起來我們是怎麼爬上來的，只記得一直移動雙腿。啊，我還記得非常冷。還記得偶爾會有濃雲圍著我們，我也記得雲霧讓我們陷入走在夢境中的感覺。每次轉過蜿蜒的路，出現的都是令人屏息的山峰面貌，例如在高山地帶才看得到的那種枯乾古木的模樣，還有在它下面辛苦生長的青苔……我好像還記得滿多的嘛！雖然背著蕾妮的背部非常溫暖，可是臉孔卻因為前面吹來的風而被吹得凍僵，因而感受到一股相當奇特的感覺，這我也還記得呢！

當我們又再轉了另一個彎路時，突然眼前開闊了起來，我們眼前出現了一個盆地。

「哇啊！」

我感覺到原本把頭埋在我的脖子上，幾乎快昏厥的蕾妮驚訝地抬起頭來。她也簡短地發出了一句覺得難以置信的聲音。

「哇啊！」

好！從現在開始，站在這裡監視每個爬上來的人吧。看看他們是不是全都會說「哇啊！」呢？嗯。我又在胡思亂想了。

「哇啊！」

杉森……果然跟我猜的一樣。咯咯咯。我們個個都沒有想到要再往前走，所以就在盆地的前頭都呈一列站立，望著眼前這片寬廣的盆地。

這真是個很奇特的地方。在這些綿延不斷的峭壁和山峰之間，能出現這種地形真是太神奇了。乍看之下，這盆地非常寬廣，幾乎大到如同我們故鄉賀坦特領地那麼大。我攀爬上來的時候，眼睛早已經熟悉看到岩石的灰色，所以現在眼前突然一大片草地的鮮綠色，我確實是被嚇了一大跳。

可能是因為盆地周圍的山峰擋住了風，這個地方連像霧氣的那種雲也沒有，樹木也全都長得很拔挺。與其說這是盆地，倒不如稱作是一種谷地吧？旁邊有突出來的山峰擋住視線，所以無法眺望整個盆地的面貌。不管怎麼樣，盆地和旁邊山峰相接的地方，有一片很大的樹林。

「你不下去嗎？」

艾賽韓德的話一說完，我們才勉強往盆地走下去。

「啊，修奇，現在可以放我下來了。」

我把蕾妮放下來之後，身體真的變得很輕，輕到幾乎快飛了起來。可是同時，原本被溫暖地保護著的背就變得有些涼意了。哼嗯。好涼爽！馬兒們一踩到草，就好像又精神抖擻了起來。這一點就連人類也一樣。到剛才為止，我們一直無止境地往上爬，如今突然間！突如其來地！就走在平地上了。我感覺身體好輕，輕到覺得腿都消失不見了。

在我們進來的盆地入口，有一條往下走的路，路旁長著矮小堅硬的草，而且偶爾還可以看到在岩石之間突然冒出山兔的形影。是山兔！如果要填飽克拉德美索的肚子，需要幾隻兔子才夠呢？就在我一面專心想著，一面沿著路走的時候，突然，在我前面走著的傑倫特猛然停下腳步。

怎麼了？幹嘛突然擋住路停在這啊？

我轉頭看傑倫特，他正在望著我們正前方樹林間的一面巨大峭壁，而且還面帶僵硬的表情。我看到他張開嘴巴在看，不禁嚇了一跳。奇怪，他到底怎麼了？我順著他的目光看去。我們走的這條路會直接連接到那面峭壁，可是那面巨大的峭壁下方卻冒出了一個很大的洞穴。哇啊！這個洞穴真的好大！如果要形容它的大小，可以說即使是一頭龍也可以隨心所欲進出……可以隨心所欲……進出？

此時，傑倫特才開口說道：

「是龍的巢穴！」

呃啊！克拉德美索的巢穴！大夥兒開始七嘴八舌地喧譁了起來。

「快躲起來！快躲起來！」

大夥兒的騷動聲裡，清晰地傳來了吉西恩的高喊聲。他拔出劍來，跳到路旁，把身體貼在樹上。馬兒們紛紛發出尖鳴聲。移動監獄前腳抬了起來，差點就踩到杉森。杉森往後一屁股跌坐在地上，但是一聲「哎喲！」之後，就立刻滾動身子站起來，拔出了劍。卡爾則是急忙往路旁跑，差點就跌倒在地。可是，妮莉亞在他後面勉強扶住了差點跌倒的卡爾，於是乎，我就看到了他們兩人很奇特的一幕。

亞夫奈德的臉孔在扭動著。

而在他旁邊，溫柴則用冷淡的表情站著。這兩個人全都面帶著和情況不符的表情。到底是怎麼一回事啊？此時，一直在扭動著臉頰肌肉的亞夫奈德，終於忍不住笑了出來。

「噗哈哈哈哈哈！」

什麼啊？亞夫奈德瘋了嗎？他是不是因為遭遇到太可怕的事，瞬間引發歇斯底里症……在下一瞬間所發生的事，使我們都閉上了嘴巴。

從那個巨大的洞穴之中，跑出了三個和洞穴大小相較之下，實在看起來小得很可笑的矮人。我們全都用疑惑的眼神看著那幾個矮人。從洞穴中跑出來的矮人往我們這邊努力奔跑過來，速度非常地快。他們用飛快的速度直奔而來，速度快到令人難以相信他們是矮人。此時，妮莉亞大喊了一聲：

「艾賽韓德？」

艾賽韓德一言不發，就開始跑向那幾個從洞穴裡跑出來的矮人。怎麼了？傑倫特則是用察覺到事態嚴重之人特有的尖銳聲音，喊著：

「他們在被克拉德美索追趕！」

哎呀，糟糕！吉西恩咬牙切齒地喊道：

「哎呀，快幫艾賽韓德！快去救矮人啊！」

「可惡！根本都還來不及準備，就得直接打鬥了！」

杉森和吉西恩立刻把劍往天空一揮，就奔跑過去。隨即，在我背後的亞夫奈德這會兒則是彎起腰來笑著。我看事情真的有些怪異，就看了看溫柴的動靜。

「溫柴？我們去吧？」

「去幹嘛？」

「呃、呃，去救矮人……」

「從誰手中救出來？」

啊，咦？我怎麼覺得自己要講的話不見了！如果回答克拉德美索，好像很尷尬……此時，亞夫奈德才停止大笑，說道：

「那、那是矮人們的礦坑啊。咯咯咯！」

什麼？此時，從另一頭，傳來了艾賽韓德的高喊聲。

「喲！好久不見了，我的朋友們！」

呃呃呃。

「那麼說來，現在是暴風雨前的寧靜，嗯，是這樣子嗎？」

亞夫奈德表情蒼白地點了點頭。卡爾把兩手合在面前，雙手合十地敲起額頭。

我轉過頭去看了看艾賽韓德。

艾賽韓德正在和剛才從峭壁的巨大礦坑裡慌慌張張跑出來的矮人們在講話。他們可能是在礦坑裡工作到一半，直接跑出來的，所以額頭上還戴著一個奇怪的箱子。那個箱子貼在額頭上，用皮帶之類的東西綁在頭上，裡面有光芒透出來。可能是在漆黑的坑道裡使用的照明設備吧？他們的身上還掛著某種裝備。

可是，比起他們那些罕見的礦工用裝備，更加刺激到我神經的，是他們的臉孔。真是傷腦筋。我根本無法分辨出誰是誰。就如同若不是牧羊人就會把羊看成都一模一樣，對我而言，矮人們全都看起來一模一樣啊！都是同樣矮小的身高，加上同樣健壯的身材，同樣長長垂下來的鬍鬚（從礦山出來的矮人們，鬍鬚被泥灰塵弄得髒兮兮的，這是有點不同）。若是連穿的衣服也一樣的話，我就真的無法分辨了。

可是仔細一看，還是可以從每個人身上感覺到些微差異。首先，原本聽起來一模一樣的聲音，如今可以發現到每個人的聲音都帶有各自的個性。可是他們仍然在用矮人語交談，所以終究不知道他們在講什麼。我看著那些矮人講著我聽不懂的話，覺得很無聊，於是轉過頭去，隨即就看到蕾妮帶著一副疲憊表情，坐在岩石上。她轉頭迎視到我的目光之後，便露出苦笑。

「妳很累了吧？」

蕾妮只是勉強沒有倒下去而已，其實已經出現累倒的所有徵狀。她把額頭的頭髮撥上去，氣喘吁吁地說道：

「好累哦。」

「要不要我幫妳按摩腿？」

「哈啊，哈啊。好啊。」

蕾妮坐在岩石上，把腿伸直。呃呃。我還以為她會客氣地說不要呢。我走近蕾妮的旁邊，脫下ＯＰＧ之後，開始按摩她細瘦的腿。蕾妮喊出了刺耳淒厲的聲音「啊呃呃，啊呃呃呃！呼啊，啊呼！」喊了好幾次之後，就用沒勁的動作把頭低下來。傑倫特聽到蕾妮的尖叫聲，驚訝地圓睜著眼睛，說道：

「現在已經都快到了，應該不會再有更累的事了。」

蕾妮拿出手帕，一面擦拭額頭，一面說道：

「雖然說已經到了，呼，呼。現在又不是累不累的問題。」

說得也是，那真的並不是問題。

我們現在位於褐色山脈北界的迦納罕達峰西坡，接近矮人們大礦山入口的地方，疲憊不堪地坐著。剛剛聽到追蹤克拉德美索的路被擋起來了之類的話，一直在看著艾賽韓德和矮人們的亞夫奈德，又再用很小的聲音解釋著：

「他們說，甦醒聲停下來之後，就再也無法推測位置了。一定是克拉德美索進入了甦醒的最後階段。他們說，牠再也不會發出任何甦醒聲了。矮人們根據到目前為止所聽到的甦醒聲，推測克拉德美索的巢穴位置……好像可以限縮在很小的半徑之內……他們說已經畫了地圖了。啊？我的天啊。半徑大約一萬肘左右。」

卡爾突然笑著說出了一番無聊的話：

「我以前也曾經想要去學矮人語呢，但終究還是空有野心而沒有學成。不過，亞夫奈德你怎麼會矮人語呢？」

卡爾一面適度地露出不懷好意的表情，一面說道。隨即，亞夫奈德就紅著臉，用很小的聲音說道：

「啊，現在我是在使用魔法，用方言術……」

「哼嗯。亞夫奈德先生你不是用矮人語在聽他們說話嗎？」

他們故意用自己的話交談，結果亞夫奈德還去偷聽，這樣是不是有些無禮？卡爾的這番斯文的指責，使得亞夫奈德的臉都變紅了。

「是的，我是在偷聽。」

「好吧，反正是艾賽韓德先生等一下就會告訴我們的話，沒關係。」

卡爾點了點頭之後，又再回到剛才稍早之前的姿勢。

峭壁旁邊的這座礦山位處盆地裡較高的位置。所以只要稍微轉頭，就可以眺望到盆地外的那一大片褐色山脈的全景。雄偉的山脈和峰巒，視野所及之處全都是山峰。那些山群彷彿是用非常大的犁具隨便挖掘出來的，環視周圍任何地方，都看不到平地。

這就是褐色山脈嗎？

不知是因為空氣稀薄，還是因為太晴朗了，就連非常遙遠的峰巒都像是快被納入手中般接近我們。可是同時，那些峰巒卻又荒唐地遠。我們的眼睛原本習慣看的是地上的漂亮建築物，所以現在這裡看來都是很難對好焦點的地方。即使是對焦於一點上面，事實上也不是一點，而是像一大棟房子般大小的山。山，山，山。地平線都消失不見了。圍繞著峰巒的雲朵看起來彷彿像是群山裹著面紗似的。我從這令人驚愕的景象中轉過頭來，就看到了一個比較令我安心，和我水準相當的人。

溫柴露出一副可憐兮兮、沒精打采的模樣。

他坐在那邊，為了不要眺望到褐色山脈的景致，把頭低著，只看著下方的盆地。而在他旁邊，有個人根本不管杉森現在對溫柴講什麼，只是朝著溫柴嘻嘻笑個不停。

「喂，溫柴，景色不錯啊，你轉頭看一下吧。」

「不要吵我啦。」

「你辛辛苦苦爬到這裡，也應該看一下吧？」

「杉森你這傢伙！不要煩我！」

溫柴咬牙切齒地說道。然後就把頭埋到膝蓋之間。呵，真是的。妮莉亞帶著歉然的表情，說道：

「溫柴，你到底怎麼了啊？為什麼不望一下那些山群呢？」

「這是我的事，妳別管！」

妮莉亞的眼角立刻往天空上揚。她生氣地往前踏了一步，但隨即搖頭，比剛才還要更加和氣地說道：

「我知道了。溫柴你如果不舒服的話，就不必硬要去看了。對不起。」

溫柴稍微抬頭，用奇怪的眼神看了妮莉亞，我則是一面看著那幅景致，一面無聲地嘲笑著。哎喲，你們難道不知道嗎？在沙漠出生、看著地平線長大的人，突然登上這種高山地帶，是有可能會出現這種問題的。而看著地平線長大的港口少女蕾妮，好像滿能理解溫柴的。

「呼啊，呼啊。我事實上也是對這景致感到害怕。看這邊比較舒服。呼啊啊……我大概能體會到溫柴叔叔的心理了。」

「妳是說，他在害怕？」

「嗯。如此多的山峰在我腳底下。呼。雖然是很漂亮，呵，可是未免也太嚇人了。好像飄浮在空中。」

「嚇人？哼嗯。有到這麼嚴重嗎？」

了。

此時，把頭埋在膝蓋之間的溫柴，從嘴裡傳來了一聲很大的呻吟聲。我就再也沒有心存懷疑了。

「這裡不是我該待的地方……」

一直看著溫柴的卡爾，用很簡單的話說明了這種情形。

「這是輕微的懼高症。」

妮莉亞便隨即咯咯笑了出來。

「嘿、嘿，我是打雷恐懼症，而你是懼高症？咯咯咯咯！」

哼嗯。她好像在奇怪的地方感受到兩人的共同點了！

過了一會兒之後，艾賽韓德送走了那幾個從礦山跑出來的矮人之後，把我們叫過去。於是，溫柴才好不容易從那些快令他精神恍惚的高山、峰巒，還有無盡綿延的雲海風景之中被解放出來。

艾賽韓德並沒有說什麼話，只是帶領著我們。剛才一看到我們到達，就趕緊奔過來的那些矮人，就以從峭壁裡的巨大礦山跑出來時的速度一樣快地跑回去，可是艾賽韓德卻沿著礦山入口旁邊的小徑，往盆地內部走去。傑倫特像是很訝異似的問道：

「嗯，我們不是要進去礦山嗎？」

艾賽韓德好像在非常苦惱什麼似的，起初並沒有聽到傑倫特的問話。所以，傑倫特必須再問一次。

「嗯？啊，是啊。礦山是我們工作的地方。當然啦，在那下面，也有我們的美麗住家和房舍，還有一個雖然對你們而言看起來比不上莊嚴大廳，但在我們看來卻是更加美麗的廳堂。可是，為了展現我們的親切而帶你們下去，對你們來說是很辛苦累人的事。那裡面既黑暗又陡峭。

幸好我們在地面上準備了幾個窩棚，讓不習慣地底的客人住。」

此時，吉西恩用驚慌的語氣說道：

「窩棚？是指這個嗎？」

我一看吉西恩手指的方向，立刻僵住了。妮莉亞拍了拍手心，說道：

「哇啊啊啊！好壯觀啊！」

「這個是什麼啊！不是光之塔嗎？艾賽韓德！難怪那時候你不覺得驚訝！」

「什麼？啊，你是說那個亂七八糟的幻覺？」

我一看到艾賽韓德所說的窩棚，最先聯想到的是，拜索斯恩佩的那座荒唐怪誕的建築物——光之塔。

那些建築物是沿著盆地旁的山坡隨便堆疊出來的。在那些建築物之間，雖然有路，但有些路是其他建築物的屋頂，有些路是在其他建築物下面的柱子之間。而且有些路是在半空中搭一座天橋來連接的結構。用這種方式層層堆疊起來的建築物群，全都是大小不一的四方形，甚至有些建築物比它下面的建築物還要突出，所以看起來像是從山坡上突然迸出來的東西。

然而一眼看去像是亂七八糟的建築物群，整體看起來卻很漂亮。卡爾用讚嘆的語氣說道：

「我們通常會認為從和諧之中才感受得到美感，可是這種想法我現在得改觀了。」

艾賽韓德則是用微笑來回答卡爾的讚美。傑倫特用讚嘆的表情環視了四周之後，說道：

「真是神奇的村落！竟然沒有水氣。」

「咦？」

「我是指水，嗯，我沒有看到給水與排水的設施。雖然說食用水可以用提水的方式取得，可是排水是怎麼做的呢？我並沒有看到哪裡有水可以流出去的地方啊？」

隨即艾賽韓德就大笑了出來。亞夫奈德見到大夥兒百思不解的樣子，就笑著解釋：

「我之前來過這裡，也有想過這個問題。這裡是矮人建造的都市，當然排水道是由地下出去的。而且你們進去看就知道，給水設施也全都地下化，不必去提水。」

「咦？什麼，這是怎麼做到？」

「他們在山上造一個蓄水池，從那裡經由地底讓水流到這都市去。」

「啊，真是令人驚訝！」

大夥兒一發出讚嘆聲，艾賽韓德便像是嫌麻煩似的舉起手來，說道：

「好，好！要解釋倒不如直接去看會比較好吧。馬匹就拴在那邊那棟建築物就可以了。那算是馬廄。」

杉森圓睜著眼睛。

「馬廄嗎？」

「你怎麼了？啊，是啊。哈哈哈。雖然我們沒有馬，可是我們騎騾子。」

於是，我們就先走到拴騾子用的那間馬廄。它是位在比較低的位置，而且比其他建築物還要來得大很多，還有其他的建築物坐落在它上面。裡頭有很多運送礦物用的騾子拴在那裡，可是全然找不到一般馬廄會讓人聯想到的那股骯髒。哇啊。矮人們就連馬廄也建造得這麼漂亮啊？令人意外的是，它是很堅固的石造建築物，裡頭甚至還鋪了石板（說得也是，必須用石頭才能承受得它上面的建築物群）。每一間馬房都是用壁石隔開，裡面鋪著厚厚一層乾草，而且採光也很夠，完全沒有令人鬱悶的感覺。更令人驚訝的是，儘管如此，卻沒有什麼風從室外吹進來！吉西恩讚嘆著：

「難怪你會不羨慕拜索斯恩佩裡的馬廄！」

哼嗯。看來矮人們真的全都是優秀的建築師。我們非常讚嘆，一面把疲憊的馬兒們拴好，走到外面去。好壯觀的村子！可是這漂亮的村子，為何連一個矮人也沒看到呢？因為這是給客人用的，所以矮人們都住在地底下嗎？剛好，妮莉亞幫我說了我想說的話。

「可是為什麼一個矮人也沒看到呢？所有矮人都去工作了嗎？」

「呃，等等。那邊有一個。」

我一聽到杉森的話，抬頭一看，在稍微高一點的地方，有個矮人坐在屋前寬闊的院子，正在抽著菸斗。不過那個稱為院子的東西，事實上是其他建築物的屋頂。不管怎麼樣，在這個難以分辨出是院子還是屋頂的地方，原本在吸著菸斗的矮人也看到我們了。他把菸斗拿在手上，舉起手來，用很隨便的語氣喊著：

「喲，這不是老瘋癲艾賽韓德嗎？你回來啦！」

呃！這、這是怎麼一回事？我開始對卡爾投視出非常疑惑的眼神，隨即，卡爾就驚慌地說道：

「啊，你幹嘛這樣瞪我啊，尼德法老弟？」

「你不是說敲打者是最尊貴的矮人嗎？」

「當然是啊！」

「那麼，那個矮人是不是挖太多洞之後，腦袋可憐地變得……」

「啊，不是的，尼德法老弟。難怪你會做出那副表情！你為什麼會認為『高貴』這個詞在禮節上的意義，對人類和矮人一定要相同呢？」

「啊，啊！哈哈哈。哈啊？」

嗯，怎麼又來了？我們一行人在聽卡爾解釋的時候，艾賽韓德一面朝著上面揮拳，一面說道：「今天白天天氣這麼好，怎麼手裡不是拿工具，而是拿根菸斗啊？真是個瘋矮人！」

杉森像是很懂似的，很有氣度地點頭，說了一句「這一位好像也是相當高貴的矮人」的話，使我們都傻眼了。隨即，艾賽韓德就嗤之以鼻地說道：

「什麼，很高貴？別可笑了！算了，我不用解釋什麼，你們直接去見他就知道了。這個象徵精神失常矮人的傢伙！你在那裡不要動，給我等著！」

艾賽韓德帶著我們上去，上面的那個矮人則是雙腿張開站在那裡低頭看我們。雖然妮莉亞和溫柴很輕快地爬上了那道陡峭的階梯，可是其餘的人卻不太容易爬上去。真是的！這種適合矮人腿長的階梯實在太低了。用低矮的階梯登高，自然階梯的寬度就會狹窄且坡度很陡。

爬上到處彎來彎去的階梯之後，過了一座天橋，就登上了那個矮人站著的院子兼屋頂。那個矮人嘻嘻笑著觀察我們一行人，然後對艾賽韓德說：

「喂，這些人類就是要來殺克拉德美索的勇士們？」

把克拉德美索怎麼樣？艾賽韓德看到我們被這個難以承擔的「不名譽之名」給嚇了一大跳，像是在咬牙切齒似的笑著說道：

「這傢伙，你這個瘋子！你怎麼還在講這種話？說什麼要殺克拉德美索？」

那個矮人用粗大的手指掏掏耳朵，泰然自若地說道：

「我看看，總共是九個人？哈哈哈！人數剛好！那邊那個少女除外，就是為了毀滅克拉德美索所集結的艾賽韓德的八星了！」

呃。您曉不曉得您所去除在外的那個少女是最重要的人啊？艾賽韓德現在一邊拉著自己的鬍鬚，一邊用生氣的語氣說道：

「這傢伙！我的話你有沒有在聽啊？」

「不對不對。連那個少女也包括在內，然後那個巫師除外，就行了！因為那個巫師是亨德列克的角色。太完美了！」

「呃呃呃！你竟然無視於我的存在！」

亞夫奈德聽到自己被捧得太高，顯得很驚慌，而艾賽韓德則是對於自己被完全忽視掉開始發火。此時，卡爾首先用和氣的語氣說道：

「我叫卡爾・賀坦特，請問您尊姓大名？」

「拜爾哈福・克魯肯，你們可以叫我拜爾哈福或者拜爾，要叫哪一個都可以。在這個礦工的樂園裡，我是擔任加熱者（Heater）的職位。」

「啊。是嗎？原來您是加熱者！」

加熱者？敲打者是敲打的人，那麼加熱者是做什麼的人啊？在敲打之前加熱的人嗎？呃。這是鐵匠式的思考……等等，那麼說來，這就是矮人式的思考方式嘍。加熱者拜爾哈福・克魯肯和我們每個人打了招呼之後，說道：

「為了迎接你們一行人，我在這裡等著。真高興見到你們。你們一定費盡千辛萬苦才到這裡。現在在這裡充分休息，忘掉這段期間的痛苦吧。」

「咦？痛苦？」

「啊，有別人在，你們可能難以啟齒吧。可是和艾賽韓德一起同行，會有多麼痛苦，我大概可以想像得到。」

艾賽韓德現在像失聲般笑著，還猛拉著自己的頭髮。

「呵，呵呵呵！呵呃呃啊！你是想讓無法想像得到的事發生嗎？」

這是什麼大吼聲啊？不管怎麼樣，艾賽韓德如此喊完之後，便立刻快速移動。矮人與火之神卡里斯・紐曼啊！在您面前有一點我可以坦白告訴您。艾賽韓德真的「敏捷地」縱身飛去了！艾賽韓德在一眨眼間轉到拜爾哈福的背後，緊抓住他的背。當然啦，拜爾哈福也和一般矮人一樣，矮胖粗腰，用艾賽韓德的短手臂來抱有些難。因此，艾賽韓德並不是抱起他，而是用一隻手緊抓住他的後頸部，另一隻手緊抓住腰帶後面，整個往上提。咻！

「好厲害啊！」

蕾妮很快地把張大的嘴巴用雙手掩住。拜爾哈福被往上提起之後，用氣喘吁吁的聲音喊道：

「嘿！這，這個老瘋癲敲打者！」

「這傢伙！你難道不知道我是第一個敲打的矮人！用你這傢伙的身體……呃！」

哎喲，天啊！身體被提起來的拜爾哈福，直接用手肘往後揮去，擊中了艾賽韓德的鼻梁。艾賽韓德跌倒在地，就這樣被壓在拜爾哈福的肥胖身體下面。拜爾哈福壓著艾賽韓德，還繼續磨蹭他的身體，並且用氣喘吁吁的聲音說：

「啊，糟糕。對不起了，應該是你第一個敲打才對，結果不小心就變成是我先敲打了！可是，在加熱者我火冒三丈之前，是你先火冒三丈的，所以扯平了吧？哈哈哈！」

在我們這些身高較高的人類，面露驚訝的注視之下，兩個矮胖的矮人疊在一起的模樣實在令人覺得十分可笑。艾賽韓德因為撞擊和壓力，只能勉強發出壓抑的「你、你這傢伙……！」呻吟聲。大夥兒全都用驚訝的表情看著拜爾哈福和艾賽韓德，可是只有我，我又再對卡爾投以疑惑的眼神。

「敲打者……真的是高貴的矮人，對嗎？」

「嗯，咳嗯！嗯。當然是嘍！當然是啊！」

「可是我總覺得，你這番話一點都不可靠。」

不管怎麼樣，我們逕自走過剛才拜爾哈福坐著的那個院子，進了那棟建築物。拜爾哈福一面走進建築物裡面，一面說道：

「我一聽到你們要來的消息，就把這個建築物清理了一下。」

「什麼，您一個人清理這麼大的建築物？」

「嗯？哈哈。當然不是啦。一些年輕人和婦人清理完之後，就全回去他們自己的工作地或家裡了。而我為了迎接你們，就留在這裡。」

「可是您怎麼知道我們要來？」

我仔細一想，剛才從洞穴跑出來的矮人們，還有這位拜爾哈福先生也是，他們怎麼會知道我們到達的確切時間呢？拜爾哈福高興地點了點頭，說道：

「啊，因為我們知道敲打者艾賽韓德要帶你們來。」

「可是您怎麼會知道正確的時間呢？」

拜爾哈福吸了一口菸斗之後，說道：

「昨天我們看到雷伯涅湖那邊上升的紅光。雖然我們不知道是誰，但是妖精女王好像非常生氣的樣子。而艾賽韓德也差不多該回來了，雷伯涅湖發生那種事，所以總覺得有奇怪的預感，於是我叫其他矮人準備一下。事實上，當時我想下去湖泊那裡一探究竟，可是卻遠遠地看到你們正要上來。」

「啊啊。原來如此。」

「那麼，那是你們引起的，對嗎？是你們讓妖精女王生氣的？」

「不是我們讓她生氣的，但，也確實是和我們有關係，沒有錯。」

拜爾哈福一聽到卡爾的回答，露出感興趣的表情，說道：

「啊，是嗎？我慢慢再聽你們說吧。房間有很多，全都清理得很乾淨，你們可以挑自己喜歡的去住。」

嗯。房間真的是滿多的。這棟建築物真的好大啊。房間裡的家具雖然不多，但都不是矮人用的，而是人類用的，所以沒有不便之處。走道和房間的大小，好像全都是以人類的基準來造的。大夥兒全都選好房間之後，拜爾哈福就告訴我們浴室和餐廳的位置，然後說道：

「梳洗完後請去吃點東西，到那時候再談工作的事。啊，老瘋癲矮人，你這傢伙應該會先去餐廳吧？」

「當然是啊！我可是走了一整天的山路了。」

我實在不懂什麼是當然的事。因為走了一整天的山路，所以應該要先梳洗一下，不是嗎？不管怎麼樣，我們沿著房間前面長長的走道，進入了走道盡頭的浴室。

這會兒我可真的一點也不驚訝了。

浴室也是石造的！沒錯，我不驚訝！在我的觀念裡，浴缸應該是巨大的木桶。可是矮人們卻造了可以容納好幾個人的巨大浴池。要怎樣才能把水裝滿呢？呃，咦？我仔細一看，怎麼沒有煮水的爐灶呢？那麼要怎麼用水呢？不過，亞夫奈德在脫下衣服之後，卻一面發抖一面走向浴缸盡頭，然後摸了摸牆上一個形狀怪異的金屬。什麼呀？亞夫奈德不知是怎麼動手的，金屬尾端的管子就有熱水流出來了！

「嘿？是魔法嗎？」

「嗯？哈哈。這不是魔法，是技術。只要轉這個，就會有熱水出來。」

哇！這實在是太神奇了！除了吉西恩和卡爾，其他人都圍聚到亞夫奈德旁邊，一直看著那根神奇的管子。那是用鐵做成的管子，附在牆上，上面有一個小小的輪子。可是一轉動那個輪子，就有水流出來，往反方向轉，水就不流了！哇哈，這未免也太神了！

可是卡爾和亞夫奈德好像覺得這一點也不神奇，連看都不看，就直接進入浴缸裡，開始裝出一副死人模樣。因為他們在浴缸裡面閉著眼睛，就開始呼呼大睡了。接著，傑倫特也露出類似的動作，所以杉森說要打水仗時，我就只好拒絕了。因為我得神經緊繃，注意不要讓那三個人溺死才行。

筋疲力盡的溫柴一進到浴缸，才恢復了一點血色。可是他偶爾還是用尖銳的目光望向有個輪子的水管方向。

「你幹嘛那樣一直看？」

溫柴只有眼睛露出水面，用殺氣騰騰的目光望著那根水管。然後他慢慢地抬頭，隨即他的頭髮就貼住了他的頭，就只看到他的眼睛炯炯有神地閃爍著。他低沉地說道：

「那個東西，應該是牢牢固定著吧？」

突然間，吉西恩就在浴缸裡滑倒了。怎麼一回事？吉西恩噗噗掙扎著，才好不容易把頭伸出水面，一邊喘氣，一邊用手把臉上的水給抹掉。他一副不忍去看溫柴的模樣，撇過頭去不看，自個兒嘻嘻笑著說道：

「哈、哈哈。溫柴，製造熱水的地方是在別的地方，是在離這裡稍遠的鍋爐裡把水煮沸，然後那裡和這個水龍頭之間用水管連接起來。這個水龍頭只是調節讓水從水管的尾端流出來，或讓水不流出來。」

「……我早就知道了。」

雖然有時候張開嘴巴會很有用，可是有時卻是閉著比較有益。嘻嘻嘻。我也在想，要不要把ＯＰＧ再戴起來，把那個東西扯下來看看。

不管怎麼樣，杉森原本用他巨大的身軀胡搞亂動，熱烈地在戲水，結果被卡爾降下一句句的大道理說教。然而卡爾一面唸一面就睡著了，還引發出一個差點溺死的事故。最後，我們沒有讓任何人溺死，平安無事地洗完了澡。啊，還有一件事故，我們一往浴室走出去，就聽到妮莉亞和蕾妮進去的那一間傳出了尖銳的高喊聲。

「快出來！快流出來！快湧出來！不斷流出來吧！真是的……還有沒有，蕾妮？」

「快迸出來？」

「對對，因為是矮人做的，說不定他們比較喜歡有些強烈的詞。迸出來吧，水啊！可是還是沒有迸出來啊？」

大夥兒全都露出困惑的表情，所以我只好不得已在門外大喊著：

「妳們轉一下那上面的輪子！」

「嘎啊啊啊！」

砰，轟隆隆。好像有跌倒的聲音，接著又再傳來了簡直令人耳鳴好一陣子的響聲，然後便聽到妮莉亞的呻吟聲。

「哎喲，我的腰啊……嗯？什麼嘛，你不進來啊？」

「呼啊、呼啊，我在外面講，可以嗎？」

「修奇！我被你嚇到了啦！這個東西可以轉動？可是轉不動啊！」

「往旁邊轉看看吧，妮莉亞姊姊？」

「哎喲！啊，啊！流出來了！這要怎麼停呢？啊，好燙！呼！呼！鼻子進水了！蕾妮！幫我拉一把！」

呃呃呃。大夥兒全都開始一步一步地遠離浴室。然後卡爾用非常困惑的表情對我說：

「尼德法老弟，我常常在想，要如何表達我對你的信賴。現在這後續的收拾就拜託你了，我要以此來表達我信賴你！」

接著，卡爾就匆匆走掉了，其餘的人也令我覺得自己被背叛地，全都跟著他匆匆走了。呃呃。於是，我就只得站在浴室外，親切地喊著水龍頭的使用方法。

蕾妮和妮莉亞兩人好不容易才帶著泡過澡的輕鬆臉孔，從浴室出來，所以我們三個人一進到餐廳，已經微微酒醉的艾賽韓德就來接待我們。

餐廳是個很寬廣的空間，而且有一個很大的陽臺。從陽臺可以隱約看得到褐色山脈的峰巒無盡綿延的景致（或許是因為這樣，所以溫柴才會背對著陽臺而坐）。房間的中央放著一張很大的正方形桌子，上面擺滿了食物，但是卻沒有看到矮人。這真是稀奇了。如果是人類的話，會聚過來看看或說話，要不然至少也會歡迎一下，可是這裡的矮人們好像都只在工作。

大夥兒已經在吃了，拜爾哈福坐在離桌子稍遠的位置，一邊吸著菸斗，一邊和艾賽韓德熱烈地你來我往地口出惡語。可是卡爾卻什麼也不吃，一邊看著攤在桌上的地圖，一邊揉著太陽穴。

「這我看不太懂。我好像不太習慣看矮人式的地圖。費西佛老弟？你應該可以大致說明一下吧？」

杉森喝了一大口啤酒之後，一面指著地圖，一面說道：

「是。這和軍事地圖沒有什麼特別不同的地方。這一邊是北邊。您是因為不知道這一點，所以會覺得很難看懂。這裡是我們所在的迦納罕達峰西坡，因此，如您所看到的，推測的區域是以這一點為中心，畫出大約半徑一萬肘的圓。很簡單吧？只是，要找出北邊會比較難一點。嗯哈哈哈！」

卡爾勉強露出了微笑。

「費西佛老弟。容我再問你一個問題，如果我們想要搜遍這個地方，找到克拉德美索，大概需要花多久時日？」

「啊，您是問這個啊？是，嗯，山脊線是這樣……補給不容易，而且地勢險惡。這些峭壁搜查起來相當費工夫。雖然我無法正確說出多少天，不過，我覺得至少要花一、兩個月。」

卡爾左右搖了搖頭，無力地說道：

「我很高興可以給你提示，費西佛老弟。對方是深赤龍，因此，牠的巢穴不會是像矮人或半身人的小洞穴。牠需要一個很大的洞穴。而且要進出巢穴時，必須要有一個相當廣闊的空間。我說的話你懂了嗎？狹窄的峭壁之間，或者濃密的樹林等行動不便的地方，都可以排除在外。你就把它想成是阿姆塔特巢穴所在的無盡溪谷吧！」

「啊，對啊！那麼……就簡單了。只要一個小時就可以找到了。」

砰！艾賽韓德喝了好久沒喝到的矮人製啤酒，喝到醉醺醺的，往後翻倒了，亞夫奈德大叫了一聲。可是艾賽韓德很快地站起來，往桌子衝過來。在這一瞬間！我感覺到半空中咻地劃過了一道黑影的時候，艾賽韓德就已經坐到桌上，完全是一副青蛙的姿勢。

「在哪裡？你的意思是，在這個區域，會有克拉德美索的地方只有一個嗎？不過，你是怎麼推測的呢？你是誰啊？」

「你醉得很厲害。是，我來說明吧。我，啊，我是杉森・費西佛。嗯，我以前曾經接近過黑龍阿姆塔特的巢穴附近，所以大致可以推測出來。正如剛才不久前卡爾說的，因為是龍的巢穴，所以不管是從哪個方向，周圍都必須沒有突出的山峰，以利起飛降落。但是必須是其他生物或人類不易接近的地方。而且牠的龐大身軀要行走，如果樹木太多，會難以移動。可是克拉德美索可能經過了一段長久的睡眠期，所以原本沒有生長的樹木也都長出來了也說不定。由此看來，那麼就簡單了，那一定是往天空伸展的一大片土地，是不易接近的地方。可以有巨大洞穴的地形，同時樹的樹齡很短，也就是陽樹林所形成的地方。就是這裡！」

我看著杉森所指的地方，正要喊出「和我所想的一樣！」，可是妮莉亞卻問了一個這樣的問題：

「修奇，什麼是陽樹林？」

「妳不覺得問亞夫奈德會比較好嗎？」

亞夫奈德微笑著說道：

「那是指，必須受到很多陽光照射，才能長得高大的樹木所形成的樹林。樹林都是先由陽樹林開始的，然後那些樹木底下會有陰樹，也就是在陰影之下會長得很好的樹木。所以陰樹長滿了，原本先有的陽樹就會全都消失不見。看樹林的樹木分布就可以推測出樹林的年齡，因此，就變成是推測龍的睡眠期的方法。」

「哦？」

妮莉亞很滿意地聽完之後，我才得以看到杉森所指的地方。可是我卻無法喊出「和我所想的一樣！」，所以有些失望。我竟然看不懂那張地圖。可是吉西恩卻用一隻手摸著下巴，並且低頭看地圖。

「這裡的地形看起來，的確是你說的那種地形，巨大的生物可自由自在地移動。而且要飛起來的時候，往周圍任何一個方向都不會受阻礙。」

嗯。比我原本要說的還要講得更不錯哦。艾賽韓德從桌子上跳了下來，立刻舉起了戰斧。

「走吧！」

拜爾哈福高興地說道：

「現在就要去殺了嗎？那麼今晚就可以吃頓好吃的龍肉派了。」

「你、你你、你你你！……等等，你一定要跟我唱反調嗎？」

「啊，當然不是啦。我要不要也一起去？和龍打鬥……」

「這傢伙，你又在無視於我的存在了！」

拜爾哈福咯咯笑著，對我們一行人說：

「這個地方並不是很容易接近。各位先充分休息，明天早上準備好裝備再出發吧。馬匹恐怕必須留在這裡，如果有需要糧食或其他的東西，就跟我說。武器怎麼樣？雖然沒有可以稱得上是屠龍刀的東西，但這裡還是有很多拿到大陸任何地方都不會遜色的矮人製武器。」

「又、又在無視於我的存在了！」

兩人像是在演一齣戲名為「敲打者的吶喊」的戲，以這名副其實的場面為背景，卡爾笑著答道：

「我們不是為了傷害克拉德美索而來。我們反而是擔心克拉德美索會來傷害我們呢！」

「什麼？」

「我們來這裡，是為了以龍魂使來連結和克拉德美索的關係。」

「龍魂使？你是說龍魂使嗎？誰是龍魂使呢？」

「是這一位蕾妮小姐……蕾妮？」

原本坐著在打瞌睡的蕾妮，突然被嚇得立刻從椅子站起來，慌慌張張地向拜爾哈福行了一禮。拜爾哈福歪著頭，疑惑地說道：

「蕾妮？是指妖精女王嗎？」

「咦？」

「蕾妮這個名字，是妖精女王達蘭妮安名字的中間部分。妳的本名是達蘭妮安嗎？」

「啊，不是的。這不是我的暱稱，我原本的名字就叫蕾妮。」

「是嗎？呵呵。這是滿不錯的名字。那麼妳不是達蘭妮安的暱稱蕾妮，那我叫妳蕾妮的暱稱『蓮』，可以嗎？」

「咦？蓮嗎？您喜歡就這麼叫吧。啊，不是，請您就叫我蕾妮吧。因為，我不習慣那樣的名字。即使您叫了，我也會不知道是在叫我。」

「我知道了。好，妳是要來當克拉德美索的龍魂使？」

「咦？是，沒錯，好像是吧……是的。我是克拉德美索的龍魂使。」

拜爾哈福歪著頭，疑惑地打量蕾妮，蕾妮則是紅著臉躊躇著，然後又再拉了椅子坐下。妮莉亞摟著蕾妮的脖子，笑道：

「蓮？這個名字不錯啊！咯咯咯咯。那麼我是妮亞嗎？你叫我妮亞吧。溫！」

溫？

房裡所有人的眼睛全都同時集中到溫柴身上。溫柴臉色蒼白地看著集中過來的目光，乾咳了幾聲，一面撇過頭不看妮莉亞，一面嘀咕著「溫算什麼名字啊……」。杉森噗哧笑著說道：

「我們按照拜爾哈福先生所說的去做比較好。今天充分休息，明天去找那個大塊頭吧。」

「可是，克拉德美索好像已經進入甦醒期的最後階段了，亞夫奈德，牠究竟多久以後會完全甦醒呢？」

「令人遺憾的是，我無法正確知道。艾賽韓德，甦醒聲是在什麼時候停下來的？」

已經從桌子下來的艾賽韓德答道：

「啊？嗯，聽說是昨晚。」

「昨晚嗎？那麼……如果知道克拉德美索的年齡就好了，可是我不知道。如果保險一點，好像可以用一天來算。」

「一天？那麼是今天晚上嗎？」

「是的。但這是保險一點的算法，若是克拉德美索是歲數很大的龍，就不會那麼快開始活動，不必那麼不安。而且那也只是意味著牠醒過來而已。」

「咦？這話是什麼意思呢？」

亞夫奈德雙手合十，慢慢地說道：

「牠一甦醒就會飛起來或不會飛起來，都是要看克拉德美索的意願，不是嗎？說不定牠甦醒之後，就這麼在原地躺著。就像我們早上從睡夢中醒來，可以立刻起來，但也可以躺在床上……如果我這樣說，會不會跳躍思考跳得太多了？不管怎麼樣，進入活動期之後，有的龍不會立刻從巢穴出來，而在原地待著……要不然，就是會直接出來襲擊附近的矮人礦山，也有可能會直接開始蹂躪拜索斯的天空吧。這都是看牠的意願。可是，長久的睡眠期剛結束，我看牠一定是急著先做營養補充吧。」

亞夫奈德的語氣雖然很平靜，可是房裡的溫度好像都上升了。吉西恩用稍微沙啞的聲音，說道：

「看來都不是很安全！現在立刻去找……」

一行人的眉毛都無力地下垂了。到矮人礦山的這段旅行，大家全都太累了。所有人都一言不發地看著卡爾，結果卡爾用提不起勁的語氣，說道：

「雖然我不知道龍和龍魂使的契約會是用何種型態來達成，但是可能不會花費很多的時間。克拉德美索萬一飛往別的地方，那就很難再找得到牠。但是牠長久以來處在睡眠期，所以應該不會立刻飛起來。當然啦，這些都是我們的想法。」

卡爾環視每個人的臉孔之後，用鄭重的語氣，說道：

「大家都去休息吧。雖然不曉得會……這個嘛。這是個重要的會面。到現在為止，我們都一直只是趕路，首先是時間在鞭策我們，然後是各種障礙使我們更加忙碌。我們一直沒有冷靜思考的空暇，只是盲目地奔馳而來。可是託了盲目奔馳而來的福，我們終於來到這個地方，克拉德美索現在已經近在咫尺了。」

大夥兒的臉上全都掠過了一個濃厚的情感陰影。是啊，好長哦。但是我們終究還是到了這裡。我們之中沒有任何一個人離開……啊，伊露莉不在了。可是除了她以外，其他所有人之中，沒有任何一個人脫隊，都互相幫助，才來到這裡。我們現在是在最後的關頭，目的達成前的最後一刻了。我覺得自己的胸口好像都沸騰了起來。

卡爾從位子上站起來。他雙臂微張，說道：

「我想感謝各位每個人。」

大夥兒臉上都浮現了平靜的微笑。連卡爾也露出微笑，說道：

「雖然朋友不需要特別道謝之類的話，可是各位實在太令人感激了。我並不是感謝各位來這裡，也不想感謝我們戰勝了艱辛痛苦和逆境。那是展現各位的資質和能力，而每個人的資質和能力全都是特別的，原本就應該要受到尊重才對。比起這個……」

我一感受到卡爾的熱切目光，就覺得眼角好像不該上揚。

「我想感謝各位全都始終互信互助，不讓彼此看到躊躇與恐懼。任何逆境，都比不上同伴的挫折與失敗來得更加令我們心痛。可是強韌的我們一次也沒有讓同伴看到自己挫折或屈膝的樣子。」

就連原本在打瞌睡的蕾妮，也睜大眼睛看著卡爾。卡爾突然轉過頭去，看著窗外說話。他的聲音聽來似乎帶著點水氣。

「由於費西佛老弟的智慧，我們也解決了尋找龍藏身之處的問題。我們趕上了時間，也已經到了這裡。我認為，現在該是將注意力轉回自己身上的時候了。我認為現在剩下的半天，是我們每個人對這場重要會面做心理準備的時間。哈哈哈……無論如何，明天的會面，搞不好是我們每個人一生都會牢牢記住的一場會面，不是嗎？我覺得每個人都必須有一段沉思的時間。」

吉西恩的眼睛閃爍著光芒，他點了點頭，說道：

「是的，我們明天就要見到克拉德美索了。去見我們這個時代最強大的龍。」

「我覺得……我們好像是要去見我們這個時代的神話。」

亞夫奈德聽了傑倫特的話，用很少見的信心十足的語氣，答道：

「當然，幾百年後，我們說不定會成為神話裡面的人物。」

傑倫特高興地笑了出來。他突然挺起腰來，嚴謹地說道：

「從現在開始，得小心說話了。我可不希望被後代的人評為我們這一行人中的小丑啊。」

哈哈哈……大家都展露了笑容。神話？這個嘛，我今天好像可以為神話下一個定義。

那就是：父親的日常生活，會變成兒子的神話。

02

大夥兒各自回房之後，餐廳裡除了較晚才出現的我、妮莉亞和蕾妮之外，還剩下杉森、艾賽韓德、拜爾哈福和卡爾。杉森和艾賽韓德兩人除了對方吃到嘴裡的東西以外（雖然我連這件事也不太確定），全都想把食物搶著吃進自己肚裡，所以才會延長吃飯時間。而卡爾是一面看著地圖，一面露出頭痛的表情。至於拜爾哈福則是坐在離所有人稍遠的位置，身體斜坐著抽菸斗。

他是加熱者。那麼在這附近繞一下，說不定就會遇到矮人的降溫者（Cooler）？他會說：「我讓你的頭腦冷靜一點！」我怎麼又在胡思亂想了？

「拜爾哈福先生？」

拜爾哈福把菸斗拿在手上，連看我也不看，就答道：

「雖然不知道你為何叫我，但是要我把目光從這麼壯觀的鬧劇場面轉移到你身上，應該要有充分的理由。」

「人類和矮人的食物爭鬥戰竟然看起來很壯觀，這實在算是很悲哀的事。拜爾哈福先生，我有一個問題想問您。」

「如果你有問題的話，我大概就有答案吧。什麼問題？」

「那個，我如果問加熱者是什麼意思，會不會很失禮？」

「嗯？不，不會啊。加熱者？就是字面的那個意思啊！我是加熱的矮人。」

「您主要是對什麼東西加熱呢？」

加熱者拜爾哈福・克魯肯微笑著說道：

「生活。」

「生活？」

「嗯，那個老瘋癲艾賽韓德是敲打者，是吧？那傢伙負責我們所有矮人的精神層面的問題。以你們人類的話來說，也可以說是政治的問題。他決定我們該如何行動、要怎麼樣才是正確的行為、某件行為哪裡錯了等等的事。由這個老瘋癲來當敲打者，實在是矮人的悲劇，我們對此默哀吧。」

不過，拜爾哈福並沒有默哀，而是迴避了飛過來的啤酒杯，然後繼續說道：

「而我，則是負責褐色山脈大礦山的生活層面的事。譬如：注意是否充分準備了冬季食物、要招待客人的房間是否清理好了、哪一個矮人有什麼東西不夠時，要如何幫他準備。嗯，我就是負責這類的問題。這對於矮人們來說是如此幸運，我們歡呼一下吧。」

「由你這傢伙來當褐色山脈的加熱者，堪稱是褐色山脈歷年來最大的悲劇！噗哈哈哈！」

艾賽韓德覺得他說的這番話很有才氣，於是得意洋洋地笑了（當然啦，他這個行為導致遭受到讓杉森搶到最後一塊芝麻餅的刻骨之痛）。既然我遇到了一位回答得很清楚仔細的矮人，就應該順便把我平常覺得很困惑的事問他。我歪著頭，疑惑地說道：

「敲打者……加熱者。嗯。我難以想像的事好像真的很多。不過，請問你們有龍魂使嗎？」

「什麼？」

我感覺到卡爾把頭從地圖抬起之後，撐著下巴在看我們這邊。拜爾哈福則是皺起他厚厚的眉毛，看著我。

「龍魂使，我是說龍魂使。我一直對於這一點很困惑。」

我把放在桌上的杯子和碗移到旁邊，然後把手臂支在那個空位，身體往前傾，看著拜爾哈福。他的臉被菸草的菸霧給遮掩到，看起來有些模糊不清。

「如果矮人族有龍魂使的話，艾賽韓德就不會因為克拉德美索即將甦醒，而遠至首都去找龍魂使，所以我想你們應該沒有龍魂使吧。如果有龍魂使，就可以讓這裡的矮人和克拉德美索直接對話了！」

拜爾哈福用不確定的語氣說道：

「應該是吧。」

「那麼說來，你們是沒有龍魂使嘍？」

「哈哈哈，喂，人類朋友啊，我舉一個例子，你想想看吧？你們人類當中有鞋匠這種人，其中一個有名的人我也知道。好像是叫做米德比吧。可是啊，半身人他們有鞋匠嗎？」

「咦？呃……應該是沒有吧？」

半身人腳底的皮很厚實，而且毛很濃密，不管是在哪一種地面，都可以自由自在走動，所以應該是不需要皮鞋吧？拜爾哈福又再仔細想了一下，說道：

「當然是沒有。那你們人類有蠟燭匠這種人吧？」

呵！我差點就打嗝了。在我還沒來得及回答之前，拜爾哈福就說道：

「那麼精靈族有蠟燭匠嗎？」

「咦？呃，這個嘛，精靈……精靈的夜視力很強，所以應該不需要蠟燭吧？」

「沒錯。嗯。他們的夜視力很強。事實上，應該這麼說才對吧，精靈們不會需要燭光，也就是說，不會有和周圍不協調的事。他們只要呼喚出光精就可以了。他們可以這樣達到協調。」

啊，沒錯。我看過好幾次伊露莉叫出光精來讀魔法書。拜爾哈福笑著說道：

「對你們人類而言，你們有鞋匠和蠟燭匠，但半身人或精靈卻沒有，同樣地，你不要以為你們有龍魂使，所以其他所有種族也應該會有龍魂使。」

「是這樣嗎？可是他們有理由可以沒有皮鞋或蠟燭，你們沒有龍魂使的理由是什麼呢？」

「因為你們人類是最喜歡講話的種族，不是嗎？哈哈哈！」

我們喜歡講話？

我把頭轉過去，就看到卡爾正露出一個覺得有趣的微笑。突然間，我想起卡爾曾經講過的話。精靈行走在森林裡，會變成樹。人類行走在森林裡，會造出小徑。精靈看到星星，會變成星光。人類看到星星，會創造星座。

我再加一句好了。精靈會呼喚光精，人類會製造蠟燭。

啊啊。沒錯。

突然間，從陽臺那邊傳來了喧嚷的聲音，蕾妮還因此被嚇了一跳。什麼聲音啊？

「呀啊啊，喝啊！」

這不是吉西恩的聲音嗎？我在杉森暫時把心神集中在陽臺方向的時候，很快地硬搶了一個放在他身旁的酒瓶，提著酒瓶往陽臺走去。這陽臺是可以眺望下面的好地方。我把屁股放到陽臺欄杆上，望著下面。

吉西恩正騎著御雷者。

他朝著村子前的寬廣盆地奔馳而去。怎麼一回事？不過，他瞬間奔馳到盆地的另一頭之後，卻畫了一個巨大的圓，轉了方向。這時我才知道，原來他只是在鬆弛一下身體而已。雖然也有人用大吃大喝來消除緊張，可是這會兒則是有人在展現真正模範戰士的消除緊張法。杉森，你也過來看一下，學習一下吧。可是，杉森和艾賽韓德交換了一下尖銳的眼神之後，就現出一副無精打采的樣子。還是算了吧。

御雷者飛揚著銀色的馬鬃，像一枝黑色箭矢般在地上飛著。我看就算牠後面落下銀粉，也不會令人覺得奇怪吧。吉西恩把手中拿著的端雅劍垂放到旁邊，輕輕地抓著馬韁奔馳。端雅劍受到午後陽光的照耀，像要照亮整個盆地般，散發出壯觀的光芒。不論從哪個角度看，看起來吉西恩都不像是在騎馬，而是在騎著光芒，而且手上拿的不是劍，而是拿著光芒。拜爾哈福不知何時已經走到我旁邊，他把手臂放在欄杆上，和我一起俯瞰下面。

「好棒的劍，是魔法劍嗎？」

「是的。」

「是嗎？雖然我對馬知道得不多，不過，那匹馬好像也看起來很不錯。」

「牠叫御雷者，綽號是『北部大道的皇帝』。」

「哈哈。皇帝？真是不錯，魔法劍加上名馬。這個吉西恩看來滿有希望成為屠龍者。如果說起哪些人夠格成為屠龍者，這一位應該就算得上是了。會不會他就是因為帶著這種野心才來的啊？」

拜爾哈福好像很希望把克拉德美索給殺掉？我把剛才從杉森那裡拿到的酒瓶拿來聞了一下，然後答道：

「我雖然不知道他心裡的打算，可是到目前為止，由我和他相處的經歷來看，他好像沒有這種野心。而且，其實我們是因為委託人的意思，才來這裡的。」

拜爾哈福歪著頭，疑惑地說：

「你們的委託人？」

「啊，我們是受了艾德布洛伊的總院大暴風神殿的委託，來幫助蕾妮成為克拉德美索的龍魂使。」

「什麼？你們不是受到艾賽韓德的委託？」

「哈哈，不是的……哇啊！這是什麼酒，怎麼這麼烈？」

這簡直烈到讓人頭暈目眩！我看杉森和艾賽韓德一直咕嚕咕嚕喝個不停，才會毫不考慮就想喝下去，還好沒喝，要不然就不妙了。我用力搖了搖頭，把注意力從酒瓶轉移到下面。

奔馳，塵土飛揚，跳躍，自由脫離大地。迴旋時雖如流水般柔軟，但加速時卻如劈擊夜空的銀光閃電。如果有人問我，這真的是連續走了六個小時山路的馬嗎，我大概會無話可說，跟他一樣困惑不已吧。在冬季山地的清爽空氣裡顯露形影的那些樹木，看起來都像灰色的石頭。而那些數十肘高的針葉樹則是超越了想像的地平線，雄壯地聳立著。在這景致之間，吉西恩正在策馬奔馳著。

「呀啊啊！喝啊、喝！」

吉西恩和馬簡直就像一陣吹往針葉樹林的強勁大風。哈！不管這酒多麼烈，我都應該喝一口才對。吉西恩，讓我看到背影的我的國王，為你乾一杯！

克拉德美索已經開始讓我們感受到具體的危險性了。

今天是十一月二十八日。正好一個月又一天前的十月二十七日，我們聚在大暴風神殿的莊嚴後院，談論克拉德美索的事。那時候的克拉德美索，只是克拉德美索。是深赤龍，因為失去龍魂使而發狂，把中部林地弄成一片廢墟，在沒有龍魂使的狀態下進入睡眠期，但即將要甦醒了。我用了這麼多的單字，可是當時的我卻對牠沒有感覺。

而一個月過後的現在，克拉德美索已經是近在咫尺，為了和牠見面，我們必須先調適自己。現在我實在是找不出單字來形容，只有許多感覺不斷湧來，但是卻沒有可以形容的單字。剩下的單字只有克拉德美索、克拉德美索。現在牠結束了長時間的睡眠期，我們則是過了一個月。牠和我們之間，不但距離消失了，連時間也消失了。現在只剩下牠和我們。

我的頭好燙啊。

「呀喝！」

我向下面突然大喊了一聲。於是，吉西恩停下御雷者，轉頭看上面。他的手舉起來，然後用快活的動作揮舞。端雅劍閃閃發亮著，然後他又再讓御雷者奔馳起來。隨即，他身後整個秋天堆積的落葉就失去穩定，飛揚上去了。吉西恩就這樣消失在那些落葉的暴風之中。

「看起來滿好玩的。呃，杉森？我們要不要也去那樣奔馳一下？」

「嘖、嘖！嗝！你說什麼？」

「我說比武啦，比武！去鬆弛一下筋骨吧。」

杉森驚訝地圓睜著眼睛。

「為了什麼？為了有助消化？」

「喂！不是啦，明天說不定就有一場精采的打鬥場面，不是嗎？」

「可是我不記得我有讀過《消滅巨龍兵法——第四章深赤龍相關戰法》這類的書。」

「所以呢？」

「我現在什麼都放棄了，只能用嘴巴享受，我就只能這麼做了！」

杉森噗哧笑了出來，然後又再一面察看艾賽韓德是否有看到，就悄悄地把裝有派餅的盤子拉到自己前方，還一面說道：

「明天過後，搞不好可能就沒辦法再這樣讓嘴巴享受了，不是嗎？」

突然間，蕾妮嘴裡咬著叉子，吐出呻吟聲，然後就用手把嘴掩住。哎喲，都是杉森害的！杉森用驚慌的表情看著蕾妮，妮莉亞則是用眼神一直責怪杉森。杉森一面被妮莉亞的眼神追打，一面說道：

「呃、呃，蕾妮，那是我隨便說說的。我和修奇本來就喜歡講一些互相叫囂、沒營養的廢話，這點妳應該很清楚，不是嗎？」

互相叫囂？呃呃，我不記得我有啊。蕾妮從嘴巴裡慢慢拿出叉子，放在桌上，用同樣沉著的動作擦拭嘴巴之後，對杉森說：

「我也知道很危險。杉森大哥，這是很危險的事吧？我們要去見一頭龍，如果說會很安全，那豈不是更奇怪。」

原本在看地圖的卡爾悄悄轉頭看我們。杉森轉頭去看卡爾，向他投以焦急的眼神，可是卡爾只是呆愣地看著。結果，杉森又再看了看蕾妮。他乾咳了幾聲之後，點頭說道：

「沒錯，我們當然無法說會很安全。」

蕾妮對杉森露出了微笑。可是下一刻她卻突然把頭埋藏到胸前。她有好一陣子都這樣頭低低地坐著，妮莉亞現在則是把餐刀瞄準杉森，一副要射過去的姿勢。雖然妮莉亞開了嘴巴，但還是不出聲音地喊著：「這個蠢蛋！你都長這麼大了，還嚇唬小孩子？你反倒應該盡量不要嚇小孩子才對！」杉森一直搔著後腦杓，說不出任何話來。此時，低著頭的蕾妮小聲地說道：

「……我好怕、好怕。」

杉森稍微伸出嘴唇，說道：

「我也是。」

「咦？」

「我說我也是。我這一次去找龍……嗯，是第三次？第一次是阿姆塔特，然後是神龍王。還有克拉德美索。哇啊！看來我經驗滿豐富的。不管怎麼樣，這次雖然是第三次，然而我也是有些害怕。所以，妳當然也會害怕。」

蕾妮正眼直視著杉森的臉，說道：

「如果我想逃跑，該怎麼辦才好？」

「那妳就逃跑，不就得了？」

妮莉亞，就是現在！快射過去！快把那把餐刀射向杉森！真是的，他這是哪門子的安慰方式啊？蕾妮圓睜著眼睛，看著杉森，可是杉森卻像是連近在眼前的危機都沒發覺到似的，笑了出來。

「逃跑嗎？」

「嗯，可是逃跑有兩種，一種是往前逃，另一種是往後逃。嗯，蕾妮妳往前逃就行了。」

蕾妮歪著頭，疑惑地說道：「我知道往後逃，但什麼是往前逃呢？」

杉森現在這樣對蕾妮的疑問一一回答，會不會很不幸啊？因為他和蕾妮講話的同時，我看到桌上的食物正快速消失。我一邊看，一邊在心裡頭浮出這個疑問。艾賽韓德，不要再吃了！杉森用悲傷的眼神看著餐桌，他把手中的叉子往上舉，說道：

「嗯，蕾妮妳可能不太懂吧，這是軍隊那種地方偶爾會聽得到的笑話。新兵一開始被派去打仗的時候，他們害怕戰爭，往往突擊命令一下，立刻武器什麼的都丟下就逃了。此時，命令什麼的都沒有任何用處。所以待比較久的老兵就會這樣教新兵：如果要逃跑，就往前逃。」

「為什麼呢？」

杉森把叉子當指揮棒，裝出一副在指揮假想部隊的樣子。

「因為這樣子即使逃跑，也還是在自己的軍隊裡。妳想想看，我軍是往前衝，可是如果獨自一個人往後逃，會怎麼樣呢？豈不就脫隊了？那麼很容易會被注意到，而且容易被箭射中。可是如果往前逃，就會繼續留在自己軍隊裡。這樣原本會射到自己的箭，就可能會射到自己軍隊的其他人了。這樣妳懂了吧？」

蕾妮一面聽杉森解釋，一面嘻嘻笑著，然後不相信似的說道：

「啊？真的是這樣嗎？」

「雖然難以置信，但這確實可以有效減少士兵脫隊或逃走。因為我們是喜歡群體活動的種族。哇哈哈！」

「嗯……我懂你的意思了。因為，想逃跑時一個人也沒辦法逃，所以乾脆留在朋友身旁會比較好，是這個意思嗎？」

「如果冷靜地說，是這樣說沒有錯。」

「嘿，我現在比較安心了……杉森大哥你會保護我吧？」

杉森把手中拿著的叉子豎在胸前，用認真的表情說道：

「我一定會比修奇還要認真保護妳的。」

啊？幹嘛把我也扯進來？

「看啊！西風在吹拂著我！天空底下只有孤路一條。德菲力雖是岔路，但德菲力卻又不是岔路。如同那隻從灰燼中誕生、永遠稀少珍貴的火鳳凰的飛行一樣，我又再往前行走。我們正要朝著我們時代的傳說，同時是我們時代的惡夢——克拉德美索前進！」

一直走在我旁邊的亞夫奈德聽到傑倫特的這番話，不禁露出了微笑。我垂下肩膀，說道：

「……所以呢？」

「你覺得我這番話怎麼樣？」

「你真的打算要把這個寫進你的自傳嗎？」

傑倫特嘻嘻笑著說道：

「不知道。我想三、四十年後再寫自傳，所以到時候說不定我會改變心意。可是，你覺得我這番話怎麼樣？」

「你說『德菲力雖是岔路，但德菲力卻又不是岔路』，這是什麼意思呢？」

「嗯？啊，那句話？德菲力雖是岔道之神，可是岔路並不會永遠是岔路的意思。那是因為有時間這種東西存在。」

「好難懂。」

「有什麼難的？你從一個地點走到另一個地點的時候，可能會遇到數十個、數百條岔路。可是到達目的地之後，你把自己出發的地方到目的地為止的旅程，在地圖上畫出一條線看看。咻！是直直的一條線，是吧？」

「呃……好像是哦！」

「嗯，意思就是說，岔路並不是起點和終點這兩端都能走到，所以岔路終究不是岔路。這就是德菲力的雙關論法。卡蘭貝勒在這一點上，也是一樣的。永遠純潔的東西，終究是什麼都不留的。純潔的女子無法生出小孩，純潔的大地產生不出溪水。在時間面前，所有東西的價值都會消滅。啊啊，這對你一定有些困難。哈哈哈！不過，我到底講得好不好啊？」

「可以說是不錯了。」

「但你的表情怎麼不像是如此？」

傑倫特用懷疑的表情看我，我則是嘆了一口氣。傑倫特現在看著亞夫奈德，所以亞夫奈德點了點頭，說道：

「我認為句子很優美。」

傑倫特咧嘴笑了出來。此時我問他：

「你不害怕嗎？」

他把腳下的一顆小石子踢了出去。小石子跑進長長的草叢裡，消失了一會兒之後，碰撞到草叢裡的岩石，發出了咚的一聲。傑倫特舉起兩隻手臂，撐著後腦杓，然後問我：

「害怕？為什麼？」

「……你是德菲力的祭司，所以可能不會對自己走的路感到恐懼吧。但我不是受到德菲力恩寵的人，才會有些害怕。」

「這是你想來才走上的路，不是嗎？為什麼會害怕呢？」

我稍微摸一下胸前巨劍的劍帶，然後說道：

「但我還是不得不緊張。我們是要去見克拉德美索啊。當然啦，我知道沒有必要害怕。哼！我也知道克拉德美索再怎麼厲害，也只不過是把我殺了，牠還能對我做什麼？不過，我還是既害怕又緊張。」

傑倫特現在放下手來，搔了搔額頭。

「喂、喂，你害怕也好。你很自然地流露出感情，我是沒法說你什麼的。可是，你應該還不至於害怕緊張到什麼事都無法做吧？」

「咦？不，沒有。」

「好。在我看來，我也覺得你現在看起來很泰然自若。亞夫奈德，你現在如何？」

亞夫奈德突然間被問到之後，露出了一個驚慌的笑容。他在袍子下環抱他的手臂，稍微低著頭，說道：

「我很緊張，不過還不到無法做任何事的地步。」

「是嗎？那麼就沒關係了。不管緊不緊張，只要以平常心來做，就不會有什麼問題了！亞夫奈德你也是，修奇你也是。我的意思是，感情是可以調適的。」

我怎麼覺得傑倫特好像和我是不同國的人。啊，對了，傑倫特當然是和我不同國的人。因為他是伊斯國民。但這只是土地上的界線，和住在哪一邊的問題。傑倫特為何一點也不擔心呢？真頭痛！我抬頭，想找找看吉西恩大概在什麼位置。

吉西恩現在正要從山脊騎下來。他們的精力可真充沛，我用「他們」這個詞，是指馬和騎乘者。這兩者現在變成了一體，在登上環繞盆地周圍的山之後，現在正像突擊般往下奔馳。

嘟嗒嗒，嘟嗒嗒！我們看到黑色御雷者飛揚著銀色馬鬃、漸漸越變越大的身影，於是我們都停在原地等。傑倫特用像是感動得快流出眼淚般的聲音，說道：

「路坦尼歐像是在家族裡消失了三百年！」

亞夫奈德聽了之後微笑著。這真的是一幅看起來很不錯的畫面，不過可惜的是，我們來此是有目的的。亞夫奈德舉起了手。吉西恩一看到我們，立刻拉起了馬韁。

咿嘻嘻嘻！御雷者大力提起了前腳，就停住腳步。吉西恩跳下馬，撫摸御雷者的頸子。他汗流浹背，而且頭髮貼在額前，下巴則有汗水直滴而下。吉西恩用一隻手抓著御雷者的馬韁，另一隻手擦拭臉上的汗水，並且朝我們這邊走來。

「呼。好熱啊。有什麼事嗎？」

亞夫奈德像是自己很冷似的，蜷縮著肩膀，說道：

「啊，是拜爾哈福先生要我們傳話。他說這樣奔馳有助於鬆弛緊張，而且有助於放鬆身體，可是因為這裡是盆地的關係，馬蹄聲會比較大，所以希望你能適可而止。他說在地底下工作的矮人會被嚇到。矮人們的耳力很好，而且御雷者的馬蹄聲比別的馬還要更大聲。」

吉西恩猛然拍了一下自己的額頭，說道：

「啊，是嗎？他說得對，是我沒想到這一點。不過，其實我剛才也在想著要停止奔馳。我漸漸難以承擔碰觸到肛門的撞擊力，好累……對不起。喂！我正好也不想騎了。我剛才在想，如果能比劃一下劍術，就太好了。」

在這一瞬間，亞夫奈德和傑倫特的眼睛都轉向我。什麼？你們是想用這眼神來說些什麼啊？

吉西恩微笑著說道：

「來比個一回合吧，修奇？」

要我和吉西恩比武？直接殺了我吧，殺了我！

「我鄭重地！婉拒。」

「為什麼？又不是什麼壞事，而且藉此可以運動啊。」

「如果要運動，我爬到這裡來就算是運動了。我很感激你的邀請，可是我要婉拒。」

「哼嗯。你如果婉拒我，就只剩下杉森和溫柴了。杉森現在在做什麼呢？」

「他早已經不省人事了。」

「他已經醉了。那溫柴呢？」

「我不知道。」

「那，我去找溫柴好了。」

我們四個人往那群建築物走回去。吉西恩把御雷者牽回馬廄之後，進到屋子裡面，去敲溫柴的房門。可是溫柴不在房間裡面。這傢伙跑去哪了？

「會不會跑去浴室拆水龍頭了？」

吉西恩一聽到我這句話，露出真的很擔憂的表情……這真是令人焦急的事。嗯。可是幸好溫柴沒有在浴室。我們找遍了每個房間，卻都不見溫柴的人影。吉西恩漸漸露出擔心的表情。

難道這個間諜，在旅行的最後階段丟下我們逃跑了？可是溫柴的房裡，行李都還在，所以那種可能性看來很微小。馬廄裡，移動監獄也還被綁著。那麼他就應該不是逃跑了。可是，我再仔細一想，下山不太需要移動監獄。雖然下山以後會需要馬，可是在那之前，馬卻只是很吃力的包袱。這樣想來，他的行李下山時也不需要用到。沒有行李反而可以更快下山吧？

說不定……雖然這是我不願去想的假設，可是說不定，溫柴是因為不願去見克拉德美索才逃跑的。即使不是這樣，溫柴在這時候逃跑了，我們也沒辦法去追。我們不可能下山去，而且去找克拉德美索是很緊急的事，根本無法去管他。

我、吉西恩、傑倫特和亞夫奈德全都沒有說話，可是就在我們心裡一面這麼想，一面露出暗沉的表情盯著溫柴的房門時——

「溫柴！咦？你們在這裡做什麼呢？」

從通道另一頭出現的是妮莉亞。傑倫特答道：

「我們在找溫柴先生，可是沒看到他。」

「沒看到？他跑到哪去了？」

「我們到處都找了，但還是沒看到他。」

妮莉亞露出「是嗎？」的表情，點了點頭之後，她似乎突然覺得奇怪。她看了我們每個人，突然臉色變得很僵硬。

「都沒看到人嗎？」

「是。」

「難道？行李還在嗎？」

「都還在。」

「武器呢？」

嗯？武器？我們又再進入溫柴的房間。沒有看到他的長劍。

「武器……都一直佩帶在腰間，應該會跟他在一起吧。」

亞夫奈德用沒有自信的語氣說道。妮莉亞用拳頭掩住嘴巴，就突然轉身跑掉了。我們看了看她的背影，然後互相看了彼此一眼，就無言地各自散開了。大家都像妮莉亞一樣，想要再仔細找一遍，再各自散開。可是沒有任何人開口喊著「溫柴！」。畢竟如果喊了卻沒有回答，心情會是如何？

我們雖然很安靜，但還是繼續在搜查。一個小時後，我在那群怪異的建築物之間看到亞夫奈德，他無言地搖了搖頭。

「其他人也都說沒看到。」

他一聽，臉色變得很沉鬱。我們又再分頭繼續搜查。三十分鐘後，太陽開始傾斜到盆地西邊的山峰時，我在我們住的那間屋子的大院子裡看到卡爾。

在泛著暮色的庭院中央，卡爾暗紅色的身影直挺挺地站著，他歪著頭，疑惑地問道：

「真是奇怪，尼德法老弟。我以為大家都會去休息，可是你和幾個人怎麼忙碌地走來走去，可是卻又都不說話。到底是什麼事啊？」

「溫柴不見了。」

「你說什麼？」

我用不耐煩的語氣說道：

「我說，溫柴不見了，可惡。不管怎麼找，就是找不到他。」

腿也瘦了，頭也發疼，於是我走到院子的盡頭坐下。雖然這是院子，卻也是其他建築物的屋頂，所以院子盡頭是往下的階梯。我坐在盡頭，把腿放到下面。一小時半的時間，我在這些堆疊得很可笑的建築物之間跑來跑去，在這些狹窄的階梯走上走下，整個人已經筋疲力盡了。他媽的！真是一堆亂七八糟亂疊的房子。卡爾走到我背後，說道：

「他的行李或馬匹有沒有不見？」

「行李和馬都還在。武器沒看到。可是下山哪需要行李和馬呢？」

「嗯？嗯……說得也是。反正也沒辦法騎馬，行李則只會加重身體的負擔。」

從我背後傳來的卡爾聲音很是低沉。我看著腳下堆疊得奇奇怪怪的房子。矮人的這些傑作在夕陽照射下逐漸泛起紅色，看起來就好像是失火了。我說道：

「溫柴，反正他也只是服從附屬於吉西恩，是吧？」

「是沒錯。」

「也就是說，他並不像我們是受到大暴風神殿的委託，也不像傑倫特是高高興興參與我們的，只是不得已才被拉了過來，是吧？」

「你這樣想也沒錯。」

「對，是吧。可是我一直都不曾那樣想過。」

「因為溫柴先生比較沉默寡言。」

「對，他不輕易開口。一天沒講幾句話，而且話裡句句帶刺。媽的，可是我再怎麼樣也沒有想過他會逃走啊。」

卡爾突然從我背後往前走出來，站在我旁邊。他一面看著天空，一面說道：

「你為何這樣想呢，尼德法老弟？難道你很瞭解他嗎？」

「啊？這個，你問我瞭不瞭解他？」

「是的。」

「……我不太瞭解他。」

「可是你怎麼以為他不會逃走呢？曾經有一次，好像是在伊拉姆斯市吧。謝蕾妮爾小姐曾經問過溫柴，問他會不會逃走。當時溫柴回答了什麼？」

在伊拉姆斯市？呃，沒錯。當時我們需要用到束縛溫柴的腳鐐和手銬。溫柴回答了什麼呢？

「只要一有機會，就會逃走……」

「沒錯，他已經很明白地表態過了。只要一有機會，他就會逃走。」

「可是當時和現在的情況不同。」

「哪裡不同？」

卡爾一面望著變紅的天空，一面說道。我抬頭看了卡爾的側面之後，又再低下頭來。

「當時……他和我們才認識沒多久……他那時候根本還沒有投靠拜索斯。可是他現在已經投靠拜索斯了啊，他沒有必要逃跑。」

「把你心裡的話說出來吧。」

「現在……他和我們是朋友，不是嗎？」

「溫柴先生曾經這樣說過嗎？他有說過我們是同伴嗎？」

令人驚訝的是，卡爾只是講一些殘酷的事實。我把頭垂得更低。

「他沒有這樣說過。」

「那麼，是只有你自己那樣想，不是嗎？」

「是，是我自己那樣想。可是我認為我沒有想錯。可惡，那麼我和你是同伴嗎？啊？」

卡爾不做回答。他只是遠眺著天空。

「一定要講出來才能知道嗎？即使不講也是可以知道的啊！難道一定要有證人在旁，立了合約蓋了章，彼此才算是同伴嗎？不是的！」

「就連夫妻，也要為結婚作宣誓。」

「天啊，卡爾！」

「你以為我在開玩笑嗎？」

突然間，卡爾低頭看我。他面無表情地說：

「他和我們之間有無友誼，我還不確定。可是有友誼存在的時候，就意味著可以束縛彼此嗎？溫柴先生如果認為和我們一起無法幸福而想離開，我們可以用連是否存在都很令人存疑的『友誼』，來緊抓著他不放嗎？」

什麼？

「我們不是他的主人。所以為何你要這麼生氣，尼德法老弟？溫柴先生如果逃走了，那又怎麼樣？他投靠我國之後，已經不能再回到他的國家了。而我們也知道他的過去，他可以像丟下他國家那樣丟下我們，到沒有人認識他的地方去過新生活啊！為何你要他和我們一起去訪問那個可能很危險的克拉德美索呢？以友誼之名嗎？」

我說不出話來了。我只能看著卡爾面無表情的臉。可是在下一瞬間，我卻在無意識間說道：

「我以存在他心中的我的名字要求他。」

卡爾仍然還是面無表情地看我。我說道：

「對。我以溫柴心裡的我的名字，要求他和我們在一起。我們又不像野兔那樣可以任意自行生存的動物。溫柴即使想那樣做，我也不答應！而且同樣地，溫柴也可以用存在我心裡的他的名字要求我，不管是什麼事！友誼怎麼不會是束縛？愛情怎麼不會是束縛？你的意思是說，那些是可以隨意丟掉的東西嘍？」

我舔了一下嘴唇。卡爾的僵硬表情如今泛著血紅色。我繼續說道：

「你看看亨德列克！他對達蘭妮安的愛，是他的腳鐐、他的手銬。他對這份愛後悔嗎？我並不認為如此。我把溫柴當作朋友，所以對於他任意逃走這一點，我會很生氣！當然會很生氣！我對此毫不懷疑！」

我的胸口上下猛烈地跳動著。可惡，我覺得自己簡直就像麥芽糖般，快要癱軟下來了！我感覺雙腿很疲憊，頭都快爆開了。我快累死了。此時，卡爾突然轉過頭去，他看著前方，說道：

「尼德法老弟。」

我並沒有回答他。

「賢者是什麼樣的人呢？」

什麼呀？這是什麼意思？可是卡爾講完之後，就轉身走了，我則是又再看著前面。他問我，賢者是什麼樣的人？此時，從我背後又有一個聲音傳來。

「我一直覺得，卡爾有時滿陰險的。」

咦！我差點往前跌了下去。好不容易穩住重心之後，我才回頭看去。

「溫柴？」

溫柴站在我背後！他手裡拿著長劍，汗流浹背地站在那裡，冷漠的臉上卻好像有一絲微笑浮現著。儘管我有著莫大的高興，喉嚨裡還是迸出了很平靜的聲音。

「你到哪裡去了？」

「到盆地盡頭那裡。」

「咦？什麼，你幹嘛……？」

「我想要去熟悉高山地帶的風景，一直看到現在才回來。在途中就看到你和卡爾了。」

哎喲，我的天啊！等等，那麼？

「那麼、那麼你是從什麼時候開始站在後面的？」

「從你和卡爾開始講話那時。」

什麼？那麼他從頭到尾都聽到了？等等，卡爾問我賢者是什麼樣的人？賢者是……看著前方卻想著後面！真是的，可惡！原來卡爾從一開始就知道溫柴站在我們的後面了！溫柴噗哧笑了出來，並說道：

「他雖然裝成是在跟你說話的樣子，其實也像是在跟我說話。」

可惡……在下一瞬間，我開始魯莽地朝那間屋子猛衝過去。

「卡——爾！我一定要看看你的褲子裡是不是真的有尾巴！」

「尼、尼、尼德法老弟？」

艾賽韓德和溫柴一起並肩坐在院子盡頭，吸著菸斗。妮莉亞則是看著他們的背影，嘻嘻笑了出來。因為迎著夕陽光的關係，他們兩個後面拉出了長長的影子。看著夕陽的兩人影子看起來似乎很幸福。

妮莉亞原本用手臂倚著窗框，看著他們兩人的模樣，然後她把腰伸直，對我說：

「他們兩個，是很罕見的一對，是吧？」

「因為他們都是菸斗愛用者？」

「不不不，這一點雖然也對，但你看看他們的模樣，看起來挺像兄弟的。」

「從前面看大概像爺爺和孫子吧。可是同時卻會感覺到爺爺和孫子的身高怎麼對調了。」

「對了！吉西恩和杉森跑哪去了？」

「他們和拜爾哈福一起去看武器。傑倫特也跟著去了。」

「武器？」

「他們去看矮人製的武器。我看他們兩個一定是想要把能帶的武器盡量帶著，去見克拉德美索。」

妮莉亞走近我坐著的那張桌子前，坐到了椅子上。放在桌上的燭臺也拉出了一個長長的影子。她說道：

「哼嗯。不管是拿什麼武器，克拉德美索只要『呼！』一下，就燒掉了。」

亞夫奈德原本在翻著一本書頁被夕陽照得變成朱黃色的書，他微笑著說道：

「不知道我這樣說是不是能讓妳安心，我現在正在做充分的準備。」

「充分的準備？」

「是的，我打算明天早上要盡我所能地，把最厲害的法術記憶下來。當然，克拉德美索是龍，牠擁有我這個三腳貓功夫的巫師所不能及的強大魔力，所以我不想記什麼攻擊魔法。我明天打算把可以保護大夥兒的法術記憶下來。」

「即使克拉德美索『呼！』一下，你也能擋得住嗎？」

「雖然連妳也可能不相信，但是一、兩次……我相信應該是可能的。」

「如果你說可以擋得住，我就會相信你。」

「謝謝妳。」

我看著亞夫奈德一直在看的那本書（沒錯，我是在看，看我看不懂的書），說道：

「魔法原本是屬於龍的東西，是吧？」

「嗯？啊，沒錯，修奇，所以我用魔法去攻擊龍，結果會跟招惹老祖宗一樣狼狽。我真希望我能抵擋得了。」

他和泰班說的一樣。妮莉亞拿出匕首，將燭臺上的蠟燭點燃。雖然還有朱黃色的陽光照耀著，但是山地的夜晚很快就會來臨。亞夫奈德說道：

「天色還很亮，妳為什麼點蠟燭呢？」

「這樣看書比較亮啊。」

「啊，真是謝謝妳。」

妮莉亞把手臂撐在桌上，開始像我一樣看著亞夫奈德的書。亞夫奈德露出有些不好意思的表情，不過，妮莉亞卻皺起眉頭，說道：

「哇……啊，這到底是文字，還是圖案呢？這是什麼呢？」

「是咒語。我把使用的咒語記在這本書上，而且也有我寫的註解。可是，其實巫師的咒語書是不可以讓人看的。」

「呃，是嗎？對不起。」

「哈哈哈。沒關係。這句話只適用於別的巫師身上，用意是不要讓人偷走法術咒語。不是巫師的人看了也沒用，所以沒關係。或者，妳想要當巫師嗎？」

「啊，啊，我不想。而且我的頭腦又不好……可是，即使是會使用的咒語，也一定要這樣把它寫下來嗎？」

「什麼？」

「嗯嗯……有一個專門偷東西的小偷，那個小偷把偷東西的方法記錄下來，只要有空就去讀而不去偷。自己會的東西，為什麼要這樣寫下來呢？」

「哈哈。是這樣的，普通的技術和魔法的性質是不同的，所以才叫做魔法。」

我一面看著沒有光芒地燃燒著的蠟燭，一面沒精打采地說道：

「亞夫奈德你不能把咒語刻在身上嗎？啊，當然啦，這樣是不怎麼美觀，可是把重要的幾個刻在別人看不到的地方，應該會很方便……」

「什麼？」

亞夫奈德用驚訝的語氣問道。呃？幹嘛這麼驚訝？他圓睜著眼睛，問我：

「呃，你是說，刻在身上？」

「我是指把咒語給紋身上去。」

「你是指巫婆的紋身咒語術？」

「咦？」

「那是海格摩尼亞的巫婆村裡，巫婆所使用的……嗯，那是非常珍貴的方法，但你怎麼會知道這個？」

「咦？啊，那個，我曾經看過有個巫師有這樣的紋身。」

「是嗎？那應該不是巫師，是巫婆吧？」

「可是，他是巫師啊！」

「修奇，那種手法只流傳在巫婆村裡，不會傳給巫婆以外的人。可是你卻說那個人是巫師？應該是巫婆吧？不是女的嗎？」

「是男的啊！」

「不可能……是男的巫婆？好，等等。男的巫婆，有可能嗎？」

「我說了，他不是巫婆！是巫師，男的。簡單地說，可以說他是個男的巫師，再更簡單地說，他是會用魔法的男子。」

「那麼，意思是說，巫婆的紋身咒語術傳給了巫師嘍？這不可能啊！」

「雖然說不可能，可是我記得是這樣。」

「這真是太神奇了。啊，對了！修奇，那應該是騙人的東西，應該只是身體隨便紋身就說是咒語紋身。」

他怎麼死都不肯相信呢？

「可是他唸咒語的時候，紋身會發光。啊，可能因為他是瞎子，無法看魔法書，所以用刻在身上的紋身來施法。」

「好、好，瞎子巫師？你開的玩笑也太過分了。瞎子戰士我倒相信，可是瞎子巫師？」

「同樣地，如果簡單地說，他可以說是個眼睛看不到、會用魔法的男子……」

「喂，修奇！瞎子無法設定目標物。瑪那是非智性體，魔法是依照意志而運行的。而且意志會決定目標物。最終能量中心的阿爾法級數，則是以目標設定為基本依據，這原理是到哪裡都成立的。在沒有設定目標的狀態下，整個阿爾法級數會變成無意義的東西，則會變成未聚合的狀態。」

「啊，對不起。是現在嗎？」

「嗯？」

「現在可以拍手了嗎？」

妮莉亞舉起雙手，開始大聲拍手。我和亞夫奈德同時看她，她就圓睜著眼睛看我們，然後一面吸著手指頭，一面說道：

「不是現在嘍？」

亞夫奈德噗哧噗哧地笑了出來，然後立刻又臉色僵硬。他雙手交叉在胸前，露出沉思的表情，然後用低沉的聲音，開始折磨我們。

「如果暫且不說視覺在目標感知上所佔的重要性雖不至於會與概念相抵觸不過壓倒性的觀念中無庸置疑的是對象設定一定建構在模糊性之上即現代魔學裡所謂共感性的對象設定被視為異端的接近方式是不得已然而若共感性的對象物設定也有可能避免抵觸概念共感性的對象設定說不定可以成為現代魔學的從矛盾中脫離的出口之論點已經被倡導了三十四年但是對象物設定方式仍然還是在於有接近難易度的問題引起之無疑因惰性無法放棄視覺目標感知乃過去的現實引起現在的感覺不協調的嚴重問題……」

「妮莉亞，妳可以接受我的委託嗎？」

「什麼委託啊？」

「去偷一些句號來。」

「我是誠實的夜鷹，那種東西我是不偷的。」

此時，要不是因為傳來了突發性的笑聲，我們恐怕會被亞夫奈德無限吐出的話語洪流給淹死。原來是艾賽韓德爆出一陣響徹整個盆地的笑聲。我和妮莉亞一面小心不要讓自己看起來像是在逃離亞夫奈德，一面走到院子去（當然啦，亞夫奈德根本沒有注意到我們，還是在不停繼續喃喃自語著）。

我一走到院子，就看到艾賽韓德和溫柴那一對黑影變得更加黑暗了。艾賽韓德他們兩個人都在嘻嘻笑著。到底是什麼事這麼好笑？我走近他們背後，往下看去。

「哦哦哦……傑倫特！」

傑倫特抬頭看我們，立刻對妮莉亞喊道：

「哈哈哈！請叫我三叉戟的傑倫特！」

妮莉亞嘻嘻笑著，露出了一個幾乎快昏厥過去的表情。傑倫特拿來了一個巨大到令人懷疑是否真為矮人製的戰叉，做出像妮莉亞拿三叉戟的姿勢，執意說那是三叉戟。天啊，看起來好凶惡啊。祭司拿著這種可怕嚇人的武器，在自豪地笑著，我真快看不下去了。妮莉亞則是用淒慘的語氣說道：

「你拿著這東西，是打算把克拉德美索怎麼樣？」

「既然無法爬到牠的腋下，就搔一搔牠的腳底好了！」

我搖了搖頭，看了看在他旁邊的杉森和吉西恩。吉西恩除了原本的那副武裝之外，又拿了一把很大的十字弓和箭筒，還有幾根標槍。而杉森則是扛了一根很大的戰戟，把幾根標槍捆綁在一起之後背在背上。兩個人好像都定好計畫，在明天的克拉德美索會面時，若會談不愉快，他們就要丟出對克拉德美索而言只不過如雨絲的長槍。

嗯？

呃……對啊。如果蕾妮不被接受為龍魂使，說不定真的就像拜爾哈福所說，我們會變成屠龍者哦？沒有龍魂使的瘋龍即將進入活動期，那麼在進入活動期之前，就必須除掉牠才行。看來吉西恩和杉森好像已經充分做好了那樣的準備。如果確定蕾妮不被接受，用任何手段也無法鎮定住克拉德美索時，就殺死牠。

只是，問題在於我們是否有可能殺死牠。

03

卡爾大概知道吉西恩和杉森的想法，但是他並沒有多說什麼，只說了「你們帶這麼多東西，會很累」這一句話。至於艾賽韓德則是比較單刀直入地說：

「喂，你們兩個年輕的，看來比那些年輕的矮人還要更加魯莽。難道你們真的想打個一回合，是這個意思嗎？和克拉德美索？」

杉森咧嘴笑著答道：

「只是……說不定會有意想不到的狀況發生，所以我們才會想帶這些武器去。」

而吉西恩則是面帶嚴肅的表情說道：

「準備不足會造成失敗，但卻沒聽說有因為準備充裕而遭受失敗的。我們雖然有蕾妮小姐這個非暴力但乳臭未乾的武器……蕾妮小姐，對不起。這個該死的東西！呼，呼！啊，哼嗯。不管怎麼樣，雖說我們擁有蕾妮小姐這項武器，可以帶來和平的好結果，但是為了能適時應變比較不好的結果，也就是說，我怕會遇到克拉德美索惡性便祕的情況，需準備相當數量的灌腸藥……算了，我不講了。」

吉西恩靜靜地把劍鞘從身上解下來，雙手抓起了劍鞘就直接往上舉，靠到膝蓋上，做出要折斷它的姿勢。哇啊啊啊啊！我和杉森同時衝過去，才好不容易阻止了他。溫柴見狀噗哧笑了出來，然後拿出長劍，對艾賽韓德說：

「喂，矮人。」

「幹嘛？要香菸啊？」

「不是。幫我磨個刀。」

「你這傢伙！我在你這小子的曾祖父出生之前，就在磨刀了。要不要我教你一點禮數啊！」

「要是你從那個時候起就在磨刀，那你磨的刀刃一定連龍鱗都可以劈開。拜託了。」

艾賽韓德雖然一直不停地嘀咕著，但還是從溫柴手中接過長劍，然後拿出磨刀石。此時溫柴說道：

「你只要磨到讓刀刃夠利就行了。磨到就算以後不能再使用也沒關係。」

「你說什麼？」

「我剛才不是說了嗎？只要能夠一次刺中要害就行了。即使是磨到讓劍變得很薄，只要刀刃夠利，就算把它磨成以後完全不能再用，也沒關係。因為過了明天之後，不管如何，我應該是不會再拿劍了。」

房裡突然變得很安靜。傑倫特用閃閃發亮的眼神看著溫柴，而蕾妮則是一邊眨著眼睛，一邊看著溫柴。然而溫柴稍微低垂著視線，並沒有迎視任何人的目光。艾賽韓德說道：

「你說你過了明天之後，就不再拿劍了？」

「如果我死了就會無法拿劍，如果我還活著就會不再拿劍。」

昏暗的房裡，大家都各自露出了各種不同的表情。吉西恩把雙手交叉放在胸前，並且面帶著淺淺的笑容；杉森則是點了點頭。亞夫奈德靜靜地閉上了眼睛；妮莉亞則是一邊摸著臉頰，一邊望著溫柴。

「……好，我知道了，你這個傢伙。但你可別在矮人面前裝出一副很懂的樣子。」

艾賽韓德嘻嘻笑著繼續說道：

「不知道如何正確磨刀的人，才會毀了刀刃。真是的，你這是在對矮人說什麼，哼！矮人磨好的劍，即使是砍了數十、數百次，也應該不會有凹痕的。難道你是想惹惱我的自尊心？我一定會盡量幫你磨好，大可不必擔心。」

「好，我相信你。」

艾賽韓德用帶勁的動作，把水撩到了磨刀石上。但隨即他卻不得不皺起眉頭，開始嘟囔了起來，因為杉森和我都抽出劍來，輪流等著要他幫我們磨刀。

不需要磨刀的卡爾則是攤開地圖，和拜爾哈福商討著。

「那麼，所需時間大約預估五個小時就可以了，是嗎？好。那裡雖然應該是開放式的地形，但我們要盡量能靠近多少就靠近多少。如果在距離很遠的地方就遭到襲擊，那會對我們很不利。」

「如果靠近一點，會對我們有利嗎？」

卡爾聽到妮莉亞的這句問話，瞄了一下蕾妮，然後說道：

「妳還記得基果雷德的情形嗎？」

「啊！那頭……會噴閃電的龍！」

「是的。牠看到蕾妮小姐的時候，曾經這樣說過：『這對龍而言乃是宿命的誓約。』這句話可以想成不管怎樣，當龍遇到龍魂使時，在攻擊之前有義務先行試探龍魂使的訂約意願。」

「咦，是嗎？」

「是的。因此我認為，重點是要能夠讓克拉德美索正眼看到蕾妮小姐，那麼我們就可以暫時先安全地進入到訂約的階段。在那之前，也就是在克拉德美索認出蕾妮小姐之前，我認為是最危險的時刻。」

再來，應該就是訂約階段結束的時候會很危險，那是在克拉德美索不接受蕾妮的情況下。可是卡爾並沒有提及這一點。妮莉亞圓睜著眼睛，對卡爾說：

「龍的視力很好嗎？」

「嗯……據我所知，會飛行的生物大多擁有很好的視力，可是我不確定龍的視力好到什麼的程度。費西佛老弟，你所說的這個地點如果有洞穴的話，大概是在這裡，是嗎？」

「咦？啊，是、是的。要是有費雷爾在就好了。嗯，這片土地除了這個地方以外，應該不太會有洞穴。」

「好，我知道了。那麼我們從西南方接近會比較好，沿著溪谷接近。雖然是比較狹小的地形，但優點是可以相當隱密地走過去。」

即使天色變黑了，我們還是沒有遇到拜爾哈福以外的矮人。聽說是因為矮人們全都住在地底下，所以即使工作結束了也不會來這裡。雖然拜爾哈福在地底下也有房子，但他為了要照顧我們，所以才會在這裡住宿。矮人們難道都沒有好奇心嗎？卡賽普萊到我們領地的時候，當時我們領地的村民們都蜂擁過去看熱鬧，而且還熱烈歡迎。可是我們是前來幫忙鎮住可能威脅到他們的克拉德美索，算是重要的客人，但怎麼沒有任何人跑來看我們呢？

整個寬廣的村子裡，只有我們所在的這間房屋有燈光。要是望向窗外，就會感覺很奇妙。沿著山坡隨便堆疊上去的建築物，在月光照映之下泛著淡藍色。除了我們所在的這間屋子所流瀉出的燭光，此外便全然看不到人為的光線。如果抬頭仰望，會看到被群山圍繞著的狹窄天空裡，掛著一個看起來顯得有些小的月亮。這是寂靜廣闊盆地裡的月夜。

整個盆地正滿溢著月光。

我在床鋪上坐著。

我為什麼會起床呢？突然間，我睜開眼睛，清醒過來，坐在床上茫然地看著前方。我怎麼會這樣呢？從我旁邊傳來了杉森的說話聲音：

「嗯……誰呀，修奇？」

杉森翻過身來，用沙啞的聲音說道：

「我知道你很緊張，但你還是快睡吧。」

「啊。」

我應了一聲奇怪的答話之後，還是沒有躺回床上去。過了一會兒之後，杉森的呼吸聲變得緩慢，然後房裡又再變得安靜無聲了。萬籟俱寂，只有淡淡的月光充滿著整個房間。我不知道為何會這樣，但我就是沒辦法躺在床上。真是傷腦筋。難道矮人們放了破碗碎片在床上嗎？應該不會吧。可是，為何我就是睡不著呢？

會不會是因為明天我可能就會死的關係？

不，應該不是。雖然我到目前為止都還沒有真實感受到，但是在腦子裡早就很清楚這個事實。我並不是為了想活命而來褐色山脈。嗯，情況根本就沒有什麼改變啊。

我在床鋪上躺平了。

可是十秒鐘都還沒過，我又再起身坐著。杉森這一次並沒有睜開眼睛，於是我獨自一個人望著昏暗的房間，以及月光流瀉進來的窗戶。矮人們的窗戶真是美麗，而且連擾人心神的風聲也沒有。房裡一點也不會冷。真是的。難道我是因為太安靜、毫無事情發生的關係才這樣的嗎？這樣豈不是太可笑了？可惡。難道我是因為克拉德美索才這樣的？難道是因為現在不管涅克斯、哈修泰爾侯爵、亨德列克……一些繁雜的事全都沒了，我現在生活的重心只剩下克拉德美索？我嘀咕著：

「該死的克拉德美索這賤貨，害人緊張兮兮的，連睡覺都不能睡了。」

咦？我的說話語氣？

這語氣……和我在賀坦特領地時的語氣一樣。

我又回復到自己賀坦特蠟燭匠時期的那種語氣了。在離開那裡的這段期間，我認識了我們領地裡的人根本比不上的一些高貴人士、優雅人士，跟他們相處之後，不知不覺就忘了那種說話語氣，如今卻又突然回復過來。哼。可真是好久不見了。可是我現在怎麼會回復到那種語氣呢？難道是因為我睡覺睡到一半起床的關係嗎？

他媽的。

我從床上起身，走到窗邊去看外面。果然不出我所料，簡直令人刺眼的藍色月光正在傾瀉而下。可是傾瀉下來的月光，卻消失在那些針葉樹的樹葉之間，只見空中一片明亮。

我把巨劍抽出來看。艾賽韓德磨好的刀刃，散發著宛如能把月光切割開來的光芒。

海娜阿姨要我拿這把劍來保護我自己？哈哈哈。說不定啊，我還可能會拿這把劍來保護拜索斯呢！託她的福，我一直都非常善加使用這把劍。

我把劍鞘丟下，拿著巨劍就走出房間了。

我走到庭院去。庭院被月光照得發白，看起來彷彿就像是一片雪地，簡直令人不敢踩上去一步。我像是害怕院子會被踩壞似的踏出了一步。嗯。院子還是院子。一股熟悉的感覺從腳底傳來，這時我才從夢幻的氣氛之中稍微回到現實裡。隨即，我便感受到一股冰冷的寒氣。

我只有穿著一件襯衫加上一件長褲而已。幸好沒有什麼風，只是，高山地帶的空氣簡直就快把我後頸都凍僵了。我揉了揉自己的後頸，然後把巨劍往上豎起，劍鋒直指掛在狹小天空中的那半輪明月。

喬伊斯先生現在會不會正在看著月亮呢？

那位嚴肅的鐵匠工作了一整天，大概會累得沒空看月亮吧。可是在他那張頑固的臉孔後面，應該在擔心著他兒子杉森吧。喬伊斯先生，請不要擔心。杉森現在睡得很好。這個酷男人即使明天要去見克拉德美索了，也還是咕嚕咕嚕地沉睡著。哈哈哈。

我把巨劍往旁邊一揮。

咻。我感覺到盆地的黑影在瞬間被我割了開來。我往旁邊揮劍之後，就這麼停住了姿勢。透納，接下來要怎麼做呢？彎下後腳膝蓋，把姿勢打低。巨劍低下來時，利用腰部的彈力，把巨劍往後拉。讓身體自然回轉，接著，把往後拉的巨劍又再一次揮出去。銀色閃光便染遍了那片黑暗。

爸爸。

現在他會是在灰色山脈看月亮嗎？克拉德美索？哼，請別擔心。爸爸被龍抓了起來，要是連兒子也被龍抓了起來，那後代的人可能會認為尼德法家受到龍的詛咒。哈哈哈。我們家和詛咒或祝福這類東西的關係原本就不太好，不是嗎？這類東西是適用於大人物的，蠟燭匠尼德法家只不過是繳納蠟燭給賀坦特領主大人、以此維生的小人物，可是怎麼會弄得父子都被龍給找上了呢？真是可笑啊！請不要擔心，爸爸。你的酒鬼兒子即使冒著生命危險，也會回去賀坦特的。

我往旁邊走三步。跳躍。格擋之後跳回來，往上猛衝。旋轉劈擊。

急速切擊，再急速切擊，再急速切擊，再急速切擊。

每當我身體急遽移動，襯衫就發出啪啦啪啦的飄動聲。我並沒有喊出聲音，就連腳步也是輕輕地滑動。我只聽得到掠過耳畔的風聲、襯衫的飄動聲，還有巨劍所迸發出的聲音。接著，我又再將巨劍放低到腰部前面，做中段刺擊。

傑米妮，妳現在有夢到我吧？

反正我明天可能就會死了。很抱歉，可以容我想像一下襯衫下面的妳，或者裙子下面的妳嗎？可能我在妳面前講這種話，會被妳賞耳光吧。喂，喂！反正妳衣服下面又沒有什麼傲人的東西，只因為是我，才會對妳那種東西覺得感興趣，不是嗎？呃。我感覺像是被想像中的傑米妮給踩了一腳。這是我活該。好，我姑且先想像只打開襯衫第一個鈕釦吧……呃呃。

這個丫頭即使是在想像之中，也擰得我好痛啊。

「修奇？」

「呃啊啊！對不起啦！」

「嗯？」

蕾妮驚訝地圓睜著眼睛看我。哇，真的嚇了我一大跳！同樣的一頭紅髮，怎麼偏偏在我做這種想像的時候出現呢？

「啊，我剛才正在想別的事。」

蕾妮出現在門前，頭上圍了條披肩，而且還穿了一件大外套。但她好像還是很冷似的，把雙手放到嘴巴前面，呼呼地吹出霧氣。

「妳會冷嗎？」

「你是不是流汗了？嗯，你這樣揮劍，當然會流汗。」

「妳怎麼跑出來了?」

「沒什麼啦……我睡不著。」

蕾妮向我這邊走來。嗯。踏著白色院子走來的紅髮少女。呃呃……我想起了傑米妮。

「可以看你練劍嗎?」

「啊,是嗎?」

「嗯?」

「我是問,可以看你練劍嗎?你不是正在練劍?別管我,繼續練吧。」

「其實也算不上練劍,我又不是什麼戰士。我只是睡不著,覺得流汗之後可能會比較容易入睡。」

「嗯嗯。那你繼續吧。」

我都還來不及答話,蕾妮就已經自行走到院子另一頭,簡直快要掉下去的地方,站在那裡。在月光之中,她看起來既明又暗,既矮小又高挑。真是奇怪了。

真是的。我該如何跟她說明?如果她一直看我,我會做不下去呢,唉。

我往前跳一步,便往左右劈擊,又再跳一步,往左右劈擊,接著轉身往上格擋,往下揮砍,往旁邊跳一步,又再往傾斜方向揮去。既然有人在看,我就秀一次我的奇招吧。真是好久不見了,一字無識,無限大!

「喝啊啊啊!」

我從院子的盡頭,持續不斷一直往上揮砍著跑到另一邊的盡頭。嗡嗡嗡嗡嗡!我大約往上揮砍了二十次吧?哎喲,我的腰啊!呃。頭都暈了。然後我又再意識到有人在看!於是我把搖搖晃晃晃偽裝成像是種招數般,把巨劍朝對角線往上撩起,跪下了一邊膝蓋。哎喲,好暈啊。但我還是努力試著用眼睛散發出深邃朦朧的眼神（事實上，院子都看起來有三個了，自然會出現朦朧的眼神，嗯）。

啪啪啪。從蕾妮的小手傳出了小小的拍手聲。

「動作好帥啊！」

「怎麼樣？」

「嗯？嗯……該怎麼說好呢？修奇你的周圍都閃閃發亮的，看起來就像是從你身上散發出光芒。」

啊，我一直不斷旋轉著往上揮砍，當然會有反射光線閃爍不已嘍。蕾妮伸出了她的手。

「我可以拿拿看嗎？」

哈、哈哈！我嘻嘻笑著遞出了巨劍。蕾妮則是糊裡糊塗地伸出一隻手，我把巨劍放在她的手上。然後，蕾妮的手臂就做了一個可笑的動作，咻地往下垂了。

「哇！」

蕾妮差點就刺到了自己的腳，她帶著一副驚慌的表情，立刻裝出不高興的樣子說：

「劍柄沾到你的汗水，才會這麼滑。」

啊，是嗎？哈哈哈。

蕾妮舉起巨劍，做了一個上段刺擊的姿勢。說得好聽是上段刺擊，但她的屁股卻是往後翹著，雙腿併攏站著。我簡直快看不下去了。

「我怎麼樣啊？」

「差不多有那股架式了。」

卡蘭貝勒啊！優比涅可能也會把我這句熱騰騰的謊言拿起來，先冷卻之後再放到祂的秤臺上。所以您可得幫我說句話解釋解釋啊。我總不能在這情況下照實說，我「簡直就快看不下去了」吧！

蕾妮微笑著說了一聲「呀啊！」，同時把巨劍往前伸出去，試圖想做出刺擊的動作。但問題是，她的姿勢仍然維持雙腿併攏、腰部往後挺，只有上半身是往前彎，搖晃著劍身。我微笑著說道：

「妳在刺什麼啊？」

「嗯？嗯……不知道，我隨便刺的。」

「是嗎？那麼我告訴妳吧，要是對方因此受點輕微擦傷，算是相當幸運了，至於妳，露出空隙的代價會讓妳遭受到很可怕的事情。可能會被偷吻，或甚至胸部被戳出一個洞來，都是有可能的。」

看來我和事實的關係還不錯。蕾妮伸了伸舌頭之後，就把巨劍還給我。

「哼嗯。你這是在炫耀你很會用刀劍嗎？」

我接過巨劍之後，一邊旋轉劍鋒，一邊說道：

「沒錯。我可以炫耀的應該還包括很會做蠟燭，或者很會做菜。啊啊！我可以炫耀的事實在是太多了，可真是煩惱啊。甚至我還煩惱我的情人太漂亮……妳聽到沒？」

「我聽到了，嘻嘻嘻。」

「沒辦法，我只好照實向妳坦承。我的劍事實上和端雅劍一樣，是把魔法劍。」

「嘿，我才不相信呢。」

蕾妮嘻嘻笑著，又再退後到院子盡頭。嗯？怎麼回事？蕾妮看了我一眼之後，聳了聳肩，說道：

「你不練劍了嗎？」

「啊啊，算了。」

我走到蕾妮身旁，把巨劍插到院子地上，一邊看著下方，一邊坐了下來。蕾妮先是猶豫了一下，然後就把原本圍在頭部的那條披肩給拿下來，說道：

「你姑且先把這個圍在肩上吧。很冷，不是嗎？」

「哈哈，不了，我沒關係。我都流汗了，所以不會冷。」

但蕾妮還是堅持要把披肩圍在我肩上，並且在我脖子前面打了個結。呃呃呃。爸爸。您的兒子現在肩上圍著一條女孩子的披肩，坐在矮人們的院子裡，正在看著月亮。嗯，其實還不壞啦。

蕾妮一屁股坐在我身旁，說道：

「嗯，那個，修奇？」

「嗯？」

「我有件事想問你們，可是我看其他人全都好像心情沉重，所以才沒有問。」

「妳問我好了。」

「我……是說，明天見到克拉德美索，嗯，那個，訂了龍魂使的契約之後，會變成什麼樣子呢？」

我轉頭看蕾妮。她的臉頰泛著淡藍色，正在低頭看盆地下面。我抬頭看著月亮，一邊說道：

「會變成什麼樣子？我們好像已經講過好幾次了，不是嗎？妳什麼事都不用做。」

「真的什麼事都不用做嗎？」

「嗯，龍魂使什麼事都不用做，那只是個象徵而已。然而那個象徵很重要，所以我們才會這麼辛苦。」

「那麼我真的不用做什麼嘍？只要去找牠，去見牠，就可以了嗎？是嗎？」

「嗯，是啊。」

「事情並非如此簡單。」

可是，答話的並不是蕾妮。

我趕緊站起來，並且同時把插在地上的巨劍給抽出來。可是我轉頭望向聲音傳來的方向，便不禁皺起了眉頭。蕾妮則是嚇得站起來，我趕緊掩護住她。我感覺到蕾妮的手指尖緊抓著我的襯衫。

是希歐娜。

她乘著一匹靈幻駿馬，飄浮在盆地半空中。因為我們是站在山坡上的建築物上，所以和她的眼睛高度差不多，但卻不是可以跳過去攻擊她的距離。可惡。

「希歐娜。」

我很快地察看希歐娜的兩邊，但是並沒有看到涅克斯或賈克的蹤影。難道她是一個人來的？我把巨劍指向希歐娜。可是希歐娜對指向自己的劍尖一點也不在意，只是說道：

「昨天真是謝謝你了，修奇。」

「妳怎麼這麼快就來了？」

「因為我是飛來的。」

我們的對話在相當平和的氣氛之中進行著。我抹了一下鼻頭，說道：

「妳，是想來攻擊我們嗎？」

「不。到目前為止，我沒有這種想法。」

「那謝謝了。」

「你想謝我就盡量謝吧。不過等一下我說不定就會有這種想法了。」
「那就不謝了。」
蕾妮緊抓住我背後的力道又更加強勁了。呃，蕾妮，拜託別再抓我衣服，我的脖子都被妳勒緊了。希歐娜一直盯著我，並說道：
「克拉德美索在哪裡呢？」
「我應該先問妳吧。剛才妳突然插進來說『事情並非如此簡單』，這是什麼意思啊？」
「如果我跟你說了，你就會告訴我克拉德美索的位置嗎？」
希歐娜甩了一下靈幻駿馬的轡繩，然後說道。哼嗯。這是滿有趣的條件。但問題是我並不知道克拉德美索的位置。
「我不知道克拉德美索的位置。」
希歐娜看了我一眼之後，點了點頭。
「我知道了，那麼我應該問問別人才對嘍。」
問問別人？可惡，不行！
我立刻轉身摟住蕾妮。嘎啊啊啊！我和蕾妮同時睜大了眼睛，我們站著的位置突然有東西啪地傳來一陣聲響。我們跌倒在地，轉頭一看，有一條黑色繩索掉落在院子地上。繩索彷彿是一條活生生的蛇般蠕動著。這是亞夫奈德以前曾使過的那種法術！
「反應滿快的！」
這是希歐娜的評語。哼！她想把我們當成人質，然後再向其他人詢問？真是可笑！我趕緊扶起蕾妮，說道：
「妳逃進屋子裡……不，妳在我背後站好！」

我又再轉頭看希歐娜，她就這樣乘著靈幻駿馬，低頭看我。我牢牢地握住巨劍。這個女的若要打擊我們一行人，最簡單的方法當然就是傷害蕾妮。所以我橫擋在蕾妮前面。我瞪著希歐娜，喊道：

「妳，有什麼事要去見克拉德美索？妳的目的到底是什麼啊？」

「我的目的和你並不一樣。」

「是嗎？是這樣嗎？不過，妳是亨德列克的傳人啊！我要知道妳究竟想對這個國家做什麼！」

希歐娜的臉孔現在也和往常一樣，被她那頭濃密的黑髮給掩蓋住。所以，我實在是不容易看出她的表情，勉強可以看得到的只有她的嘴形。希歐娜說道：

「你說我是亨德列克的傳人，那你是誰的傳人啊？」

「什麼意思？」

希歐娜直盯著我，然後突然換了一種語氣，很快地說道：

「你，不，你們一行人，是無法接近克拉德美索的。所以把龍魂使交給我吧。我會帶她去訂下龍魂使的契約。修奇，你昨天說過，你的目的是要鎮定住克拉德美索，那麼就由我來代替你做。」

她說什麼？這是什麼意思呢？可是，我的答話卻猛然迸了出來。

「大家快起來！」

這是我向我們一行人喊出的聲音。從房屋方向立刻傳來了一陣騷動，而且我感覺到有燈光照射出來，可是我沒有辦法回頭去看。我感覺下唇有一股疼痛，才發現到自己一直緊咬著嘴唇。希歐娜飄浮在空中一動也不動，她說道：

「你這個可惡的小鬼……那個少女不會死。你不必擔心。」
「什麼意思？」
「所以你安心地去死吧，小鬼！」
希歐娜把手猛然一指。真是，太可惡了！
「我昨天幫過妳，不是嗎？」
「所以呢？」
希歐娜如此說完之後，立刻開始施法唸咒語。真是可惡！就在我不知所措的時候，希歐娜很快地唸完了咒語，放下她的手。然後她用手直指著我，我則是一邊看著她的手指，一邊身體僵住了。糟糕，我應該要走避才對，應該要走避才對！可是蕾妮在我背後！怎麼辦才好？希歐娜喊道：
「Power Word Kill!」（強力死亡術！）
糟糕，我死定了！啊，不，應該是說我快死了。一向總是如此。
什麼事都沒發生！我眨了眨眼睛，然後看了一眼希歐娜。突然間，我感到一股毛骨悚然。難道，我已經死了嗎？難道我連已經死亡都不知道，就這樣用靈魂站著看希歐娜嗎？可是，希歐娜卻用驚慌的語氣說話，使我察覺到自己還活著。
「是誰呀？」
「我、我是修奇・尼德法……」
我一面回答，一面感覺到她這樣問我也未免太奇怪了。難道她會不知道我的名字嗎？此時，我才得以看到環繞在我四周的淡藍色防護膜。因為太暗了看不清楚，所以我才會到現在才看到。這是什麼東西呢？此時，從我背後傳來了傑倫特氣喘吁吁的聲音。

「我一向準確出現在令人屏息的時間點，我的名字乃是傑倫特！」

「你應該穿件衣服再出來吧！」

是妮莉亞的尖叫聲。接著立刻傳來了傑倫特愉快的應答：

「如果穿了衣服再出來，就無法救修奇了！哈哈哈！」

哇哈，呵，哈！得救了。傑倫特救了我一命！可是，希歐娜卻毫不猶豫地立刻開始施法。她直接把手伸向我，喊道：

「Cloudkill!」（毒雲術！）

「修奇，快停止呼吸！」

是亞夫奈德的嘶喊聲。從希歐娜伸出來的那隻手上，開始蔓延出一陣近似月光底下灰色的淡綠色雲朵。真是糟糕！我應該要往後退吧？可是蕾妮緊靠在我背後，我根本無法移動。所以我應該要停止呼吸才對！一轉眼間，淡綠色雲朵便已接近到眼前。啊，不行！為何偏偏現在我想打噴嚏啊！哈，哈，哈……

「哈啾！」

我的天啊！我的噴嚏一打，就形成了一道很強勁的風。唰啊啊啊！原本要湧向我的淡綠色雲朵，就直接回轉朝向希歐娜的方向。我以前打噴嚏有出現過這麼強勁的風嗎？難道ＯＰＧ的潛在祕密，就是會加強鼻子的力量？就在我胡思亂想的時候，淡綠色的雲朵就快瀰漫到希歐娜身上，希歐娜趕緊往上飄浮上去。毒雲往靈幻駿馬的腳下冷颼颼地掠過，而從我背後傳來了杉森驚訝的聲音。

「亞夫奈德！好厲害啊！」

「啊，什麼……不是我弄的啊？」

「咦？」

什麼意思啊？可是我把握住機會，趕緊往後轉身，把蕾妮扛起來。雖然蕾妮嚇了一跳，但我還是直接把蕾妮夾在我腰際，死命地往房屋方向跑回去。在房屋那邊，吉西恩和杉森各自手中拿著劍正要衝出來。我把蕾妮放下之後直接轉身。蕾妮則是驚慌地往屋裡跑進去。

希歐娜又再恢復了鎮定。她慢慢地騎著靈幻駿馬靠近我們的頭上。吉西恩大聲高喊著：

「妳！到底是在覬覦什麼啊！」

「龍魂使。」

「我是不會交給妳的！」

「這和你的意願沒有關係，因為我一定會帶走她。」

雖然吉西恩的眼裡都迸出火花了，可是希歐娜不理睬，又再次開始施法。真是可惡，又想用法術！此時卡爾跑了出來。卡爾一腳屈膝跪在地上，就直接把上半身往後仰。他的手上拿著一把長弓，已經往下拉滿了弓弦。卡爾喊著：

「住手！」

可是在這一瞬間，騎著靈幻駿馬的希歐娜卻變成了四個。在夜空中，有四個希歐娜騎著四匹靈幻駿馬在俯視著我們。亞夫奈德高喊著：

「是Mirror Image！」（鏡像術！）

卡爾驚慌地站起身來，長弓仍然往上瞄準，他問身後的亞夫奈德：

「哪一個是真的呢？」

「我不知道。這我無法知道……」

此時，四個希歐娜同時說話了。我的天啊，四個希歐娜講的話竟然一模一樣！

「把龍魂使交出來！」

「妳休想！」

艾賽韓德不知何時已經跑來了，他如此喊道。而卡爾仍然把長弓高高舉向天空，喊著：

「為什麼！為什麼妳要蕾妮小姐？」

四個希歐娜同時答道：

「你沒有必要知道。如果再不交出來，我就把你們全殺死，就是這樣。」

說完之後，四個希歐娜就同時開始施法。過了一會兒，四個希歐娜同時舉起右手，在那些手上，浮著火紅燃燒著的火球。可惡，又是那個東西！卡爾趕緊喊著：

「所有人都到裡面……！」

「就算你們逃到裡面也沒有用。因為我可以把這整個村子都毀掉。」

即使她不說，我們也不敢逃，可是希歐娜的這番話讓我們都完全僵住了。那些希歐娜讓火球浮在手上，說道：

「我再說一次。把龍魂使交出來。我不會再說了。你們要是拒絕，我就直接丟出去了。」

啊，可惡！卡爾緊咬著嘴唇。他的眼睛在瞬間閃爍了一下。長弓的弓弦不停地抖動著。難道，他想用賭的？難道卡爾想去射這四個之中的任何一個？可是卡爾卻做不到。就在他慢慢地放下弓的那一刻——

「射最右邊的那一個！」

卡爾一聽到高喊聲傳來的那一瞬間，便直接舉弓拉弦。咻！

「啊啊啊！」

最右邊的希歐娜手臂中箭的那一瞬間，其他三個幻象也舉起手來，大聲尖叫著。原本從四個希歐娜手中所造出來的四個火焰球，全都在發出啪的一聲同時，就消失不見了。是誰呢？是誰在幫我們？四個希歐娜同時轉頭，然後尖聲喊著：

「這個……雜牌神的權杖！」

傑倫特露出了驚訝的眼神。

好，等等。剛才那應該不是傑倫特的聲音啊？此時，在另一頭的黑暗之中，又再傳來了剛才聽到的那個聲音。

「不要再耍詭計了，吸血鬼。」

接著，從院子的另一頭踏著階梯而上的，是將近高達六呎的巨大黑影，長長地披著一件大大的袍子，肩膀看起來幾乎是杉森與吉西恩的肩膀合起來的寬度。雖然傑倫特露出了難以置信的表情，我則是充滿欣喜地大喊著：

「艾德琳！」

接著，艾德琳就站上了院子……我是這樣想，但她還是過了好一陣子才完全站上來。因為她的身高實在太高了。就在我腦海裡感到一陣混亂的時候，艾德琳走向了我們這邊。她的巨大身軀好像比我們之前看到時要更加高大。

「不要亂動！」

希歐娜一邊粗魯地拉起靈幻駿馬的馬韁，一邊說道。難道從異次元裡召喚出來的這匹幽靈馬，會害怕艾德琳嗎？靈幻駿馬的動作看起來像是在往後退。雖然牠腳的動作很細微，但是分明可以感覺到牠想逃走。

「艾德琳！」

在杉森的高喊聲之後，卡爾接著喊道：

「艾德琳小姐！」

「好久不見了，各位。」

艾德琳稍微低頭向我們打了聲招呼。除了我們三個人以外，其他人全都看起來在試著要掩住顫抖的下顎。雖然我高興地想要走近她，但是她舉起手臂制止了我。

「請等一下。我先和這一邊講完話，修奇。」

「是！是，啊？」

雖然我說的前兩個字發音相同，但卻是意義完全不同。如果我有沉著的個性和心情，把話講長一點，大概會這樣講吧：「當然我會依照妳的要求來等待，這是我的榮幸！妳繼續講完講到一半的話，這是應當之事。可是等等，妳和希歐娜有話要說？」然而，艾德琳只是拄著那根粗大的手杖，往院子另一頭走過去。杉森點了點頭，便往前走去。

「杉森？」

「我們去做掩護。」

「好。」

我和杉森往左邊，然後吉西恩和溫柴往右邊。而在中間則是一位身材高大，一般人的頭部位置只到她胸部的這位艾德布洛伊的女祭司。她拄著一根如同柱子般粗大的手杖，走了過去。哈哈哈！要是普通人，大概早已經逃跑掉了，可是希歐娜並沒有逃走，證明她自己確實不是普通的角色。

希歐娜舉起手來，一面指著艾德琳，一面說道：

「妳是治癒之手？」

「是的。」

「我們在卡拉爾見過，是吧？好久不見了。」
「是的。」
「妳出現在此的目的？」
「對妳以及在場這幾位，我都有要辦的事。」
「妳對我有要辦的事？」
奇怪，我總覺得頭腦變得怪怪的。巨魔和吸血鬼這樣講話，簡直就像在唸著一本彼此都覺得很無聊的書。也或許是因為她們兩個都不是人類吧。不管怎麼樣，有著意指「艾德布洛伊之女」這美麗名字的巨魔女祭司說道：
「我有話要轉告妳。」
「轉告？誰的話？」
「亨德列克說有話要轉告給妳。」
啊！什麼？
現在艾德琳在說什麼？從我身後傳來了一些吃驚的尖叫聲。傑倫特的聲音最為大聲：
「亞夫奈德！你也聽到了嗎？」
希歐娜也是一副大為驚訝的臉孔。可是在下一瞬間，她卻揚起了兩邊的嘴角。這並不是在露出微笑。她這樣子倒是讓我得以看到她的尖牙。滿漂亮的！是屬於具有實際功能的那一種風格。
「亨德列克已經死了。」
什麼？她說什麼？希歐娜的話使我們又再度吃了一驚。在這種情況下，大概沒有人能說什麼話吧。果然，接著開口的是艾德琳（艾德琳不是人，是巨魔。哈哈哈！）。
「不，他還沒有死。」

「妳說謊！亨德列克已經死了！」

「他說他有話要告訴妳。」

「妳閉嘴！亨德列克已經死了！是我殺死的！我殺死的！是我把他給殺死的！」

我的天啊！越來越令人覺得頭昏腦脹了。到底她們是在講什麼？艾德琳搖了搖頭，說道：

「他並沒有死。雖然他因為妳而受了重傷，但是卻存活了下來，他當然還活著。不管怎麼樣，反正妳是不會聽他的話的。」

「……妳說看看啊！」

「是，他說他原諒妳了。」

希歐娜的臉孔變得比月光還要更加蒼白。在黑頭髮之間，她的臉看起來簡直就像是黃蠟。她張開了毫無血色的嘴唇，說道：

「妳說什麼？」

「他說他能理解妳，能原諒妳。而且現在他因為瞭解妳，所以非常清楚妳現在做的事，並不是適合妳的事。」

「什麼意思！」

「我只是完全照他講的轉告給妳聽。他是這麼說的。」

艾德琳的聲音並沒有任何變化。不管是高低，或者是音色，都沒有任何變化。就連巨魔的特有沙啞聲，也幾乎感覺不到，彷彿現在她所說的只是另一個人的話語。可能是因為她怕會被錯認為是艾德琳自己講的話，所以才完全排除了感情，也就是這種語氣。

「『我的女兒啊。』」

我差點就昏了過去。真的是險些暈倒，我幾乎就要昏了。我一看杉森，他直挺挺地站在那裡，眼睛睜著，已經昏過去了。是真的！

「『雖然俗話說女兒們越是長大，就一定會越讓父親煩惱，但是妳的狀況也未免太嚴重了吧？妳看看，我不要求妳像別人家的女兒一樣去交男朋友，而這有時看來是相當令父親高興的一個惱人問題。我也不要求妳說妳死都不要嫁出去，要和爸爸一起生活的這種話，來讓我這個做父親的心情愉快。那當然是太過奢求了。妳和我之間一直都不是那種愉快的父女關係。可是我不會說妳有錯的。因為比較大的問題，是在於我這個做父親的不夠資格啊。』」

吉西恩接著就開始打嗝了。嗝！嗝！哎呀，我的天啊！艾德琳竟連笑也不笑，竟連音調也沒有稍微降低一點，就直接講出這番話了！從我身後傳來了艾賽韓德覺得難以置信的笑聲。

「呵，呵呵，呵？呵。」

可是希歐娜並沒有笑。她黃蠟般的臉孔上只看得到生硬死板，彷彿就算硬把表情給貼上去，也會立刻掉下來似的僵硬。艾德琳很自在地繼續說道：

「『所以我才會不想干涉妳。我相信妳是很聰明的小孩，而且能夠應付得遊刃有餘。然而，我最近聽說妳好像做了很怪異的事。雖然不知道妳是怎麼想的，可是我一直認為自己很瞭解妳。而且連妳自己都沒能察覺到的心事，我也能揣測得到。雖然我要說妳是不可信任的，但這就是父親的心聲啊。妳最好不要再做那件事了，這就是爸爸我的意見。』」

呵，呵！

「『如果妳信任我，就來找我。而如果妳認為我的話不對，就來找我，讓我瞭解情況。很久沒有見到妳，我很想念妳。我要妳妹妹傳話，所以妳就和妹妹一起來找我吧。隨時都愛著妳的父親。』」

就連溫柴也發出快不行了的聲音。

「呃呃呃嗯……」

艾德琳說完之後，正眼直視著希歐娜，用帶著感情的語氣說道：

「我都轉告完了，姊姊。」

這是決定性的一擊。從我身後傳來了呻吟聲，同時又有某個人一屁股坐到地上的聲音，隨即就聽到了妮莉亞的驚慌聲音：

「亞夫奈德！你沒事吧？哎呀！你眼睛翻白成這樣，看起來好怪異啊。」

接著也傳來了傑倫特的聲音：

「啊！卡——爾？你以前早就該告訴我們才對。你這是癲癇的症狀吧？我必須先綁好你的手臂才能做治療……」

「欽柏先生！」

一陣風吹拂而來，月光皎潔，四周萬籟俱寂，似乎可以用所有能美化這初冬夜晚的各種修飾語來形容這美麗的夜晚，可是人們卻個個驚慌不已。在這個既寬廣且空曠的地方，在許多人類和好幾個種族之中，只有希歐娜和艾德琳看起來很沉著。

希歐娜用毫無情感的語氣，說道：

「我和妳之間怎麼可能會有這種可笑的關係呢？」

艾德琳溫和地吼著：

「因為我們有共同的父親。」

「妳是說，吸血鬼和巨魔是姊妹？」

「是的。」

吸血鬼和巨魔是姊妹？啊啊，是嗎？那麼父親應該是大魔王之類的人物。少說也應該是像炎魔那樣吧！他們三個站成一排，誰都會說他們是溫馨的一家人……會嗎？呃呃呃。

希歐娜仍然還是不帶任何感情地說道：

「說得也是，如果不是亨德列克，大概也不會要妳轉告這番白癡的話吧。那麼，照妳的話看來，他還活著嘍。」

「是的，姊姊。」

希歐娜舉起一隻手，掩住臉孔。因為臉孔兩邊都被濃密的頭髮給蓋住了，所以用一隻手掌就能完全掩住臉孔。希歐娜在手掌後面說道：

「他原本就喜歡稀罕、異類的東西。對，他連妳這種怪物也會收養為女兒，因為不是別人，而是他，所以我應該要相信才對。因為他是一個會認吸血鬼為女兒的白癡……他在哪裡呢？」

「妳跟我去就知道了。」

雖然艾德琳是用高興的表情說著，但希歐娜卻粗魯地答道：

「我一分鐘也不想和妳這種怪物待在一起。他在哪裡呢？」

艾德琳用悲傷的表情，露出了尖牙。

「妳想怎麼做呢？」

「我有理由要告訴妳嗎？」

「因為他是我的父親。」

「我會殺了他。」

希歐娜用無比冷漠的語氣說道。艾德琳則是面帶著錯愕的表情，抬頭看著希歐娜。可是這對姊妹最可笑的地方是……不，難道大部分的姊妹都是這樣嗎？妹妹能壓制住姊姊，這可能性非常非常地高。因為妹妹是女祭司，可以簡簡單單地制服住吸血鬼姊姊，而且若光是用力氣打鬥，也因為妹妹是巨魔，所以可以輕輕鬆鬆就打敗姊姊。啊啊！我這樣說，心裡漸漸覺得怪異啊啊！

「雖然他是我的父親，但也是妳的父親。」

「妳的時態應該用正確一點，應該說他曾經是我父親。有一陣子我是如此相信著。」

艾德琳的巨大朝天鼻像是悲傷似的搖了一下。

「爸爸到現在還是把姊姊妳當女兒般疼愛。即使妳對爸爸做了那種行為，爸爸還是不介意。剛才我轉告的話妳都聽到了，所以妳應該知道了，不是嗎？他那番話有哪一點是在怨恨曾經想要傷害自己的女兒？」

我的神志真是太堅強了！在這番無比荒唐的對話之中，竟也還能保持神志清醒！希歐娜露出了比自己妹妹的巨大尖牙小得多，可是看起來卻更尖銳的利牙，沙啞地說道：

「想要傷害他？真是可笑的話！他怎麼會到現在還能嚅動他那張腐爛的嘴巴！他怎麼會到現在還能氣喘吁吁地活著呼吸！」

什麼！我覺得一股毛骨悚然的感覺。現在希歐娜是在說什麼啊？

「是我給了他永生，給了他不滅之身！這怎麼會是叫做傷害他！」

她給了他永生？希歐娜，她給了亨德列克永生？吸血鬼希歐娜……杉森則是簡單地整理出我想說的，但是開不了口，所以說不出來的那句話：

「原來他被咬了！」

04

希歐娜猛然轉頭。她的眼睛現在散發出暗藍色的冷光。

「給我閉嘴！」

可是杉森根本絲毫不受影響。

「原來是因為妳咬了亨德列克？」

「我說第二次，閉嘴！」

杉森冷靜地說道：

「那我給妳說第三次的機會吧。原來是因為這樣，所以亨德列克還活著。我聽說亨德列克在深淵魔域迷宮拯救了妳。他沒有殺妳，還帶著妳而且教了妳魔法。可妳卻反過來咬了他？」

不過，希歐娜好像沒興趣講第三次。

「Fireball!」（火球術！）

噗嘩嘩嘩！火球飛越過半空中，在我們面前爆炸了。這是在瞬間發生的事。巨大的火焰球在我們面前四肘高的半空中爆炸開來。火花往四面八方迸濺出去，並且吹起了一陣狂風。我把刺到眼睛的頭髮撥開，往旁邊一看，看到艾德琳正在把雙手伸向前方。她的雙手泛著柔和的微光。希歐娜一面瞪著艾德琳，一面尖銳地喊道：

「我倒要看看妳能擋到什麼時候？」

艾德琳悲哀地搖了搖頭。

「姊姊，請不要這樣。」

希歐娜帶著像要殺人的目光，凝視艾德琳。艾德琳則是用不情願的動作把手伸進懷裡。然後，她的手就拿出了一個和她巨大的手比起來顯得很小的圓鐵箍。在鐵箍中間有個乍看之下很複雜的圖案。原來是個大波斯菊。

希歐娜突然臉色發白。那是艾德布洛伊的聖徽嗎？艾德琳一拿出這個，就垂下手臂，說道：

「姊姊……我希望能給妳慢慢考慮的機會。」

艾德琳正眼直視著希歐娜，說道：

「姊姊，妳心裡一定很驚訝，而且一片混亂。因為這是件非常出乎妳意料的事。可能我這樣說妳會不高興，但是，我很清楚吸血鬼的行為原則雖然是冷靜且行事堅定果決，不過還是有所謂的黑暗之熱情。我不會對姊姊帶有任何的負面情感。請妳冷靜地思考一下。」

希歐娜的頭髮都往上豎起來了嗎？不，並沒有。可是希歐娜的眼裡卻散發著可怕的殺意。

「妳！」

艾德琳把手舉起來，然而並不是舉起那隻拿著聖徽的手。她像是在阻止希歐娜繼續說話似的，輕輕地舉起那隻空著的手。對希歐娜而言，那樣就夠了。因為希歐娜閉上了嘴巴。

「請不要再說了。現在……再說下去，我認為只會意氣用事而已。我們暫且先分離一段時間吧，姊姊。我希望妳回去之後，想一想父親。還有，請不要讓我強制逼妳走。」

希歐娜凝視了一下艾德琳的臉孔，然後把目光下移，看著艾德琳另一隻手拿著的聖徽。她悄悄地對馬講了一句話之後，靈幻駿馬就慢慢地向後走。希歐娜就這樣在半空中往後退，並且對我們投以冷酷的目光。

她突然大聲高喊著：

「一群蠢蛋！」

她這話是什麼意思啊？她朝著半空中一邊後退，一邊喊道：

「為熄滅而燃燒的火花！你們這些必滅者一向總是如此！你們這些為了求挫折而奔走的傢伙！」

希歐娜用力揮了一下手臂，喊著：

「你們明明會死！明明會死，卻不懂得珍惜生命！你們這些傢伙擔心毀滅的瞬間即將來臨，所以毫無目的、毫無意義地奔走。你們相信在毀滅之前隨便完成一件事情就可以了！隨便找個目標勞碌一生的一群蠢蛋！」

吉西恩對她大喊了回去：

「別可笑了！妳以為妳是不滅之身嗎？這還不是因為妳寄生於必滅者的生命！」

現在希歐娜已經離我們很遠了，從她那邊傳來了一陣很微弱、但很強勁的高喊聲：

「你們這些傢伙則是寄生於這個世界，難道不是嗎！」

「我們照料這個世界，而且以死亡來把我們自身歸還給這個世界！可是妳呢？妳給了必滅者什麼啊？骯髒的吸血鬼，妳只會用嘴巴亂咬……」

此時，溫柴搖了一下吉西恩的肩膀。吉西恩則是甩開了溫柴的手。溫柴一面放開他的手，一面用冰冷的語氣說道：

「不要再說了。有她妹妹在場，你就別再說了。」

吉西恩驚慌地看了一眼艾德琳。可是艾德琳只是望著越退越遠的希歐娜。雖然很難從她的側面看出她的表情，但她的眼神卻看起來很悲傷。

希歐娜如今已經完全消失在黑暗之中了。從希歐娜出現之後就無聲無息地隱藏起來的夜空星星們，又開始閃爍了起來。艾德琳突然舉起雙手，在胸前合十之後，低下頭來。她是在祈禱嗎？我們全都靜靜地等著她。過了一會兒之後，艾德琳巨大的身軀才轉過來，對我們露出了微笑（然後蕾妮就變得臉色發青）。

「對不起，現在才跟各位打招呼。有幾位我以前見過，但也有幾位是我以前未曾見過的。我是行使艾德布洛伊權杖之職的艾德琳。」

妮莉亞相當猶豫地伸手和她握手，蕾妮則是不停抖著手和她握手，可是，傑倫特則是熱烈地要和艾德琳握手，簡直熱烈到令人懷疑他是不是想擁抱她。他用雙手握住艾德琳的大手，一面搖著，一面用激動的語氣說道：

「真高興見到您！我叫傑倫特・欽柏。以必要時所需之小幸運祝福您。」

艾德琳對於這過度熱烈的歡迎，有些受寵若驚地答道：

「是、是。以風中飄散的大波斯菊之名祝福您。」

傑倫特興奮地紅著臉，說道：

「雖然不知道您會怎麼想，但我今天確實有感受到神對我們的愛是浩瀚無邊的。原來是艾德布洛伊的恩寵啊！」

「謝謝您。」

不過，再怎麼說還是艾賽韓德和艾德琳的握手場面，比較壯觀一點。艾賽韓德用和氣的表情鄭重其事地抬起腳跟，而艾德琳也是用和悅的表情，盡量彎下腰來。艾賽韓德一面笑著，但同時用有點抖的聲音，說道：

「呵，真是的，妳真是長高好多了！妳還記不記得曾經和我身高差不多的事？」

「是的，艾賽韓德。我那時候太過無禮了，是吧？」

「哈哈！那時候我和閣樓鬼在談話，看到妳從旁邊探頭出來，被嚇了一跳，想起來這好像還是昨天的事呢。如今要是在地底下見到妳，我說不定會先拿起斧頭呢。看來我一定要好好記得妳的長相才對。」

雖然這番話的語氣像是不怎麼關心對方的情緒情感，但是艾德琳默默無言地露出了微笑。不管怎麼樣，打完招呼之後，大家就進到屋子，聚在餐廳裡。拜爾哈福那時候才一邊搔著頭皮，一邊出現，結果他一看到艾德琳的模樣，先是嚇了一跳。他聽完事情原委之後，感嘆地說道：

「什麼，這就是那個艾德琳？艾賽韓德！你不是說和你的身高差不多高！」

「那是我什麼時候說的話呀，你這個瘋矮人！你以為巨魔不會長大嗎？」

兩個矮人的舌戰在大家的白眼之下停止了，然後大家全都找了椅子坐下來。至於艾德琳，因為沒有適合她的椅子，所以只能拿個水桶顛倒過來之後坐下來。桌上的燭光搖曳著，大夥兒在餘悸猶存和無限疑問之中，默默無言地看著艾德琳。因為燭光而產生在臉上的陰影，更加突顯了大夥兒的表情。

艾德琳短短地嘆了一口氣，說道：

「卡爾先生，還有杉森和修奇，真高興看到你們無恙，還有溫柴也是。」

溫柴輕輕地點了點頭，說道：

「請問我的那些夥伴現在怎麼樣了？」

「咦？啊，是。除了寇達修先生以外，所有人都已經回國了。寇達修先生決定要留在卡拉爾領地。」

「寇達修？……是，我知道了。謝謝。」

艾德琳轉頭看我們，說道：

「我實在是不知該從哪裡開始說起。不管怎麼樣，我就先說明給各位聽了。各位是要去找克拉德美索，是吧？」

「是的。妳怎麼會知道這件事呢？」

「我為了去找各位，在前往拜索斯恩佩的路上，到達褐色山脈下的伊拉姆斯市的時候，和艾德布洛伊神殿裡的高階祭司取得聯繫。我從他那裡得知事情始末之後，就直接從伊拉姆斯市趕到這裡。在中途，我差一點就遇到雷提的祭司們，所以趁黑夜趕路，才會到現在才到達。」

卡爾點了點頭，說道：

「啊，是。可是，妳為何要找我們呢？」

「這個……卡爾，我曾說過我在找父親，對吧？」

「是的，我在卡拉爾領地有聽妳提起。艾德琳小姐妳說有一位巫師撫養妳，並且用魔法讓妳可以說話。妳終於找到了嗎？」

卡爾怕妮莉亞、蕾妮、傑倫特和吉西恩等人不知道，所以敘述了一下這件事。艾德琳則是帶著幸福的表情（我想是這種表情吧）說道：

「是的，我見到他了。」

「真是太可喜可賀了，只是我想先問一件事，那位巫師是……亨德列克嗎？」

艾德琳的表情略顯驚訝地看了一下卡爾，然後點頭說道：

「是的，我也是見到了他，才知道這件事實。」

亨德列克，真的是他！大家都很緊張地看著艾德琳。而艾德琳則是用閃閃發亮的眼睛，說道：

「雖然已經記不得父親的長相，但是他卻一聽到我的名字，就認出我來了。起初我還不相信，但是，他讓我相信之後，我大哭了一場。當他說他以我為傲的時候……」

艾德琳的眼睛因為那張巨大的臉孔而顯得很小，她的眼裡噙著眼淚。於是大家都變得很沉靜。艾德琳低垂著她的頭，卡爾則是用溫柔的眼神，說道：

「真是太好了。呵呵，真是的。要是謝蕾妮爾小姐在這裡就好了。」

伊露莉？啊，對哦。伊露莉正在找尋亨德列克，偏偏現在她卻不在這裡。艾德琳過了一會兒之後，抬起頭來，說道：

「雖然我和父親說的話講也講不完，但是為了不要佔用各位寶貴的時間，我從重要的事先說。首先，各位到目前為止所知道的歷史是有錯誤之處的。我希望各位不要被嚇到。所謂路坦尼歐大王的八星，事實上……」

「是指擁有能夠決定八個種族命運之力量的寶石。」

艾德琳驚訝地張大嘴巴，對卡爾說道：

「什、什麼，你們是怎麼知道的？」

卡爾稍微張開了手臂，說道：

「我們在大迷宮裡遇到了神龍王，而且也在雷伯涅湖遇到妖精女王，所以聽到很多有關於亨德列克的故事。」

於是乎，卡爾就把我們到目前為止所聽到的故事，從黛美公主講的故事到哈斯勒講的故事、達蘭妮安講的故事，慢慢地大致說給她聽。故事內容雖然稍微摻合一些卡爾的角度，但卡爾還是試著盡量客觀地陳述。有好幾次講到一半，卡爾還受到傑倫特和我的妨礙，然後，卡爾才把我們所知的全部故事都講完了。艾德琳點了點頭，說道：

「啊！所以各位在聽到亨德列克還活著的事時，才會不覺得驚訝。」

卡爾稍微垂下眼睛，並說道：

「謝蕾妮爾小姐……一直都這樣認為。她一直在尋找亨德列克。可是我到現在都還是覺得半信半疑。三百年前的人物，亨德列克和路坦尼歐大王的故事是很久很久以前的事，這是從我出生到現在都深信不疑的認知。要打破這認知，實在是不容易。然而現在卻讓我相信了。」

「他確實是還活著。三百年前的他，到現在還活著的理由是……剛才各位聽到我和我姊姊的談話，應該大概略知一二。」

「是的，那麼，真是的，我該怎麼問才好……」

卡爾甚至還慌慌張張地舉起手來搖著，然後才說道：

「亨德列克現在是吸血鬼嗎？」

要是有人拿一根麻雀羽毛丟到地上，我們說不定會因為羽毛掉到地上的聲音，全給嚇得昏過去。我們等待艾德琳回答卡爾的這句問話，簡直緊張得如同冰柱般僵硬。艾德琳說道：

「是的。所以他才能到現在還活著。」

我感到心裡的一角有東西塌了下來。什麼？亨德列克是吸血鬼？此時，傳來了某個東西塌落下來的聲音，我還以為是自己的心臟掉了下來。我轉頭一看，原來是吉西恩面帶疲憊的表情，把身體往椅背猛然靠過去的聲音。他用憔悴的表情說道：

「天啊……竟是如此的悲劇！」

亞夫奈德表情茫然地看著天花板。我的天啊。亨德列克！大法師亨德列克，拜索斯幕後的國父亨德列克竟然變成個吸血鬼了！妮莉亞臉色發青地咬著手指頭。真是的，太令人難以置信了。那位大法師亨德列克，拜索斯之父！

妖精女王，啊啊，達蘭妮安啊！她要是知道這件事實，會有多悲傷啊！三百年的誤會儘管解開來了，可是亨德列克卻成了吸血鬼！伊露莉要是知道這件事實，又會有多麼驚訝啊？可是更大的悲劇是在眼前。知道撫養自己的父親是個吸血鬼，艾德琳要怎麼面對這件事啊！身為女祭司的她，必須去愛她父親嗎？杉森吐出了一聲沉重的嘆息聲，說道：

「那個該死的吸血鬼，那個女的！真是混帳東西！」

「她竟然這樣報答他的辛勞、他的熱心！對於這位賢明而且愛著所有種族的善良人物，她竟然造成了這種莫名其妙的悲劇！」

吉西恩如吐血般喊道。傑倫特則是緊咬著嘴唇，並且用大大的袖子擦著眼角。艾德琳面無表情地看著吉西恩。此時，卡爾說道：

「悲劇？」

這句話只不過像是跟著吉西恩的話再重複一次似的，聽起來甚至是一句有些滑稽的話。可是卡爾的這句話，卻不知為何，令所有人覺得彷彿被潑了一桶冷水。卡爾像是不懂吉西恩說的話似的，說道：

「是悲劇？」

卡爾又再說了一遍，房裡的空氣則是轉變為像是褐色山脈的風精，全都聚攏過來玩耍的那種氣氛。我感受到一股皮膚被風掠過的感覺，一股被東西大力碰撞的感覺，一股毛骨悚然的感覺。吉西恩張口結舌地看著卡爾。此時，我轉過頭去看了一下艾德琳。

艾德琳她露出帶有一絲悲傷的微笑。一個帶著微笑看我們的……巨魔女祭司！

我一副下巴被挨了一拳的表情，看著卡爾。卡爾他知道不是悲劇！所以他露出一副無力的表情，舉起手臂，托著他的頭。

「什麼是悲劇呢？麻雀會因為是麻雀，而造成悲劇嗎？蛇會因為是蛇，而造成悲劇嗎？」

「咦？」

我真希望拿面鏡子給吉西恩。他鐵定不會認為鏡子裡的他是他自己吧。我終究還是忍不住了。

「噗哈哈哈哈！」

大夥兒原本投向卡爾的怪異目光如今增強了兩倍，朝我投射而來。可是我卻無法忍住不笑。然後卡爾微笑著看我們。

「修奇？」

「噗哈哈哈！哈哈！人類，人類！哇哈哈哈！」

我死也不可能再講出更多的話。我一面流著眼淚一面笑。我的天啊，吉西恩！我的國王啊，你竟然是那副表情！溫柴，你呢？我望向距離一行人稍遠的位置，溫柴在黑暗之中，正在看著大夥兒。他真不愧是聽著「常發牢騷的少年」的故事長大的傑彭戰士，正在露出冷漠的微笑。哈哈哈！麻雀會因為是麻雀而造成悲劇嗎？蛇會因為是蛇而造成悲劇嗎？

亨德列克會因為是吸血鬼而造成悲劇嗎？

妮莉亞走近我身邊，用溫柔的動作開始撫摸我的背。

「沒關係，修奇。沒關係了。沒有什麼事……」

天啊，她以為我暫時精神異常了！真是快瘋了，呃咯咯咯！在我的笑聲之中，卡爾對艾德琳說話時的低沉聲音還是很清楚地傳來了。

「看來我得幫一下修奇老弟了。艾德琳小姐，亨德列克是吸血鬼，而且絕對不會傷害人、吸別人的血，是吧？我不得不這樣說，雖然這會讓妳有些難過，但是，這就像妳不會去抓人類來吃，是一樣的，是吧？」

艾德琳冷靜地點了點頭。

「是的，他是這樣沒錯。」

我用噙著眼淚的眼睛環視四周。咯咯咯咯！原本在唉聲嘆氣的杉森和吉西恩，很快地把目光投射到拜爾哈福身上。這個屋子裡有沒有可以讓我們躲進去的老鼠洞啊？

「真是奇怪了。各位是人類，可以說是對命運最會強烈反彈的種族。可是為何從各位的嘴裡，卻說出了對自身命運屈服乃是當然之事的這種話呢，我實在難以理解。」

艾德琳一點也沒有責備的臉色，只是靜靜地說話，但是吉西恩和杉森卻紅了臉孔。吉西恩好不容易才造出類似像說話聲的聲音。

「卡爾……你怎麼會知道呢？」

卡爾露出微笑，說道：

「這個嘛……我總覺得亨德列克不論是人類或吸血鬼，不管是什麼都沒有關係，他還是會以亨德列克的身分留在這個世界上。我覺得假使他自己成為矮人，也不會有什麼很大的關係。因為他是那種即使不能用魔法，也會用自己的手和工具拓展理想的那種人物。他是那種只用這股執著就能風靡好幾個時代的人物，不是嗎？」

蕾妮用讚嘆的表情望著，但我還是沒有餘裕可以高興。因為，我現在實在是笑得太多了，以至於連話都講不出來。

「嘻，嘻嘻，嘻哩哩嘻嘻！」

「嗯……各位會那樣想是當然之事。因為各位很難去認為他即使成為了吸血鬼，也能克制住吸血的衝動，保持自己原本的面貌。事實上，這是近乎不可能的事，不是嗎？可是……」

卡爾用非常乾澀的語氣說道：

「因為他原本就是個不知何謂不可能之人。」

「原來你相信大法師！」

吉西恩用顫抖的聲音喊道。可是卡爾搖了搖頭。

「我是相信亨德列克。」

吉西恩和杉森看了我一眼之後，點了點頭。吉西恩說道：

「真是令人驚訝，修奇。我們兩人愚昧而沒察覺到的事實，你卻一下子就領悟到了。」

杉森嘻嘻笑著說道：

「因為這個傢伙光是看卡爾的眼神，就知道卡爾的想法。」

我仍然還是笑得無法答話。簡直就到了眼前變得朦朧的地步。是嗎？你們是這麼想的嗎？沒這回事。我並不是因為吉西恩和杉森的過錯才笑的。呃嘿嘿嘿！是因為這個。是因為我現在「知道」路坦尼歐大王的想法，「感受」到了亨德列克。是這樣嗎？路坦尼歐大王啊！是這樣嗎？亨德列克！這就是人類的神殿，人類的神話嗎？人類把不可解的所有事物給「人類化」，所以，神臨地變成是人類的武器！亨德列克成為吸血鬼是最大的悲劇！費雷爾把自己奉獻給五十個小孩！亨德列克把自己奉獻給八個種族！噗哈哈哈哈！

你們全都是大傻瓜！一群傻到令人覺得心急的可愛傻瓜英雄們！啊，啊。說不定英雄們大概都必須是傻瓜才行，因為要這樣才會受到萬人的愛護。哇哈哈哈！可是呢，傻瓜英雄爺們，你們彼此未免也太像了吧！

我對於你們的友誼敬上永遠的敬意！你們真是太酷了！

艾德琳很快地解釋著：

「我相信希歐娜姊姊分明曾經愛過父親。我父親把讓姊姊從深淵魔域迷宮出來，教她魔法，把她當成是他的最後傳人。我認為他對於所有種族不分你我的那種愛，也給了姊姊。而且我相信希歐娜姊姊一定也對此感激不已。」

艾德琳稍微停了一下之後，用有些沙啞的聲音說道：

「可是我很難確定，什麼是所謂的吸血鬼之愛。而且在這一點上，我父親應該也是一樣的。希歐娜姊姊對於父親的愛以及佔有欲……這個嘛，我該怎麼說才好呢？吸血鬼的愛、對於血的渴求、對於生命的愛情，可以說是和性別錯亂者的那種特性很相似吧？」

「天啊！」

蕾妮嚇得往後退了好幾步，然後遮住自己的臉孔。我也覺得不太舒服。呃呃嗯。我真希望我的臉不要變得太紅。

「而在我父親老了，終究要面對臨終時，希歐娜姊姊使他變成了吸血鬼。這個過程是怎麼一回事，父親也沒有說得很清楚。」

艾德琳看起來像是在迴避什麼話。可能是因為我或蕾妮的關係吧。可是艾德琳，事實上在這房裡，就算有人無法機靈到去領悟妳的話中有話，那也應該不包括我。

當時他一定是受到了誘惑。可能亨德列克……光只是想到這個，我就覺得腦袋裡不由得想到奇怪的事。希歐娜認識到人類亨德列克，並且仰望他，把他當作是父親，同時把他當作是男人……然後他一定是在幻象之中，變成極度的性慾奴隸，在一個宛如天地完全顛倒的幻象之中，被希歐娜咬了。因為那就是吸血鬼的方式。而且我也曾經差點就被咬了。如果……他們不是真的父女，但卻是愛著彼此的父女……算了吧！可惡。我現在知道亨德列克要艾德琳轉述的那番話，裡頭所呈現的誇張父愛是什麼意思了。

可能除了我以外，還是有很多人不瞭解這事。屋裡的氣氛變得相當地沉滯，或許是因為這樣，所以艾德琳很快地繼續說道：

「因此我父親才會得到吸血鬼的生命。可是身為大法師的他，卻克服了吸血鬼的許多副作用。雖然我並不確定知道他是怎麼克服的，但是他不僅可以暴露在陽光底下，而且也可以抑制住想要吸血的欲望。獸化人大都和月亮有很密切的關係，而吸血鬼也是大部分在滿月升起的時候，會強烈地感受到吸血的欲望。可是父親說他連一個月來一次的這股欲望都相當能抑制住。如果是在無法忍受的情況下……他說他會利用動物。」

蕾妮從剛才就一直臉色發青著。艾德琳看了一眼蕾妮的臉，對她微笑，隨即，蕾妮也無力地笑了。艾德琳說道：

「這些話以後應該會有更多時間可以說。我先說重要的事。」

卡爾乾咳了幾聲之後，說道：

「是。妳說妳有事要找我們？」

「是的。我的父親，也就是亨德列克，對於各位的這趟旅程，略有所知。當然，雖然旁觀者可能無法確知，但是他卻有他自己的方法。」

我看了一眼亞夫奈德，亞夫奈德則是點頭說道：

「透視魔法對他而言恐怕是種可笑的法術。哈啊……他居然還活著。」

艾德琳點了點頭，說道：

「所以父親要我來幫忙各位。而且我還有另一件要辦的事，我父親要我去向姊姊、妹妹個別傳話。」

在這一瞬間，我們都僵住了。卡爾驚訝地圓睜著眼睛，對艾德琳說道：

「姊姊指的是希歐娜……小姐，可是請問妹妹是哪一位呢？」

艾德琳慢慢地轉頭過去。不知為何，我好像可以猜出她的目光會停在哪裡。我在艾德琳把目光看過去之前，就已經先看了那個人。

就是那個名字是達蘭妮安暱稱的那個少女。艾德琳正在看著蕾妮。可是她的舉動並沒有引發一陣騷動。房裡只有充滿著一股寂靜無聲。在這之間，女祭司正在看著龍魂使。港口少女臉色發青地看著巨魔。

「蕾妮小姐。」

突然間，蕾妮的嘴巴張開了。這就和爆發沒有兩樣。

「您說的是什麼意思啊！到底您是想讓我有幾個爸爸！我是葛雷頓先生之女。拜託不要再給我任何爸爸了！我不需要其他的爸爸！」

大家都用驚訝的眼神看著蕾妮。我們有在強迫她認爸爸嗎？蕾妮像是在對不當的對待發出抗議似的說出來。她臉頰泛紅但同時尖銳地說道：

「我本來是很幸福的！」

她的表情看起來像是被自己的這句話嚇了一跳。隨即，蕾妮結結巴巴地說：

「漂亮的衣服、好吃的食物、豪華的房子……這並不是、不是幸福。因為我很幸福，所以我、我很清楚。我已經很幸福了。只要有我爸爸……只要有我爸爸，就會繼續幸福下去。我不需要其他的爸、爸爸！」

艾德琳點了點頭，說道：

「是的。我知道妳的意思。我也認為蕾妮小姐妳是伊斯的那間酒店老闆葛雷頓先生之女。」

杉森驚訝地張大著嘴巴。他用難以置信的語氣說道：

「葛雷頓先生是亨德列克嗎？」

除了蕾妮以外，沒有任何人在意杉森的這句話，因為這實在再怎麼想都是件非常矛盾的事。蕾妮帶著驚訝的眼神，看著艾德琳，說道：

「他真的是嗎？」

呃呃呃。他是她從出生到現在都在一起生活的父親，不是嗎？艾德琳一面露出驚訝的微笑，一面說道：

「不，他不是。我會叫妳妹妹，其實也可以說是有些可笑。可是蕾妮小姐妳應該知道吧？是誰把妳交給葛雷頓先生的。」

「我……聽說是有一個旅行者交給我爸爸的……」

此時，卡爾插嘴說道：

「那個旅行者就是亨德列克嗎？也就是說，帶蕾妮到伊斯的旅行者正是……」

「是的。」

我的天啊……亨德列克，真是的！你未免也太過分了吧！你光是在三百年前那個時候所引起的事，就已經到了讓所有人難以想像的程度，可是現在，竟然到這個時候你還在影響我們！就連這個時代也是你的時代嗎？我們難道還是你的小孩嗎？可惡，給我閃開！

艾德琳好像沒能看到我的臉。不對，是房裡的每個人都沒能看到我的臉。只有一個人，有時候令人懷疑是不良品的賀坦特男子瞄了我一眼。在他和我的眼睛相對視到的那一瞬間，我吞下了快從喉嚨裡迸出的話，卡爾露出了一個微笑。

艾德琳對蕾妮說道：

「亨德列克有話要告訴妳。」

蕾妮緊閉著嘴巴。她的臉上清楚呈現她受到突如其來的打擊，在我看來，她像是快要精神崩潰了。可是她開口的那一刻，我知道她還是那個港口少女。

「亨德列克先生……讓我遇到了我爸爸，我真是太感激他了。他當時應該不知道他讓我遇到了什麼樣的父親吧。然而是他讓鯨魚墳墓的葛雷頓先生成為我爸爸，我對此非常感激。」

蕾妮一點也不含糊地說道。妮莉亞帶著泛紅的臉頰看著蕾妮。蕾妮則是微笑著說道：

「我聽就是了。請問是什麼話呢？」

艾德琳也露出了微笑。

「吉西恩！請不要愁眉苦臉的！」

吉西恩一直靜靜地咬著下嘴唇，壓抑住精神上的痛苦。他突然像是無法忍受似的說道：

「這實在是太過分了。好不容易御雷者才恢復成為牠原來的樣子，可是要去見克拉德美索的路上，卻不能和牠同行！」

啊，當然啦，我很清楚吉西恩是想騎著那匹飄逸著銀色馬鬃的御雷者，拿著端雅劍，去見克拉德美索。要是我也有一匹那麼漂亮的馬，應該也會想這麼做。啊啊啊！傑米妮，對不起！我並不是說你不是匹漂亮的馬！你也是一匹真的很漂亮的馬。但即使是你，也會對這種高山地形無可奈何的。而且御雷者也一樣。

現在還是昏暗的凌晨時分。此地處於高山地帶內的盆地，如果要照到陽光，還需要再過很長的時間才可以。每當我的腳移動一步，就有冷颼颼的凌晨空氣刮到臉頰，腳底踩到霜的觸感更加深了寒意。好冷啊！我們一行人拿著的火把，雖然投射出微弱的光芒，但整個盆地還是一片黑暗圍繞在我們周圍。

杉森微笑著拿起火把，然後又再一次檢查了他自己的行李。兩天份的糧食是由每個人各自帶著的。可是拿刀劍的人還準備了可怕的武器裝備。溫柴除了自己的長劍之外，什麼都沒拿，然而吉西恩和杉森除了他們原本的武器之外，還扛著總共加起來十餘根的標槍，此外還有十字弓和箭矢等武器。溫柴冷冷地說道：

「你們大概走不到半天就會累倒了，壯漢們。」

「到時候你就不要向我們借武器！」

溫柴聽到杉森這句幼稚的高喊聲，噗哧笑了出來。

「武器是一個人的生命。你連生命都會借人嗎？」

杉森變得一副無話可說的表情，吐出了呻吟聲。嗯嗯嗯。

傑倫特拿著他自己的那根手杖，同時執意地拿著那根可怕嚇人的戰叉，但是現在他把那兩根全都抱在胸前，雙手交叉放在胸前，一直跺著腳。因為天氣真的好冷！妮莉亞看到傑倫特那副模樣，嘻嘻笑著，然後摟住蕾妮的脖子，蕾妮則是用兩手環抱著妮莉亞。

至於蕾妮的表情呢？因為太昏暗了，我看不清楚，不過，我感覺不出有什麼特別的表情。她像平常一樣冷靜地摟著妮莉亞。現在她是在想什麼呢？

「蕾妮？不錯的早晨吧？」

「嗯？啊，是啊，不錯的凌晨！」

我噗哧笑了一聲之後，轉過頭去。

卡爾把雙手合十在他的臉孔前面，坐在稍遠的階梯上。我再怎麼看他，也不覺得他這個樣子像是現在要去見最強大的深赤龍。他平靜的表情，使他看起來像個只是要去田裡做事，在寒冷之中坐著等人手到齊的人。我抽吸了一下鼻水，然後轉過頭去。我看到艾德琳的巨大身軀位在稍遠的地方。她好像正在祈禱，又好像只是在閉目沉思，總之，她正低頭站在那裡。在她旁邊，可以看到艾賽韓德的矮小身軀，可是他的眼睛卻比這裡的所有人還要顯得炯炯有神。因為他一直在用拇指撫摸著斧頭的刀刃。此時，從稍微上面的地方傳來了說話聲音：

「對不起。各位久等了吧？」

這是個有些疲憊但清亮的聲音。我抬頭仰望階梯上方。嗯嗯嗯？

「咦……？」

在階梯上方，站著一個手拿火把的人影。那個人寬鬆的袍子和斗篷在清晨的風中不斷飄揚著，但是他還是直挺挺地站立著。他將火把拿在頭旁邊，而且用袍子的頭罩覆蓋著頭，所以無法看清楚他的臉孔。然而，在黑暗之中，他拿著火把浮現在空中，俯視著我們，看起來莊嚴且強而有力的模樣，使我在看到他的這一瞬間，腦子裡浮現出某個名字。

「亨德列克？」

那名巫師突然聳了聳肩。

「哇，我有如此大的榮幸嗎？」

「亞夫奈德？你記憶魔法怎麼花這麼久的時間。」

「啊，抱歉，因為太緊張了。而且我這次很用心。」

這時候，亞夫奈德開始走下來，我們才得以稍微比較看清楚他的模樣，隨即，大夥兒全都嚇了一大跳。亞夫奈德把袖口捲起來，在二頭肌的附近用細長的繩子綁起來，幾乎整隻手臂都裸露出來。在他的手腕上，戴著一個手鐲，腰上也是緊緊捆綁著像繩索之類的東西。在那條繩索上，掛著各種袋子和匕首。而斗篷則是固定在肩膀，然後全都撩到背後的姿態。他完全是一副戰鬥的裝扮（以一個巫師而言）。

「你不冷嗎？」

杉森帶著有些驚訝的語氣說道。亞夫奈德則是靜靜地搖了搖頭，走下階梯。呵呵？真是的。怎麼連臉孔都看起來不一樣了？可能是因為他才剛結束記憶魔法，所以臉上顯得有些疲倦，但卻是一副溫和同時昂然的表情。他下完階梯的時候，開口說道：

「寒冷並不是問題。」

是嗎？啊，沒錯。寒冷確實不是問題。杉森噗哧笑著答道：

「說得也是，等一下馬上就會懷念寒冷了。」

哈哈哈。我仔細一想，好像從剛才開始，我們就沒空去感受寒冷了，因為胸口一直怦怦跳個不停。而且我覺得傑倫特真的滿厲害的。他能夠這樣感受到寒冷，會不會就是表示他沒有任何緊張的感覺呢？此時，卡爾站了起來。同時，艾德琳也往前走了過來。

卡爾環視著我們每個人，而我們則是閉著嘴巴，有禮貌地等卡爾說話。雖然我們閉著嘴巴，但心中卻好像很冰冷，同時又好像快燃燒了起來。我的心臟跳動聲音簡直都傳到耳中了。

在今天之前，漫長的旅程，只不過是一段旅程而已。目的地一直都還在遠處，因此，克拉德美索就和不存在差不多。我一直認為到這個地方來才是重要的事。然而，現在已經不能回頭了。我們要出發了！我們今天要去見牠了。歷史上最強大的深赤龍！火焰之槍！我們現在要去見克拉德美索！我們的眼睛全都閃閃發亮著。

卡爾慢慢地開口，從他的嘴裡呼出了白色的霧氣。

「呃，好冷。大家趕快出發吧？」

「……出發！」

吉西恩沒有說話，只是踏出步伐時嘆氣般地高喊了一聲，我們則是直接轉身，開始隨意走了起來。如果說得誇張一點，我們簡直看起來像是洩氣的樣子。我總覺得這比起我們三人離開賀坦特領地時的步伐，還要更加平凡。克拉德美索龍魂使護送團的旅程最後一天，就這麼平淡地（這是說得好聽，如果比較直接一點，就是無聊而且沒意義地）展開了。哼。雖然我不寄望能有什麼正式的出征儀式，但是難道不能講一句比較酷的臺詞或激勵的話嗎？哈哈哈哈！

「左邊！打左邊！修奇！」

「誰的左邊？是這傢伙的？還是我的左邊？」

「真是的！你要是有開玩笑的力氣，就趕快揮劍！」

溫柴一邊衝過來，一邊用全身把長劍劈了下去。可是他卻因為這樣，而在瞬間裸露出自己的背部。有一隻巨大的獅身鷲朝他的背部飛衝而下。

「溫柴——！」

妮莉亞用雙手握著三叉戟，跳了上來。天啊！她直接踩了前方那隻獅身鷲的肩膀，就跳了上來。然後原本想攻擊溫柴背部那隻獅身鷲，牠的頭就在空中被刺了下去。

「喀呃呃呃！」

那隻獅身鷲頭被刺穿，從喙尖裡吐出了血。可是妮莉亞也因為採取了這個不像話的誇張動作，得到的代價就是從空中直接掉落下來。

「嘎啊啊啊！」

砰！妮莉亞肩膀落地之後，滾了好幾圈，就滾了出去。她從我們站著的那個山丘上滾到山丘下面，不見人影了。真是可惡！為何偏偏我們會在這座山丘遇上一群獅身鷲的窩巢啊！

當時獅身鷲們一看到我們之中的艾賽韓德，就猛然飛了上來，把天空弄得一片漆黑。這些混帳東西！我們對你們的寶物可沒有興趣！這些傢伙也有四條腿，而且個性像烏鴉，非常喜歡閃閃發亮的寶物。因此牠們和矮人之間的關係才會搞得不好。所以，這些獅身鷲剛才反射性地開始攻擊我們之後，弄得我們現在如此辛苦。

「妮莉亞——！」

「修奇，小心！」

是傑倫特的高喊聲。霎時之間眼前變得一片烏黑。是晚上到了嗎？冬天一到，果然白天就會變短……真是可惡！身軀有如公牛般大小的一隻獅身鷲遮住了太陽，正要朝我衝過來。牠那看起來很凶猛的腳爪冒出了火光。

「清掃一下你們的腳爪吧！躺著的一字無識！」

我往旁邊躍身，然後朝上揮砍。獅身鷲的腳掠過我的肩膀上方，在牠掠過我上方的那一瞬間，我砍了牠的後腿。喀呃呃！血並沒有迸出來。只有一道看起來很微不足道，而且切得很乾淨俐落的傷口，以及一點一點流出來的血滴。可是那隻獅身鷲因此重心不穩，就滾到了地上。轟隆轟隆！

一陣塵埃瀰漫，塵土都亂濺了上來。但是牠立刻拍動翅膀，一個翻身，動作敏捷得像隻小貓。牠們塊頭像公牛那般大小，除了這一點，簡直可以說牠們看起來很美。牠直接就跳起來，衝向倒在地上的我。牠的兩隻前腳和尖喙像三把刀刃般飛越過來。他媽的！所以才會說你笨得跟小鳥一樣！

「嚐嚐這個吧！」

我死命地把腰抽離開來。

「喀呃呃！」

我咬了獅身鷲長長的脖子。長長的脖子？嗯，牠們和類似大小的其他生物相比的時候，因為是禿鷲的脖子，所以可說是長長的。而在這一刻，那隻獅身鷲的前腳揮中了我的胸口。我的胸口感覺都快裂開來了！這就像是陷入愛情之中的那股撕裂感。接著，我聞到了一股很重的羶味和塵土味。然後有羽毛鑽進了我的鼻子，直叫人想打噴嚏。但我還是咬著牠的脖子不放。牠像發瘋似的搖著頭，一直不斷用腳爪抓著我的胸口和腹部。這個混蛋傢伙！我的雙手也是自由活動的！這個臭傢伙，四腳獸幹嘛要有翅膀啊？

「呃呃呃！」

可惡！我連招數的名字都講不出來了！不管怎麼樣，攪拌蠟油！

「喀呃呃呃！」

我砍了牠的翅膀、兩條前腿和一條後腿之後，依然還是咬著牠的脖子。上門牙和下門牙幾乎都快碰觸在一起了。我吐了一口流進嘴裡的血和肉塊。呸！我這副模樣，恐怕將來一定會有損我的社會地位吧。我環視了一下周圍。

「傑倫特！」

有一隻獅身鷲飛越過天空，正要衝向傑倫特。傑倫特則是背後護著亞夫奈德和蕾妮。亞夫奈德尖叫著：

「你趕快逃！」

可是，傑倫特閉上眼睛，跪在地上，把戰叉往上豎起。

「德菲力啊！依您的旨意行事！」

哦，天啊！真不愧是德菲力祭司的正確選擇！傑倫特所舉起的戰叉，不可思議地瞄準了直衝過來的那隻獅身鷲胸口。雖然那隻獅身鷲急忙想躲避，但是戰叉卻深深地刺進了牠前腳裡，以至於不斷咆哮著。而此時，在我身旁，吉西恩拿著盾牌縱身跳上去撞擊一隻獅身鷲。

「哇啊啊啊！」

那隻獅身鷲掉落下來之後，吉西恩張開兩隻手臂搖搖晃晃，才勉強沒有倒下去。可是那隻獅身鷲卻像是沒有受到什麼撞擊力道似的，又再猛跳上來，撲向吉西恩。吉西恩用盾牌擋住那隻從天空俯衝下來的獅身鷲腳爪。盾牌和腳爪互相碰撞，發出了鐵器摩擦的刺耳聲音。

「被纏住了！」

吉西恩看起來像是快要直接往後倒，但他還是勉強用後腿穩住重心，用力揮砍端雅劍，那隻碰到盾牌之後又想再飛上去的獅身鷲，腰部就這樣被猛然切了開來。可是在那一瞬間，卻有另一隻獅身鷲衝著撲向吉西恩的背。

「喀呃呃呃！」

吉西恩往前滾了一圈。糟糕！不好了！那隻獅身鷲直接就舉起尖喙，想要啄吉西恩的脖子！

「以卡里斯・紐曼之名！」

啪啊啊！傳來了肉往體內捲進去之後，骨頭破碎的一陣怪異聲。艾賽韓德所揮砍的戰斧幾乎快把獅身鷲的背給劈開了。很好！可是妮莉亞呢？

我跳過那隻我咬過的獅身鷲，往妮莉亞剛才飛落出去的方向跑過去。可惡！在山丘下面，有兩隻獅身鷲正要攻擊跌倒在地的妮莉亞。妮莉亞的腿好像受傷了，她坐在地上，揮舞著三叉戟，可是這樣子根本沒有用。妮莉亞的臉上浮現出恐懼的光芒。而且那副表情，好像使得獅身鷲更加提前斷然攻擊她。

「喀啊啊！」

一隻獅身鷲衝了上去。啊啊啊啊！糟糕，不行！就在這個時候——

「Peca!」

有某個東西以可怕的快速度，刺進正要衝過去的那隻獅身鷲的腋下。那隻獅身鷲像是被雷擊中似的顫慄著。原來是溫柴。

「啊啊啊啊啊！」

溫柴把插在獅身鷲腋下的劍直接往前推。妮莉亞驚險地避開了獅身鷲的攻擊，溫柴和獅身鷲則是一起滾到地上。此時，原本在後面的獅身鷲跳了過去。

「溫柴！」

在妮莉亞的尖叫聲傳來的那一瞬間，原本跌在地上的溫柴像蛇那般抬起頭。好快的動作！溫柴抬頭的那一剎那，原本正要衝過去的那隻獅身鷲急忙停住腳步。那隻獅身鷲彷彿是一匹快要衝到懸崖的馬，慌忙跪下了前腳。

「Ahn choudar!」

那隻獅身鷲一時之間變得不知所措。不過，這樣就夠了！我從牠的背後衝去砍牠的翅膀。咦，天啊！牠振動了一下翅膀，就像一隻鬥雞般忽地跳起來躲避。竟然有這種長著四隻腳的雞！牠直接採取低姿勢。哼，那麼我也用低姿勢！

「切肉絲！哇啊啊啊！」

噹，噹噹，噹噹！巨劍一面碰撞到岩石，一面迸出火花。怪了！怎麼我一次也砍不中！雖然我砍了十多次，都只砍到地上，但牠還是用低姿勢一下子跳這裡，一下子跳那裡，全都避了開來。這種怪物有四條腿甚至還長了翅膀，卻沒想到能夠如此快速！呃呃！牠突然把頭往後轉，打掉了我的巨劍。失手了！真是可惡！沒有劍，就用身體打吧！

「好，蓋蓋子！」

我把雙手交叉在面前，遮住眼睛，跳了上來。這隻獅身鷲現在會是什麼樣的表情呢？我直接就把牠給壓了下去。喀呃呃呃！我感覺到胸口下，這傢伙正在用力扭動身軀的力量。我一面使勁地大喊，一面讓牠的頭繼續壓在胸口下，我想要去緊抓住牠的脖子。可是我閉著眼睛（即使是睜開眼睛也是一樣。因為這隻獅身鷲的翅膀撲打我的頭，而且腳爪刮著我的身體，所以我根本就慌了），而且這傢伙在瘋狂亂動，根本無法抓得住牠。此時，我的手指感覺到一種很奇異的觸感。滑滑的而且濕漉漉的……是眼珠子！

「喀呃呃呃！」

我的手指竟然能移動得這麼快速？我戳了牠的眼睛之後，往後退回去，便看到這隻獅身鷲搖著頭發狂的模樣。巨劍，巨劍在哪裡呢？可是牠的右眼還在，偏偏那邊的眼睛看到的，是坐在地上的妮莉亞。那隻獅身鷲不斷搖晃的脖子動作一停住，妮莉亞則是臉色發青。那隻獅身鷲踢了地上一下。在牠跳上去的那一瞬間，又有某個東西用很快的速度移動。

「啊啊啊……啊！」

妮莉亞的尖叫聲突然停住了。因為溫柴衝向妮莉亞之後，就直接把妮莉亞抱在胸前。結果，他的背就完全裸露在那隻獅身鷲的前腳了。他媽的，不行！剎那間——

唰啊啊啊！

「呃呃！」

原本要猛衝過去的那隻獅身鷲喊出臨死前的叫聲，直接滾到了地上。我看了一眼中了標槍滾下去的獅身鷲，然後轉過頭去。在山丘上面，杉森一面拔出另一根標槍，一面看著我。啊，別擔心，杉森。因為我沒事。杉森沉重地開口說道：

「我教你的，都白教了。」

呃呃。過了一會兒之後，由於我們這些拿刀劍的人拖延時間，亞夫奈德才得以勉強使用魔法，把一隻獅身鷲烤到甚至都烤出香噴噴的味道；而卡爾則是如雨絲般射箭，擊退了其他那些獅身鷲。在山丘上面，艾賽韓德拉著亞夫奈德的手，用他短小的腿高興地手舞足蹈。

「呀喝！嘻哈，嘻哈！」

溫柴一直抱著妮莉亞，他環視了四周之後，立刻用生硬的動作站起身來。不對，應該說他想要站起身來，但因為妮莉亞緊緊抱著，所以他無法站起來。他不耐煩地說道：

「結束了。快起來。」

妮莉亞抬起頭來，默默無言地看著溫柴。溫柴則是皺眉頭，面向天空，說道：

「我叫妳起來啦！」

她用難過的語氣說道：

「我的腳痛。」

溫柴仍然還是面向天空說：

「腳斷了嗎？」

「不知道，腳很痛，沒辦法站起來。」

溫柴一副無奈的表情，想要扶起妮莉亞。隨即，妮莉亞就叫出了刺耳的叫聲。

「啊啊啊！」

「怎、怎麼了？」

「我的肩膀、肩膀也……剛才掉下來的時候……」

溫柴做了一個可以說是破例的表情，抱住妮莉亞的腰，小心翼翼地站起來。妮莉亞雖然腳一跛一跛的，但還是勉強可以站起來。她把頭轉向溫柴，說道：

「謝謝。」

「現在沒欠妳債了。」

「債？什麼債？」

「剛才妳從我背後救我的事。」

妮莉亞不高興地嘟著嘴，但是因為腳痛的關係，就又再皺起眉頭。她皺著眉頭說：

「哼嗯，萬一剛才我沒有救你，你會不會救我呢？」

溫柴先是停下腳步，低頭看了一眼在自己手臂裡的妮莉亞。妮莉亞雖然只是低頭看著自己的腳尖，但她確實是在等回答。要不然她為何都不動呢？

「我不知道。」

溫柴如此說完之後，又再開始扶著妮莉亞走路。妮莉亞則是嘻嘻笑了出來。哼嗯。這兩個人好像都不管我在不在了？喂，喂。你們以前要是沒有我，恐怕連話都無法談呢！

05

原本在峰巒之間白茫茫地飄移的雲霧，已經全都消失不見了。我實在難以相信，在這麼高的地方竟然天氣能夠這麼熱！可是這裡卻真的很熾熱，陽光毫不留情地傾瀉而下。會不會是因為沒有東西遮住陽光，才會這麼熱？汗水流到我下巴，不斷弄濕襯衫前襟。

可是另一方面，寒氣卻幾乎是以相同的比率，在蹂躪著我們（不知為何，我簡直覺得好像有誰正在調節這裡的天氣）。因為風的關係，我覺得冷到鼻子和嘴唇都快掉下來。用一句話來形容，就是：一團混亂。

並不是只有炎熱和寒冷在折磨我們。我們走在前方那些拿刀劍的武士們，全都被獅身鷲的尖喙和腳爪給抓傷了，還被翅膀打得都瘀血。從現在起，要是再有人跟我說「像羽毛這麼柔軟的東西……」這類的話，我就會用獅身鷲的羽毛輕輕拍打這個人。我的頭剛才被獅身鷲像鐵鎚般的翅膀打到之後，到現在都還在刺痛著。我的頭有沒有變形啊？傑倫特咯咯笑著問我：

「你是不是痛到想死了算了？」

「不，生命是很美好的。」

我答完話之後，傑倫特立刻開始治療我胸口和肚子的傷口。獅身鷲的腳爪把硬皮甲像切奶油般割開。如果我剛才沒有穿甲衣，恐怕被割開的就是肚皮了，可惡。

「啊啊啊啊！我知道錯了啦！」

在另一邊，妮莉亞正發出刺耳的尖叫聲。艾德琳原本要按住妮莉亞的肩膀，卻被妮莉亞的這聲令人不解的尖叫，驚訝得歪著頭困惑不已。她是說她做錯了什麼？可是，艾德琳又再用她強而有力的手指，溫柔地按住妮莉亞脫臼的肩膀時，妮莉亞還是放聲大叫，於是乎，就聽到杉森狠狠地責罵著：

「妳是希望褐色山脈的怪物，全都拿著花束來慰問妳嗎？」

「喂！對一個痛得都在流眼淚的人，你不要講這種可笑的話！絕對不可能有這種事的！」

「什麼？妳叫得這麼大聲，卻說不會有這種事？」

「因為這個季節不會有花！」

杉森露出快要昏厥的表情。不管怎麼樣，趁著拿刀劍的戰士們全都在治療，這段時間就很自然地變成了休息時間。卡爾將箭矢一一撿起來，並且喃喃自語著：

「已經將近中午了，可是我們卻還走不到路程的一半。冬天怎麼還會有這麼多怪物？」

亞夫奈德擦完汗之後，答道：

「會不會是因為克拉德美索的關係？」

「因為克拉德美索的關係？」

「是的。牠的活動期快開始了，所以怪物們才會聚集到這裡來，不是嗎？據我所知，龍之恐懼氣息並不是一定只有在物質性的距離和時間次元裡移動。那些怪物們可能是近乎本能地感受到龍的甦醒，而聚集到這裡。因此在這個季節裡才會有這麼多怪物。而且竟然還有獅身鷲！我是有生以來第一次看到這種東西。啊，雖然說我很孤陋寡聞……」

他一說完，一直在檢視盾牌，同時平息呼吸的吉西恩就答道：

「我雖然遊走於大陸，也到過許多人煙稀少的地方，但我也是頭一次看到獅身鷲，還和牠們打鬥。第一次遇到就有這麼多能力強的同伴相伴，我算是挺幸運的。」

大夥兒雖然露出了淺淺的笑，但立刻又都臉色暗沉了下來。

因為，我們原本預計要走五、六個小時，可是從凌晨出發到中午時刻，卻還沒有走到整個預定路程的一半。雖然蕾妮和亞夫奈德等人不習慣走山路，也算是個問題，但更大的問題是，那些怪物到處橫行，已經到了令人懷疑現在是否真的是初冬的程度。天啊，我們居然遇到了一群獅身鷲！

卡爾手裡拿著一枝箭矢，一面敲著自己的額頭，一面看著大家。一陣風把他的頭髮給吹得胡亂飄揚的時候，他嘻嘻笑了出來，說道：

「各位辛苦了！」

吉西恩也噗哧笑了出來，說道：

「我們為何要在這裡做這種事呢？我實在很想這麼說。」

卡爾高興地笑著說道：

「我們為什麼要這樣呢？」

一陣風吹拂而來，傳來了山稜線因為風而搖動的聲音。

「因為卡爾你認為我們只是按照希歐娜所說的，在毀滅之前隨便成就一件事？」

「不是的。」

「那麼，我們為何要這樣子？為何要攀爬山脊，越過山丘，橫涉溪谷，和怪物打鬥？」

「因為有山脊、有山丘、有溪谷、有怪物……還有，因為有我自己的存在，不是嗎？」

吉西恩微笑了一下。傑倫特因為寒冷，把兩隻手臂深埋在袍子口袋裡，說道：

「有一個簡單而且堂皇的答案。因為我們要拯救大陸。這樣聽起來不是很棒嗎？」

卡爾搖頭說道：

「雖然這句話不怎麼令人覺得有好感，但這是事實，所以也無法否認。因為，農夫耕田能救大陸，漁夫捕魚也能救大陸。」

傑倫特先是驚訝地張大嘴巴，然後咧嘴露出了一個微笑。

「是啊，您說得很對。哈哈哈。」

我實在不知道到底有什麼好這麼高興的。講一些當然的話來沾沾自喜，這我可沒興趣。我把巨劍插回劍鞘，從坐的地方站了起來。

「走吧！路還很遠，不走路是無法縮短到目的地的距離的。」

大夥兒都個個笑著站了起來。我們又再穿梭於褐色山脈峰巒之間的窄小溪谷和山嶽中。整個秋天所堆積的落葉堆，充滿一股香味，並且在漸漸腐朽。樹林裡雖然葉子凋零，但樹木濃密，樹木之間沒有類似道路的地方。雖然有看到幾條野獸走的路，但很多都是人類無法走的。所以我們有時得走在積到大腿高度的落葉堆裡，涉過因冬季而乾涸的河底，有時還必須爬上巨大的岩石，走得好吃力。偶爾，我們還必須費力走到完全裸露的高原上面。那種地方，不論從四面八方哪一座山峰看，都可以一眼就發現到我們，所以令人感覺很不舒服。不過我們人多，所以並不會很擔心。因為住在山裡的野獸們大都不會成群結隊地活動。

大夥兒的模樣都看起來慘兮兮的。每個人的衣服都有好幾處被撕裂，而且我們這些拿刀劍的武士們身上到處纏著繃帶。而不習慣走山路的人，則是渾身是汗。然而，大家都沒有說什麼，只是努力不懈地走著。流汗之後，纏繞好的繃帶就會鬆綁，鬆了就再纏一次。我們可以說是在修苦行吧？我們現在要去見克拉德美索了。我們從來不曾期待過會有鋪著紅地毯的路，反而期待的是苛刻的逆境和苦難，不是嗎？這是遠征同時也是歸鄉，是挑戰同時也是邂逅。而且甚至什麼都不是。

不管我如何豎起耳朵傾聽，都聽不到草叢中有昆蟲鳴叫的聲音，但是假使真的有哪一隻瘋狂的昆蟲在吟唱冬天的頌歌，恐怕也會被壯大的風聲給掩蓋到一點也聽不到吧。生命的聲音全都消失了，只聽得到荒涼粗獷的山之歌謠。我們上升、下降，蜿蜒曲折，往前行進。現在只有山以及我們這一群人。我們現在要去見克拉德美索了。

就在眾人這樣沿著山脊線攀爬的時候——

「溫柴？」

一直走在我身後的妮莉亞說道。怎麼了？我轉過頭去。妮莉亞站在原地，望向遠處之後，又再看了一眼溫柴。溫柴則是皺起眉頭，抬頭面向天空，說道：

「妳好像在叫我。」

在這一瞬間，我、傑倫特還有杉森都開始眼睛閃閃生光。妮莉亞會不會又再發脾氣啊？可是妮莉亞只是舉起三叉戟，指向遠處，如此說道：

「我好像有看到什麼東西，你幫忙看一下。在那邊。」

溫柴轉頭，順著三叉戟的方向望過去。他望過去的地方是峰巒層疊，像被檢閱的士兵那樣長長排列著的山脈，可是那座山脈和我們走的方向會相交在一座分水嶺上。溫柴過了一會兒之後說道：

「紅色的袍子。是雷提的祭司們。」

大夥兒全都感到一股毛骨悚然的感覺，停下了腳步。突然間，我很想躲藏起來。然而天空實在是太遼闊了。卡爾轉過頭，說道：

「是他們嗎？有多遠呢？」

「距離非常遠。可是比較大的問題是，在前方的分水嶺好像會碰到那群人。」

「啊，是嗎？」

吉西恩一面搔著纏繞在手臂的繃帶，一面說道：

「他們會不會來妨礙我們呢？」

「十之八九應該會吧。」

卡爾點頭說道。隨即，吉西恩往溫柴的方向轉過頭去，問他：

「他們能夠看得到我們嗎，溫柴？」

「那幾個祭司的視力如果和你們差不多的話，當然不太容易看到我們。」

「啊，是嗎？那就好……你是不是可以連他們的動作也看得到？」

「很難。」

卡爾摸了摸下巴之後，說道：

「也就是說，我們會遇到他們。」

我們排成一列，凝視著雷提的祭司們（事實上，只有溫柴在凝視著他們，其他人都只是裝出一副看得到的樣子）。卡爾突然說道：

「他們那邊也有龍魂使，而我們也有龍魂使。可是呢，我想到萬一中的萬一，我在想，蕾妮小姐或許會被拒絕，那麼可能就會需要托爾曼了。萬一我們先到，被拒絕的話，就會需要托爾曼・哈修泰爾。但如果托爾曼先到，然後成功被接受了，會有什麼後果？這實在不是一件容易決定的事。」

亞夫奈德擦拭頸後的汗水之後，說道：

「呼、呼，會不容易決定？」

「我們可以加快速度好讓我們先到，要不然，另一個方法是減低速度，好讓我們在他們之後到達。從這兩個方法之中要決定一個。」

「嗯，這個嘛……我們先到的那個方法會比較好，不是嗎？」

卡爾搖了搖頭。

「會不會被拒絕才是問題所在。所以說，這是兩種條件組合成的四種情況吧？在我們先見到克拉德美索的情況下，如果蕾妮小姐被選中，我們就是成功，如果不被選中呢？在那種情況下，克拉德美索可能會把我們當成是牠進入活動期的紀念儀式對象。然後在我們之後，托爾曼就可以試試會不會被選中。」

不過，我們那時候應該是已經死了吧。呃呃呃。卡爾繼續說道：

「在他們一行人先見到克拉德美索的情況下，如果托爾曼被選中，不管怎麼樣，克拉德美索就會被鎮定住，但是哈修泰爾家族就會很難被定罪了。因此，這樣只是成功一半。可是，如果托爾曼失敗了，我們就可以在他們之後試試會不會被選中。」

哼嗯，他說得確實沒錯。我們雖然有蕾妮，可是蕾妮到時候會怎麼樣呢？我仔細一想，我們並不知道蕾妮的能力到什麼程度。不過可以確定的是，如果托爾曼比我們早一步成功的話，就會難以再去招惹這個家族。國家處於戰爭狀態，所以不能隨便就去對抗克拉德美索的龍魂使所屬的家族，這一點連我也知道。

杉森一見到有暫時偷閒的時間，就立刻坐到岩石上。而吉西恩則是把一根標槍當成木杖般，拄著站在那裡。他們兩個人帶了很多東西，而且剛才又和獅身鷲打鬥過，所以兩人都處在很疲累的狀態下。卡爾環視我們每個人之後，用沒勁的語氣說道：

「如果只考慮到我們的安全，我希望先讓他們一行人去。如果他們成功了，克拉德美索就會被鎮定住。可是如果他們失敗了，接下來我們可以試看看。這聽來是個相當利己的論調，是吧？」

亞夫奈德笑著說道：

「是啊。而且卡爾你這番話似乎很有道理，雖然我有些反感，但同時卻聽起來滿高興的。」

卡爾苦笑著，低聲喃喃說道：

「確實是聽起來很令人高興。」

那麼，稍微放慢腳步會比較好嗎？

即使沒有比較好，我們也因為和獅身鷲打鬥的關係，處於疲憊的狀態。由於有傑倫特和艾德琳在，所以大家的傷口幾乎已經治好了，但還是感覺很疲憊。纏在傷口上的繃帶沾到血和汗，變得很僵硬，所以非常不舒服。要是能稍微休息一下就太好了。如果他們那些人先去的話，沒有成功一半，就是失敗一半。而我們先去的話，如果不是完全成功，就是完全失敗。因此，我們不必一定硬要在前面拚命努力。

在這一瞬間，我感覺到身體僵住了。

我們怎麼會有這種論調？不對，這不是論調的問題，是情感的問題啊。比這個還要來得更重要的是，這並不是賀坦特式的作風啊！我怎麼會變成這樣了？我盯著卡爾。

卡爾看起來像是不想走了。他只是站在原地，沉鬱地看著一個方向。我轉移目光，盯著吉西恩。總是只讓我看到背影的「我的國王」啊，你怎麼想呢？可是吉西恩並沒有發覺到我的目光，只是默默地看著雷提祭司所在的方向。其實又看不到，幹嘛一直看啊？吉西恩說道：

「幸好有溫柴在，所以選擇權在我們手中。我們要不要先讓他們去？」

你……？你是說，你要看著別人的背行走嗎？而不是讓人看著你的背？

我在這一瞬間明白了。

我的天啊，克拉德美索正在使我們坦露無遺！不管是在時間上還是距離上，我們越是接近克拉德美索，我們就越會顯露出自己原本的面貌，是嗎？就連我也覺得那樣聽起來不錯！讓托爾曼去，管他會死不會死！如果托爾曼成功了，總之是成功了一半，如果他失敗了，就不知會變成什麼樣子！如果蕾妮成功了，就是完全的成功，失敗了，就是我們死亡。所以先讓托爾曼去吧！可惡！

「我們不可以這樣做。」

我的嘴巴現在說了什麼啊？啊，怎麼會這樣？在這個節骨眼上，我的嘴巴不聽使喚地隨便開口。可是一行人都在看著我。嗯，我的嘴巴又聽從我的使喚了。

「我們走吧。」

哎喲，說得好！我這張混蛋傢伙的嘴巴！吉西恩把頭稍微往旁邊傾斜，疑惑地對我說：

「你想說什麼話嗎，修奇？」

「這個嘛，我不知道這樣想正不正確，但是，我們好像一直都是不管有沒有妨礙者或競爭者，就這樣奔走而來。而且我們也應該不是為了在最後這一瞬間讓步，而奔走到這裡來。我們難道害怕自己的生命危險嗎？假使是，那麼我們的旅程在老早之前就應該已經結束了吧。」

卡爾露出了微笑。吉西恩也帶著一絲微笑，說道：

「你這樣說好像沒有錯。所以呢？」

「到目前為止……我們盡全力趕來，如果累了就停下來。我們好像不曾因為別人命令我們跑，就開始跑，而且也不曾因為別人使眼色而停下腳步。到現在為止，我還是認為我們一直是以我們自己為界限，所以我認為剩下的路程，也應該以我們自己的極限走到最後。而且我好像還沒有到達我的極限。所以說，我希望你們不要管其他事，只管走下去。而且最重要的是，我好像不喜歡先推別人到危險的地方。」

我的嘴巴瘋了，真是的。吉西恩點了點頭，突然環視我們每個人。

「有人已經到了極限嗎？」

只看到大家平靜的微笑，完全沒有其他的答話。吉西恩把他原本拄著的那根標槍用腳尖踢了一下，標槍在空中轉了一圈之後，停在他肩膀上被他扛著。真是帥氣的動作！

「那麼，我們就照修奇所說的，保持我們之前奔走的那股衝勁，只管往前走吧。」

吉西恩拋下一個微笑，正要轉身的時候——

他突然停住了。而且大家也都停住腳步。怎麼了？我怎麼覺得有一股奇怪的感覺？此時，溫柴說道：

「沒有風。」

沒有風嗎？呃，咦？奇怪，這種高山地帶怎麼會沒有風？周圍一片寂靜，無可言喻的寂靜。而在這片寂靜之中，我好像聽到自己心臟的跳動聲，以及在我身旁的蕾妮她微弱的呼吸聲。一片靜寂。

轟隆隆隆！

「嘎啊啊！」

蕾妮！蕾妮往旁邊斜坡滾落，我趕緊抓住她的手臂，可是我也一時重心不穩。真是糟糕！我和蕾妮搖搖晃晃地，互相絆倒在一起。砰！呃。有一股柔軟的感覺。蕾妮，我是不得已的！她怎麼會這樣晃動呢？可是，在看到被我壓在下面的蕾妮，臉色發青的那一瞬間，我才知道不是蕾妮的身體在動。難道？難道？杉森放聲大喊著：

「是地面在搖晃！」

「趕快隨便抓個東西！坐下！趴下！」

砰！亞夫奈德怪異地舉起他的腿之後，就一屁股坐了下去。所有東西都上下不停震動著。轟隆隆隆隆！轟隆隆隆隆！我抬頭看上面，天啊，太不可思議了！整座山峰竟然在左右搖晃著！啪啦啦啦！啪啦啦啦！哦哦哦，糟糕！石頭紛紛滾落下來！

「不要動！」

我把蕾妮的頭緊抱在胸前，低下頭來。天地變得一片昏暗，我的下顎撞到了不停在顫抖的蕾妮額頭。蕾妮，我一定會比杉森還要更加努力保護妳的。咚！一顆飛來的石頭打中我肩膀之後，掉了下去。可惡，我的頭應該再更低一點才行。剛才那顆石頭打到我的頭之後，應該是直接掉到溪谷裡了吧？

轟隆隆隆！激烈的震動令人懷疑是不是整個褐色山脈都在翻騰。咚！咚咚！大大小小的石頭擊中我的肩膀和背部。四面八方都在盡情舞動的時候，每當有石頭打到我，我就更加緊緊抱住蕾妮。我下面就會接著傳來哭喪的聲音。

「修、修奇？修奇？」

可是因為蕾妮被壓在下面，所以聽來像是喘不過氣而且悶著的聲音。

接著，大地像開始時那樣，突然就停止晃動了。啪啦，啪啦。石頭滾下來的聲音也開始變小。安靜下來之後，我抬頭看大家的情況。

大夥兒全都跌倒在地。因為地面猛烈晃動，根本就無法站穩。吉西恩往下滑到我和蕾妮所在位置的稍微上方，杉森則是下滑到我們腳底下方。妮莉亞用三叉戟插在地上，拄著三叉戟一直坐在原地。大家全都蒙上了一層灰塵，而且也被石頭擊中，受到一些砸傷。在距離我稍遠的地方，傳來了艾賽韓德的呻吟聲。而且還傳來了傑倫特的喊叫聲：

「亞夫奈德！你沒事吧？真是的，都腫起來了。等一下。」

「啊，不。傑倫特，我沒、沒事。魔力是會……拒絕神力的。我可以自己來。」

「呵，真是的！」

至於其他人呢？艾德琳一副看起來像是被幾顆石頭砸到也不會有任何關係的表情，她剛才坐著掩護卡爾和艾賽韓德，而他們則是被抱在艾德琳的胸前。怎麼有些像母子雕像？……我好像在罵人？溫柴則是意外地只用腰身打低的姿勢兩腳站著。不過，這樣不太容易敏捷地站起來。但他好像沒有跌倒。他皺著眉頭環視周圍，我也順著他的目光環視周圍景象。

小石頭和岩石散亂一地，但並不僅止如此。看來我們處在高山地帶反而是比較幸運的。下面的低地和溪谷都瀰漫著一片灰塵煙霧了。白茫茫的一片塵雲往山脊方向反衝上來。而在這中間，原本相當尖銳的石頭撞擊聲還在不斷傳來，只是現在已經變得稍微小聲一點。咚隆隆隆隆。在稍微近一點的地方，我甚至還看到有一些樹木被連根拔起。我讓開到旁邊，好使蕾妮能夠坐起身。

「修奇、修奇！你沒事吧？」

蕾妮立刻看到我的表情，我原本想抬起手來搖手，但是肩膀很吃力，所以換成搖頭。

「我這樣不就是代表沒事的表情了嗎？……而且，妳最好還是不要未經允許就隨便碰我的身體。」

「呃、呃。」

我講完之後，蕾妮還是到處檢視撫摸我的身體。真是的。不過，其他人的情況如何呢？

「我沒事。其他人呢……啊！卡爾！你沒事吧？溫柴呢？杉森，你站起來看看！」

剛才滾到我下方的杉森發出一聲呻吟聲，好不容易才站了起來。他把頭猛烈左右搖晃，結果站不住腳，差點往旁邊跌下去。他勉強抓住一直搖晃的頭，說道：

「我好像搖頭搖得太猛了。」

「你的頭沒事吧？」

杉森用恍惚的眼神抬頭看我。

「請問你是誰？」

「……你好像沒事嘛。」

除了溫柴，其他人全都很機靈地倒在地上，所以，亞夫奈德除外，大家好像都沒受到什麼傷。亞夫奈德跌倒的時候，手心不慎大力按到地上，手腕好像扭傷了。艾賽韓德嘀咕著「巫師的運動神經不好，真是糟糕」，亞夫奈德聽到之後，嘻嘻笑了出來。他一面擺動手腕，一面唸了一些咒語，然後說道：

「艾賽韓德，你跌倒的時候，會比其他人還要不容易受傷。哈哈哈。」

卡爾環視周圍之後，對艾賽韓德說：

「這裡是地震頻繁的地方嗎？」

「不，我從未聽說這裡有地震啊。」

「那麼說來……」

亞夫奈德接著卡爾的話說道：

「一定是克拉德美索，牠好像隨時就會甦醒。看來我們無法說牠還在沉睡了。」

大家的臉全都僵住了。卡爾用沉重的表情說道：

「我們趕快走吧。」

剛才和那群獅身鷲打鬥所受的傷，再加上灰塵，使得一行人的狼狽模樣簡直憔悴到了極點。吉西恩的灰髮蒙上一層塵土之後，幾乎已經變得像是白髮，而艾賽韓德的白鬍鬚則是覆蓋上一層灰塵之後，變成了灰色。他們兩人可真是絕配啊！妮莉亞一面不斷拍肩上的灰塵，一面說道：

「我們越來越接近他們了。」

這是在妮莉亞還沒講之前，我們心裡就已經很清楚的事實。因為，那群紅衣人就在右邊遠處的山脊上面走著，他們的身影越來越大。現在他們和我們的直線距離大約是一千五百肘吧？雖然他們和我們一行人是朝著同一個方向行走，可是並不是平行線。那些人所走的山脊線和我們所走的山脊線，會在同一座分水嶺上面交會。

因此，我們越往前走，和他們相隔的距離就越近。我們想反正也已經太晚了，所以露出一副很自以為了不起似的昂首闊步模樣，不過，他們那邊也用跟我們一樣的姿態在走著。雖然還不到可以直接攻擊彼此的距離，但是我們已在可以看清他們身影的距離之內，在一定會碰面的路上走著，所以現在一切都已經成定局了。

雖然我們雙方都沒有說話，但鐵定是會碰面了。如果我們試著稍微加快速度，另一邊就立刻跟著加快速度。而如果我們減慢速度，另一邊也會跟著減慢速度。在可以看清楚對方的距離之內，埋伏或偷襲的這類打法早就不列入考慮了，而若是賽跑比誰快來說，這條山路實在是太過險峻了。

「看來我們一定會和他們碰面。要不要跟他們打呢？」

卡爾聽到傑倫特的這句自言自語，答道：

「這樣會是無益處的打鬥，對他們和我們來說都是一樣。我想跟他們談一談。」

吉西恩用沉重的語氣說道：

「那些人應該會很想把我們做一番最終處理吧。」

「對……我們要是能回到平地上，當然就會告發哈修泰爾侯爵。因此，那些雷提的祭司當然會很想在這人煙稀少的褐色山脈裡，把對哈修泰爾侯爵叫囂的廢太子以及他的嘍囉們一併處理掉。」

卡爾冷冷地說道。杉森立刻開始嗤之以鼻地說道：

「我剛才就建議我們先走，不是嗎？現在也還算為時不晚。我們先到那座分水嶺，佔好位置，等他們走近，再來對付他們。那座山頂的地形滿不錯的。」

卡爾皺起眉頭。他用非常疲憊的聲音說道：

「費西佛老弟，聽起來你好像是因為地形有利才打鬥的。我們應該要先明確知道打鬥的理由，不是嗎？當然，人類只要能贏，是不管什麼理由的，可以說是會攻擊同族人的幾個糟糕種族之一。」

杉森驚訝地張大嘴巴，說道：

「我不是這個意思吧！」

「好、好。抱歉，我有些累了，所以變得比較神經質。不管怎麼樣，現在我不想和他們那群人打鬥。他們和我們是帶著相反的目的來找克拉德美索……我們確實和他們是處於競爭的立場。」

「是啊，所以呢……」

「我們和他們見面之後談談看吧。因為，那些祭司看起來也好像希望這樣做。所以他們才會和我們用同樣的速度行走，不是嗎？」

杉森稍微嘀咕了幾聲之後，又再閉上嘴巴繼續走著。

不久之後，雷提的祭司們就和我們一行人相當接近了，近到可以看清楚彼此臉孔。艾賽韓德輕輕地舉起斧頭，吉西恩也把原本背在背上的盾牌換成用手拿著。而他們那邊的人並沒有什麼特別的動作，只是一直走過來。我們比較早一點到達山頂，但也就這麼默默無言地站在山頂上，等待那些祭司接近。

他們全都穿著紅色袍子，只有其中一名穿著看起來很輕的輕皮甲。那人年紀看來比我稍微小一點，有些蒼白的臉孔使他看起來很突兀。他的背上背著一把長劍，他不只是用兩隻腿，甚至還用手爬山。他是托爾曼‧哈修泰爾嗎？其餘那些祭司們好像全都在紅袍之下襯著甲衣，所以肩膀和胸部都看起來很壯碩。而且有些人的袍子衣角還有劍柄突出來。

「他們是祭司……可是怎麼穿甲衣還帶劍啊？」

我坐在一塊岩石上，一面望著下面，一面說道。站在我稍微後方的傑倫特答道：

「因為他們是劍與破壞之神雷提的祭司。我聽說他們比較像是戰士，而不是聖職者。比起教理研究或經典奉讀，他們更多的時間是花在體力鍛鍊和劍術訓練上。」

「是嗎？哼嗯。真是不像祭司。」

「其實這沒有什麼好奇怪的。光用嘴巴祈禱並不算是祈禱。如果在神面前，我們生活方式沒有可恥之處，那麼認真過日子本身就可以說是在祈禱。因此，劍術訓練和體力鍛鍊也可以稱之為祈禱。」

傑倫特的這番話使妮莉亞和蕾妮發出了讚嘆聲。吉西恩則是噗哧笑著，把原本背在背上的一根標槍拿出來，像是木杖般拄著站立。而杉森則是拔出長劍，把劍鞘和背包一起放在背後，一副輕便的武裝，站在我旁邊。

溫柴在距離稍遠的岩石上面，雙手交叉放在胸前，默默無言地站著，他腳下的岩石上，則是坐著妮莉亞。妮莉亞輕輕地握著三叉戟，正在悠閒地撫摸刀刃部分。她的眼睛只有俯視著三叉戟的刀刃部分，所以看起來對下面那些走近我們的雷提祭司們完全不在意。

卡爾等那些人走到用普通音量講話就可以聽得到的距離時，開口說道：

「在荒山之上意外相遇，對旅行者而言，豈是很平常的事？這乃是憑藉能刻在刀刃上的最偉大名字之榮耀啊。」

雷提的祭司們並沒有露出什麼驚訝的臉色，只是靜靜地停下腳步。事實上，如果他們覺得驚訝，豈不是更可笑。因為我們雙方從剛才就已經意識到彼此了。現在我們站的位置比下面的祭司們還要高出大約十肘，所以是用俯視的。其中一名祭司往前跨了一步。

那是一個頭髮剪得很短，長了些許白頭髮的中年男子。和他的白髮相較之下，他曬黑的臉孔看起來顯得相當黑。他短短的脖子和寬肩膀給人很深的印象，然後他靜靜地開口說話，傳來了理所當然能和他臉孔連貫起來的那種乾澀聲音。

「意外相遇？真是可笑。幸會了，讚美那創造所無法成就之美。」

卡爾點了點頭，像是在迎接那個祭司似的，往前走了幾步。但是他在不會過分前方的位置上止步，說道：

「請叫我卡爾。」

「我早已經知道閣下的名字。賢明騎士卡爾・賀坦特大人。我是其中一個雷提的微不足道之劍。」

「很高興認識你。」

咦?那個就是他的名字嗎?雷提的微不足道之劍?此時,我聽到傑倫特耳語的聲音:

「可能你們會覺得奇怪,不過,雷提的祭司們都沒有名字。侍奉破壞神的人不得追求自我,嗯,是有這層複雜的意義存在。」

啊,是嗎?那麼說來,他們一定會很不方便。「呃,眼角有個星形痣的弟兄好像肚子不太舒服。如果心情焦躁就把有摳鼻子習慣的弟兄給叫過來吧。那個弟兄應該已經治療了那個有鬥雞眼而且有奇怪口頭禪的弟兄了吧?」我勉強忍住不笑,低頭看著那些沒有名字的祭司。

卡爾看了一眼托爾曼・哈修泰爾之後,又再對「其中一個雷提的微不足道之劍」說道:

「可否借問一下,各位有何目的,何以雷提閃爍的劍群會聚集成一道劍光,在這荒涼的褐色山脈旅行?」

「你的話好像是在問我們,在這裡露臉的理由是什麼。對嗎?」

「……如果是指意義的話,是的,沒有錯。」

「不要睜眼說瞎話了,賢明騎士。你自己心裡也明白,我們是要去向克拉德美索締結龍魂使之約,才會到這裡來。我指的龍魂使是托爾曼・哈修泰爾大人。」

咦?他說話的語氣真是不客氣!這難道是雷提祭司的說話方式嗎?我轉頭看卡爾的臉。接著,卡爾傳來的聲音令我相當不安。

「儘管我見識愚昧,你也能說中我心裡明白之事,真是令人欣喜不已。」

卡爾和氣而且詞藻華麗地說道。大事不妙了,糟糕!他爬山爬多了,好像已經累得心情很煩躁的樣子。另一邊的白髮祭司好像沒有察覺到這一點,繼續說道:

「你們也跟我們一樣，不是嗎？雖然我們彼此的手段不同。」
「您說得真是一針見血。真不愧是雷提之榮耀啊。」
「好。我們把話攤開來說吧。你想妨礙我們嗎？」
「對於我同伴們的意向，我是不知道，但是我平素對雷提祭司們的德望與名聲深懷好感。如果必須妨礙雷提祭司們的行動，那是我連想像都會切齒痛恨之事。」
雷提的微不足道之劍殘忍地笑著，說道：
「哈哈哈！你的觀念很不錯。這位朋友你滿識相的。」
卡爾謙恭地點了點頭。啊啊啊，真是傷腦筋！我轉頭去看杉森的臉，他也是一副愁眉不展的表情。艾賽韓德雖然提起眉毛露出訝異的表情，但亞夫奈德卻露出了淺淺的笑容。
白髮祭司點了點頭，像是很有雅量地說道：
「好。那麼，就把你們具有龍魂使資格的人交給我們吧。」
從吉西恩的嘴裡傳來了咬牙切齒的可怕聲音。蕾妮則是臉色發青，妮莉亞緊摟著她的肩。可是卡爾帶著沒有任何表情變化的臉孔，說道：
「您是指和我們在一起的龍魂使嗎？」
「沒錯。我們都不希望克拉德美索沒有龍魂使就進入活動期吧？雖然不可能會這樣，但是萬一托爾曼・哈修泰爾大人失敗，必須要有其他替代者，不是嗎？交給我們吧。」
「這個嘛……我們陪侍她去，不行嗎？因為陪侍她到這裡來的人也是我們。」
「你們帶她到這裡來，真是辛苦了。請不要想跟我討價還價！你難道不知道，在我們前面的是什麼？是克拉德美索！」
卡爾更加謙恭地低頭。

「我是知道。」

「你知道個什麼啊！用嘴巴知道？還是用頭腦知道啊？請你閉嘴。請不要以為國王陛下賜了名譽稱號就趾高氣揚的。光是聽到龍的名字就不停發抖的胡說八道冒險家，你不要隨便插手重要的事。所謂大陸的危機，雖然可以用言語來想像，但你以為，這是像你們這種從西邊偏僻地方跑來的鄉下人可以擔當的事嗎？」

「不，我們並不全都是從西邊偏僻地方來的。」

隨即，白髮祭司猛然轉頭。他的眼睛停下來的地方是吉西恩身上。他看著吉西恩，說道：

「哈哈！是啊。你好像是想講吉西恩廢太子的事。你是指，你們一行人是和王子一起旅行，是吧？王子啊！你倒是說說看。你是一個拋棄守護國家義務而逃跑的人。你丟棄肩上應該扛起的義務，陶醉於田野和山地的蠻荒之美，而跑了出來。你還堪稱是能把這個國家從災厄之中救起的人嗎？」

吉西恩的臉都僵住了。他原本想說些什麼，但還是閉嘴不說話，只是默默地看著這個祭司。這個雷提祭司繼續說道：

「而其他人呢？矮人的偉大敲打者啊。我對你的地洞和錘子表示敬佩，但是對你卻沒有什麼好說的。你除了礦坑和鐵匠做的事以外，還對什麼有見識？去管一些逾越你分寸的事，對於你這樣一個多年以來素有威名之人，並不適合。龍的事豈是你們礦工一族可以擔當的事？」

艾賽韓德氣呼呼地想要說些什麼，可是在那之前，那個雷提祭司就已經先說話了，艾賽韓德因此錯過了說話的機會。

「還有這以外的其他人呢？全都是沒有家、沒有名譽、沒有地位的流浪者，不是嗎？這不是很可笑嗎，賀坦特大人？這群流浪者竟然也想來拯救大陸的危機！」

卡爾還是帶著微笑，說道：

「話是這樣說沒錯。」

「你真是個明理的人。所以，把龍魂使交付給我們，你們就慢慢地跟在我們後面吧。」

「跟在後面嗎？」

「沒錯。為了要讓你們知道，你們做了多少不合分寸的事，所以我允諾你們跟在我們後面。你們看到的，正好可以教導你們。明白了就立刻照我的話做。」

卡爾仁慈地笑了出來。啊啊啊，現在已經完了！

「雖然我不知道閣下的屁股有多迷人，但可惜的是，事實上對我而言，我沒有想要欣賞閣下屁股之欲望。」

艾賽韓德聽了，咬到自己的舌頭，發出一聲痛苦的呻吟聲。而妮莉亞則是想爆笑，臉頰鼓脹起來，立刻轉頭爆笑了出來。

「哈哈哈哈！」

蕾妮和亞夫奈德面帶著難以置信的表情，看著卡爾，傑倫特則是捧腹大笑。

這位雷提的白髮祭司先是連生氣都無法生氣，只是張大著嘴巴。大約長達呼吸五次的時間吧？雷提的微不足道之劍大約拖了這麼多時間，才好不容易說道：

「你在說什麼？」

卡爾把兩隻手臂熱情地攤開來。

「我們真是太有榮幸能夠在此相識！讓我有機會把同樣的話講兩次的豬腦，是非常難得一見的。」

「你這個混蛋！你這張破爛嘴巴竟敢……」

「雖然我的嘴巴看起來有破洞，可是你應該把你那被塞住的耳朵挖一挖，再來聽清楚我的話，雷提的微不足道之斷劍先生。」

這位白髮祭司可以說是嘴巴被塞住，說不出話了。恐怕這是他活這麼大把年紀，頭一次聽到這麼惡毒的話吧。在他後面的雷提祭司們露出可怕嚇人的表情，一個接著一個，把袍子掀到背後，隨即，便立刻露出甲衣和閃閃發亮的劍。而我們這邊也全都握著劍柄。卡爾一字一句清清楚楚地說道：

「首先，我完全不想跟隨在你背後欣賞屁股。第二，我建議將你們的龍魂使交付給我們，我們不但會提供食宿，還會將他安全帶到克拉德美索那裡。第三，雖然眾所周知你們信奉神明，但事實上，你們是信奉哈修泰爾侯爵，所以請轉告侯爵。他造的罪孽所應受的懲罰，實在是太多了，已經多到需要整理的地步，要不要我幫忙啊？因為我可以先給予他想要先受的懲罰。」

卡爾直挺挺地站在那可以傲視世界於腳下的岩石上，他一副找碴的表情，雖然他說的話在內容上是找碴，但語調上卻不是找碴。白髮祭司帶著震怒的語氣，低沉地咆哮著：

「你是不是想打一架啊？」

卡爾嘻嘻笑著說：

「原來你們仗著自己是聖職者，就一副可以任意擺布世事的自滿心態，在遇到惡劣情況時，你們甚至還變成有暴力傾向之人。」

「你說什麼？」

「這是令人厭煩的傢伙。請你聽好。所謂的聖職者，是什麼呢？」

白髮祭司並沒有答話。傑倫特和艾德琳全都震驚地看著卡爾，卡爾則是皺起眉頭，繼續接著說：

「據我所知，聖職者乃是萬人之僕，不是嗎？神是萬人之父，人類是神的兒子，而聖職者乃是人類之僕，難道不是這樣嗎？神應該是不曾希望聖職者去做萬人的指導者。神希望聖職者做的，是在最低下的地方侍奉萬人，不是嗎？」

白髮祭司只是一副面無表情的樣子。可是站在他後面的其他祭司們的臉上，突然浮現出不安同時也有不滿的表情。他們雖然依舊保持著那份寂靜，但不知為何，表情裡卻充滿著像是在議論紛紛的那種氣氛。卡爾說道：

「聖職者如果拒絕侍奉神的善徒，想要支配他們，就不再是聖職者了。請注意你的言詞吧，雷提的祭司！你問我是不是想打一架？你的意思是，牧羊人會對羊發火並且打牠嗎？」

傑倫特和艾德琳大力點頭，由此可知，卡爾說的是非常正確的一番話。然而那些雷提祭司們只是身穿教袍而已，事實上更像是拿刀劍的武士！白髮祭司用凶惡的眼神抬頭看卡爾，說道：

「你說完了沒？」

「如果我都說完了呢？」

「侮辱我們就等於是侮辱雷提。我給你機會取消你剛才所說的話。怎麼樣啊？」

這番話簡直就是武士中的低劣武士所說的話。他好像完全聽不懂、不瞭解卡爾所說的話。卡爾乾脆露出煩躁的表情，對白髮祭司說：

「你認為我的話有錯嗎？是侮辱嗎？」

「是很明顯的侮辱。」

「請告訴我怎麼會是侮辱。」

「我們並不是想要以萬人之指導者身分自居的聖職者！當然，我們只有在神面前才會屈膝，我們不曾想過要管理萬人！而且你說我們不是服侍雷提，而是服侍哈修泰爾侯爵。這對聖職者而言，是莫大的侮辱！」
「那麼你們到這裡來的理由呢？」
白髮祭司從眼裡迸出火花，說道：
「你是在開玩笑嗎？我們是為了要引導托爾曼・哈修泰爾到克拉德美索那裡，不是嗎？」
「那麼就請忠實地執行這項義務！不要說一些貪圖蕾妮小姐的話！你怎麼可以叫我們拋棄蕾妮小姐？蕾妮小姐是受了我們的請託，從那遙遠之地來到這個地方。也就是說，我們是尊重她的意志，才來到這裡的。可是你卻叫我們交出蕾妮小姐，好像蕾妮小姐變成是我們的什麼所有物！萬一要是現在蕾妮小姐拒絕和我們在一起，我也無法把她帶到克拉德美索那裡。而且按照當初的約定，我們必須再把她帶回她的故鄉、她的家人那裡。我怎麼可以把她交給你！」
白髮祭司聽到這番話，嘴巴都說不出話來了。蕾妮眼睛含著眼淚在看著卡爾的背影。雷提的微不足道之劍過了好一陣子之後，才費力地開口說道：
「呃，這是我的錯。剛才我因為克拉德美索的危機，腦子裡沒辦法想這麼多。那麼，嗯，那麼我們直接問蕾妮小姐就可以了。是吧？」
咦？如果這樣說的話……可是卡爾卻用力點了點頭。
「當然是。在神之下平等的所有人，有自行決定自己意向之當然自由。」
「那麼，就請讓開吧。」
白髮祭司強勢地說完之後，卡爾猛然轉身。可能是卡爾轉身的動作太猛了，嚇得我以為他會跌倒。卡爾轉身之後看了看蕾妮。蕾妮用害怕的眼神迎視卡爾的目光，但卡爾的臉上帶著微笑，說道：
「這位祭司好像對蕾妮小姐有話要說的樣子。妳聽他說吧。我沒有別的話要說，只希望蕾妮小姐看重自己的意志。」

「嗯，嗯，卡爾叔叔……」

「不會有事的，蕾妮小姐。」

卡爾點了點頭，露出安慰蕾妮的表情。蕾妮則是緊咬著嘴唇，往前稍微走出一步，向下面的祭司露出身影。

她站在比較高的地方，而且是山頂上的岩石上面，她的身影看起來實在很孤單。一有風吹拂，蕾妮的紅髮就無力地飄揚著。蕾妮緊握住褲子旁邊的兩個拳頭，低頭看著下面。

「妳就是龍魂使嗎？」

「是、是。沒、沒錯。我叫蕾妮。」

白髮祭司用銳利的眼神抬頭看蕾妮。可惡，這看起來簡直就像是在商店裡選東西的那種生意人的眼神。會不會在看不到的地方有瑕疵啊？會不會有修補過的地方啊？突然間，我心裡想到這些不像話的話。蕾妮臉紅了起來，為了躲避白髮祭司的目光，不停扭動她的頭。接著，白髮祭司開口說道：

「妳知道妳是誰的女兒吧？」

蕾妮睜大她的眼睛，看著白髮祭司。她用這副表情開口說：

「我的父親是在伊斯的戴哈帕港裡，經營鯨魚墳墓酒館的葛雷頓先生。」

好，酷斃了！蕾妮流暢地說道，一點也沒有發抖，而且毫不猶豫。白髮祭司用驚訝的眼神看了看卡爾和我們其他一行人。然後他露出有些殘忍的微笑，說道：

「看來他們實在很卑鄙，居然還沒有告訴妳。這是不對的事啊。妳是比這還要更為高貴的家族之女啊。」

傑倫特開始嘻嘻哈哈地笑了起來，如果說這使得白髮祭司變得很訝異，那麼溫柴用很有節制的動作打了個哈欠，則是讓白髮祭司變得很困惑。蕾妮抬起下巴，像是有些不高興似的說道：

「你最好不要亂說這幾位的壞話。」

「什麼？小姐妳不知道，這夥人是什麼樣的人。」

我們這夥人是什麼樣的人？是讀書人、蠟燭匠、警備隊長、逃跑的王子、投靠敵國的間諜、第三級的高手巫師、最為尊貴的矮人、可能是錢太多而已經很久沒偷東西的小偷、就算死裡復活還是毫無長進的祭司、牙齒很酷的巨魔祭司。我們這樣算是很酷的一群，不是嗎？蕾妮聳了聳肩膀，說道：

「我不知道什麼呢？」

「我指的是，他們這群人對於小姐妳的身世祕密，一句話也沒有告訴妳。他們為了從小姐的真正父親身邊奪走小姐……」

蕾妮用下巴抬高的姿勢，就這麼傲然地說道：

「難道你是想說那件事嗎？哈修泰爾侯爵為了龍魂使的血統，硬是強佔曾是他女傭的我母親，然後生下我的這個淫亂故事？還是在經過這麼多年後，因為克拉德美索的關係，才想把我找回去的這個齷齪故事？你大概不是要講這些事吧。那我實在不知道你想告訴我的到底是什麼事。」

白髮祭司驚訝地張大嘴巴，那副表情讓我們覺得相當愉快。可是對蕾妮的這番話感到愉快的，好像不只我們一行人而已。因為在那群穿著紅袍的祭司之間，傳來了笑得喘不過氣的笑聲。

「咯咯咯。」

所有人的目光全都集中到這個笑到喘不過氣的人身上。啊？原來正在笑的人是個小少年——

托爾曼・哈修泰爾。是這個小鬼在笑？托爾曼一看到周圍所有人在看他，就紅著臉低下頭來。白髮祭司乾咳了幾聲之後，抬頭看蕾妮。

「妳知道這些事？」

蕾妮雖然有些臉紅，但她昂然地答道：

「不幸的是，我知道這些事。而我認為這是我想忘記的往事。」

白髮祭司又再開始精神抖擻地說：

「妳不能否認事實，拒絕自己的宿命更是一件不對的事。而且妳當然該享有的權利被剝奪，是不應該的。小姐是高貴血統的繼承人，受尊敬的偉大拜索斯貴族的一生，乃是小姐妳應享的權利。妳完全沒有必要在伊斯那種地方隨便過完一生。」

蕾妮聽到最後那一句，豎起了眉毛。

「我、我不喜歡感情用事。我不太喜歡表露感情。所以我認為想說話的時候，也應該盡量閉嘴。因此我常常會有真的該說話時也不說的情形。雖然有時候很吃虧，但我還是想要信守這個座右銘。」

是這樣嗎？難怪我會覺得蕾妮是話很少的人。蕾妮用拳頭掩住嘴巴，用尖厲的聲音說道：

「可是這一次我沒辦法再信守這個座右銘了。請問這位祭司有什麼權利這樣誹謗伊斯呢？」

「咦？」

「正如同你把拜索斯形容成是偉大，我也可以說伊斯是偉大的。」

「小姐妳不是伊斯的國民啊！」

「不，我是偉大伊斯的國民！」

啊啊，伊斯啊！您該覺得很自豪了吧。在這裡，有個伊斯小愛國者在三十名劍與破壞之神雷提的祭司面前，昂然地讚美您的名字！咯哈哈哈！至於和蕾妮同樣是受鹹海風吹拂長大的傑倫特，則是露出一副如果有人動他一下，就會直接迸出眼淚的那種表情。蕾妮繼續說道：

「當然，伊斯可以說是拜索斯孩子般的附屬國，這我也很清楚。但總不能因為是父母，就隨便誹謗子女啊。而且，我認為國家與國家的關係更是這個樣子。」

「妳還是聽不懂我的話嗎？小姐妳是哈修泰爾侯爵的女兒……」

「套用祭司大人你的話，你還是聽不懂我的話！我是葛雷頓先生之女！祭司大人，你認為你帶著的那把劍是自己的，不是嗎？」

「妳說什麼？」

「祭司大人你帶著的那把劍是你的東西，是吧！並不是屬於鑄造那把劍的鐵匠！所以，不能夠光是以生我為理由，就宣稱是我的父親！侯爵大人根本不曾給過我父愛。我要這麼說，雖然當然不會有這種事，但是，萬一優比涅與賀加涅斯沒有照顧我們的話，祂們就不會是人類之父了！」

好、好、好厲害啊！蕾妮以前有這麼激動過嗎？原本很安靜的人一旦爆發，就會更可怕，這種神聖的常識理論難道也是真理嗎？蕾妮說了一句可能會令祭司覺得是在褻瀆神聖的話。嗯，在我看來也覺得這並不是專業神學水準的話。但這真是很尋常的話嗎？

白髮祭司的表情確實就像後腦杓被挨了一拳。只要他把手放到後腦杓，就真的是被挨了一拳。他表情驚慌地抬頭看蕾妮之後，立刻變得一副可怕的臉色。

「這、這個……妳真的是在伊斯染上了壞習性！」

蕾妮緊咬著下嘴唇。我甚至害怕她的嘴唇會不會被她咬傷。

「在伊斯這種地方，在和海盜沒兩樣的行船人的窩巢裡長大，不管是多高貴的血統，也會變得很齷齪。連自己的身分也無法認清，竟然胡說八道一些粗魯又不信任人的話。真是件令人覺得惋惜的事啊！」

「你這是在隨便亂說話。你說伊斯是海盜窟？那麼你們是一群神聖山賊嘍？」

就在卡爾是我們之中最有口才的讀書人這個位置被奪下來的那一瞬間——

「妳閉嘴！」

「我的話錯了嗎？在這種荒山上，三十名之多的拿刀劍之人要路過的旅行者停下來，喊著『交出女人！』，這不是山賊，那是什麼呢？」

噗哈哈，噗哈！哎喲，哎喲，死定了。蕾妮表情伶俐地模仿白髮祭司的咆哮，就連雷提的祭司們也慌慌張張地撇過頭去。白髮祭司鼻子很誇張地不斷吐出熱氣，才好不容易抑制住怒氣。

「我為妳的墮落靈魂祈禱。蕾妮・哈修泰爾！」

「你自己沒有名字，就不要隨便管別人的名字！我叫蕾妮，蕾妮！哈修泰爾這種姓，就丟給狗好了！」

我聽到一個奇怪的聲音，回頭一看，杉森舉起兩隻手臂在阻止原本想要高呼萬歲的妮莉亞。白髮祭司用殺氣騰騰的眼神看蕾妮，然後轉頭面向卡爾。我想可能是因為他再也無法對付得了蕾妮。

「賀坦特大人，你！你對一個幼小的少女，像一張白紙般的少女，胡亂硬塞了你那粗野卑鄙的知識。你不知道這是不能原諒的事嗎？」

可是卡爾並沒有忘記自己以前的榮耀。這是正統讀書人的基本要件。也就是不管說什麼話，都低沉而且殘忍地說話。卡爾面帶著像是額頭上寫著「殘忍」兩字的表情，說道：

「現在神的最真實善徒，卻被當成是白癡了。我們雖然無法再回到那個時期，但是，我以為小孩子可以說是最接近神的存在，這是你在身為修煉士時就可以充分學習到的事。可是你好像在修煉士的時期學得不夠扎實。」

這時，那些雷提的祭司之間突然爆出笑聲，我以此推測，大概可以知道眼前的這個白髮祭司他過去的修煉士生活是什麼樣子。白髮祭司爆發出他的氣憤。

「我感覺不出你這張奇怪嘴巴有什麼說話價值！乖乖地交出龍魂使吧。在我強制你行動之前！」

哦哦，現在要露出馬腳了嗎？杉森咬牙切齒地向前走出一步，溫柴則是放下原本交叉在胸前的雙手。妮莉亞用華麗的動作旋轉了三叉戟，嘻嘻笑著說

「要不要看看打了祭司會不會受到天譴呢？」

「這、這群可惡傢伙！」

此時，吉西恩用有些沙啞的聲音說道：

「雷提的微不足道之劍啊，現在你是用雷提的整個宗教意志，來攻擊拜索斯王室嗎？」

白髮祭司現在可以炫耀自己皮膚的光滑了，他實在是很滑頭。這個季節沒有蒼蠅，真是太可惜了。否則，我真希望能在他發白的臉上，看到蒼蠅失足滑倒的景象。吉西恩發出更加低沉的聲音，說道：「你說說看。我套用你的話，我是一個丟棄太子位子，陶醉於蠻荒之美的人，但是我不曾放棄王子的位子。這，也是套用你的話，因為這是我應當享有的權利。因此，現在的情況看起來是，神權無視於俗權的界限，想要侵害王室的尊嚴。難道不是這樣嗎？」

要賭多少呢？這一定是端雅劍說出來的話。因為吉西恩一直緊握著劍柄，在慢慢地說話。

「吉、吉西恩王子？」

「謝謝你說出這正確的名號，好，現在對我說出你的意圖吧。雷提的劍是不是想攻擊拜索斯王室？」

（下集待續）

龍族名詞解說

◆一般武器

匕首（Dagger）：此武器由來已久，甚至捧破石頭就可以製作，由於製作極度簡單，可以說只要有人類的地方就一定有這種東西。匕首攜帶方便，容易隱藏，所以即使在火炮發達之後，仍然還是軍人無法離手的原始武器，因而型態也是千差萬別。一般說來它的長度是介於小刀（knife）與短劍（short sword）之間，但其實很難明確地區分。由於長度短，幾乎只能對近身的敵人使用，但危急時可以作投擲攻擊也是很具有魅力的特點。

銳劍（Rapier）：隨著槍炮的發達，在堡壘和甲冑已不再具有其保留價值的時代，西洋的劍已從古代又鈍又可怕的外型，搖身一變成為更加輕量化型的劍，而且可以致命性地加快劍速。銳劍為薄長且細直的劍，雖然無法直接破壞甲冑的硬殼，但在決鬥時，卻足以取下對方的性命。《三劍客》書中劍客們所使用的劍即是銳劍，使用銳劍的紳士決鬥技術是現代劍術的起源。

流星錘（Morningstar）：流星錘是針對盔甲發展出來的打擊性武器。它是在長柄的一頭加上附有尖刺的鐵球，因為下墜時猶如流星因而得名。雖然機動性低，但由於鐵球的重量和尖刺，所以能夠擊穿甲冑，是騎士使用的武器。小型的流星錘則受到流浪者的愛用。

長劍（Long sword）：與斧頭同為使用於肉搏戰中流傳最久的武器之一。在人類學習運用金屬的過程中，劍也漸漸顯露出大型化的趨勢，依據戰鬥時有利型態的要求，有人在匕首上加上了長柄，走上了轉變為槍的另一條道路，而在度過漫長歷史之後，長劍終於在十世紀左右真正登上了歷史的舞臺。長劍可以說是站在劍類武器的歷史巔峰，劍身長約三～四呎，寬度約一吋，直而具有兩刃，但不像東方的劍上有血槽的設計。從劍的型態上就可以知道，它的機動性高，適合施展各種劍術。所以它是在金屬的冶煉技術進步到能製造出輕而強韌的金屬之後才出現的。

巨劍（Bastard sword）：劍的大型化→甲冑大型化→劍的大型化形成了惡性循環，最後出現的就是這種巨劍。這種劍的特徵是，可以像長劍一樣用單手握，也可以像雙手劍一樣用兩手握。所以它在四呎長的劍身上加上了一呎左右的劍柄。馬上的騎士可以一手握住韁繩，另一手揮動此劍，如果下了馬，則可以兩手握劍，對敵人施以強力的攻擊。同樣地，使用此武器時，可以一手拿盾牌戰鬥，或是丟下盾牌，用雙手給予對手一擊必殺的猛攻招式。

戰叉（Military fork）：原本是處理乾草等物時所使用的農具，但是造反的農民或民兵們使用的情形也屢見不鮮。型態為六呎左右的長柄，頂端裝有兩條叉開的長釘，只要聯想成非常大的雙叉型餐叉，就可以大略知道它的型態。戰鬥時，地上的步兵要拉下馬匹上的敵人時，這是很有用的武器。但是登山時或者要做梯子時等等，在日常生活上，也具有許多效能。類似鐵耙。

戰斧（Battle axe）：戰斧和劍是使用最久的兩種武器。所以就連帶有咒術型態的戰斧，也在全世界各處廣被發現。因為歷史久遠，所以有各種不同的型態。攻擊方式大都是以砍劈攻擊，但偶爾也可以投擲攻擊（在西部電影中常可看見印第安人投擲戰斧）。

短劍（Short sword）：這是流傳已久的武器。在原始的氏族社會裡，比匕首長的劍更能顯示出酋長的權威，同時也被用來作為祭司長行儀式的道具。這種長度二～三英呎左右的劍即為短劍。羅馬士兵們所使用的劍就是短劍。羅馬用這種短劍和方陣來征服全世界。當然，也可以一手拿短劍，另一手拿盾牌。在刀劍相交的白刃戰時，這種劍在可攻擊的距離上以及破壞力上都是十分充足有利的。

自我意識劍（Ego sword）：是魔法劍中水準最高的，擁有本身的自我意識。因為有自我的人格，所以能夠認出主人（把它想成東方傳說中，在主人呼喚時會鳴叫應答的名劍就行了），也可以作為施展魔法的主體。所以一般來說，自我意識劍都會使用魔法。

戟（Halberd）：這是配合槍頭的大型化趨勢出現的新武器，在文藝復興時期於歐洲全境都十分惡名昭彰的武器。型態非常適合殺戮，在大型槍頭上，一邊加上了斧鋒，另一邊則是加上鉤或尖刺。因此它可以用於刺擊、揮砍、鉤刺，不管敵人在馬上或地上，都可以不分青紅皂白加以攻擊。因為是非常大型的武器，所以機動性極為低落，但因為此武器出現的時期盔甲也已十分發達，所以它的低機動性變得不成問題。因為十分有用，所以在火炮發達之後，仍然還是在王室的儀式中維持住其原有的地位。

手杖（Staff）：也是普通的杖，但是比木杖（Rod）更具有武器的特性，而且也比較沉重。也有型態是以纏繞鐵絲或鐵圈，來強化它的功能。

標槍（Spear）：槍發展出許多種型態，其中標槍就是以投擲為目的而發展出來的。現在非洲的某些部族還在使用此武器。由於是投擲用，所以不可能過度大型化，槍身一般也不會脫離柳葉形。因為無法大量攜帶，所以在陣形、城寨、騎兵之類高等戰術發達的國家中較少發現。但是它在投擲武器中具有最長的射程距離，破壞力強，製作簡單，所以在世界各地也都有發現這種武器。

三叉戟（Trident）：本來是抓魚的工具。魚叉可以說是它的祖先，為了能夠在水中使用，所以特意做成阻力很低、頭部有三叉，一旦插中物體就不會掉落的型態。人魚跟其他的水中怪物都很喜歡用這種武器，就像閃電是宙斯的象徵一樣，三叉戟則是海神波賽頓的象徵。波賽頓想要折磨奧德賽的時候，就是揮動著三叉戟來引起暴風。

◆長距離武器

長弓（Long bow）：因為羅賓漢使用而知名的此種武器，特別為英國人所愛用。海斯汀戰役之時，征服者威廉用如雨般的大量箭枝擊退對手之後，英國人甚至造出名稱為English long bow的獨特長弓，由此可知其酷愛的程度。在近代的越戰中，美軍也曾在執行特殊任務，需要在安靜無聲的情況下使用此種長弓。

◆衣物／防具

鐵手套（Gauntlet）：指整套甲冑中保護手的手套部分。如果是連身鎧甲的鐵手套，甚至會用鐵皮一直包到手指的關節部分為止。最誇張的情況則是將拇指以及其外的四隻手指分別包住，幾乎不太能動。

袍子（Robe）：寬鬆的連身長衣。中世紀的修道士常作此打扮。

食人魔力量手套（Ogre power gauntlet）：簡稱ＯＰＧ。戴上此手套，就會有食人魔般的力量。

輕皮甲（Light leather）：防禦力非常低，如果不是非常窮困的冒險家，大概不屑一顧。

硬皮甲（Hard leather）：大致做出人形的骨架後，將鞣皮處理後的皮革貼上去，再塗上油，即可固定。因為材料具有柔軟的特性，所以能夠穿在衣服裡面，但防禦力不怎麼強。通常硬皮甲會有強化特定的部位，重量在皮甲中算是較重的。

◆怪物／種族

獅身鷲（Griffin）：起源於希臘神話，獅子的身體，加上禿鷲的頭和翅膀。牠們統合了萬獸之王獅子和鳥類之王的力量，並且具有太陽、太陽的財富與力量、毫無空隙的警戒、報復等含義。據說雄的獅身鷲，會以獅子與鱷魚的合體出現。在中東或希臘等地，甚至還被拿來作為神殿或墳墓的裝飾，由此看來，牠們可以說是一種非常神聖的生物。在希臘神話裡，牠們從一出生就具有能感知到黃金位置的能力，並且用黃金築巢，而牠們還趕走了覬覦黃金的獵人以及獨眼人亞利馬斯波，努力守護黃金。在《龍族》所展現的是牠們毫無空隙的警戒力的特性，自中世紀以來，屢被使用於文章裡，受人肯定其權威。

龍（Dragon）：歷史最久遠、結合兩種原型而產生的最強大怪物。這兩種原型是鳥跟蛇。鳥極度自由，甚至可以飛向眾神，帶有向天的性質；蛇藏在地底，行動敏捷，帶有向地的性質。結合了這兩種特性的龍不管在古今中外，都是最有名的怪物。例如伊斯蘭神話的巴哈姆特、中東地區的提爾梅特、北歐神話的米德加爾德蛇、亞瑟王傳說中出現的凱爾特紅龍與白龍、《尼布龍根之歌》中出現的吉克夫里特之龍、猶太神話中（最後也進入了基督教）出現的古蛇（撒旦）、中國的龍……牠們是寶物的看守者以及掠奪者，擁有強大的力量、無限的知識，是處女的掠奪者（跟獨角獸屈服於純潔成相反，龍則會抓純潔的少女來吃。這是很值得詳細考察的差異點），又同時是英雄的試煉與救援。

矮人（Dwarf）：起源雖在北歐神話之中，但我們目前所熟知的矮人面貌卻是透過J・R・R・托爾金（J. R. R. Tolkien）確立的。在北歐神話中，諸神透過巨人伊米爾的身體創造大地之時，這個種族就鑽到了地裡。他們是手藝極佳的鐵匠，擁有無盡的黃金與寶石，用其做出連諸神看了都訝異不止的寶物與武器。例如擲出必定命中的袞尼爾的槍、雷神索爾所持有擊中目標後會回到手上的神錘穆勒尼爾、會自動複製自己的德勞普尼爾的戒指、可以上天下海的金豬格林布爾斯提、西芙的黃金假髮、折起來以後可以放進口袋的船「斯基德布拉德尼爾」等等，全都是矮人的作品（北歐神話中，如果把矮人製作之物拿掉，那麼諸神簡直就是一無所有）。若依照托爾金所描寫的矮人來看，這一族是由偉大的鐵匠奧勒所創造出的，他們是天生的鐵匠、建築師與石工，能製作很精細的工藝品，也是礦工，善於一切需要靈敏手藝的工作。他們對寶石擁有跟龍一樣的貪欲，個性絕對不願受人支配。他們的象徵標誌就是小個子與濃密的鬍子。

獸化人（Lycanthrope）：會變成動物形體的人。最有名的就是狼人，但通常都會變為各地區人們最害怕的動物（例如歐洲是狼，在亞洲通常是老虎）。眾所周知，這些人都是在魔力最強的滿月下變身的。要用銀製武器或魔法武器才能給予傷害，與吸血鬼的共同點是，當某個人類受到獸化人攻擊之後，常常也會變成獸化人。

炎魔（Balrog）：此怪物起源於J・R・R・托爾金（J. R. R. Tolkien）的《魔戒》（The Lord of the Rings）一書。書中這可怕無比的惡魔甚至還逼使頑強的矮人們拋棄故鄉去避難，牠的象徵就是右手所拿的鞭子。因為智力很高，所以對魔法也得心應手。牠甚至恐怖到連龍都能輕蔑地攻擊，幸而牠的性格比較喜歡地底下的環境，所以不常在地上出現。

蛇髮女怪（Medusa）：即梅杜莎，此怪物起源於希臘神話。蛇髮女怪原本是位頭髮非常美麗的處女，但是海神波賽頓將她帶往雅典娜的神殿與她性愛。於是希臘神話的兩位處女女神（希臘神話之中一直保有處女之身的女神只有兩位：智慧女神雅典娜與月亮女神阿特密斯）中的雅典娜因為認為自己眼睜睜地遭受到很大的侮辱，所以降罪下來把她的頭髮全都變成蛇。蛇髮女怪醜陋到連看到她的人都會變成石頭。到後來，英雄珀爾修斯以盾牌映照出她的身影來看，才砍下她的頭，雅典娜則將她的脖子掛在自己的盾牌上。

吸血鬼（Vampire）：因為血是生命的象徵，所以無論是東方還是西方的吸血鬼，我們可發現大都是高等動物。《龍族》裡的吸血鬼則是比較接近於布蘭姆．史鐸克所描寫的人物形象，而非安．萊絲所描繪的樣子。吸血鬼一到滿月的時候就會感受到吸血的欲望，會受到銀製武器或魔法武器的傷害。他們能夠變身為蝙蝠、野狼、霧的樣子，而且在鏡子前面會照不出形影。要是暴露在太陽光底下的話，他們的身體會燒起來，而且也無法涉水。因為擁有強大魅力，所以甚至可以使異性進入被催眠的狀態。被吸血鬼咬到的人就會變成吸血鬼。

黑龍（Black Dragon）：以個性邪惡暴躁為人所知，會吐出強酸。

風精（Sylph）：風的妖精。

精靈（Elf）：跟矮人一樣都是源自於北歐神話，但還是因為《魔戒》一書而廣為人知。在北歐神話中，他們跟矮人一樣是從巨人伊米爾的身體中出現的種族，但矮人鑽入地下時，精靈則是留在地面上。北歐話叫做Alfen。他們生活在紐爾德的兒子豐裕之神福雷的領地中，擁有美麗的故鄉「精靈之鄉」（Alfheim）。甚至有人說福雷本身也屬於精靈之一。身高跟大拇指差不多，個性善良而愛開玩笑。但是在《魔戒》一書中，精靈的性格卻有了很大的轉變，身為最早誕生的生物，精靈可說本來是大地與世界的主人。身形瘦高，長得都很好看，追求無限的知識與品格、勇氣、善良等等。基本上精靈是不會死亡的（在《魔戒》一書故事發生的舞臺「中土」上，精靈是可以被殺害的。但是被殺的精靈能夠帶著原有的記憶復活）。他們是中土其他生命有限者無法理解的高尚生命體，會因世界的混亂和敗壞而痛苦。他們喜愛詩歌，但也不忌諱拿起劍來對抗敵人。從《魔戒》一書（正確說來應該是《精靈寶鑽》一書）出現之後，精靈與矮人間的仇恨變得眾所周知。他們的特徵是讓人驚豔的容貌與尖尖的耳朵。

食人魔（Ogre）：凶暴的食人怪物。身材高大，力量非常強。長得比巨人更像是怪物，智力薄弱，但是很會使用武器，戰鬥技巧很好。主食是迷路的旅行者，如果突然想吃宵夜，就會到村莊裡抓熟睡的人來吃。

半獸人（Orc）：是一種人形怪物，因為J・R・R・托爾金而變得有名。一般人的印象中，牠的頭是豬頭。地精這個概念是從地底的妖怪而來，相反地，半獸人的概念則既是怪物又是一種種族，跟人非常近似，甚至有一種說法說牠們可以跟人混血。（在《魔戒》一書中，有一段暗示到白袍巫師薩魯曼想要做出人與半獸人混血的混種半獸人。）

光精（Will-o,-wisp）：光的妖精。

狼人（Werewolf）：獸化人中最有名的一種（如果是「虎人」就是Weretiger，還有一種「鼠人」Wererat）。狼人望著滿月，就會變身成狼。

巨人（Giant）：綜觀古今中外，有關巨人的描述非常繁多，所以不再贅述。光是在北歐神話裡，就出現霜巨人、火巨人等各式各樣的巨人，而中國神話的盤古也可以視為一種巨人。巨人的巨大所帶有的力量和敬畏感的原始型態最能單純地形容巨人，具有體系的神話裡幾乎都一定會出現巨人的角色。

巨魔（Troll）：起源於北歐神話的食人怪物，智能比食人魔還低。最有名的巨魔是跟惡神洛基結婚，生下了三個孩子（趁著諸神黃昏之時將主神奧丁咬死的狼芬利爾，圍繞地球的大蛇裘孟干達，代表地獄的海爾）的女巨魔安格波達。因為皮膚很堅硬，所以防禦力非常高，就算受傷，也能夠在短時間內再生而恢復（據說可以用巨魔的血加工做成治療藥水）。雖然也會用棍棒等簡單的武器，但是更會利用自己的身體進行肉搏戰。

深赤龍（Crimson Dragon）：這種龍會將維持均衡與中庸當作自己生存的目的。牠的身體是深赤色，很容易跟紅龍搞混，但是因為身上有黑色的條紋，所以近看的時候就可以區別出來（不過先決條件是，你要大膽到敢走近龍的身邊）。牠的興趣是在自己的住處欣賞自己，性格上會努力跟善與惡都保持距離。所以牠不喜歡戰鬥，到了牠判斷只能用暴力手段來解決事情的時候（雖然牠的判斷常失之於武斷），牠就會凶暴到連紅龍都相形失色。在龍當中，牠可以飛得最高，很喜歡俯衝攻擊。

靈幻駿馬（Phantom steed）：由巫師的意念所創造出來的馬。牠雖然算是一種幽靈馬，但只是一種意念的存在物，所以不是不死生物。如果是段數很高的巫師所創造出來的靈幻駿馬，甚至可以像雙翼飛馬那樣飛上天空。

妖精（Fairy）：他們的個子很小，有翅膀，心情好的時候，會在香菇附近盤旋飛舞，因為喜歡開玩笑，所以常常搞得人類很困窘。特別他們不是跟事物有直接關聯的妖精，而是身為單獨客體的存在物。在《龍族》當中的設定是，由於他們不隸屬於任何東西，也不隸屬於任何次元，對於神與人的差異，也不太感到困惑，對他人的區別力很模糊，因而是自我概念比人類優越的高等存在物。

半身人（Hobbit）：即哈比人，這是J・R・R・托爾金在《哈比人》書裡所創造出來的種族，身高不到一公尺，而個性則是開朗而且樂觀。喜歡貪食好吃的食物，在腳背上長有濃密的毛，並且不穿鞋。

◆魔法

瑪那（Mana）：在整個世界裡均勻分布的一種能量。基本上常常因為自然力而重新配置，所以如果達到能量均衡的狀態，也就是某種熱平衡的狀態，這種能量就不會移動（也就代表著不會發生任何事情）。但是巫師重新配置瑪那時，自然力為了讓瑪那恢復到均衡狀態，所以在一定時間與一定範圍中，就會造成移動。簡單來說，全體溫度都相等的水是不會移動的。但是將水裝到水壺中去煮，因為水中各處產生了溫度差，所以就會開始對流。也就是說在短暫的時間當中發生了猶如擺脫重力影響的現象。這雖然是自然的現象，但是猛一看會以為它忽視重力的存在，如果不知道水是如何發生溫度差異，換句話說，如果不知道下面點著火，看起來就會像是魔法一樣。魔法就只是這種原理的擴大。

記憶咒語（Memorize）：巫師在早晨是以記憶咒語作為一天的開始。巫師一面看魔法書，一面記憶自己能力允許範圍內的魔法。沒有記憶過的魔法是無法拿來使用的。遍布在整個世界的超自然力量「瑪那」會因巫師的力量而被重新配置，這時候，瑪那在與自然力的衝突及協調之下會產生魔法效果（就如同技術在與自然力的衝突及協調之下能轉動風車）。如果是正常狀態，瑪那會處在一種平衡狀態，不會與自然力相衝突。但是在瑪那平衡分布的狀態下，卻又很容易就製造出最初的一點點不平衡，而巫師所引發出的這一點點脫離平衡的行為，就能帶來全面性脫離平衡的結果，並且造成瑪那整個都重新配置。這種原理和混沌理論很相像。總而言之，重新配置過的瑪那會干涉自然力，並且扭曲自然力，這就成了魔法。巫師即使無法理解引起這種重新配置的最初的那一點點破壞是什麼東西，但是卻可以「感受」得到。所以每天早晨一邊做記憶咒語，一邊會感受到最初的啟動語。隨著時間的經過，瑪那的配置就會有所不同，所以也必須去感受不同的啟動語，因此巫師每天早晨都需做記憶咒語。

鏡像術（Mirror Image）：巫師在自己四周圍造出和自己一模一樣的人。被巫師造出來的影像會和巫師做同樣的動作，所以敵人會無法分辨。這些影像如果受到攻擊，會被毀掉，然而敵人在破壞這些影像時，巫師可以相當有效地利用這些時間。

毒雲術（Cloudkill）：對會呼吸的生物體有極大的殺傷力，是一種製造出淡綠色毒雲的魔法。因為比空氣重所以會向下擴散，也會被風吹散。

強力死亡術（Power Word Kill）：使指定的對象無條件死亡。除非是巫師施法失敗，否則被指定的對象無法抵抗此種法術。但如果對象是不可能立刻死亡的那種生命力充沛的生命體，也就是說，像龍之類的生命體會毫無效果。

方言術（Toungues）：使巫師得以使用自己不懂的語言。

空間彎曲傳送術（Teleport Warp）：施法者可以移動到想去的地方。

火球術（Fireball）：極度上升某個區域的溫度，然後燃燒空氣。型態是採用火球的模樣。

◆其他用語

夜鷹（Nighthawk）：指稱夜盜的暗語。

敲打者（Knocker）：第一個敲打卡里斯・紐曼的鐵砧的人。

龍之恐懼術（Dragon fear）：這並不是魔法，而是一種龍的能力。因著龍吐出的強烈氣息，使得與其不同價值觀的其他生物非常害怕。如果是惡龍，能使得善人都逃走，如果是善龍，就能使得惡人都逃走。

神力（Divine power）：神的力量。嚴格地說，就是祭司的力量。透過祭司所展現的神力，會依照這個祭司的能力的不同而受到限制或增強。

屠龍者（Dragon slayer）：殺死龍的人。這是對戰士們的最高榮譽。《尼布龍根之歌》的吉克夫里特，席格爾特傳說中的英雄席格勒司，阿努高遠征隊的尹亞遜，吉卡梅斯神話中的吉卡梅斯（這裡的情況較為特殊。因為吉卡梅斯殺掉的霧巴巴，還未被確認為是一隻龍）等，都是這個榮譽稱號的持有者。由此可知有此榮譽的戰士即是最強悍的戰士，以拿龍的血來沐浴的吉克夫里特為例，是可以保有不死身軀的（當然這種情況下，通常身體某一部位會有弱點出現，艾吉雷斯曾經如此，而吉克夫里特也是，都出現了某個弱點）。

巢穴（Lair）：比較高智能的怪物才會建造巢穴。大都是用來指稱龍的窩巢。而且眾所周知的是，龍的巢穴裡會有龍所收集的大批寶物，為了守住寶物，龍還會在眼睛上點火（在希臘神話裡，還出現龍為了守護金羊皮絕對不睡覺的故事）。

吟遊詩人（Bard）：這雖是莎士比亞的綽號，但原意是吟遊詩人。除了唱歌外，從和如同乞丐般的悲慘階層的人，到可以遊走在領主或高官宅邸的藝術家，身分可以是千差萬別的，很難做詳細的區隔。古代的吟遊詩人不只是詩人也是吟唱者，同時也是說書人，甚或是扮演著社會的傳媒角色的人。

噴吐攻擊（Breath）：龍以及某些怪物所使用的特殊攻擊方法。簡單來說，想成是吐火就行了。從以前開始，為了表現出怪物的恐怖，常會將破壞力強的火跟怪物連結在一起。使用噴吐攻擊的怪物中，最有名的還是龍，所以噴吐攻擊通常都是指龍吐出火焰。一般來說，最有名的是紅龍會吐火，白龍會吐冰氣，藍龍吐電，黑龍吐酸，綠龍吐毒氣。據說像中東神話中提爾梅特那種七頭龍，甚至可以同時使用各種的噴吐攻擊（還真可怕……）。

甦醒（Wakening）：原本處於睡眠期的龍醒來，要進入活動期。

祭司（Priest）：是指得到神的許可，能夠行使神的能力的聖職者（修煉士是無法行使的）。

加熱者（Heater）：和敲打者一樣都是作者任意創造出來的設定。相較於為了矮人們的精神層面的統合而存在的敲打者，加熱者則是為了矮人物質層面的維持而存在。

草笛：用樹葉或草直接以嘴吹奏的天然樂器。

作者簡介

李榮道（이영도）

一九七二年生，兩歲起在韓國馬山市土生土長，畢業於慶南大學國語文學系。一九九三年正式開始撰寫小說，一九九七年秋在Hite網站連載長篇奇幻小說《龍族》，得到讀者爆發性的迴響，奠定了韓國奇幻小說復興的契機。後陸續出版了《未來行者》、《北極星狂想曲》、《喝眼淚的鳥》、《喝血的鳥》等多部小說，每部銷量數十萬冊，被譽為韓國第一流派小說家，尤其是《喝眼淚的鳥》被稱為韓國的《魔戒》，因為作品中的設定、語言、構圖都是全新創作，適合韓國人的情感，即使在奇幻出版市場的二〇〇三年進入低迷期，仍銷量二十萬冊。《龍族》更是全球銷量破二百五十萬冊的暢銷作品，以其無限的想像、深入的世界觀、出色的製作工藝，成為韓國奇幻文學的代表作，入選韓國國立高中教材，為韓國奇幻文學史開創時代，成為韓國奇幻小說之王。

譯者簡介

邱敏文

政治大學東方語文學系畢業，韓國漢陽大學教育系碩士學位。留學期間，數度擔任貿易即時翻譯及旅遊翻譯。畢業後在電腦軟體公司任職，負責中文化企劃，並曾擔任許多遊戲軟體的中文化翻譯工作，且開始對奇幻文學產生濃厚興趣。曾執筆翻譯《龍族》長篇小說與其他書籍六十餘冊。

鄭旻加

政治大學東方語文學系畢業，赴韓就讀漢陽大學產業設計研究所，獲碩士學位。曾於韓商公司服務三年，負責韓文文件編譯等。並曾擔任韓國音樂CD唱片版面設計，韓文歌曲中文編譯及網路線上遊戲之中文翻譯等工作。

國家圖書館出版品預行編目資料

龍族7：大法師的輓歌／李榮道著；邱敏文、鄭旻加譯　一初版一台北市：奇幻基地出版；家庭傳媒城邦分公司發行；2025.3
面：公分. –（幻想藏書閣：126）
譯自：드래곤 라자 7, 대마법사의 만가
ISBN 978-626-7436-57-8（平裝）

862.57　113014866

Original title: 드래곤 라자 7: 대마법사의 만가 by 이영도

DRAGON RAJA 7: DAEMABEOPSAUI MANGA by Lee Young-do

Originally published in Korea by GoldenBough Publishing Co., Ltd.

Published in arrangement with Lee Young-do c/o Minumin Publishing Co., Ltd, and Casanovas & Lynch Literary Agency and The Grayhawk Agency.

ISBN 978-626-7436-57-8

Printed in Taiwan.

城邦讀書花園
www.cite.com.tw

幻想藏書閣 126

龍族7：大法師的輓歌

（全球暢銷250萬冊奇幻經典史詩鉅作25周年紀念典藏版）

作　　者／李榮道
譯　　者／邱敏文、鄭旻加
企畫選書人／張世國
責 任 編 輯／張世國、高雅婷

發　行　人／何飛鵬
總　編　輯／王雪莉
業 務 協 理／范光杰
行銷企劃主任／陳姿億
資深版權專員／許儀盈
版權行政暨數位業務專員／陳玉鈴
法律顧問／元禾法律事務所　王子文律師
出版／奇幻基地出版
　115台北市南港區昆陽街16號4樓
　電話：(02)2500-7008　傳眞：(02)2502-7676
　網址：www.ffoundation.com.tw
　email：ffoundation@cite.com.tw
發行／英屬蓋曼群島商家庭傳媒股份有限公司城邦分公司
　115台北市南港區昆陽街16號8樓
　書虫客服服務專線：02-25007718・02-25007719
　24小時傳眞服務：02-25170999・02-25001991
　服務時間：週一至週五09:30-12:00・13:30-17:00
　郵撥帳號：19863813　戶名：書虫股份有限公司
　讀者服務信箱E-mail：service@readingclub.com.tw
　歡迎光臨城邦讀書花園 網址：www.cite.com.tw
香港發行所／城邦（香港）出版集團有限公司
　香港灣仔駱克道193號1東超商業中心1樓
　電話：(852)25086231　傳眞：(852)25789337
馬新發行所／城邦（馬新）出版集團
　【Cite (M) Sdn. Bhd.(458372U)】
　11, Jalan 30D/146, Desa Tasik,
　Sungai Besi, 57000 Kuala Lumpur, Malaysia.
　電話：603-9056-3833　傳眞：603-9057-6622

Cover Illustration／李受妍
Book Design／金炯均
Design Alteration／Snow Vega
文字校對／謝佳容、劉瑄
排版／菩薩蠻電腦科技有限公司
印刷／高典印刷有限公司
■2025年3月27日初版一刷

售價／550元

廣　告　回　函
北區郵政管理登記證
台北廣字第000791號
郵資已付，免貼郵票

115台北市南港區昆陽街16號8樓

英屬蓋曼群島商家庭傳媒股份有限公司城邦分公司 收

請沿虛線對摺，謝謝

奇幻基地

每個人都有一本奇幻文學的啓蒙書

奇幻基地粉絲團：http://www.facebook.com/ffoundation

書號：1HI126　　書名：龍族 7：大法師的輓歌

（全球暢銷250萬冊奇幻經典史詩鉅作25周年紀念典藏版）

| 奇幻基地．2025 年回函卡贈獎活動 |

購買 **2025** 年奇幻基地作品（不限年份）五本以上，即可獲得限量隱藏版「山德森之年」燙金藏書票！

電子版活動連結：https://www.surveycake.com/s/ZmGx

：布蘭登．山德森新書《白沙》首刷版本、《祕密計畫》系列首刷精裝版（共七本），皆附贈限量燙金「山德森之年」藏書票一張！

《祕密計畫》系列平裝版無此贈品）

「山德森之年」限量燙金隱藏版藏書票領取辦法

活動時間：即日起至 2025 年 12 月 31 日前（以郵戳為憑）

參加辦法與集點兌換說明：

1. 2025 年度購買奇幻基地出版任一紙書作品（不限出版年份及創作者，限 2025 年購入）。
2. 於活動期間將回函卡右下角點數寄回本公司，或於指定連結上傳 2025 年購買作品之紙本發票照片／載具證明／雲端發票／網路書店購買明細（以上擇一，前述證明需顯示購買時間，**連結請見下方**）
3. 寄回五點或五份證明可獲限量隱藏版「山德森之年」燙金藏書票，藏書票數量有限送完為止。
4. 每月 25 號前填寫表單或收到回函即可於次月收到掛號寄出之隱藏版藏書票。藏書票寄出前將以電子郵件通知。若填寫或資料提供有任何問題負責同仁將以電子郵件方式與您聯繫確認資料。若聯繫未果視同棄權。
5. 若所提供之憑證無法確認出版社、書名，請以實體書照片輔助證明。

特別說明

1. 活動限台澎金馬。本活動有不可抗力原因無法執行時，主辦單位有權決定取消、中止、修改或暫停本活動。
2. 請以正楷書寫回函卡資料，若字跡潦草無法辨識，視同棄權。
3. 單次填寫系統僅可上傳一份檔案，請將憑證統一拍照或截圖成一份圖片或文件。
4. 隱藏版「山德森之年」燙金藏書票一人限索取一次
5. **本活動限定購買紙書參與，懇請多多支持。**

個人資料：

姓名：__________ 性別：_____ 年齡：_____ 職業：______ 電話：__________

地址：____________________ Email：____________

想對奇幻基地說的話或是建議：______________________________

限量燙金藏書票

電子回函表單 QRCODE

請剪下上方點數，集滿五點寄回奇幻基地即可獲得限量燙金藏書票，影印無效。

海格摩尼亞
永恆森林
大迷宮
羅克洛斯海岸
布拉德洪
紅色山脈
卡納丁
東部林地
賽多拉斯
那吳勒臣
戴哈帕
巴拉坦
伊斯
盧斐曼海岸
南部大道

龍族的世界
Dragon Raja
北部林地
灰色山脈
無盡溪谷
細美那斯平原
拜索斯
賀坦特
修多恩嶺
修多恩河
雷諾斯
中部大道
中央林地
恩佩河
卡拉爾
伊拉姆斯
拜索斯恩佩
西部林地
褐色山脈
南部林地
藍色山脈
傑彭